谭正璧学术著作集

中国小说发达史

谭正璧 著

上海古籍出版社

图书在版编目(CIP)数据

中国小说发达史/谭正璧著. —上海：上海古籍
出版社，2012.12
　　(谭正璧学术著作集)
　　ISBN 978-7-5325-6682-2

　　Ⅰ.①中… Ⅱ.①谭… Ⅲ.①小说史—中国 Ⅳ.
①I207.409

中国版本图书馆 CIP 数据核字(2012)第 236627 号

本书由上海文化发展基金图书出版专项基金资助出版

谭正璧学术著作集

中国小说发达史

谭正璧 著

上海世纪出版股份有限公司
上 海 古 籍 出 版 社 出版
(上海瑞金二路 272 号　邮政编码 200020)
　　　(1) 网址：www.guji.com.cn
　　　(2) E-mail：gujil@guji.com.cn
　　　(3) 易文网网址：www.ewen.cc
上海世纪股份有限公司发行中心发行经销
江苏金坛古籍印刷有限公司印刷

开本 890×1240　1/32　印张 9.5　插页 3　字数 250,000
2012 年 12 月第 1 版　2012 年 12 月第 1 次印刷
印数：1—1,800
ISBN 978-7-5325-6682-2

I·2629　定价：36.00 元
如有质量问题，请与承印公司联系

中国小说发达史

中国小说文史

目　　录

自　序

中国自有小说史以来，迄今仅十余年，屈指记之，亦仅张静庐之《中国小说史大纲》、周树人之《中国小说史略》、范烟桥之《中国小说史》而已。（尚有郭希汾之《中国小说史略》，系译日本盐谷温《中国文学概论讲话》之《小说概论》一部分，不足称为著述。）张著出世较早，然草创伊始，仅具雏形，漏略既多，今已绝版。周著虽亦蓝本盐谷温所作，然取材专精，颇多创见，以著者为国内文坛之权威，故其书最为当代学者所重。范著则对于小说之涵义未明，所叙兼及戏曲、弹词，即其小说部分，与周著亦无甚出入，且并历史常识而无之。（如以五胡十六国属之梁唐晋汉周之五代，书中凡数见。）故其书实不足称述。三书之中，差能副世人需要之殷者，唯周著《中国小说史略》而已。

但自周著《中国小说史略》出版迄今，时间亦逾十载。此十余载中，中国旧小说宝藏之发露，较之十年前周氏著小说史略时，其情形已大相悬殊。而吾人对此无限可贵之瑰宝，尚无人焉为之编述，汇而公之世人之前，不大可惜乎？编者素嗜通俗文学，于小说尤有特殊爱好，窃不自揆，因将十年来浏览所获，尽加网罗，参之周氏原作，写成《发达史》二十余万言。书中对于每一时代某种作品所以发生或其所以发达之历史原因或社会背境，尤三致意焉。编者才识平庸，有所编述，本不足厕于作者之林，徒以嗜好之故，写以备忘而已。书成出版，亦惟供世有同好者之参考，不敢冀获大雅之青睐也。

出版有日，谨为序之如右。

一九三五，六，二六，正璧于黄渡。

绪　　论

　　小说的领域，有古今中外的不同；如果不替它确定一个相当的界限，那么所谓小说史便无从叙起。至于"什么是小说？""小说的实质和形式怎样？"……种种问题，那不妨让做"小说概论"的专门家去解释，本书却无暇及此。但要替小说确定一个相当的界限，便不能不先对历来对于小说的观念作一番历史的考索。本书叙的是中国小说史，那么当然必须考查明白中国历来所谓小说的界限是怎样的，才能着笔。

　　中国"小说"两字最早见于记载，为《庄子·外物篇》，他说："饰小说以干县令，其于大达亦远矣。"其次是《荀子·正名篇》，他说："故智者论道而已矣，小家珍说之所愿皆衰矣。"《荀子》所谓"小家珍说"，其意义和《庄子》所谓"小说"完全相同。他们把它与"大道"对称，正和后人把它和"载道"的古文对称一样，完全是一种轻视的态度。但它的内容却相当于后代杂记琐事的书，所以它并没超出中国小说领域。

　　《汉书·艺文志》是一篇较古的含有学术史的意味的文章。它把小说列为九流十家之一，而且说："小说家者流，盖出于稗官。街谈巷语，道听途说者之所造也。孔子曰：'虽小道，必有可观者焉。致远恐泥，是以君子弗为也。'然亦弗灭也。闾里小智者之所及，亦使缀而不忘，如或一言可采，此亦刍荛狂夫之议也。"如淳注云："王者欲知闾巷风俗，故立稗官，使称说之。"由此看来，那么所谓"稗官"，犹如古代采诗之官，而所谓小说，也和《国风》一样，都是民间讽世写怀之作了。所以桓谭《新论》也说："小说家合残丛小语，近取譬喻，以作短书，治身理家，有可观之辞。"但一考《艺文志》所著录小说家十五家的性质，却又不像。其中如《伊尹说》、《鬻子说》、《周考》、《青史子》等，或依托古人，或记录古事，显然不像"闾巷风俗"或"街谈巷语"。但这些书今都不存，亦无从加以深考了。

自是以后，各史如有《艺文志》或《经籍志》，那么其中就必有小说一类。但据《隋书·经籍志》小说类所著录，却仅是些《燕丹子》、《笑林》、《世说》、《小说》、《座右方》、《器准图》之流；其中《燕丹子》等，我们确也认为小说，而《座右方》、《器准图》一类，就非我们所能承认。至于《山海经》、《神异经》一类的神话，它却列入史部地理类；《汉武内传》、《东方朔传》一类神仙故事及《搜神记》、《异苑》一类志怪书，它却列入史部杂传类。后来《唐书·经籍志》所著录，与《隋书》亦无甚大异，惟《博物志》、《隋志》本属于杂家，至是亦录入了小说。

宋代重修《唐书》，其中的《志》都为欧阳修所撰。究竟大文学家的眼光与众不同，前此列入史部杂传类的书，至是皆列入小说，史部中至是始剔除了荒诞无稽的作品。但他又增入唐人著作，如《诫子拾遗》、《事始》、《刊误》、《茶经》之类，却未免又为"蛇足"，而仍混淆了小说的界限。自此以后，若《宋史·艺文志》，若《明史·艺文志》，所录愈多，而质类愈杂，但大体与《新唐志》皆相去不远。至清代编《四库全书》，也仅将《山海经》、《穆天子传》移列入小说，别无新见。

在各史志外，南北朝有以"小说"为书名的，如殷芸的《小说》十卷，刘义庆的《小说》十卷。这二书皆为《世说》之流，于此可见当时文人对于所谓小说的观念。至唐人乃有所谓"市人小说"，见段成式《酉阳杂俎》。至宋代"说话"大兴，乃有所谓"话本"。

宋时分"说话"为四家数，"小说"为其中的一家，据《梦粱录》所载，"小说名银字儿，如烟粉、灵怪、传奇、公案、朴刀、杆棒、发迹、变态之事"。这"小说"就是唐人所谓"市人小说"。据现存话本《京本通俗小说》观之，其内容渐与现代所谓小说相近。到这时候，"小说"一名词所含的意义，已逐渐合理化了。

唐人既然有所谓"市人小说"，那么当然还有"非市人小说"。所谓"非市人小说"，乃指文人所作传奇。历宋至明，因欲别传奇于通俗小说，乃名传奇为"唐人小说"，更名六朝鬼神志怪书为"晋人小说"。明代长篇小说盛行，乃欲别于宋人名短篇为通俗小说，称为通俗演义。但通俗小说及通俗演义二种，向不为目录家所著录，各史志更不必说了。至明人通俗小说的被收，始见于王圻的《续文献通考》，高儒的《百川书志》，但亦仅及于《三国志演义》与《水浒传》二书。而后来的书目，亦即不见收载。宋人话本的见收，仅见于钱会的《也是园书目》，收宋人词话《灯花婆婆》等十六种。此外倒是清同治时的查禁小说目录，共列一百五十余种之多，所录皆为通俗小说，间有少量的弹词，虽未全备，却大可供我们的参考。

总之，中国前此对于"小说"这一个观念，几于人各不同，所以它的界限也模糊不清。如绳以现代所谓小说，那么几乎无一与之适合。但小说的观念和界限尽管分辨不清，而每个时代都有小说产生，却是不可湮没的事实。前代目录家尽管不著录真正的小说，而小说的流传却未必因此而减少。所可惜的是那些佚亡的作品，它的作者白白费去了他的心血，却永远沉埋在不可知之中。然世事本来有幸有不幸，即为各时代所宗奉的正统文学，其作者亦尽有姓名被埋没的人，惟小说家更甚罢了。

本书所叙，系斟酌现代各文学史家的意见，及鲁迅《中国小说史略》所叙，并参入编者个人的意见，于古代专述神话，于汉代专述神仙故事，于六朝专述鬼神志怪书，兼及笑谈集、清言集之类，于唐专述传奇，于宋元专述话本，兼及传奇志怪书，于明清专叙通俗小说，亦兼及传奇志怪书。其所以如此之故，则有如下面所述。

古代神话为后来小说的滥觞，无论中国外国都是如此。中国向无研究神话的专著，前人亦仅指杂记琐事而无当于大道的书为古代小说，因此神话多被掩埋。及鲁迅著《中国小说史略》，开卷即叙神话，而玄珠著《中国神话研究》，专替古代神话作发掘，于是被掩埋的神话渐被发现出来。故本书叙古代小说，即根据这两书，以神话为主，而以汉人所谓小说缀于篇末。

至于汉人小说，向来亦专指刘向《新序》、《说苑》之流。其实《新序》、《说苑》仅为杂史之属，且大都采自古籍，如以其中若干则作为古代寓言观，尚不失为思想丰富之作，如径以代表汉人小说，则大谬不然。因为汉代是一个神仙思想、方士势力最盛的时代，上至帝王，下至愚民，莫不沉溺其中，终于酿成黄巾之乱。《说苑》、《新序》一类的书，不独于当时社会不发生什么关系，且与古代神话和六朝志怪书，无渊源及递遭蜕化之迹可寻。故吾以为叙汉人小说，自当以叙述神仙故事的作品为主，而以汉人所谓小说附见于后。

六朝小说为鬼神志怪书及笑话集与清言集，则各文学史所叙大概皆同。但亦有人将当时史籍中所叙情节稍离奇而文笔稍生动的记载视为小说，如陈寿《三国志》之类，那也是一个大谬。不知在史籍中，无论作者表现手段若何深刻与生动，其文笔即或竟超过于《水浒》的写武松、鲁智深，那亦惟有反而引起叙事不实之嫌，不能因之认为小说。因为小说与历史虽同为叙事，然一则不妨全出虚构，尽其笔墨之淋漓；一则全凭实事，不能有一语空造。如于此二者不能加以分别，那么他能否写小说史还是问题了。

唐人承六朝志怪余风，一面受古文运动影响而创新体小说，名为传奇。古代神话全为民间产物，汉代神仙故事为半贵族半平民文学，六朝志怪书又略向平民化，至唐人传奇乃十足成为贵族文学。无论何种文学，皆始由民间产生而末则趋向贵族化，至十足贵族化时，此文学乃至末路。盖由古代神话至唐代传奇，在中国小说史上一气相传，到此时遂趋于末路。另外，俗文小说却在民间由萌芽而逐渐发展开来，为文言小说播下那将来的革命的种子。

　　宋元小说为"说话"与"讲史"的底本"话本"，其发轫在于唐末。它在中国小说史上为新起的一系。唐末的俗文小说，相当于前一系中的古代神话；而宋元话本，则相当于汉魏六朝的神仙志怪。所以它的文笔尽管怎样幼稚，它的辞句尽管怎样简陋，但它是后来通俗小说的祖宗，没有祖宗哪里会有子孙？而且它的产生又有社会的背景，在那样的社会里也仅能产出那样程度的作品，绝不能以作品幼稚而摒弃。然在北宋开国之初，上一系小说的势力尚未全泯，而且又在那时作了一个总结束，故不能不于此略为叙及。

　　通俗小说系直接承话本而来，却成为明清两代小说的代表作。由明代中叶到清代之初，通俗小说正在积极地发展。它的题材，自历史、神怪、英雄至世情，无不各方俱到。但这一系的小说到了这个时候，它的发展也将近到了极度了。清初以后，它的作者由非专门文人移入专门文人之手，而又专写些抒发个人才思及有闲阶级荒淫无聊的故事；它到了这个时候，自是已失去平民立场；虽然新的平话体的侠义小说又在起来，可是时代又在转变着，旧的瓶子不配再装新酒，更新的受了西洋小说影响的小说种子，早潜伏在民间，而等待着它的出世的机会。清代传奇志怪书亦一度发达，与通俗小说相角逐，然与通俗小说同其命运，也随着通俗小说走上了最后的路。

　　本书即按照着前述的程序加以叙说，而又着重于每个时代的历史背景及社会环境的探索，藉以明白这个时代小说所以兴起之故及其内容所以然的理由。唯以编者学力所限，有时往往不能自圆其说，这却要待后来的作者来补充了。

第一章　古代神话

一　神话是怎样起来的?

神话并不专属于小说,所以吾们不能说神话即是小说。因为神话仅是文学内容的一种,用它可以做成一篇小说,同时也可写成一首叙事诗,或编成一本戏剧。然因它所述都是神人的行事,是叙事文而非抒情文,它的文体宜于散文而不便于韵文,所以它用散文来表现实较韵文为多。加之小说的体裁也不限于散文,近世研究家有把叙事诗列为小说的一体的,缘此之故,普通的人说起神话,往往专以属之于小说。而在事实上,神话的确是后世小说的滥觞,它给予小说的影响,确较诗歌为重大。它们的关系,似猿猴之于人类,长江之于星宿海,如其没有更正确的理由,一时也不能随便就被推翻的。

神话是哪里来的呢? 原来神话是初民的知识的积累,是初民的生活状况与心理状况的必然的产物。其中有他们的宇宙观、宗教思想、道德标准、民族历史最初期的传说,并对于自然界的认识等等。然因民族的不同,他们的生活状况和心理状况的不一致,所以各民族的神话各异其内容。

初民的思想是很蒙昧的。他们为了要满足他们的生存的欲望而努力求得物质生活——衣食住——的需要外,几乎别无所求。他们在满足他们的需要之际,偶然感到自然给予他们这种需要的恩惠的厚大,便不期然而然的起一种要顶礼膜拜的观念。可是自然只有其作用而不见其寓形,更不知谁是它的主宰。于是凭他们蒙昧的想象力,造出种种不同的神像,以为他们顶礼膜拜的对象。神既有像,自会行动,种种神话,遂由此产生出来。可是在初民时代,人与一切自然现象的界域尚不甚分明,人与动物的关系更不似现在般隔绝。当然,"人为万物之灵"那句骄语绝不会产生在初民的脑袋中,所以那些神人的形象不一定同于人类,往往是介于人与动植物之间的怪物。惟其思想、嗜欲等等,或是单属之于人类。

　　吾们可以揣想:当上古时代,初民生活于广大无际的地面之上,山是怎样的青葱,水是怎样的澄碧,森林里鸟歌悦耳,田塍上花草耀目,风、云、雨、雪,时时在装点大地的美丽。当春天来了,红白的桃李自然地会开放,黄莺与燕子不请自来,风也和暖了,太阳也温和起来了。仿佛有人在主宰着。到了夏天,石榴花与荷花在陆上水上各逞她们的娇艳,太阳变热了,风拂在身上感到轻快,稻与棉花都在田里开始成熟。这时好像另换了一个主宰。秋天到了,天气逐渐凉爽,木叶在凋落,晚上月亮的光也优柔起来了,桂花的香气没有褪尽,又来了菊花的竞放,燕子早回南方去了。这似乎又是谁的力量。一到冬天,气候一天寒冽过一天,太阳似失去了它的威力,一切植物几乎都枯憔尽了,仅腊梅和冬青还在点缀园庭,雪会随着北风飞来。世界一切都变了,人也失去了温情,幸亏有酒的热力来抚慰。如其非有主宰,哪会到此?你想,一个蒙昧的初民,生在这样一个千变万化、神秘莫测的世界里,目迷光怪,身处陆离,怎能不引起他诧异好奇的心理呢?在这样情形之下,神话便很自然地产生了。

　　为了居住的地域不同的关系,住在海滨的人,他们天天面对这茫茫无际的大海,风涛的变幻瞬息千端,鸟类飞在水面何等自由,鱼介类浮在水里何等豪迈?但人类却一不小心,堕入了便要溺毙。他们不禁诅咒起来了,于是来了"精卫衔石填海"的神话。人们有时对它的富丽不禁因艳羡而起赞美,以为一定另有这富丽的享受者,于是海底便有了富藏珍宝的龙宫,海面上便有了那专居仙人的蓬莱、瀛洲、方壶等山。

居住在南荒的人民,譬如住在那长江和沅湘一带的人。那边的水是连绵千里,山也蜿蜒到很远很远的地方去。较热的地方的树林,是蓊郁得可以咫尺隔绝人面的。水气又容易蒸腾,云雨的变化,早与夕已是不同,一忽儿雨,一忽儿又晴了。令人时常恍惚生活在迷糊的神秘的睡梦中。于是,疑神疑鬼的结果,湘妃、湘夫人、巫山神女,以及类于她们的神话,便一一搬到了当时人们的心上。

上面不过是随便举的几个例,一切的神话,莫不各有它的产生的背景像上述的情形的。

二 古代神话的大宝藏——山海经

神话产生之后,起初它只是流布在人们的口中。写到书本上去,乃是当时或后世文学家的功劳。不过因为是由口传写到书本上,所以有时不免走了原来的式样。或者因口传的歧误,同为一事,各人写到书本上时,有的竟会各异其内容。

除去了伪书不算,《山海经》的确算得一部中国古代神话的大宝藏。但历来史家、文学家都把它当做真的地理书看待,自班固、王充、欧阳修、王尧臣、尤袤,莫不如此。及明人胡应麟以《山海经》为"古今语怪之祖",清代《四库全书》把它列入子部小说家,才给予了它恰当的地位。更经了今人的研究,《山海经》的为古代神话的大宝藏,遂成了确切不移的成谳了。

《山海经》中所述为古代神话,但其著作时期不一定在古代,这是看了本节第一段文字可以明白的。它的作者,自刘歆、王充、赵晔、郭璞以迄颜之推,莫不认为禹益。晁公武以后,才有怀疑它作者的人。兹经今人沈雁冰的研究,以为《山海经》不是一个时代的作品,它的作者为无名氏,作书的时代为:一、《五藏山经》在东周时。(应该说在东周之初。)二、《海内外经》在春秋战国之交。

三、《荒经》及《海内经》更后于前者,然亦不会在秦统一以后。(或许本是《海内外经》中文字,为后人分出者。)此三个时期的无名作者,大概都是依据了当时的九鼎图及庙堂绘画而作说明,采用了当时民间流传的神话。然因托名禹益,故一味模仿《禹贡》。至汉时更续有增益,始成为现在的形式。又据卫聚贤所考,其中一部分为春秋时随巢子所作,乃是他从印度到中国的旅行记,因为《山海经》中的神话完全是印度的神话;再有一部分是刘歆所加的。此说亦可作为一种参考。

《山海经》里所叙虽都是些片段,但却几乎无所不包。这些神话的主神,却集中于一个叫做帝俊的神。我们大概都晓得,流传在后代口中的神话的主神,有黄帝,有伏羲,有尧,有舜,有禹等等,不过它们都已被后代史家加以人化,变成了最古的帝王之名。郭璞以帝俊即舜,从帝俊妻为娥皇一点,大概可以相信。《山海经》中关于帝俊的神话,有如下列各条:

　　有中容之国。帝俊生中容。中容人食兽、木实,使四鸟:豹、虎、熊、罴。

　　有司幽之国。帝俊生晏龙,晏龙生司幽,司幽生思士,不妻;思女,不夫。食黍,食兽,是使四鸟。

　　有白民之国。帝俊生帝鸿,帝鸿生白民。白民销姓,黍食,使四鸟:虎、豹、熊、罴。

　　有黑齿之国。帝俊生黑齿,姜姓,黍食,使四鸟。(以上皆《大荒东经》)

　　东南海之外,甘水之间,有羲和之国。有女子名曰羲和,方浴日于甘渊。羲和者,帝俊之妻荣生十日。

　　大荒之中,有不庭之山,荣水穷焉。有人三身,帝俊妻娥皇,生此三身之国,姚姓,黍食,使四鸟。

　　有人食兽,曰季釐。帝俊生季釐,故曰季釐之国。(以上

皆《大荒南经》）

　　大荒之中，有山，名曰日月山，天枢也。……有女子方浴月。帝俊妻常羲，生月十有二，此始浴之。

　　有西周之国，姬姓，食谷。有人方耕，名曰叔均。帝俊生后稷，稷降以百谷。稷之弟曰台玺，生叔均。叔均是代其父及稷播百谷，始作耕。（以上皆《大荒西经》）

　　帝俊生禺号，禺号生淫梁，淫梁生番禺，是始为舟。番禺生奚仲，奚仲生吉光，吉光是始以木为车。

　　帝俊生晏龙，晏龙是始为琴瑟。

　　帝俊有子八人，是始为歌舞。

　　帝俊生三身，三身生义均，义均是始为巧倕，是始作下民百巧。后稷是播百谷。稷之孙曰叔均，是始作牛耕。（以上皆《海内经》）

大荒诸国的来源既皆为帝俊，甚至说它是太阳、月亮神之父，而舟车等等的发明，又为帝俊的子孙，那么帝俊为古代神话之主神，也就很可明白了。

　　他如黄帝战蚩尤、夸父逐日、精卫填海的神话，皆出于《山海经》。黄帝战蚩尤，《史记》亦采入《五帝本纪》，可见其事之盛传。《山海经》所载云：

　　大荒之中，有山名曰不句，海水入焉。有系昆之山者，有共工之台，射者不敢北乡。有人衣青衣，名曰黄帝女魃。蚩尤作兵伐黄帝，黄帝乃令应龙攻之冀州之野。应龙畜水，蚩尤请风伯雨师，纵大风雨。黄帝乃下天女曰魃，雨止，遂杀蚩尤。魃不得复上，所居不雨。叔均言之帝，后置之赤水之北。（《大荒北经》）

此段自以说明女魃为主,然亦可见蚩尤确为黄帝的劲敌。蚩尤之败,为汉族代苗族而兴的重要关键,近代史家亦颇重视其事。夸父事则有:

> 大荒之中,有山名曰成都载天。有人珥两黄蛇,把两黄蛇,名曰夸父。后土生信,信生夸父。夸父不量力,欲追日景。逮之于禺谷,(即虞渊,日所入也。)将饮河而不足也,将走大泽。未至,死于此。(《大荒北经》)
>
> 夸父与日逐走。入日,渴欲得饮,饮于河渭,河渭不足,北饮大泽。未至,道渴而死;弃其杖,化为邓林。(《海外北经》)

沈雁冰以夸父为神中的巨人族,即《列子》的夸娥氏,张湛所谓“古之大力者”。关于精卫的神话云:

> 又北二百里,曰发鸠之山,其上多柘木。有鸟焉,其状如乌,文首白喙赤足,名曰精卫,其鸣自詨,是炎帝之少女,名曰女娃。女娃游于东海,溺而不返,故为精卫。常衔西山之木石,以堙于东海。(《北山经》)

这个象征那百折不回的毅力和意志的神话,尤为后世文学家所乐道,而成为一个常用的典故。

《山海经》外,尚有《穆天子传》,为晋代咸宁时汲县民不準盗发魏襄王冢而得,当为战国时人所作。书记周穆王驾八骏马西征见西王母之事,其中所写西王母的形象,已由《山海经》的兽形变为人相,作者已将神话“人话化”了。因此知其作书年代,当在《山海经》之后。

三　许多可爱的神话断片

《楚辞》是东周时的一部南方诗歌总集,但所含神话分子颇富,而且比较的有作者可寻。屈原的伟大作品《离骚》中,已含有不少神话;相传为屈原所修饰改作过的《九歌》,更为九篇专门描摹当时所祀的神的神话。在《离骚》中,已有宓妃的神话:

> 吾令丰隆乘云兮,求宓妃之所在。解佩纕以结言兮,吾令蹇修以为理。纷总总其离合兮,忽纬繣其难迁。夕归次于穷石兮,朝濯发于洧盘;保厥美以骄傲兮,日康娱以淫游。
>
> 虽信美而无礼兮,来违弃而改求。

宓妃为洛水之神,写来殊觉她有些浪漫的气息。但这仅是鳞爪,关于整个的洛神的神话,现在早已不存在了。

《九歌》是南方民族对于自然现象的想象力的表现,本是当时民间的祀神歌而经屈原修饰改作过的。古代人民的祀神歌,大都是叙述神人的行事,所以也就是神话。《九歌》的第一首《东皇太一》云:

> 吉日兮辰良,穆将愉兮上皇。抚长剑兮玉珥,璆锵鸣兮琳琅。瑶席兮玉瑱,盍将把兮琼芳。蕙肴蒸兮兰藉,奠桂酒兮椒浆。扬枹兮拊鼓,疏缓节兮安歌,陈竽瑟兮浩倡。灵偃蹇兮姣服,芳菲菲兮满堂。五音纷兮繁会,君欣欣兮乐康。

太一为神名,旧注:"天之尊神,祠在楚东,以配东帝,故曰东皇。"第二首《云中君》云:

> 浴兰汤兮沐芳,华采衣兮若英。灵连蜷兮既留,烂昭昭兮未央。蹇将憺兮寿宫,与日月兮齐光。龙驾兮帝服,聊翱游兮周章。灵皇皇兮既降,猋远举兮云中。览冀州兮有余,横四海兮焉穷。思夫君兮太息,极劳心兮忡忡!

云中君是云神,就是前引《离骚》中的丰隆,亦名屏翳。第三首为《湘君》:

> 君不行兮夷犹,蹇谁留兮中洲? 美要眇兮宜修。沛吾乘兮桂舟;令沅湘兮无波,使江水兮安流! 望夫君兮未来,吹参差兮谁思?
>
> 驾飞龙兮北征,邅吾道兮洞庭。薜荔柏兮蕙绸,荪桡兮兰旌。望涔阳兮极浦,横大江兮扬灵。扬灵兮未极,女婵媛兮为余太息。横流涕兮潺湲,隐思君兮陫侧。
>
> 桂櫂兮兰枻,斫冰兮积雪。采薜荔兮水中,搴芙蓉兮木末。心不同兮媒劳,恩不甚兮轻绝。石濑兮浅浅,飞龙兮翩翩。交不忠兮怨长,期不信兮告余以不闲。
>
> 鼌骋骛兮江皋,夕弭节兮北渚。鸟次兮屋上,水周兮堂下。捐余玦兮江中,遗余佩兮醴浦。采芳洲兮杜若,将以遗兮下女。时不可兮再得,聊逍遥兮容与!

历来关于湘君的解说有四:一、以湘君为尧的二女,舜的二妃;二、以湘君为湘水之神,而下文的湘夫人才是尧的二女;三、以湘君为尧之长女娥皇,为舜的正妃,湘夫人为尧之次女女英,为舜的次妃;四、以湘君为舜,湘夫人为舜之二妃。四说自以第二说为最优。但以湘夫人为尧之二女仍不妥,不如说湘君为湘水的水神,而湘夫人是居于湘水的女神,不必指定为谁氏之女。第四首就是《湘夫人》:

帝子降兮北渚，目眇眇兮愁予。袅袅兮秋风，洞庭波兮木叶下。

登白薠兮骋望，与佳期兮夕张。鸟何萃兮蘋中，罾何为兮水上？

沅有芷兮澧有兰，思公子兮未敢言。荒忽兮远望，观流水兮潺湲。麋何食兮庭中，蛟何为兮水裔。朝驰余马兮江皋，夕济兮西澨。

闻佳人兮召予，将腾驾兮偕逝。筑室兮水中，葺之兮荷盖。荪壁兮紫坛，匊芳椒兮成堂。桂栋兮兰橑，辛夷楣兮药房。罔薜荔兮为帷，擗蕙櫋兮既张。白玉兮为镇，疏石兰兮为芳。芷葺兮荷屋，缭之兮杜衡。合百草兮实庭，建芳馨兮庑门。九嶷缤兮并迎，灵之来兮如云。

捐余袂兮江中，遗余褋兮澧浦。搴汀洲兮杜若，将以遗兮远者。时不可兮骤得，聊逍遥兮容与。

湘夫人的解说已见前。此篇与《湘君》都含有恋爱的气息，可知它们的本事都是很浪漫的。第五首《大司命》云：

广开兮天门，纷吾乘兮玄云；令飘风兮先驱，使涷雨兮洒尘。

君回翔兮以下，踰空桑兮从女。纷总总兮九州，何寿夭兮在予！

高飞兮安翔，乘清气兮御阴阳。吾与君兮齐速，导帝之兮九冈。

灵衣兮被被，玉佩兮陆离。一阴兮一阳，众莫知兮余所为。

折疏麻兮瑶华，将以遗兮离居。老冉冉兮既极，不寖近兮愈疏。

乘龙兮辚辚,高驰兮冲天。结桂枝兮延伫,羌愈思兮愁
人。愁人兮奈何?愿若今兮无亏。

固人命兮有当,孰离合兮可为?

太司命是运命之神。读了"何寿夭兮在予,乘清气兮御阴阳"等句,
可见它的威权之大。第六首为《少司命》:

秋兰兮麋芜,罗生兮堂下。绿叶兮素枝,芳菲菲兮袭予。
夫人自有兮美子,荃何以兮愁苦?

秋兰兮青青,绿叶兮紫茎。满堂兮美人,忽独与余兮
目成。

入不言兮出不辞,乘回风兮载云旗。悲莫悲兮生别离,乐
莫乐兮新相知!

荷衣兮蕙带,倏而来兮忽而逝。夕宿兮帝郊,君谁须兮云
之际?

与女沐兮咸池,晞女发兮阳之阿。望美人兮未来,临风恍
兮浩歌。

孔盖兮翠旍,登九天兮抚彗星。竦长剑兮拥幼艾,荪独宜
兮为民正。

少司命也是命运之神,但她大概是个司恋爱的命运的女神。此篇
是很好的恋歌,颇多缠绵悱恻的句子。第七首为《东君》:

暾将出兮东方,照吾槛兮扶桑。抚余马兮安驱,夜皎皎兮
既明。驾龙辀兮乘雷,载云旗兮委蛇。长太息兮将上,心低徊
兮顾怀,羌声色兮娱人,观者憺兮忘归。缊瑟兮交鼓,箫钟兮
瑶簴。鸣篪兮吹竽,思灵保兮贤姱。翾飞兮翠曾,展诗兮会
舞。应律兮合节,灵之来兮蔽日。青云衣兮白霓裳,举长矢兮

射天狼。操余弧兮反沦降，援北斗兮酌桂浆。撰余辔兮高驰
翔，杳冥冥兮以东行。

东君是太阳神，驾龙辀，载云旗，青的衣，白的裳，举长矢射天狼，写
来何等俊伟威武！第八首为《河伯》：

> 与女游兮九河，冲风起兮横波。乘水车兮荷盖，驾两龙兮
> 骖螭。登昆仑兮四望，心飞扬兮浩荡。日将暮兮怅忘归，惟极
> 浦兮寤怀。
> 鱼鳞屋兮龙堂，紫贝阙兮朱宫。灵何为兮水中？乘白鼋
> 兮逐文鱼，与女游兮河之渚，流澌纷兮将来下。与交手兮东
> 行，送美人兮南浦。波滔滔兮来迎，鱼邻邻兮媵予。

河伯为九河之长，此指黄河之神。第九首为《山鬼》：

> 若有人兮山之阿，被薜荔兮带女萝；既含睇兮又宜笑，子
> 慕予兮善窈窕。乘赤豹兮从文狸，辛夷车兮结桂旗；被石兰兮
> 带杜衡，折芳馨兮遗所思。余处幽篁兮终不见天，路险难兮独
> 后来。
> 表独立兮山之上，云容容兮而在下。杳冥冥兮羌昼晦，东
> 风飘兮神灵雨。留灵修兮憺忘归，岁既晏兮孰华予？采三秀
> 兮于山间，石磊磊兮葛蔓蔓。怨公子兮怅忘归，君思我兮不得
> 闲。山中人兮芳杜若，饮石泉兮荫松柏；君思我兮然疑作。
> 雷填填兮雨冥冥，猨啾啾兮狖夜鸣。风飒飒兮木萧萧，思
> 公子兮徒离忧！

山鬼是山林的女神，写来很是美丽多情，其中也含有恋爱的分子。
第十首为《国殇》：

操吴戈兮被犀甲，车错毂兮短兵接。旌蔽日兮敌若云，矢
交坠兮士争先。凌余阵兮躐余行，左骖殪兮右刃伤。霾两轮
兮絷四马，援玉枹兮击鸣鼓。天时坠兮威灵怒，严杀尽兮弃
原野。

出不入兮往不反，平原忽兮路超远。带长剑兮挟秦弓，首
身离兮心不惩。诚既勇兮又以武，终刚强兮不可凌。身既死
兮神以灵，魂魄毅为鬼雄。

国殇是为国而战死的勇士的神。前人因《山鬼》以上九篇各祀一
神，独此篇性质不同，且数目又超出九篇之外，故疑本篇本为独立
的诗歌，被后人误入《九歌》的。但这与吾们无关，因为吾们取它因
它是篇神话，可以代表当时楚地人民对于战死的勇士的观念。末
篇是《礼魂》：

成礼兮会鼓，传芭兮代舞，姱女倡兮容与；春兰兮秋菊，长
无绝兮终古！

旧注："礼魂，谓以礼美终者。"所说大致不差。它是唱完以上十篇
后的结束，犹之现代的巫者于召神送神之际，先将各神一一召来，
复一一送去，最后乃总致一词。此总致之词，就是这里的礼魂。今
人也有认《九歌》为巫歌的，大概这也是一个证据。

此外，屈原的《天问》一篇中，尤含有大量的神话的片段。不过
因为过于片段了，有几处竟完全令人不解。相传屈原被放之后，在
庙祠中见壁上所绘大地山川神灵及古贤圣怪物行事，乃发生种种
疑问，随笔乱书，故全篇毫无组织。但前半篇所写大都是关于宇宙
开辟的神话，后半篇是关于历史的神话。全文很长，且非注不明，
故不引录。随便举一例，像女娲及共工氏触不周山一事，在《天问》
中便有如下之问：

> 女娲有体，孰制匠之？
>
> 康回冯怒，地何故以东南倾？
>
> 八柱何当，东南何亏？

康回是共工之名，后二段大概就是指共工氏头触不周山以至天倾西北，地不满东南而言。

但第一段虽说到女娲，却未提到补天之事。补天事出《淮南子》，留待下文再讲。

除《楚辞》外，在《诗经》里却有一篇关于织女的神话。可是并不说到"牵牛"，亦无恋爱的故事，大概也仅是一个不全的片段。原文是：

> 维天有汉，监亦有光；跂彼织女，终日七襄；虽则七襄，不成报章。（《小雅·大东》）

毛苌说："汉"就是"河汉"，就是"天河"。所以此所谓"织女"，当然是指天河旁的织女星座了。

四　先秦子史中有寓言而无神话

前人以为先秦诸子也多神话，吾却以为不然。因为诸子中确也偶有叙述神人行事或形象的文字，可是十九出之作者自撰，且是用来作为他的学说的证明的，所以是寓言而非神话。而且在实际上，除了《庄子》外，《列子》非先秦之书，其他却也难得用神人的行事来作成寓言的。《庄子》中寓言最多，但类似神话的寓言也不很多，略举如后：

> 北冥有鱼，其名为鲲。鲲之大，不知其几千里也。化而为

鸟，其名为鹏。鹏之背，不知其几千里也。怒而飞，其翼若垂天之云。是鸟也，海运则将徙于南冥。……水击三千里，抟扶摇而上者九万里，去以六月息者也。……

楚之南，有冥灵者，以五百岁为春，五百岁为秋。上古有大椿者，以八千岁为春，八千岁为秋。……

穷发之北，有冥海者，天池也。有鱼焉，其广数千里，未有知其修者，其名为鲲。有鸟焉，其名为鹏；背若泰山，翼若垂天之云，抟扶摇羊角而上者九万里，绝云气，负青天，然后图南，且适南冥也。……（以上《逍遥游》）

南海之帝为儵，北海之帝为忽，中央之帝为浑沌。儵与忽时相与遇于浑沌之地，浑沌待之甚善。儵与忽谋报浑沌之德，曰："人皆有七窍，以视听食息；此独无有。尝试凿之。"日凿一窍，七日而浑沌死。（《应帝王》）

他如《在宥篇》的云将遇鸿濛，《秋水篇》的河伯遇北海若，他们本身是神，而所谈都是人话，那是神话而人话化了。

《孟子》中有"齐人有一妻一妾"章，也是一篇文辞生动的寓言，后人每誉为已具短篇小说的雏形，且曾经后世戏剧家取为题材。那段文字是：

齐人有一妻一妾而处室者，其良人出，则必餍酒肉而后返。其妻问所与饮食者，则尽富贵也。其妻告其妾曰："良人出，则必餍酒肉而后返。问其与饮食者，则尽富贵也，而未尝有显者来。吾将瞷良人之所之也。"蚤起，施从良人之所之，遍国中无与立谈者。

卒之东郭墦间，之祭者，乞其余，不足，又顾而之他。此其为餍足之道也。其妻归，告其妾曰："良人者，所仰望而终身也，今若此！"与其妾讪其良人，而相泣于中庭。而良人未之知

也,施施从外来,骄其妻妾。……(《离娄下》)

《韩非子》中的《内储说》上下,《外储说》左上下及右上下六篇,自来文学家也都把它们作短篇小说看待。但其中所引大半为史实,尽目之为小说,很不妥当。且可当小说的名的,也尽是些寓言,与后世专重记述及描写的小说亦全不同。约举数则如左:

> 郑人有相与争年者,一人曰:"吾与尧同年。"其一人曰:"我与黄帝之兄同年。"讼此而不决,以后息者为胜耳。

> 郑县人卜子,使其妻为袴。其妻问曰:"今袴何如?"夫曰:"象吾故袴。"妻子因毁新,令如故袴。

> 郑县人有得车轭者,而不知其名,问人曰:"此何种也?"对曰:"此车轭也。"俄又复得一,问人曰:"此是何种也?"对曰:"此车轭也。"问者大怒曰:"曩者曰车轭,今又曰车轭,是何众也?此女欺我也!"遂与之斗。

> 郑县人卜子妻之市,买鳖以归。过颍水,以为渴也,因纵而饮之。遂亡其鳖。

> 郑人有欲买履者,先自度其足,而置之其坐。至之市,而忘操之。已得履,乃曰:"吾忘持度。"反归取之。及反,市罢,遂不得履。人曰:"何不试之以足?"曰:"宁信度,无自信也。"(以上皆《外储说》左上)

> 造父为齐王驸驾,渴马服成,效驾圃中。渴马见圃池,去车走池,驾败。王子于期为赵简主取道,争千里之表。其始发也,彘伏沟中,王子于期齐辔策而进之,彘突出于沟中,马惊驾败。(《外储说》右下)

> 卜皮为县令,其御史污秽而有爱妾。卜皮乃使少庶子佯爱之,以知御史阴情。(《内储说》上)

末段所叙，如加以细腻的摹描，可以成为一篇艳丽而趣味浓厚的公案小说。《韩非子》的所以为后世文学家所推重，看了上面所引，也就可以深思其故了。

除去上面所引，先秦的典籍，若《战国策》，若《礼记》，若《左传》，若《家语》，所含神话、寓言尚多，而尤以《战国策》为最。盖《战国策》所载，大都为战国游士用以耸动人主视听的言论，故亦十九皆为寓言。兹举两则于后，以见一斑：

> 江上之处女，有家贫而无烛者。处女相与语，欲去之。家贫无烛者将去矣，谓处女曰："妾以无烛故，常先至扫室布席。何爱余明之照四壁者？幸以赐妾，何妨于处女？妾自以有益于处女，何为去我？"处女相语以为然而留之。（《秦策》二）

> 楚有祠者，赐其舍人卮酒。舍人相谓曰："数人饮之不足，一人饮之有余；请画地为蛇，先成者饮酒。"一人蛇先成，引酒且饮之，乃左手持卮，右手画蛇曰："吾能为之足。"未成。一人之蛇成，夺其卮曰："蛇固无足，子安能为之足？"遂饮其酒。为蛇足者，终亡其酒。（《齐策》二）

五　遗留在后世典籍中的古代神话

古代神话，保存在先秦典籍里的，反不如在秦以后的书籍里较为篇幅完整。这是因作者用以书写的工具的关系。文字由简单到繁复，由片段到完整，都是随着所用工具的进步而转变的。因此，在汉人刘安的《淮南王书》，晋人伪作的《列子》，张华的《博物志》，干宝的《搜神记》，及梁人任昉的《述异记》一流书中所保存的，却有文字冗长的神话。

《淮南王书》一名《淮南鸿烈》训，署名虽为刘安作，实则为其宾客所合撰,乃是秦汉之际神仙思想最弥漫时代的产物。在这部书里,就有较完整的女娲补天,共工触不周山,嫦娥奔月,羿射十日等神话:

> 往古之时,四极废,九州裂,天不兼覆,地不周载,火爁炎而不灭,水浩洋而不息,猛兽食颛民,鸷鸟攫老弱。于是女娲炼五色石以补苍天,断鳌足以立四极,杀黑龙以济冀州,积芦灰以止淫水。苍天补,四极正,淫水涸,冀州平,狡虫死,颛民生。(《览冥训》)

> 昔者共工与颛顼争为帝,怒而触不周之山,天柱折,地维绝。天倾西北,故日月星辰就焉;地不满东南,故水潦尘埃归焉。(《天文训》)

> 羿请不死之药于西王母,姮娥窃以奔月。(《冥览训》)——高诱注:姮娥,羿妻。羿请不死之药于西王母,未及服之,姮娥盗食之,得仙,奔入月中为月精。

> 昔容成氏之时,道路雁行列处,托婴儿于巢上,置余粮于亩首,虎豹可尾,虺蛇可蹍,而不知其所由然。逮至尧之时,十日并出,焦禾稼,杀草木,而民无所食;猰貐、凿齿、九婴、大风、封豨、修蛇,皆为民害。尧乃使羿诛凿齿于畴华之野,杀九婴于凶水之上,缴大风于青丘之泽,上射十日而下杀猰貐,断修蛇于洞庭,擒封豨于桑林。万民皆喜,置尧以为天子。(《本经训》)

> 烛龙在雁门北,蔽于委羽之山,不见日;其神人面龙身而无足。(《墬形训》)

《列子》为晋人所伪作。其书虽不真出于列御寇之手,然其中颇保存许多古代思想。如《杨朱篇》为古来唯一记载杨朱思想的篇什,至今尚为哲学家所宝贵。其所含神话,亦大都来自古代,而非

晋人自己所创造。其最著者如愚公移山,龙伯大人之国,终北的仙乡,都是很重要而很有价值的神话材料。这三篇都出《汤问篇》:

太行、王屋二山,方七百里,高万仞,本在冀州之南,河阳之北。北山愚公者,年且九十,面山而居。惩山北之塞,出入之迂也,聚室而谋曰:"吾与汝毕力平险,指通豫南,达于汉阴,可乎?"杂然相许。其妻献疑曰:"以君之力,曾不能损魁父之丘,如太行、王屋何?且焉置土石?"杂曰:"投诸渤海之尾,隐土之北。"遂率子孙荷担者三夫,叩石垦壤,箕畚运于渤海之尾。邻人京城氏之孀妻,有遗男始龀,跳往助之。寒暑易节,始一反焉。河曲智叟笑而止之曰:"甚矣,汝之不惠!以残年余力,曾不能毁山之一毛,其如土石何!"北山愚公长息曰:"汝心之固,固不可彻,曾不若孀妻弱子!虽吾之死,有子存焉,子又生孙,孙又生子,子又有子,子又有孙,子子孙孙,无穷匮也;而山不加增,何苦而不平?"河曲智叟亡以应。操蛇之神闻之,惧其不已也,告之于帝;帝感其诚,命夸娥氏二子负二山,一厝朔东,一厝雍南。自此冀之南,汉之阴,无垄断焉。

渤海之东,不知几亿万里,有大壑焉,实惟无底之谷。其下无底,名曰归墟。八纮九野之水,天汉之流,莫不注之,而无增无减焉。其中有五山焉:一曰岱舆,二曰员峤,三曰方壶,四曰瀛洲,五曰蓬莱。其山高下周旋三万里,其顶平处九千里,山之中间相去七万里,以为邻居焉。其上台观皆金玉,其上禽兽皆纯缟,珠玕之树皆丛生,华实皆有滋味,食之皆不老不死。所居之人,皆仙圣之种,一日一夕,飞相往来者,不可数焉。而五山之根,无所连著,常随波上下往还,不得暂峙焉。仙圣毒之,诉之于帝。帝恐流于西极,失群圣之居,乃命禺疆,使巨鳌十五,举首而戴之,迭为三番,六万岁一交焉。五山始峙。而龙伯之国有大人,举足不盈数步而暨五山之所;一钓而连六鳌,合负而趣归其国,灼其骨以数焉。于是岱舆、员峤二山,流于北极,沉于大海,仙圣之播迁者巨亿计。帝凭怒,侵减龙伯之国使厄,侵小龙伯之民使短。至伏羲、神农时,其国人犹数十丈。

　　禹之治水土也,迷而失途,谬之一国,滨北海之北,不知距齐州几十万里。其国名曰终北,不知际畔之所齐限,无风雨霜露,不生鸟兽虫鱼草木之类,四方悉平,周以乔陟。当国之中,有山,山名壶领,状若甔甄。顶有口,状若员环,名曰滋穴;有水涌出,名曰神瀵,臭过兰椒,味过醪醴。一源分为四埓,注于山下,经营一国,亡不悉遍。土气和,亡札厉,人性婉而从物,不竞不争;柔心而弱骨,不骄不忌;长幼侪居,不君不臣;男女杂游,不媒不聘;缘水而居,不耕不稼;土气适温,不织不衣;百年而死,不夭不病。其民孳阜亡数,有喜乐,亡衰老哀苦。其俗好声,相携而迭谣,终日不辍音。饥惓则饮神瀵,力志和平;过则醉,经旬乃醒。沐浴神瀵,肤色脂泽,香气经旬乃歇。周穆王北游,过其国,三年忘归。既反周室,慕其国,慭然自失,不进酒肉,不召嫔御者数月,乃复。

张华《博物志》中亦有关于大人国的记载,惟与此略有不同:

　　大人国,其人孕三十六年,生白头。其儿则长大,能乘云而不能走,盖龙类。去会稽四万六千里。

干宝《搜神记》中记雨师赤松子、疫鬼及蚕的故事,其时代皆甚古,当亦为古代遗留的神话:

　　赤松子者,神农时雨师也。服冰玉散,以教神农,能入火不烧。至昆仑山,常入西王母石室中,随风上下。炎帝少女追之,亦得仙去。至高辛时,复为雨师,游人间。……

　　昔颛顼氏有三子,死而为疫鬼:一居江水,为疟鬼;一居若水,为魍魉鬼;一居人官室,善惊人小儿,为小鬼。于是正岁命方相氏帅肆傩以驱疫鬼。

　　旧说太古之时,有大人远征,家无余人,惟有一女,牡马一匹,女亲养之。穷居幽处,思念其父,乃戏马曰:"尔能为我迎得父还,吾将嫁汝。"马既认此言,乃绝缰而去,径至父所。父见而惊喜,因取而乘之。马望所自来悲鸣不已。父曰:"此马无事如此,我家得无有故乎?"乘以归。为畜生有非常之情,故厚加刍养。马不肯食,每见女出入,辄喜怒奋击,如此非一。父怪之,密以问女;女具以告父,必为是故。父曰:"勿言,恐辱家门,且莫出入。"于是伏弩射杀之,暴皮于庭。父行,女与邻女于皮所戏,以足蹙之曰:"汝是畜生,而欲取人为妇耶!招此屠剥,如何自苦!"言未及竟,马皮蹶然而起,卷女以行。邻女忙怕,不敢救之,走告其父。父还求索,已出,失之。后经数日,得于大树枝间,女及马皮,尽化为蚕,而绩于树上,其茧纶理厚大,异于常蚕。邻妇取而养之,其收数倍。因名其树曰桑。桑者,丧也。由斯百姓竞种之,今世所养是也。言桑蚕者,是古蚕之余类也。

徐整《五运历年纪》及托名任昉作的《述异记》中,皆有盘古开天的故事。此为古代仅存的"创世"神话,前此早已失传,颇可宝贵。今依次皆录于后:

　　首生盘古,垂死化身,气成风云,声为雷霆,左眼为日,右眼为月,四肢五体为四极五岳,血液为江河,筋脉为地里,肌肉为

田土,发髭为星辰,皮毛为草木,齿骨为金石,精髓为珠玉,汗流为雨泽;身之诸虫,因风所感,化为黎甿。(《五运历年记》)

盘古氏,天地万物之祖也。然则生物始于盘古。

昔盘古之死也:头为四岳,目为日月,脂膏为江海,毛发为草木。秦汉间俗说:盘古头为东岳,腹为中岳,左臂为南岳,右臂为西岳。先儒说:泣为江河,气为风,声为雷,目瞳为电。古说:喜为晴,怒为阴。吴楚间说:盘古氏,夫妻阴阳之始也。今南海有盘古氏墓,亘三百余里。俗云:后人追葬盘古之魂也。(以上《述异记》)

此外,《风俗通》有女娲造人故事,而《风俗记》及《荆楚岁时记》有牛郎织女故事,可补前此所遗留的神话片段的阙。

俗说:天地开辟,未有人民,女娲抟黄土为人。剧务力不暇供,乃引绳絚泥中,举以为人。故富贵者,黄土人也;贫贱凡庸者,絚人也。(《风俗通》)

织女七夕当渡河,使鹊为桥。相传七日鹊首无故皆髡,因为梁以渡织女故也。(《风俗记》)

天河之东有织女,天帝之子也。年年织杼劳役,织成云锦天衣。天帝怜其独处,许嫁河西牵牛郎。嫁后,遂废织。天帝怒,责令归河东,使一年一度相会。(《荆楚岁时记》)

牛郎织女故事,为最富有社会意识的神话,是中国古代重农社会特有的产物。一年一度的夫妇会合,尤为当时理想中最合理的婚制。这种思想,大概是根据于植物大都一年一度开花结实而产生的。在今言之,可云确有科学的根据。所以清人郑燮颇赞美其事。

最初的历史家,把神话里的主神都算作古代的帝王,把神话竟当作了真实的历史。但到了后代史家的手里,便把神话的分子删除,而单留着所叙事实。这样,便成了一种非神话非历史的东西。像司马迁《史记》中,就有这样的文字遗留着:

> 蚩尤作乱,不用帝命。于是黄帝乃征师诸侯,与蚩尤战于涿鹿之野,遂禽杀蚩尤。(《五帝本纪》)

> 舜父瞽叟盲,而舜母死。瞽叟更娶妻而生象。象傲瞽叟爱后妻子,常欲杀舜。舜避逃。……年二十,以孝闻。三十而帝尧问可用者,四岳咸荐虞舜,曰:可。于是尧乃以二女妻舜。……赐舜绨衣与琴,为筑仓廪,予牛羊。瞽叟尚欲复杀之,使舜上涂廪,瞽叟从下纵火焚廪。舜乃以两笠自扞而下去,得不死。后瞽叟又使舜穿井,舜穿井为匿空,旁出。舜既入深,瞽叟与象共下土实井。舜从匿空出去。瞽叟、象喜,以舜为已死。象曰:"本谋者象,象与其父母分。"于是曰:"舜妻尧二女与琴,象取之;牛羊仓廪予父母。"象乃止舜官居,鼓其琴。舜往见之,象愕,不怿曰:"我思舜,正郁陶。"舜曰:"然,尔其庶矣。"舜复事瞽叟,爱弟弥谨。……(同上)

舜的避去父弟的倾陷,本为一桩绝妙的智慧故事,决不是事实。然而历史家却径认为真事而采录了。

六 历史家所录先秦小说

汉代历史家以"街谈巷语""道听途说"为小说,他们的观念全与今人所谓小说不同,所以不列神话于小说。《汉书·艺文志》所录先秦小说凡九家,今皆佚亡;但一考它们的遗文,那末都是些细碎的杂记,与他们对于小说的观念完全相合。九家为《伊尹说》、《鬻子说》、《周考》、《青史子》、《师旷务成子》、《宋子》、《天乙》及《黄帝说》。《汉志》有注，看它的口气，似为班固所自注。

《伊尹说》二十七篇。注："其语浅薄，似依托也。"按《汉书·艺文志》道家又有《伊尹说》五十一篇，今亦佚。《史记·司马相如传》注引《伊尹书》云："箕山之东，青岛之所，有卢橘夏熟。"想来是仅存的遗文了。《吕氏春秋·本味篇》叙伊尹以至味说汤，亦有"青岛之所有甘栌"。照此看来，《伊尹说》大概是后世《食物本草》一类的书。

《鬻子说》十九篇。注："后世所加。"《汉志》道家又有《鬻子》二十一篇，今仅存一卷。后人以其语浅薄，疑非道家言。观《文选》李善注所引逸文，颇与今本不类，似为杂记史事之书：

> 武王率兵车以伐纣。纣虎旅百万，阵于商郊，起自黄鸟，至于赤斧，走如疾风，声如振霆。三军之士，靡不失色。武王乃命太公把白旄以麾之，纣军反走。（《太平御览》卷三百一亦引之）

《周考》七十六篇。注："考周事也。"逸文未见。

《青史子》五十七篇。注："古史官记事也。"遗文今存三事，皆言礼，一见《大戴礼记》及贾谊《新书》，一见《大戴礼记》，一见《风俗通义》，不知当时何以入小说。今引《风俗通义》所引云：

> 鸡者，东方之畜也。岁终更始，平秩东作，万物触户而出，故以鸡祀祭也。

《师旷》六篇。注："见《春秋》，其言浅薄，本与此同，似因托也。"《汉志》兵阴阳家又有《师旷》八篇，是杂占的书。《中国小说史略》说："《逸周书·大子晋篇》记师旷见大子，聆声而知其不寿，大子亦自知'后三年当宾于帝所'，其说颇似小说家。"《说文》鸟部引

《师旷》曰:"南方有鸟,名曰羌鹫,黄头赤目,五色皆备。"其事迹散见《左传》、《国语》、《韩非子》、《吕氏春秋》及《说苑》。盖亦杂记琐事的书。

《务成子》十一篇。注:"称尧问,非古语。"《汉志》五行又有《务成子灾异应》十四卷。务成子名昭,见《荀子》。杨倞注引《尸子》云:务成昭之教舜曰:"避天下之逆,从天下之顺,天下不足取也。避天下之顺,从天下之逆,天下不足失也。"可见作者思想的一斑。

《宋子》十八篇。注:"孙卿道宋子,其言黄老意。"宋子名钘,见《荀子》及《庄子》,《孟子》作宋轻,《韩非子》作宋荣子,宋人。《荀子》引其言云:"明见侮之不辱,使人不斗。"《庄子·天下篇》亦称其"见侮不辱,救民之斗。禁攻寝兵,救世之战。以此周行天下,上说下教。虽天下不取,强聒而不舍也。"可见他是个具有道家思想而实践墨家主张的人。

《天乙》三篇。注:"天乙谓汤,其言非殷时,皆依托也。"贾谊《新书》引汤言:"学圣王之道者,譬其如日;静思而独居,譬其若火。"《史记》亦引云:"予有言:人视水见形,视民知治不。"与注语不类,当另有其书。

《黄帝说》四十篇。注:"迂诞依托。"黄帝为道家所托始,其言语行事见引于周秦两汉之书颇多,即《汉志》所录,道家有《黄帝四经》四篇,《黄帝铭》六篇,《黄帝君臣》十篇,《杂黄帝》五十八篇,兵阴阳家有《黄帝》十六篇,图三卷,天文有《黄帝杂子气》三十三篇,历谱有《黄帝五家历》三十三卷,五行有《黄帝阴阳》二十五卷,《黄帝诸子论阴阳》二十五卷,杂占有《黄帝长柳占梦》十一卷,医经有《黄帝内经》十八卷,《外经》三十七卷,经方有《泰始黄帝扁鹊俞拊方》二十三卷,《神农黄帝食禁》七卷,房中有《黄帝三王养阳方》二十卷,神仙有《黄帝杂子步引》十二卷,《黄帝岐伯按摩》十卷,《黄帝杂子芝菌》十八卷,《黄帝杂子十九家方》二十一卷,其数量极可惊。黄帝既是位无所不能的超人,那么在小说家中占一席地,亦属当然

之事。至黄帝其人之有无，却有待于历史家的研究，非吾们所敢
决定。

《汉书·艺文志》所谓小说既如上述，实非吾们所必须知道。
但彼既称为小说，欲使吾们明白前人所谓小说的观念，自当不嫌琐
繁，作一番内容的探讨，以开示一般迷信盲从旧说的人。

此外尚有不载于《汉书·艺文志》的小说一种，即《永乐大典》
中所收的《燕丹子》三篇，后世目录家亦把它列入小说类。孙星衍
以为："其书长于序事，娴于词令，审是先秦古书。"书叙燕太子丹报
仇事，旧题"燕太子丹撰"，那自然是不确的。其书首叙丹与秦王结
怨之始，末述荆轲刺秦王，均写来十分紧张，而末段尤为出色：

> 燕太子丹质于秦，秦王遇之无礼，不得意，欲求归。秦王
> 不听，谬言："令乌白头，马生角，乃可许耳！"丹仰天叹，乌即白
> 头，马生角。秦王不得已而遣之，为机发之桥，欲陷丹。丹过
> 之，桥为不发。夜到关，关门未开，丹为鸡鸣，众鸡皆鸣，遂得
> 逃归。深怨于秦，求欲复之，奉养勇士，无所不至。……
> （卷上）

> ……荆轲入秦，不择日而发，太子与知谋者皆素衣冠送之
> 于易水之上。荆轲起为寿，歌曰：风萧萧兮易水寒，壮士一去
> 兮不复返！

> 高渐离击筑，宋意和之，为壮声则怒发冲冠，为哀声则士
> 皆流涕。二人皆升车，终已不顾也。二子行过，夏扶当车前刎
> 颈，以送二子。行过阳翟，轲买肉争轻重，屠者辱之，武阳欲
> 击，轲止之。

> 西入秦，至咸阳，因中庶子蒙白曰："燕太子丹畏大王之
> 威，今奉樊於期首与督亢地图，愿为北蕃臣妾。"秦王喜，百官
> 陪位，陛戟数百，见燕使者。轲奉於期首，武阳奉地图。钟鼓
> 并发，群臣皆呼万岁。武阳大恐，两足不能相过，面如死灰色。

秦王怪之。轲顾武阳,前谢曰:"北蕃蛮夷之鄙人,未见天子,愿陛下少假借之,使得毕事于前。"秦王谓轲曰:"取图来!"轲起督亢图进之。秦王发图,图穷而匕首出。轲左手把秦王袖,右手揕其胸,数之曰:"足下负燕日久,贪暴海内,不知厌足。於期无罪而夷其族,轲将〔为〕海内报仇。今燕王母病,与轲促期,从吾计则生,不从则死!"秦王曰:"今自之事,从子计耳。乞听琴声而死。"召姬人鼓琴,琴声曰:

罗縠单衣,可掣而绝;八尺屏风,可超而越;鹿卢之剑,可负而拔。

轲不解音。秦王从琴声,负剑拔之,于是奋袖超屏风而走。轲拔匕首擿之,决秦王耳,入铜柱,火出然。秦王还,断轲两手。轲因倚柱而笑,箕踞而骂,曰:"吾坐轻易,为竖子所欺,燕国之不报,我事之不立哉!"……(卷下)

第二章　汉代神仙故事

一　历史所载秦皇汉武的求仙故事

古代神话,遗留到秦汉之际,已渐渐失去了它本来的意义,也改变了它本来的面目。在古代的神话里,神的行事固然是超人的,但它也住在人间,它和人的关系却很接近,仿佛猫和狗同为家畜之一员一样。神也会死的,惟其力量胜于凡人罢了。到了秦时,神与人已渐至互相隔离,神住在另外一个世界,人已不能随便与神接触。神是长生不死的一体,而人也可为神,只要服食了不死之药。这种思想,却来源于燕齐的方士,他们一致承认仙人住居于海中的三神山。这是和他们所处的环境有关系的,因为燕齐正是二个滨海的国家,海的影像和古代神话相结合,便造成他们这种荒诞无稽的思想。又恰巧逢到那位雄才大略的秦始皇帝,百事遂心,惟少"不死"的本领,遂竭全力以求达成他的希冀。这样两相遇合,种种神仙故事便由是发轫了。不久,汉代皇帝对于神仙也有热烈的憧憬,神仙故事弥漫满整个的朝野,遂造成了这样一个富丽的神仙故事时代。

产生神仙故事的时代背景,在秦汉时代的历史上却记载得很明白。《史记》载神仙思想来源及始皇求仙事,有如下列的三段:

> 自齐威宣之时,驺子之徒,论著终始五德之运。及秦帝而齐人奏之,故始皇采用之。而宋毋忌、正伯侨、充尚、羡门子高,最后皆燕人,为方仙道,形解销化,依于鬼神之事。驺衍以

阴阳主运，显于诸侯。而燕齐海上之方士，传其术不能通。然则怪迂阿谀苟合之徒自此兴，不可胜数也。自威宣燕昭使人入海求蓬莱、方丈、瀛洲。此三神山者，其传在勃海中，去人不远，患且至，则船风引而去。盖尝有至者，诸仙人及不死之药皆在焉。其物：禽兽尽白，而黄金、银为宫阙。未至，望之如云；及到，三神山反居水下。临之，风辄引去，终莫能至云。世主莫不甘心焉。及至秦始皇并天下，至海上，则方士言之不可胜数。始皇自以为至海上而恐不及矣，使人乃赍童男女入海求之。船交海中，皆以风为解，曰："未能至，望见之焉。"其明年，始皇复游海上，至琅邪，过恒山，从上党归。后三年，游碣石，考入海方士，从上郡归。后五年，始皇南至湘山，遂登会稽，并海上，冀遇海中三神山之奇药，不得。还，至沙丘，崩。（《封禅书》）

齐人徐市等上书言："海中有三神山，名曰蓬莱、方丈、瀛洲，仙人居之。请得斋戒，与童男女求之。"于是遣徐市发童男女数千人，入海求仙人。始皇还，过彭城，斋戒祷祠，欲出周鼎泗水，使千人没水求之，弗得。乃西南渡淮水，之衡山、南郡。浮江至湘山祠，逢大风，几不得渡。上问博士曰："湘君何神？"博士对曰："闻之，尧女，舜之妻，而葬此。"于是始皇大怒，使刑徒三千人，皆伐湘山树，赭其山。上自南郡由武关归。

还过吴，从江乘渡，并海上，北至琅邪。方士徐市等入海求神药，数岁不得，费多恐谴，乃诈曰："蓬莱药可得，然常为大鲛鱼所苦，故不得至。愿请善射与俱，见则以连弩射之。"始皇梦与海神战，如人状，问占梦博士，曰："水神不可见，以大鱼蛟龙为候。今上祷祠备谨，而有此恶神，当除去，而善神可致。"乃令入海者赍捕巨鱼具，而自以连弩，候大鱼出射之。自琅邪北，至荣成山，弗见。至之罘，见巨鱼，射杀一鱼，遂并海西。

至平原津而病。……七月丙寅,始皇崩于沙丘平台。(以上皆
《秦始皇本纪》)

由此看来,始皇的迷信神仙,却至死未悟。但武帝就不然了。他在
迷信着的时候,尤较始皇为热烈,但最后终来了一个觉悟。这或者
正是这二个雄主的不同之处。武帝的迷信神仙,《史记·封禅书》
里写得淋漓尽致,惜文字过于冗长。现依《通鉴》所载,酌举于后:

> 元光二年冬十月……李少君以祠灶却老方见上,上尊之。
> 少君者,故深泽侯舍人,匿其年及其生长,其游以方遍诸侯,无
> 妻子。人闻其能使物及不死,更馈遗之,常余金钱衣食。人皆
> 以为不治生业而饶给,又不知其何所入,愈信,争事之。少君
> 善为巧发奇中,常从武安侯饮,坐中有九十余老人,少君乃言
> 与其大父游射处,老人为儿时,从其大父识其处,一坐尽惊。
> 少君言上曰:"祠灶则致物,致物而丹沙可化为黄金,寿可益,
> 蓬莱仙者可见,见之以封禅则不死,黄帝是也。臣尝游海上,
> 见安期生,食巨枣,大如瓜。安期生,仙者,通蓬莱中,合则见
> 人,不合则隐。"于是天子始亲祠灶,遣方士入海求蓬莱安期生
> 之属,而事化丹沙诸药齐为黄金矣。居久之,李少君病死,天
> 子以为化去不死。而海上燕齐怪迂之方士,多更来言神事矣。
>
> (元狩四年)齐人少翁以鬼神方见上。上有所幸王夫人
> 卒,少翁以方夜致鬼,如王夫人之貌,天子自帷中望见焉。于
> 是乃拜少翁为文成将军,赏赐甚多,以客礼待之。文成又劝上
> 作甘泉宫,中为台室,画天地太一诸鬼神而置祭具,以致天神。
> 居岁余,其方益衰,神不至。乃为帛书以饭牛,佯不知,曰:"此
> 牛腹中有奇。"杀视得书,书言甚怪。天子识其手书,问其人,
> 果是伪书。于是诛文成将军而隐之。

（五年）夏四月……天子病鼎湖甚，巫医无所不致，不愈。游水发根言："上郡有巫病，而鬼神下之。"上召置，祠之甘泉。及病，使人问神君。神君言曰："天子无忧病。病少愈，强与我会甘泉。"于是病愈，遂起幸甘泉。病良已，置酒寿宫。神君非可得见，闻其言，言与人音等；时去时来，来则风，肃然居室帷中。神君所言，上使人受书其言，命之曰画法。其所语，世人之所知也，无绝殊者，而天子心独喜。其事秘，世莫知也。

（元鼎四年）春二月……乐成侯丁义荐方士栾大云："与文成将军同师。"……大先事胶东康王，为人长美言，多方略，而敢为大言，处之不疑。大言曰："臣常往来海中，见安期羡门之属。顾以臣为贱，不信臣；又以为康王诸侯耳，不足与方。臣之师曰：'黄金可成而河决可塞，不死之药可得，仙人可致也。'……"……于是上使验小方，斗旗，旗自相触击。是时上方忧河决而黄金不就，乃拜大为五利将军，又拜为天士将军、地士将军、大通将军。夏四月乙巳，封大为乐通侯，食邑二千户。……又以卫长公主妻之，赍金十万斤。天子亲如五利之第，……自大主、将、相以下，皆置酒其家，献遗之。天子又刻玉印曰"天道将军"，使使衣羽衣，夜立白茅上，五利将军亦衣羽衣立白茅上受印，以示不臣。大见数月，佩六印，贵震天下。于是海上燕齐之间，莫不扼腕自言有禁方能神仙矣。

六月，汾阴巫锦，得大鼎于魏脽后土营旁，河东太守以闻。天子使验问巫得鼎无奸诈，乃以礼祠迎鼎至甘泉，从上行，荐之宗庙及上帝，藏于甘泉宫，群臣皆上寿贺。……齐人公孙卿曰："今年得宝鼎，其冬辛巳朔旦冬至，与黄帝时等。"卿有札书曰："黄帝得宝鼎，是岁己酉朔旦冬至，凡三百八十年，黄帝仙登于天。"因嬖人奏之。上大悦，召问，卿对曰："受此书申公，申公曰：'汉兴复当黄帝之时。汉之圣者，在高祖之孙且曾孙也。宝鼎出而与神通,黄帝接万灵明庭。明庭者,甘泉也。黄帝采首山铜,铸鼎于荆山下。鼎既成,有龙垂胡髯下迎黄帝。黄帝上骑龙,与群臣后宫七十余人俱登天。'"于是天子曰:"嗟乎!诚得如黄帝,吾视去妻子如脱屣耳!"拜卿为郎,使东候神于太室。(五年)五利将军装治行,东入海,求其师。既而不敢入海,之太山祠。上使人随验,实无所见。五利妄言见其师,其方尽,多不售,坐诬罔腰斩。……

(元封元年)春正月,上……东巡海上,行礼祠八神。齐人之上疏言神怪奇方者以万数。乃益发船,令言海中神山者数千人求蓬莱神人。公孙卿持节常先行,候名山,至东莱,言:"夜见大人,长数丈,就之则不见,其迹甚大,类禽兽云。"群臣有言:"见一老父牵狗,言'吾欲见巨公',已忽不见。"上既见大迹,未信;及群臣又言老父,则大以为仙人也,宿留海上,与方士传车,及间使求神仙人以千数。……上欲自浮海求蓬莱,群臣谏,莫能止。东方朔曰:"夫仙者,得之自然,不必躁求。若其有道,不忧不得;若其无道,虽至蓬莱见仙人,亦无益也。臣愿陛下第还宫静处以须之,仙人将自至。"上乃止。……

太初元年冬十月,上行幸泰山。十一月甲子朔旦冬至,祠上帝于明堂。东至海上,考入海及方士求神者,莫验。然益遣,冀遇之。

(天汉三年春)三月,上行幸泰山修封,祀明堂,因受计。还,祠常山,瘗玄玉。方士之候祠神人,入海求蓬莱者,终无有验,而公孙卿犹以大人迹为解。天子益怠厌方士之怪迂语矣。然犹羁縻不绝,冀遇其真。自此之后,方士言神祠者弥众。然其效可睹矣!

征和四年春正月,上行幸东莱,临大海,欲浮海求神山。

群臣谏,上弗听。而大风晦冥,海水沸涌,上留十余日,不得御楼船,乃还。……

三月,上耕于钜定,还,幸泰山修封。庚寅,祀于明堂。癸巳禅石闾,见群臣,上乃言曰:"朕即位以来,所为狂悖,使天下愁苦,不可追悔。自今事有伤害百姓,糜费天下者,悉罢之。"田千秋曰:"方士言神仙者甚众,而无显功,臣请皆罢斥遣之。"上曰:"大鸿胪言是也。"于是悉罢方士候神人者。是后上每对群臣自叹:"向时愚惑,为方士所欺,天下岂有仙人? 尽妖妄耳! 节食服药,差可少病而已!"……

像这样的迷信着神仙,恐在古今中外历史上找不出第二个人来。但这里所记,颇有与他书不同所在,如他书王夫人作李夫人;东方朔本也是一个汉代神仙故事的箭垛,但从这里他劝武帝的一段话看来,却变为一个绝不迷信的端士。至神仙之有无,在历史家当然是极明白的,否则哪会写出这样幽默的好文章来!

"上有好者,下必甚焉"。于是汉代社会就成了个满布着很浓厚的神仙空气的幽默社会。

二　汉武故事的起来

谈到汉代的神仙故事,那么汉武帝与东方朔仿佛是两个固定的箭垛。这当然是他们自己的思想和行动造成的。关于叙述他们故事的专书,称为汉人作的,有伪托为东方朔作的《神异经》与《海内十洲记》,班固作的《汉武故事》及《汉武内传》,郭宪作的《汉武洞冥记》及《东方朔传》。这几部神仙故事书,几皆为汉武帝而作,而以东方朔为之副。

《海内十洲记》旧称东方朔作,是真是伪不可知。但观卷首数语,知此书本为东方朔答汉武帝语的记录,那末当然非朔所自作了。

汉武帝既闻王母说八方巨海之中,有祖洲、瀛洲、玄洲、炎洲、长洲、元洲、流洲、生洲、凤麟洲、聚窟洲。有此十洲,乃人迹所稀绝处。又始知东方朔非世常人,是以延之曲室,而亲问十洲所在,所有之物名,故书记之。

观文中语气,似作于《汉武内传》之后。然其中亦有关于武帝时事的记录,如凤麟洲写所产续弦胶的功用其下乃云:

武帝天汉三年,帝幸北海,祠恒山。四月,西国王使至,献此胶四两,吉光毛裘。武帝受以付外库,不知胶裘二物之妙用也,以为西国虽远,而上贡者不奇,羁留使者未遣。又时武帝幸华林园射虎,而弩弦断。使者时从驾,又上胶一分,使口濡以续弩弦。帝惊曰:"异物也!"乃使武士数人,共对掣引之,终日不脱,如未续时也。胶色青如碧玉,吉光毛裘黄色,盖神马之类也。裘入水数日不沉,入火不焦。帝于是乃悟,厚谢使者而遣去,赐以牡桂干姜等诸物,是西方国之所无者。……

聚窟洲写所产反生香的功用,其后亦续云:

征和三年,武帝幸安定,西胡月支国王遣使献香四两,大如雀卵,黑如桑椹。帝以香非中国所有,以付外库。又献猛兽一头,形如五六十日犬子,大似狸而色黄。……帝使使者令猛兽发声,试听之。使者乃指兽命唤一声,兽舐唇良久,忽叫如天大雷霹雳;又两目如磹磓之交光,光朗冲天,良久乃止。帝登时颠蹶,掩耳震动,不能自止。侍者及武士虎贲,皆失仗伏地。诸内外牛马豕犬之属,皆绝绊离系,惊骇放荡,久许咸定。帝忌之,因以此兽付上林苑,令虎食之。于是虎闻兽来,乃相聚屈积如死虎伏。兽入苑,径上虎头,溺虎口。去十步已来,

顾视虎，虎辄闭目。……明日，失使者及猛兽所在，遣四出寻
讨，不知所止。到后元元年，长安城内病者数百，亡者大半。
帝试取月支神香，烧之于城内，其死未三月者皆活，芳气经三
月不歇。于是信知其神物也。乃更秘录余香。后一旦又失
之，检函封印如故，无复香也。……

《汉武故事》及《汉武内传》旧皆题班固作，二书文体不相类，决
非出于一人之手。《汉武故事》所记虽多神仙怪异之事，然不信方
士，文亦简雅。其篇末"每见群臣，自叹愚惑，天下岂有仙人，尽妖
妄耳。节食服药，差可少病"数语，司马光据以录入《通鉴》。可见
书虽未必果出班固，然可决其必为汉人。《汉武内传》亦记帝初生
至崩葬事，而于西王母降临事特详，所述大类方士口吻，兼杂释家
言。其著作时代自当在后。《内传》所记武帝初生前事，即全为
怪谈：

> 汉孝武皇帝者，景帝子也。未生之时，景帝梦一赤彘，从
> 云中下，直入崇芳阁。景帝觉而坐阁下，果有赤龙如雾，来蔽
> 户牖。宫内嫔御，望阁上有丹霞蓊蔚而起，霞灭，见赤龙盘回
> 栋间。景帝召占者姚翁以问之。翁曰："吉祥也。此阁必生命
> 世之人，攘夷狄而获嘉瑞，为刘宗盛主也。然亦大妖。"景帝使
> 王夫人移居崇芳阁，欲以顺姚翁之言也，乃改崇芳阁为猗兰
> 殿。旬余，景帝梦神女捧日以授王夫人，夫人吞之，十四月而
> 生武帝。……

《故事》所记则较略。《故事》此下接记武帝幼时自定婚姻，为古来
婚姻佳话之一，虽非怪谈，亦是奇事，且为《内传》所无：

> 帝以乙酉年七月七日旦生于猗兰殿，年四岁，立为胶东

王。……胶东王数岁,长公主抱置膝上,问曰:"儿欲得妇否?"长主指左右长御百余人,皆云:"不用。"指其女:"阿娇好否?"笑对曰:"好。若得阿娇作妇,当作金屋贮之。"长主大悦,乃苦要上,遂成婚焉。……

《故事》亦记李少翁术致李夫人魂事,盖合李少君少翁为一人,而李夫人即《通鉴》之王夫人。其记神君事,亦与《通鉴》稍异。大概因《通鉴》不信神仙,已将涉于迷信之语删除;《故事》则录当时之传说,故真伪不问:

　　淮南王安招方术之士,皆谓神仙,上闻而喜其事,于是方士自燕齐至者数千人。齐人李少翁,年二百余岁,色若童子,拜为文成将军。岁余,术未验,上渐厌倦。会所幸李夫人死,上甚思悼之。少翁云:"能致其神。"乃夜张帷明烛,陈酒食,令上居他帐中,遥见李夫人,不得就视也。上愈益想之。……少翁者,诸方皆验,唯祭太乙积年无应。上怒,诛之。文成被诛后月余,使者籍资从关东还,逢于渭亭。谓使者曰:"为吾谢上,不能忍少日而败大事乎! 上好自爱,后四十年,求我于蓬山,方将共事,不相怨也。"于是上大悔,复征诸方士。……

　　神君者,长陵女子也。先嫁为人妻,生一男,数岁死;女子悲哀悼痛之,亦死。死而有灵,其姒宛若祀之,遂关言语,说人家小事,颇有验。上遂祠神君,请术。初,霍去病微时数自祷于神君。神君乃见其形,自修饰,欲与去病交接。去病不肯,乃责之曰:"吾以神君清洁,故斋戒祈福。今觊欲为淫,此非神明也。"因绝不复往。神君亦惭。及去病疾笃,上令为祷于神君。神君曰:"霍将军精气少,寿命弗长,吾尝欲以太乙精补之,可以延年。霍将军不晓此意,遂见断绝。今病必死,非可

救也。"去病竟薨。上造神君请术,行之有效,大抵不异文成
也。神君以道授宛若,亦晓其术,年百余岁,貌有少容。卫太
子未败一年,神君亡去。……

两书记武帝死后,亦多怪事,今不备录。

《汉武洞冥记》的作者为郭宪,因他有"喷酒救火"一事,故为方
士所攀引。此书大概为六朝人作,内容与《神异经》相类,所记都为
异事奇物。但几每事均与武帝、东方朔有关。此书写武帝所爱之
女性,即非凡间所有:

> 帝所幸宫人,名丽娟,年十四。玉肤柔软,吹气胜兰,不欲
> 衣缨拂之,恐体痕也。每歌,李延年和之,于芝生殿唱《回风》
> 之曲,庭中花皆翻落。置丽娟于明离之帐,恐尘垢污其体也。
> 帝常以衣带缚丽娟之袂,闭于重幕之中,恐随风而去也。丽娟
> 以琥珀为佩,置衣裾里不使人知,乃言骨节自鸣,相与得神
> 怪也。

> 唯有一女人,爱悦于帝,名曰巨灵。帝旁有青珉唾壶,巨
> 灵乍出其中,或戏笑帝前。东方朔望见巨灵,乃目之,巨灵因
> 而飞去,望见化成青雀。因其飞去,帝乃起青雀台。时见青雀
> 来,则不见巨灵也。

《汉武故事》所记拳夫人事,亦颇神奇,并录于后,可与前引合并
以观:

> 上巡狩过河间,有紫青气自地属天,望气者以为其下当有
> 奇女、天子之祥。上使求之,见有一女子在空馆中,姿貌殊绝,
> 两手皆拳。上令开其手,数十人劈之,莫能舒。上于是自披
> 手,手即伸。由是得幸,号拳夫人,进为婕妤,居钩弋宫。解黄

帝素女之术,大有宠。有娠,十四月而产,是为昭帝焉。从上
至甘泉,因告上曰:"妾相运正应为陛下产一男,年七岁,妾当
死。今必死于此,不可得归矣,愿陛下自爱。宫中多巫蛊气,
必伤圣体,幸慎之!"言终而卒。既瘗,尸香闻十余里。因葬云
陵。上哀悼之,又疑其非常人,乃发冢开视,空棺无尸,惟衣履
存。上乃为起通灵台于甘泉。……

《东方朔传》系并合《洞冥记》所记东方朔故事而成,以朔为主
而以武帝为宾,故留待下节再述。

总之,武帝以好神仙之故,所以一切无稽荒唐神秘之谈,都尽
量集中在他的身上。不但他的初生及死后有种种奇事,凡与他有
关的一事一物,甚至他宠爱的女性,无一而非神奇。

自古以来所有种种神仙故事,武帝要算是个最大的箭垛了。

三　东　方　朔

《汉书·东方朔传》赞云:

> 刘向言少时数问长老贤人通于事及朔时者,皆曰:"朔口
谐倡辩,不能持论,喜为庸人诵说,故令后世多传闻者。"而扬
雄亦以为"朔言不纯师,行不纯德,其流风遗书蔑如也"。然朔
名过实者,以其诙达多端,不名一行,应谐似优,不穷似智,正
谏似直,秽德似隐,非夷齐而是柳下惠,戒其子以上容,首阳为
拙,柱下为工,饱食安步,以仕易农,依隐玩世,诡时不逢,其滑
稽之雄乎! 朔之诙谐、逢占、射覆,其事浮浅,行于众庶,童儿
牧竖,莫不眩燿。而后世好事者,因取奇言怪语附著之朔,故
详录焉。

这段文字评骘东方朔的为人，颇为确当；而且又使人明白了后世"奇言怪语"何以附著于他的理由。传中所叙，并无一事及于神怪，惟处处使人感到幽默而已。传中说他有一次曾"因醉入殿中，小遗殿上"，可见他的为人真放浪到极点。他的"割肉归遗细君"故事，至今盛传为一个诙谐的典故。他实是汉武帝时的一个怪人。但班固已云"奇言怪语附著之朔"，可见在东汉之时，朔早已成为一个神仙故事的箭垛，远在志怪书盛行的六朝以前。今人往往疑心那些附着于汉武帝及东方朔的故事起于志怪书盛行之际，见了此语可以释然了。

汉武帝手下臣子甚多，后世独以东方朔与武帝并为神仙故事的箭垛而不及他人，其故已如前述。但吾们试想，假如朔不遇武帝，不独他不能获得那种做官的际遇，即一切"奇言怪语"也不会附着到他身上去。正是机会成之，谓之何哉！

记述东方朔的"奇言怪语"的书，有称为朔自著的《海内十洲记》，班固的《汉武故事》，郭宪的《汉武洞冥记》及《东方朔传》。这几种书的作者尽属伪托，已见前述。其中《东方朔传》实系概括《洞冥记》所述朔的故事而成，叙述最详，今全录于后。不足之处，更补以他书所叙。《东方朔传》云：

东方朔，小名曼倩。父张氏，名夷，字少平；母田氏。夷年二百岁，颜若童子。朔生三日而田氏死。死时，汉景帝三年也。邻母拾朔养之，时东方始明，因以姓焉。

年三岁，天下秘识，一览暗诵于口，恒指挥天上空中独语。邻母忽失朔，累月，暂归，母笞之。后复去，一年乃归。母见之，大惊曰："汝行经年一归，何以慰吾？"朔曰："儿暂至紫泥之海，有紫水污衣，仍过虞泉湔浣。朝发中还，何言经年乎？"母又问曰："汝悉经何国？"朔曰："儿湔衣竟，暂息冥都崇台，一寤眠。王公啖儿以丹栗霞浆，儿食之既多，饱闷几死，乃饮玄天黄露半合，即醒。还遇一苍虎，息于路。初儿骑虎而还，打捶过痛，虎啮儿脚伤。"母便悲嗟，乃裂青布裳裹之。

朔复去家万里，见一枯树，脱布挂树，布化为龙，因名其地为布龙泽。

朔以元封中游鸿濛之泽，忽遇王母采桑于白海之滨。俄而有黄眉翁，指母以语朔曰："昔为我妻，托形为太白之精。今汝亦此星之精也。吾却食吞气，已九千余年，目中童子皆有青光，能见幽隐之物；三千年一返骨洗髓，二千年一剥皮伐毛；吾生来已三洗髓，五伐毛矣！"

朔既长，仕汉武帝为大中大夫。武帝暮年好仙术，与朔狎昵。一日，谓朔曰："朕欲使爱幸者不老，可乎？"朔曰："臣能之。"帝曰："服何药？"曰："东北地有芝草，西南有春生之鱼。"帝曰："何知之？"曰："三足乌欲下地食此草，羲和以手掩乌目，不许下，畏其食此草也。鸟兽食此，即美闷不能动。"帝曰："子何知之？"朔曰："小儿时掘井，陷落井下，数十年无所托。有人引臣往取此草，乃隔红泉不得渡。其人与臣一只履，臣乃乘履泛泉，得而食之。其国人皆织珠玉为簟，要臣入云䩺之幕，设玄珉雕枕，刻镂为日月云雷之状，亦曰镂空枕，亦曰玄雕枕；又荐蚊毫之珍褥，以百蚊之毫织为褥。此毫褥柔而冷，常以夏日舒之，因名柔毫水藻之褥。臣举手拭之，恐水湿席，定视，乃光也。"

其后武帝寝于灵光殿，召朔于青绮窗绨纨幕下，问朔曰："汉年运火德，统以何精？何瑞为祥？"朔对曰："臣尝游昊然之墟，在长安之东，过扶桑七万里，有云山；山顶有井，云从井中出，若土德则黄云，火德则赤云，金德则白云，水德则黑云。"帝深信之。

太初二年，朔从西那邪国还，得声风木十枝，以献帝，长九尺，大如指。此木出因桓之水，则《禹贡》所谓"因桓是来"，即其源也。出甜波，上有紫燕黄鹄集其间。实如细珠，风吹珠如玉声，因以为名。帝以枝遍赐群臣年百岁者。颁赐此人有疾，枝则有汗；将死者，枝则折。昔老耽有周七千七百年，此枝未汗；洪崖先生尧时年已三千岁，此枝亦未一折。帝乃赐朔。朔曰："臣见此木三遍枯死，死而复生，何翅汗折而已！语曰：'年复年，枝忽汗。'此木五千岁一湿，万岁一枯也。"帝以为然。

又天汉二年，帝升苍龙馆，思仙术，召诸方士，言远国遐乡之事。唯朔下席操笔疏曰："臣游北极，至镜火山，日月初不照，有龙衔火以照山四极；亦有园圃池苑，皆植异草木。有明茎草，如金灯，折为烛，照见鬼物形。仙人宁封，尝以此草然为夜朝，见腹内外有光，亦名洞腹草。"帝剉此草为苏，以涂明云之观；夜坐此观，即不加烛。亦名照魅草，采以藉足，则入水不沉。

朔又尝东游吉云之地，得神马一匹，高九尺。帝问朔何兽，曰："王母乘云光辇，以适东王公之舍，税此马于芝田。东王公怒，弃此马于清津天岸。臣至王公坛，因骑而返，绕日三匝。此马入汉关，关门犹未掩，臣于马上睡，不觉还至。"帝曰："其名云何？"朔曰："因事为名，名步景驹。朔……自驭之，如驽马蹇驴耳。"朔曰："臣有吉云草千顷，种于九景山东，二千年一花，明年应生。臣走往刈之以秣马，马立不饥。"朔曰："臣至东极，过吉云之泽。"帝曰："何为吉云？"曰："其国常以云气占凶吉，若有喜庆之事，则满室云起，五色照人，着于草树，皆成五色露，露味皆甘。"帝曰："吉云甘露可得否？"曰："臣负吉云草以备马，此立可得，日可三二往。"乃东走至夕而还，得玄白青黄露，盛以青琉璃，各受五合授帝。帝偏赐群臣，其得之者，老者皆少，疾者皆除也。

又武帝尝见彗星，朔折指星木以授帝。帝指彗星，应时星没。时人莫之测也。

朔又善啸，每曼声长啸，尘落漫飞。

朔未死时，谓同舍郎曰："天下人无能知朔，知朔者唯大王公耳！"朔卒后，武帝得此语，即召大王公问之，曰："尔知东方朔乎？"公对曰："不知。""公何所能？"曰："颇善星历。"帝问诸星皆具在否，曰："诸星具在，独不见岁星十八年，今复见耳。"帝仰天叹曰："东方朔生在朕傍十八年，而不知是岁星哉！"惨然不乐。

其余事迹，多散在别卷，此不备载。

但是见于《洞冥记》而未为《东方朔传》所采取的。尚有下列若干事：

建元二年，帝起腾光台以望四远，于台上撞碧玉之钟，挂悬黎之磬，吹霜条之簧，唱《来云依日》之曲。方朔再拜于帝前曰："臣东游万林之野，获九色凤雏。……"（其下文意不明，当有脱误）

太初四年，东方朔从支提国来。国人长三丈二尺，三手三足，各三指。多力，善走，国内小山能移之。有洞泉饮能尽，结海苔为衣，其戏笑取犀象相投掷为乐。

元封三年，数过国献能言龟一头，长一尺二寸，盛以青玉匣，广一尺九寸，匣上豁一孔以通气。东方朔曰："唯承桂露以饮之。"置于通风之台上，欲往卜，命朔而问焉，言无不中。

唯有一女人，爱悦于帝，名曰巨灵。帝傍有青珉唾壶，巨灵乍出入其中，或戏笑帝前。东方朔望见巨灵，乃目之，巨灵因而飞去。……

元封中，起方山像，招诸灵异，召东方朔言其秘奥。乃烧天下异香，有沉光香、精只香、明庭香、金磾香、涂魂香。外国所贡精樟之灯，青樟木有膏如淳漆，削置器中，以蜡和之，涂布，燃照数里。

帝解鸣鸿之刀以赐朔，刀长三尺。朔曰："此刀黄帝采首山之铜铸之，雄已飞去，雌者犹存。"帝临崩，举刀以示朔，恐人得此刀，欲销之。刀于手中化为鹊，赤色，飞去云中。

综观以上所述，东方朔几是一个无所不知的超人。

《汉武故事》中记朔事，亦有三则：

东方朔娶宛若为小妻，生三子，与朔同日死，时人疑化去未死也。

东郡送一短人，长五寸，衣冠俱足。上疑其精，召东方朔至。朔呼短人曰："巨灵，阿母还来否？"短人不对，因诣谓上："王母种桃，三千年一结子，此儿不良，已三过偷之，失王母意，故被谪来此。"上大惊，始知朔非世中人也。短人谓上曰："王母使人来，告陛下求道之法，惟有清静，不宜躁扰。"言终，不见。上愈恨，召朔问其道。朔曰："陛下自当知。"上以其神人，不敢逼也，乃出宫女希幸御者二十人以赐之。朔与行道，女子并年百岁而死。惟一女子，长陵徐氏，号仪君，善传朔术，至今上元延中，已百三十七岁矣，视之如童女。诸侯贵人更迎致之，问其道术，善行交接之道，无他法也。……后遂入胡，不知所终。

……东方朔于朱鸟牖中窥母。母曰："此儿好作罪过，疏妄无赖，久被斥退，不得还天。然原心无恶，寻当得还。帝善遇之！"……

东方朔不但为人家造出许多神怪之事，而且又把人家谈神怪之书也托名为他所作。他在汉代不过是个小官，他的文字方面的成绩也远不及司马相如、扬雄等的伟大，但他的名声却很大，许多关于他的故事在民间一代一代流传下去。到了元明之际，戏曲家曾采他的故事作题材,小说家也把他的故事写入小说。他真是一个旷古未有的幸运儿啊!

四 西王母故事的演化与东王公

吾在前面说过:在初民时代,人与一切自然现象的界域尚不甚分明,人与动物的关系更不似现在般的隔绝,所以古代神话中的神的形像,往往是介于人与动植物之间的怪物。但这种思想一经文化进步的陶冶,神的形象及种种也跟着演化。形象渐渐由怪物变为人形,行动也逐渐趋向人化。这样一代一代的下去,于是本来朴野的简短的故事,变成美丽曲折的了;道德的教训,肤浅的哲理,也加进去了。于是形式全变了。

在古代神话中,西王母的故事本是极简朴的。但到了神仙故事盛行的汉代,它也逐渐脱去了神话中的神样,而趋向神仙故事中的神仙化。它的演化的段落是很显明的。在《山海经》上的西王母,是:

> 又西三百五十里,曰玉山。是西王母所居也。西王母,其状如人,豹尾虎齿而善啸,蓬发戴胜,是司天之厉及五残。(《西山经》)
>
> 西王母梯几而戴胜杖,其南有三青鸟,为西王母取食,在昆仑北。(《海内北经》)
>
> 西海之南,流沙之滨,赤水之后,黑水之前,有大山,名曰昆仑之丘。有神,人面虎身,有文有尾,皆白处之。其下有弱水之渊环之,其外有炎火之山,投物趣然。有人戴胜,虎齿有豹尾,穴处,名曰西王母。此山万物尽有。(《大荒西经》)

它是一个人身虎面豹尾食鸟的怪物,写得很是可怕。到了战国时人作的《穆天子传》中的西王母就不同了。《穆天子传》记周穆王西征见西王母事，这里的西王母已变成一个文雅的国王。

> 吉日甲子，天子宾于西王母。执玄圭白璧以见西王母，献锦组百纯，□组三百纯。西王母再拜受之。乙丑，天子觞西王母于瑶池之上。西王母为天子谣曰："白云在天，山陵自出，道里悠远，山川间之。将子无死，尚能复来。"天子答之曰："予归东土，和治诸夏。万民平均，吾顾见汝。比及三年，将复而野。"天子遂驱升于弇山。乃纪其迹于弇山之石，而树之槐，眉曰："西王母之山。"

到汉代称为班固作的《汉武故事》及《汉武内传》里所记，便与前此大不相同了。《内传》里的西王母，竟一变而为"年可三十许"的丽人。故事写西王母会见汉武帝的情形云：

> 七月七日，上于承华殿斋，日正中，忽见有青鸟从西方来。上问东方朔。朔对曰："西王母暮必降尊像上。"……是夜漏七刻，空中无云，隐如雷声，竟天紫气。有顷，王母至，乘紫车，玉女夹驭；戴七胜，青气如云；有二青鸟，夹侍母旁。下车，上迎拜，延母坐，请不死之药。母曰："……帝滞情不遣，欲心尚多，不死之药，未可致也。"因出桃七枚。母自啖二枚，与帝二枚。帝留核箸前。王母问曰："用此何为？"上曰："此桃美，欲种之。"母笑曰："此桃三千年一著子，非下土所植也。"留至五更，谈语世事而不肯言鬼神，肃然便去。……母既去，上惆怅良久。（《说郛》卷五十二所录无此一段）

《内传》里也有一段同样的记事，但文辞更为缛严，现亦录于后：

> 到七月七日，乃修除宫掖，设坐大殿，以紫罗荐地，燔百和

之香,张云锦之帏,然九光之灯,列玉门之枣,酌蒲萄之醴,宫监香果,为天官之馔。帝乃盛服立于阶下,勑端门之内不得有妄窥者。内外寂谧,以候云驾。到夜二更之后,忽见西南如白云起,郁然直来,径趋宫庭。须臾转近,闻云中箫鼓之声,人马之响。半食顷,王母至也,县投殿前,有似鸟集:或驾龙虎,或乘白麟,或乘白鹤,或乘轩车,或乘天马,群仙数千,光耀庭宇。既至,从官不复知所在,唯见王母乘紫云之辇,驾九色斑龙,别有五十天仙,侧近鸾舆,皆长丈余,同执彩旄之节,佩金刚灵玺,戴天真之冠,咸在殿下。王母惟扶二侍女上殿。侍女年可十六七,服青绫之袿,容眸流盼,神姿清发,真美人也!王母上殿东向坐,着黄金褡襹,文采鲜明,光仪淑目,带灵飞大绶,腰佩分景之剑,头上太华髻,戴太真晨婴之冠,履元璚凤文之舃。视之可年三十许,修短得中,天姿掩蔼,容颜绝世,真灵人也!下车登床,帝跪拜问寒暄毕,立。因呼帝共坐,帝面南。王母自设天厨,真妙非常,丰珍上果,芳华百味,紫芝萎蕤,芬芳填櫑,清香之酒,非地上所有,香气殊绝,帝不能名也。又命侍女更索桃果。须臾,以玉盘盛仙桃七颗,大如鸭卵,形圆青色,以呈王母。母以四颗与帝,三颗自食,桃味甘美,口有盈味。帝食辄收其核。王母问帝。帝曰:"欲种之。"母曰:"此桃三千年一生实,中夏地薄,种之不生。"帝乃止于坐上。酒筋数遍,王母乃命诸侍女,王子登弹八琅之璈,又命侍女董双成吹云和之笙,石公子击昆庭之金,许飞琼鼓震灵之簧,婉凌华拊五华之石,范成君击湘阴之磬,段安香作九天之钧,于是众声澈明,灵音骇空,又命法婴歌元灵之曲。……

《故事》与《内传》尽为伪书,然大概皆为东汉时人所作。用文字作比较,那么《内传》产生当较后,已如前述。所以在《故事》中,西王母的从者尚只二青鸟,和《山海经》相符合;但在《内传》中则有群仙数千，又"别有五十天仙，侧近鸾舆"，又侍女有王子登、董双成、石公子、许飞琼、婉凌华等，显然是后世皇帝的排场。其增饰之迹，尤洞然可见。

西王母故事的演化既如此，其实一切神话故事的演化未尝不如此。而且西王母故事到了汉代，人们觉得有了皇后必有皇帝，何以西王母独有母而无公，所以又另外造出一个东王公来。东王公故事，见于《神异经》：

> 东荒山中，有大石室，东王公居焉。长一丈，头发皓白，人形鸟面而虎尾，戴一黑熊，左右顾望。恒与一玉女投壶，每投千二百矫，设有入不出者，天为之嚄嘘。矫出而脱误不接者，天为之笑。（《东荒经》）

写东王公的故事始于此书。它所写的形象虽然模仿《山海经》的西王母，但究竟因在古代神话里没有根据，所以他就不能和西王母一样惹人注意。《神异经》又写东王公与西王母的会合：

> 昆仑之山有铜柱焉，其高入天，所谓"天柱"也，围三千里，周圆如削。下有回屋，方百丈，仙人九府治之。上有大鸟，名曰希有，南向，张左翼覆东王公，右翼覆西王母；背上小处无毛，一万九千里，西王母岁登翼上，会东王公也。（《中荒经》）

既有公而又有母，他们自然必须会合。但他们是仙人而不是凡人，所以同牛郎织女一样，仅是每年会合一次。

桓麟的《西王母传》也叙及东王公，而且更显明的写明他们的关系。他们在自然史上，仿佛《创世记》中的亚当与夏娃。

> 在昔道气凝寂，湛体无为，将欲启迪玄功，化生万物，先以

东华至真之气,化而生木公。木公生于碧海之上,芬灵之墟,以主阳和之气,理于东方,亦号曰东王公焉。又以西华至妙之气,化而生金母。金母生于神州伊川,厥姓侯氏,生而飞翔,以主元毓,神玄奥于眇莽之中,分大道醇精之气,结气成形,与东王公共理二气,而育养天地,陶钧万物矣。

五　几部著名神仙故事书的作者

东方朔(约前一六一——约前八七)字曼倩,平原厌次人。武帝初即位,下诏征天下举方正、贤良、文学、材力之士,待以不次之位,他就上书自荐。武帝壮其言,命待诏公车。久之,得为常侍郎,官至大中大夫。以滑稽得武帝欢,帝亦不甚重用。《神异经》与《海内十洲记》二书,伪托为朔作。二书皆仿《山海经》,然略于山川道路,而多载诡异之物,间有嘲讽之辞。《神异经》中尤多有意义的寓言,与其他神仙故事书不同。例如:

> 东方有人焉:男皆朱衣缟带玄冠,女皆采衣。男女便转可爱,恒恭坐而不相犯,相誉而不相毁。见人有患,投死救之。名曰善人,一名敬,一名美。不妄言,喋喋然而笑,仓卒见之如痴。(《东荒经》)
> 西南荒中出讹兽,其状若菟,人面能言,常欺人,言东而西,言善而恶。其肉美,食之言不真矣。一名诞。(《西南荒经》)
> 西北海外有人,长二千里,两脚中间相去千里,腹围一千六百里。但日饮天酒五斗,不食五谷鱼肉,唯饮天酒,忽有饥时,向天仍饮。好游山海间,不犯百姓,不干万物,与天地同生。名曰无路之人,一名仁,一名信,一名神。(《西北荒经》)

刘向(前七七——前六)本名更生,字子政,汉之宗室。宣帝时,以通达经术,善为文章,得与王褒、张子乔等并进。官至散骑宗正给事。向所著《新序》《说苑》《列女传》诸书,均纂辑古书而成,中多小说家言。又有《列仙传》一书,亦伪托向作,其体裁略仿《列女传》而篇幅很短,所叙大都见于六朝人志怪书,故其作书年代当不属汉代。兹录《萧史》及《园客》二事:

> 萧史者,秦穆公时人也,善吹箫,能致孔雀白鹤于庭。穆公有女,字弄玉,好之,公遂以女妻焉。日教弄玉作凤鸣,居数年,吹似凤声;凤凰来止其屋,公为作凤台。夫妇止其上,不下数年,一旦皆随凤凰飞去。故秦人为作凤女祠于雍宫中,时有箫声而已。

> 萧史妙吹,凤雀舞庭。嬴氏好合,乃习凤声。

> 遂攀凤翼,参翥高冥。女祠寄想,遗音载清。

> 园客者,济阴人也,姿貌好而性良,邑人多以女妻之,客终不取。常种五色香草,积数十年,食其实。一旦有五色蛾止其香树末,客收而荐之以布,生桑蚕焉。至蚕时,有好女夜至,自称客妻,道蚕状。客与俱收蚕,得百二十头,茧皆如瓮大。缲一茧,六十日始尽。讫则俱去,莫知所在。故济阴人世祠桑蚕,设祠室焉。或云:陈留济阳氏。

> 美哉园客,颜晔朝华。仰吸玄精,依挗五葩。

> 馥馥芳卉,采采文蛾。淑女宵降,配德升遐。

郭宪(约前二六——后五五以前)字子横,汝南宋人。少师事王仲子。王莽建新,拜郎中,赐衣服。宪受衣焚之,逃海滨。光武时征拜博士,代张堪为光禄勋。敢言,时有"关东觥觥郭子横"之目。托名宪作的《汉武洞冥记》凡六十则,皆言汉武时神仙道术及远方怪异之事,尤详于东方朔之历史。书中又尝叙一与东方朔同样怪诞的人董谒，颇不见于他书所载，兹录以为例：

> 董谒字仲玄，武都郁邑人也。少好学，尝游山泽，负挟图书，患其繁重，家贫，拾树叶以代书简，言其易卷怀也。编荆为床，聚鸟兽毛以寝其上。
>
> 元光中，帝起寿灵坛。坛上列植垂龙之木，似青梧，高十丈。有朱露色如丹汁，洒其叶，地皆成珠。其枝似龙之倒垂，亦曰珍枝树。此坛高八尺，帝使董谒乘云霞之辇以升坛。至夜三更，闻野鸡鸣，忽如曙，西王母驾玄鸾歌《春归》乐。谒乃闻王母歌声，而不见其形。歌声绕梁三匝乃止。坛傍草树枝叶，或翻或动，歌之感也。四面列种软枣，条如青桂，风至如拂阶上游尘。
>
> 帝好微行，于长安城西，夜见一螭游于路。董谒曰："昔桀媚末喜于膝上，以金簪贯玉螭腹为戏。今螭腹余金簪穿痕，得非此耶？"（此处似有缺文）曰："白龙鱼鳞，网者食之。"帝曰："试我也。"

赵晔（约四○前后在世）字长君，会稽山阴人。少为县吏，以不愿奉迎督邮弃官。从杜抚受《韩诗》，凡二十年不还家。抚卒，为发丧制服，乃归。州召补从事，不就。后举"有道"，卒于家。晔所著《吴越春秋》十卷，记吴越二国兴亡始末。又有《吴女紫玉传》，叙夫差女紫玉悦童子韩重，王怒不与，玉结气死，其魂与重重合。又有《楚王铸剑记》，叙干将莫邪为楚王铸剑，剑成，王杀干将，莫邪子赤比乃与客报父仇。二文皆托名赵晔作。《吴越春秋》虽称史籍，中亦多神怪之谈。如：

> 越有处女，出于南林，国人称善。……越王乃使使聘之，问以剑戟之术。女将北见于王，道逢一翁，自称曰袁公，问于

处女:"吾闻子善剑,愿一见之。"女曰:"妾不敢有所隐,惟公试之。"于是袁公即杖箖箊竹,竹枝上颉,桥末即堕地,女即捷末。(《艺文类聚》引作:"袁公挽林内之竹,似枯槁未折,堕地。女接取其末。"本书似有误文。)袁公则飞上树,变为白猿。……(《勾践阴谋外传》)

班固(三二——九二)字孟坚,扶风安陵人。因父彪续《史记》未详尽,乃潜精研思为续成,即今传之《汉书》百篇。窦宪征匈奴败,固为中护军,因被繋,遂死狱中。《汉武故事》及《汉武内传》旧本皆题固作,今皆知其非确。考文中语气,《内传》之作当较《故事》为后。然桓麟《西王母传》末有"至汉武帝元封元年七月七日,夜降于汉宫,语在《汉武帝传》内,此不复载焉"等语,可知《内传》之作,在于桓麟之前。唐张柬之以《内传》为齐王俭伪造,不知何据。二书前引已多,不再举录。

桓麟(约一〇八——约一四八)字元凤,沛郡龙亢人。桓帝初为议郎,入侍讲禁中。出为许令,病免。遭母丧,未详,哀毁而卒,年四十一岁。《后汉书》载麟著作有碑、诔、赞、说、书二十一篇。今传之《西王母传》称麟作,未知真伪,篇首述东王公及西王公的产生,已见前引。中述王母所居,且为《山海经》"豹尾虎齿而善啸,蓬发戴胜"的西王母作辩正,以为"此乃王母之使,金方白虎之神,非王母之真形也"。继述王母助黄帝平蚩尤,授舜以白玉环及地图,茅盈、王褒、张道陵从之传道。末述及周穆王宾于王母,云"事具《周穆王传》"。最末言王母夜降汉宫,云"语在《汉武帝传》内"。所述黄帝平蚩尤事,与他书异:

黄帝讨蚩尤之暴,威所未禁,而蚩尤幻变多方,征风召雨,吹烟喷雾,师众大迷。帝归息太山之阿,昏然忧寝。王母遣使者被玄狐之裘,以符授帝曰:"太一在前,天一在后,得之者胜,战则克矣。"符广三寸,长一尺,青莹如玉,丹血为文。佩符既毕,王母乃命一妇人,人首鸟身,谓帝曰:"我九天玄女也。"授帝以三宫五意阴阳之略,太一遁甲六壬步斗之术,阴符之机,灵宝五符五胜之文。遂克蚩尤于中冀,剪神农之后,诛榆罔于阪泉,天下大定,都于上谷之涿鹿。

此外尚有张俨的《太古蚕马记》,文句全与干宝《搜神记》中所叙全同,未知果出谁手。按汉魏之际有两张俨:一为余杭人,好学有贤德。遭汉末乱,尝开圃种瓜,获利以造桥。一字子节,吴郡人,张翰之父,以博闻多识拜大鸿胪。宝鼎(二六七年左右)中使晋,贾充、荀勖欲傲以所不知,皆不能屈。著有文集二卷,《默记》三卷。此文所署张俨,当为后者。全文已见前引,兹不赘。

六　汉书所录汉人小说及其他

《汉书·艺文志》所录汉人小说凡六家,今皆不存,逸文亦未见。

《封禅方说》十八篇。原注:"武帝时。"《待诏臣饶心术》二十五篇。注:"武帝时。"颜师古注:"刘向《别录》云:饶,齐人也,不知其姓,武帝时待诏。作书名曰《心术》。"《待诏臣安成未央术》一篇。应劭注:"道家也,好养生事,为未央之术。"以上三书皆属道家,内当有神仙鬼怪之谈。《臣寿周纪》七篇。注:"项国圉人,宣帝时。"

《虞初周说》九百四十三篇。注:"河南人。武帝时,以方士侍郎,号黄车使者。"应劭注:"其说以《周书》为本。"颜师古注:"《史记》云:虞初,洛阳人,即张衡《西京赋》'小说九百,本自虞初'者也。"太初元年(前一〇四),虞初尝与丁夫人等以方祠诅匈奴大宛,见《汉书·郊祀志》。《周说》今亦不传。晋唐人所引《周书》,有三事似《山海经》及《穆天子传》,与《逸周书》不类,朱右曾(《逸周书校释》十一)疑即为《虞初周说》的逸文：

> 天狗所止地尽倾，余光烛天为流星，长十数丈，其疾如风，其声如雷，其光如电。(《山海经注》卷十六)
>
> 穆王田，有黑鸟若鸠，翻飞而跱于衡，御者毙之以策，马佚，不克止之，踬于乘，伤帝左股。(《文选李善注》卷十四)
>
> 岵山，神蓐收居之。是山也，西望日之所入，其气圆，神经光之所司也。(《太平御览》卷三)

《百家》百三十九卷。刘向《说苑》叙录云："《说苑杂事》……其事类众多……除去与《新序》复重者，其余浅薄不中义理，别集以为《百家》。"由此观之，《百家》为刘向所编。但《汉书》未曾注明，未知何故。书虽不传，但观今本《说苑》及《新序》内容，则所记亦当为古人行事之迹，惟"不足为法戒"及"无当于治道"罢了。

其他被称为汉人所作的小说，尚有刘歆的《西京杂记》，伶玄的《飞燕外传》，无名的《杂事秘辛》。数书皆托名汉人，然今人皆谓为伪作。

刘歆(约前五三——公元二三)字子骏，后更名秀，字颖叔，彭城人，刘向之少子，少与王莽同为黄门郎。河平中(前二六)，与父向领校秘书，遂通六艺百家之学。官至都骑尉奉车光禄大夫。莽建国，尊为国师。后以谋诛莽，事泄，自杀。著作以《七略》为最著。《西京杂记》二卷，杂载朝野琐事，末有葛洪跋，言："其家有刘歆《汉书》一百卷，考校班固所作，殆是全取刘氏，小有异同。固所不取，不过二万许言。今抄出为二卷，以补《汉书》之阙。"照此看来，原文为歆作，而书名及编成今本的式样乃葛洪所为，故《唐书·艺文志》径云葛洪撰。今人即据此谓为葛洪所自作，殊嫌误会。今姑不论其真伪，"若论文学，则此在古小说中，固亦意绪秀异，文笔可观者也"。(《中国小说史略》三四页)但书中所记，亦有怪诞若《汉武故事》等书所述：

> 宣帝被收系郡邸狱，臂上犹带史良娣合采婉转丝绳，系身毒国宝镜一枚，大如八铢钱。旧传此镜见妖魅，得佩之者为天神所福，故宣帝从危获济。及即大位，每持此镜，感咽移辰。常以琥珀笥盛之，缄以戚里织成锦，一曰斜文锦。帝崩，不知所在。

然其他所记，大抵为遗史逸闻，如司马相如与卓文君的故事，王嫱为画工所欺故事，皆出于此书：

> 司马相如初与卓文君还成都，居贫愁懑，以所著鹔鹴裘就市人阳昌贳酒，与文君为欢。既而文君抱颈而泣曰："我生平富足，今乃以衣裘贳酒！"遂相与谋，于成都卖酒。相如亲着犊鼻裈涤器，以耻王孙。王孙果以为病，乃厚给文君，文君遂为富人。文君姣好，眉色如望远山，脸际常若芙蓉，肌肤柔滑如脂，为人放诞风流，故悦长卿之才而越礼焉。长卿素有消渴疾，及还成都，悦文君之色，遂以发痼疾。乃作《美人赋》，欲以自刺，而终不能改。卒以此疾至死。文君为诔传于世。

> 元帝后宫既多，不得常见，乃使画工图形，案图召幸之。诸宫人皆赂画工，多者十万，少者亦不减五万。独王嫱不肯，遂不得见。匈奴入朝，求美人为阏氏，于是上案图以昭君行。及去，召见，貌为后宫第一，善应对，举止闲雅。帝悔之，而名籍已定。帝重信于外国，故不复更人，乃穷案其事，画工皆弃市。……

伶玄（约公元一前后在世）字子于，潞水人。由司空小吏历三署，刺守州郡为淮南相。因辱班彪之父躅，故《汉书》不为立传。其妾樊通德，为樊嬺弟子不周之女，能道赵飞燕姊妹故事，于是撰《飞燕外传》。《通鉴》尝取其中"祸水灭火"语，则竟认为真出伶玄之手。其文字颇艳丽，有非汉人屐齿所曾经，当为伪托无疑：

> 婕妤接帝于太液池，作千人舟，号"合宫之舟"。池中起为瀛州榭，高四十尺。帝御流波文縠无缝衫，后衣南越所贡云英紫裙碧琼轻绡。广榭上，后歌舞《归风送远》之曲。帝以文犀簪击玉瓯，令后所爱侍郎冯无方吹笙以倚后歌。中流歌酣，风大起，后顺风扬音，无方长嘁细袅，与相属。后裙髀，曰："顾我，顾我！"后扬袖，曰："仙乎，仙乎！去故而就新，宁忘怀乎！"帝曰："无方为我持后。"无方舍吹持后履。久之，风霁。后泣曰："帝恩我，使我仙去不得！"怅然曼啸，泣数行下。帝益愧爱后，赐无方千万，入后房闼。他日，宫姝幸者，或襞裙为绉，号曰留仙裙。……

《杂事秘辛》一卷，记后汉桓帝选阅梁冀妹及册立事，杨慎序有云："得于安宁州土知州董氏。……卷首有'秘辛'二字不可解，要是卷帙甲乙名目。"然沈德符《野获编》以为即慎游戏之作。但其中写女性的美，深入隐微，摇人心目。造语之工，尤多独到。书虽伪作，亦为天地间难得的文字。书中写吴姁与单超奉帝命到梁商第周视商女女莹动止，到后：

> 第内欢噪，食时，商女女莹，从中阁细步到寝。姁与超如诏书周视动止，俱合法相。超留外舍，姁以诏书如莹燕处，屏斥接侍，闭中阁子。时日晏薄辰，穿照蠡窗，光送著莹面上，如朝霞和雪，艳射不能正视。目波澄鲜，眉妩连卷，朱口皓齿，修耳悬鼻，辅靥颐颔，位置均适。姁寻脱莹步摇，伸髻度发，如黝鬏可鉴，围手入盘，坠地加半握。已乞缓私小结束，莹面发赪抵拦。姁告莹曰："官家重礼，借见朽落，缓此结束，当加鞫翟耳。"莹泣数行下，闭目转面内向。姁为手缓，捧著日光。芳气

喷袭,肌理腻洁,捫不留手,规前方后,筑脂刻玉,胸乳菽发,脐容半寸珠许,私处坟起。为展两股,阴沟渥丹,火齐欲吐,此守礼谨严处女也。约略莹体,血足荣肤,肤足饰肉,肉足冒骨;长短合度,自颠至底,长七尺一寸,肩广一尺六寸,臀视肩广减三寸,自肩至指,长各二尺七寸,指去掌四寸,肖十竹萌削也,髀至足长三尺二寸,足长八寸,胫跗丰妍,底平指敛,约缣迫袜,收束微如禁中,久之不得音响。姁令推谢"皇帝万年"。莹乃徐拜皇帝,称:"皇帝万年。"若微风振箫,幽鸣可听。不痔不疡,无黑子创陷,及口鼻腋私足诸过。……

第三章　六朝鬼神志怪书

一　产生鬼神志怪书的时代背景

凡事有因必有果，古代神话遗留到秦汉之际，便造成了秦皇汉武及汉武时举国若狂的迷信神仙；秦汉的求仙术及不死之药二事，一传到东汉之末，却又造成了黄巾之乱与士大夫服药的风气。

汉武的求仙术，不过想与神仙相遇，传授他们的轻身却老之方，并不想在世间称雄于人。这因为他本是一位人主，在人中的地位他也不能再求其高了。所以他的希望，在平人视之，却颇高雅而不俗。但这种希望生在一个普通人的心里便不同了。仙之不可成，汉武是位人主尚如此，何必再作来轸之继。但他相信仙术是有的，他或者竟然已学会了一些，于是他想用之于别途。一个普通人想做"万人之上"的皇帝，正和一个皇帝想做不死的神仙一样，这种心理的产生是极自然的。这样，就来了东汉末的黄巾之乱，最后造成了三国的鼎峙。

不死之药原是仙术的一种，不过服了便可成神仙，却比其他方法直截了当。秦皇求了多年，没有得到；汉武用尽了种种方法，望穿了秋水，也最终没有得到。这样，较聪明的人便知这样求法是无用的，他们相信不死之药是有的，在人间而不在仙人那里，他们可以用人力来制造。他们看见世间只有金石类的寿命最永，它们或竟可同天地不朽，而且也载于医经；于是他们想造成一个有人的灵魂而金石的身躯的超人，也就是所谓仙人。这样，不是在事实上易于做到，而且可以不再蹈那希求神仙的不死之药却永远在虚无缥缈之中的覆辙。于是造成了魏晋时代士大夫服食药散的风气,产生了所谓"名士"的一派。

吾们来看看历史上所载"黄巾之乱"的起源,据《通鉴》所载:

> 初,巨鹿张角,奉事黄老,以妖术教授,号太平道。咒符水以疗病,令病者跪拜首过;或时病愈,众共神而信之。角分遣弟子,周游四方,转相诳诱。十余年间,徒众数十万,自清徐幽冀荆扬克豫八州之人,莫不毕应。或弃卖财产,流移奔赴,填塞道路。未至病死者,亦以万数。郡县不解其意,反言角以善道教化,为民所归。

这种举国若狂的情形,若非张角利用当时人民的求仙思想,安能致此? 即使张角本来无甚妄想,到此地步,也不由他不别生希望。于是他就想夺取汉朝的天下:

> 角遂置三十六方,方犹将军也,大方万余人,小方六七千,各立渠帅。讹言:"苍天当死,黄天当立。岁在甲子,天下大吉。"以白土书京城寺门及州郡官府,皆作"甲子"字。大方马元义等,先收荆扬数万人,期会发于邺。元义数往来京师,以中常侍封谞、徐奉等为内应,约以三月五日,内外俱起。(汉灵帝光和六年)

这样一来,此仆彼起,经了六年以上的征讨,方算剿灭。但从此以后的天下,虽非黄巾的天下,也不是汉朝的天下了。这次黄巾之变,从张角传道曾经十余年的历史一节看来,虽从变乱到初剿灭,仅过了六年以上的时期,但他们这种思想在民间的影响,决不会就此消灭。因此之故,鬼神志怪书的流行,张华郭璞(因注《山海经》)辈的被推重,就成为必然之事。

关于服食药散一事，昔人注意者很少，更说不到去研究。今人鲁迅在广州演讲的《魏晋风度及文章与药及酒之关系》一文中，对此事颇多发挥，而且叙说很详。今不嫌冗长，录之以见当时的风气：

"五石散"是一种毒药，是何晏吃开头的。汉时，大家还不敢吃，何晏或者将药方略加改变，便吃开头了。五石散的基本，大概是五样药：石钟乳，石硫黄，白石英，紫石英，赤石脂。另外怕还配点别样的药。但现在也不必细细研究它，我想各位都是不想吃它的。

从书上看起来，这种药是很好的，人吃了能转弱为强。因此之故，何晏有钱，他吃起来了，大家也跟着吃。那时五石散的流毒就同清末的鸦片的流毒差不多，看吃药与否以分阔气与否的。现在由隋巢元方做的《诸病源候论》的里面可以看到一些。据此书，可知吃药是非常麻烦的，穷人不能吃，假使吃了之后，一不小心，就会毒死。先吃下去的时候，倒不怎样的，后来药的效验既显，名曰"散发"。倘使没有"散发"，就有弊而无利。因此吃了之后不能休息，非走路不可，因走路才能散发，所以走路名曰"行散"。比方我们看六朝人的诗，有云"至城东行散"，就是此意。……

走了之后，全身发烧，发烧之后又发冷。普通发冷宜多穿衣，吃热的东西。但吃药后的发冷刚刚要相反：衣少，冷食，以冷水浇身。倘穿衣多而食热物，那就非死不可。因此五石散一名寒食散。只有一样不必冷吃的就是酒。

吃了散之后，衣服要脱掉，用冷水浇身；吃冷东西；饮热酒。这样看来，五石散吃的人多，穿厚衣的人就少；……因为皮肉发烧之故，不能穿窄衣。为豫防皮肤被衣服擦伤，就非穿宽大的衣服不可。现在有许多人以为晋人轻裘缓带，宽衣，在当时是人们高逸的表现，其实不知他们是吃药的缘故。一班名人都吃药,穿的衣都宽大,于是不吃药的也跟着名人,把衣服宽大起来了!

还有,吃药之后,因皮肤易于磨破,穿鞋也不方便,故不穿鞋袜而穿屐。所以我们看晋人的画像或那时的文章,见他衣服宽大,不鞋而屐,以为他一定是很舒服,很飘逸的了,其实他心里都是很苦的。

更因皮肤易破,不能穿新的而宜于穿旧的,衣服便不能常洗。因不洗,便多虱。所以在文章上,虱子的地位很高,"扪虱而谈",当时竟传为美事。

到东晋以后,作假的人就很多,在街旁睡倒,说是"散发"以示阔气。就像清时尊读书,就有人以墨涂唇,表示他是刚才写了许多字的样子。……

又因散发之时,不能肚饿,所以吃冷物,而且要赶快吃,不论时候,一日数次也不可定。因此影响到"居丧无礼"。……晋礼居丧之时,也要瘦,不多吃饭,不准喝酒。但在吃药之后,为生命计,不能管得许多,只好大嚼,所以变成"居丧无礼"了。……

吃散发源于何晏,和他同志的,有王弼和夏侯玄两个人,与晏同为服药的祖师。有他三人提倡,有多人跟着走。……

这种服散的风气,魏晋直到隋唐,还存在着,因为唐时还有"解散方"即解五石散的药方,可以证明还有人吃,不过少点罢了。唐以后就没有人吃,其原因未详,大概因其弊多利少,和鸦片一样罢?

晋名人皇甫谧作一书曰《高士传》,我们以为他很高超。但他是服散的,曾有一篇文章,自说吃散之苦。因为药性一发,稍不留心,即会丧命,至少也会受非常的痛苦,或要发狂,本来聪明的,因此也会变成痴呆。所以非深知药性,会解救,而且家里的人多深知药性不可。晋朝人都是脾气很坏,高傲,发狂，性暴如火的，大约便是服药的缘故。比方有苍蝇扰他，竟至拔剑追赶；就是说话，也要糊糊涂涂地才好，有时简直是近于发疯。但在晋朝更有以痴为好的，这大概也是服药的缘故。(《而已集》一二七——一三三页)

服药原以求长寿或不死，可是这三位服药祖师，王弼二十余岁便死了，夏侯、何二人皆为司马懿所杀，结果适得其反。但却没有因此引起人们反对，因为这已被公认为富人示阔的一种手段的缘故。但这种可笑的风气，一为一般平民所羡慕，便更充实了鬼神志怪书的内容了。

六朝的鬼神志怪书，除了上面所说两个原因而较汉代神仙故事更扩大其内容外，较汉代神仙故事尚有一不同之点，就是"鬼"和"怪"的故事占了大部分的地位。"怪"的来源不必说，当然远始于古代的神话。惟古代以怪为神，此以怪为怪，古代的怪有一定形体，此则变化多端而已。至于鬼的来源，《左传》已有"新鬼大，故鬼小"之说，所载鬼事亦多，可见鬼事且为历史家所承认。惟以前的鬼但离去人身而独立，此则亦形状多端，变化莫测，且与神仙几不相分别。六朝时代，求仙不死的迷梦既逐渐打破，于是转而憧憬于死后魂魄的种种，又羡慕着人以外的物体反而不易消灭，自然"鬼""怪"之说会和神仙故事等量齐观的多起来了。

二 鬼神志怪书的作者(一)

本节专叙几个著名的，有作品传下的鬼神志怪书的作家。

曹丕(一八七——二二六)字子桓，沛国谯人。汉末为五官中郎将，有文学，喜交文士。

父操封魏王，丕为太子。后篡汉自立，改元黄初。在位六年，卒，谥文帝。《隋书·经籍志》有《列异传》三卷，署魏文帝撰，今佚。

两《唐志》则云张华撰，未知孰是。然其书尝为宋裴松之《三国志注》所引，那么可决其必为魏晋人所作。据其遗文以观，正如《隋志》所云，"以序鬼物奇怪之事"。

> 南阳宗定伯年少时，夜行逢鬼，问曰："谁?"鬼曰："卿复谁?"定伯欺之，言："我亦鬼也。"鬼问："欲至何所?"答曰："欲至宛市。"鬼言："我亦欲至宛市。"共行数里，鬼言："步行大亟，可共迭相担也。"定伯曰："大善。"鬼便先担定伯数里，鬼言："卿太重，将非鬼也?"定伯言："我新死，故重耳。"定伯因复担鬼，鬼略无重。定伯复言："我新死，不知鬼悉何所畏忌?"鬼曰："唯不喜人唾。"……行欲至宛市，定伯便戴鬼至头上，急持之。鬼大呼，声咋咋索下，不复听之。径至宛市中，着地化为一羊，便卖之，恐其便化，乃唾之，得钱千五百。(《太平御览》八百八十四,《法苑珠林》六)

> 神仙麻姑降东阳蔡经家，手爪长四寸。经意曰："此女子实好佳手，愿得以搔背。"麻姑大怒。忽见经顿地，两目流血。(《太平御览》三百七十)

张华(二三二——三〇〇)字茂先，范阳方城人。魏初，举太常博士。入晋为中书令，拜黄门侍郎。官至司空，领著作，封广武侯，拜太子少傅。赵王伦之变，为孙秀所害，夷三族。华生时有博物洽闻之称，通图谶，多览方技书，能识灾祥异物，尝类记异境奇物及古代琐闻杂事，著《博物志》四百卷，进于武帝。帝令芟截浮疑，分为十卷，今犹行世。自后凡关异物奇事，都托之张华，他直成为一位无所不知的博物大家了。

> 穿胸国：昔禹平天下，会诸侯会稽之野，防风氏后到，杀

之。夏德之盛，二龙降之，禹使范成光御之行域外。既周而还，至南海，经防风。防风之神二臣，以涂山之戮，见禹使，怒而射之。迅风雷雨，二龙升去。二臣恐，以刃自贯其心而死。禹哀之，乃拔其刃，疗以不死之草，是为穿胸氏。

昔刘玄石于中山酒家酤酒，酒家与千日酒，忘言其节度。归至家，当醉，而家人不知，以为死也，权葬之。酒家计千日满，乃忆玄石前来酤酒，醉当醒耳，往视之。云："玄石亡来三年，已葬。"于是开棺，醉始醒。俗云："玄石饮酒，一醉千日。"

葛洪（约二五○——约三三○）字稚川，丹阳句容人。初以儒学知名，尤好神仙导养之法。太安中，官伏波将军，以平贼功，封关内侯。与干宝友善。闻交阯出丹砂，求为句漏令。携子侄过广州，为刺史邓狱所留，遂止罗浮山炼丹。年八十一，兀然若睡而卒。洪曾编《西京杂记》，已见前章。又著有言黄白事及服食之书，名曰《抱朴子》，及《神仙传》、《集异传》、《肘后方》与诗文，约可六百卷。《神仙传》十卷，专述古代迄汉的仙人；《抱朴子》中亦多杂怪异之谈。《集异传》今不传，当亦为鬼神志怪的书。

伯山甫者，雍州人也。入华山中，精思服食，时时归乡里省亲，如此二百年，不老。到人家，即数人先世以来善恶功过，有如目见。又知方来吉凶，言无不效。其外甥女年老多病，乃以药与之。女时年已七十，转还少，色如桃花。汉武遣使者行河东，忽见城西有一女子，笞一老翁，俯首跪受杖。使者怪问之，女曰："此翁乃妾子也。昔吾舅氏伯山甫以神药授妾，妾教子服之，不肯，今遂衰老，行不及妾，故杖之。"使者问女及子年几，答曰："妾有一百三十岁，儿七十一。"后入华山去。（《神仙传》卷二）

洛西有古墓,穿坏多时,水满墓中,多石灰汁,主治疮。夏日,行人有病疮烦热,见此墓中水清好,因自洗浴,疮偶便愈。于是诸病者闻之,悉往自洗。转有饮之以治腹内者。近墓居人,便于墓所立庙舍,而卖此水;而往买者又当祭庙中,酒肉不绝。而来者转多,此水行尽,于是卖者夜常窃运他水以益之。其远道人不能往者,皆因行使或持器遗信。卖水者大富。或言其无神,官家禁之,遂填塞之,乃绝。(《抱朴子》内篇卷九《道意》)

干宝(约三一七前后在世)字令升,新蔡人。少博览,以才器闻。为著作郎,以平杜弢功赐关内侯。王导荐领国史,著《晋纪》二十卷,称良史。以家贫求补山阴令,迁始安太守。官至散骑常侍。性好阴阳术数,尝有感于其父之婢死而复生,及兄气绝复苏,自言见天神事,乃撰《搜神记》二十卷,以明神道之不诬。书成以示刘琰,琰云:"卿可谓鬼之董狐。"其书于神祇灵异人物变化之外,颇言神仙五行,又偶有释氏之说。

董永父亡,无以葬,乃自卖为奴。主知其贤,与钱千万遣之。永行三年丧毕,欲还诣主,供其奴职。道逢一妇人,曰:"愿为子妻。"遂与之俱。主谓永曰:"以钱丐君矣。"永曰:"蒙君之恩,父丧收藏;永虽小人,必欲服勤致力,以报厚德。"主曰:"妇人何能?"永曰:"能织。"主曰:"必尔者,但令君妇为我织缣百匹。"于是永妻为主人家织,十日而百匹具焉。

汉齐人梁文,好道。其家有神祠,建室三四间,座上施皂帐,常在其中,积十数年。后因祀事,帐中忽有人语,自呼高山君,大能饮食,治病有验。文奉事甚肃。积数年,得进其帐中。神醉,文乃乞得奉见颜色,谓文曰:"授手来!"交纳手,得持其颐，髯须甚长。文渐绕手，卒然引之，而闻作杀羊声。座中惊起，助文引之，乃袁公路家羊也。失之已七八年，不知所在。杀之，乃绝。

王嘉（？——约三九〇）字子年，陇西安阳人。貌丑好谈笑，不食五谷，清虚服食，隐东阳谷，凿崖穴居，受业者数百人。后迁隐终南，苻坚累征不起。好言未来之事，日后尽验。姚苌入长安，逼之自随，以问答失苌意，为所杀。嘉著有《拾遗录》。今本名《拾遗记》，前有梁萧绮序，言书本十九卷，二百二十篇，当苻秦之季，典章散灭，此书亦多有亡，绮更删繁存实，合为一部，凡十卷。其文笔颇靡丽，而事皆诞谩无实，与萧绮之言亦不合。明胡应麟以为"盖即绮所撰而托之王嘉"，但言无佐证，不当就相信他。

　　田畴北平人也。刘虞为公孙瓒所害，畴追慕无已，往虞墓，设鸡酒之礼恸哭之，音动于林野；翔鸟为之凄鸣，走兽为之吟伏。畴卧于草间，忽有人通云："刘幽州来，欲与田子泰言生平之事。"畴神悟远识，知是刘虞之魂。既近而拜，畴泣不自支，因相与进鸡酒。畴醉，虞曰："公孙瓒购求子甚急，宜窜伏避害。"畴对曰："闻君臣之义，生则尽礼。今见君之灵，愿得同归九泉，死且不朽。安可逃乎？"虞曰："子万古之贞士也，深慎尔仪。"奄然不见。畴醉亦醒。（卷七）

陶潜（三七二——四二七）字渊明，一作名渊明，字元亮，浔阳柴桑人。胸怀高旷，任真自得。尝为彭泽令，以不愿束带见督邮，遂弃官归。不治生业，终日醉于酒。今有《搜神后记》十卷，题陶潜撰，亦记灵异变化之事。鲁迅云："陶潜旷达，未必拳拳于鬼神，盖伪托也。"其言甚确。

干宝字令升，其先新蔡人。父莹，有嬖妾，母至妒，宝父葬时，因生推婢着藏中。宝兄弟年小，不之审也。经十年而母丧，开墓，见其妾伏棺上，衣服如生，就视犹暖，舆还家，终日而苏。云："宝父常致饮食，与之寝接，恩情如生。"家中吉凶辄语之，校之悉验。平复数年后方卒。宝兄常病，气绝积日不冷。后遂寤，云见天地间鬼神事，如梦觉，不自知死。(卷四)

晋人所作鬼神志怪书，尚有祖台之的《志怪录》四卷，西戎主簿戴祚的《甄异传》三卷，书皆已佚，间存一二遗文。作者生平亦皆不可考，惟《隋志》又录台之文集十六卷，亦未见传。

晋怀帝永嘉中，谯国丁杜渡江，至阴陵界。时天昏雾，在道北，见一物如人倒立，两眼垂血从头下，聚地两处，各有升余。杜与从弟齐声喝之，灭而不见。立处聚血，皆化为萤火数千枚，纵横飞去。(《志怪录》，《古今说部丛书》第三集)

刘沙门居彭城，病亡，妻贫儿幼。遭暴风雨，墙宇破坏，其妻泣拥稚子曰："汝爷若在，岂至于此！"其夜，梦沙门将数十人料理宅舍，明日，舍矣。(《甄异传》，《太平广记》卷二百七十六)

三 鬼神志怪书的作者(二)

刘敬叔(？——约四六八)字敬叔，彭城人。少颖异，有异才。由司徒掌记至南平国郎中令。晋末，为宋长沙王骠骑将军。入宋为给事黄门郎，以病免，卒于家。所著有《异苑》十余卷，今本存十卷，已非原书。

义熙中，东海徐氏婢兰忽患羸黄，而拂拭异常。共伺察之，见扫帚从壁角来，趋婢床。乃取而焚之，婢即平复。（卷八）

东莞刘邕性嗜食疮痂，以为味似鳆鱼。尝诣孟灵休，灵休先患炙疮，痂落在床，邕取食之。灵休大惊，痂未落者悉褫取饴邕。南康国吏二百许人，不问有罪无罪，递与鞭，疮痂落，常以给膳。（卷十）

刘义庆（四〇三——四四四）字不详，彭城绥里人。袭封临川王，官至南兖州刺史。卒，谥康。性简素，爱好文艺，常招聚文学之士，如何长瑜、鲍照等，均集其门。义庆为六朝最大之小说家，著有《幽明录》三十卷，《宣验记》三十卷，《世说》八卷，《小说》十卷，《徐州先贤传》八卷等。《幽明录》内容如《搜神记》，皆集前人所作编成，唐时尝盛行。刘知几云："晋书多取之。"书已佚，《太平广记》等书征引甚多。

宋世焦湖庙有一柏枕，或云玉枕，枕有小坼。时单父县人杨林为贾客，至庙祈求。庙巫谓曰："君欲好婚否？"林曰："幸甚。"巫即遣林近枕边。因入坼中，遂见朱楼琼室，有赵太尉在其中，即嫁女与林，生六子，皆为秘书郎。历数十年，并无思归之志。忽如梦觉，犹在枕旁。林怆然久之。（《太平广记》卷二百八十三）

《太平寰宇记》卷一百二十六亦引此条，云出《搜神记》，文首无"宋世"二字，首句径作"焦湖庙有一玉枕"，余文则无一字不同。然今本《搜神记》不载。读《太平广记》所引，自当以出于《幽明录》为是。

汉袁安父亡,母使安以鸡酒诣卜工,问葬地。道逢三书生,问安何之。具以告。书生曰:"吾知好葬地。"安以鸡酒礼之,毕,告安地处,云:"当世世为贵公。"便与别,数步,顾视皆不见。安疑是神人,因葬其地,遂登司徒,子孙昌盛,四世五公焉。(《太平广记》卷一百三十七)

祖冲之(四二九——五〇〇)字文远,范阳蓟人。有机思,明历法,造指南车、欹器,巧思入神。尝作一器,不因风水,不用人力,施机自运。又造千里船,于新亭试之,日行百余里。于乐游苑造水推磨,宋武帝亲自临视。官至长水校尉。《隋志》有《述异记》十卷,题冲之作,今佚。至于现行的《述异记》二卷,题梁任昉撰,系别为一书,当于后文再述。

东阳无疑(约四五〇前后在世),字、里不详,仕宋为散骑侍郎。著有《齐谐记》七卷,今逸,然见引于《太平广记》颇多。

有范光禄者,得病,两脚并肿,不能饮食。忽有一人,不自通名,径入斋中,坐于光禄之侧。光禄问曰:"先不识君,那得见诣?"答云:"佛使我来理君病也。"光禄遂废衣示之。因以刀针肿上,倏忽之间,顿针两脚及膀胱百余,下黄浓水三升许而去。至明日,并无针伤,而患渐愈。(卷二百十八)

晋太元元年,江夏郡安陆县师道宣,年二十二。少未了了,后忽发狂,变为虎,食人不可纪。后有一女子树上采桑,虎取食之竟,乃藏其钗钏于山石间,后复人形,知而取之。经年还家,复为人,遂出仕,官为殿中令史。夜共人语,忽道天地变异之事,道宣自云:"吾曾得病发狂,遂化作虎啖人。"言其姓名,同坐人或有食其父子兄弟者,于是号哭捉送赴官,遂饿死建康狱中。(卷四百二十六)

任昉(四六○——五○八)字彦升,小字阿堆,乐安博昌人。早知名,仕宋为丹阳主簿,入齐为竟陵王子良记室,与萧衍善。衍建梁国,累拜吏部郎中,出为义兴太守。家贫,儿妾至食麦,然聚书万卷。还为御史中丞,校秘书。复出为新安太守,卒于兵,谥曰敬子。著书甚多,现行的《述异记》二卷,题任昉撰,鲁迅以为:"唐宋间人伪作,而袭祖冲之之书名者也,故唐人书中皆未尝引。"书中多记古代神话,与其他志怪书不同;其文亦似《山海经》、《十洲记》之类,言简而味隽。

在南有懒妇鱼。俗云:昔杨氏家妇,为姑所溺而死,化为鱼焉。其脂膏可燃灯烛,以之照鸣琴博弈,则烂然有光,及照纺绩,则不复明焉。

定安西陇道,其谷中有弹筝之声,行人过闻之,谓之"弹筝谷。"(以上皆卷上)

彭城郡,古徐国也。昔徐君宫人生一大卵,弃于野。徐有犬名后仓,衔归温之。卵开,内有一儿,有筋而无骨。后为徐君,号曰偃王,为政而行仁义。

秦惠王献五美女于蜀王,王遣五丁迎女,乃见大蛇入山穴中。五丁曳蛇,山崩,五女上山,遂化为石。(以上皆卷下)

吴均(四六九——五二○)字叔庠,吴兴故鄣人。家世寒贱,好学有俊才。天监初,为吴兴主簿,旋兼建安王伟记室。终除奉朝请,以撰《齐春秋》不实免职。已而复召,使撰《通史》,草本纪、世家已毕,唯列传未就,遽卒。均有诗名,文体清拔有古气,好事者学之,称为吴均体。所为小说,语多怪诞,世因目语之无稽者曰"吴均语"。有《续齐谐记》一卷,盖续东阳无疑的《齐谐记》而作。

京兆田真，兄弟三人，共议分财，生资皆平均，惟堂前一株紫荆树，共议欲破三片。明日就截之，其树即枯死，状如火然。真往见之，大惊，谓诸弟曰："树本同株，闻将分斫，所以憔悴，是人不如木也。"因悲不自胜，不得解树。树应声荣茂。兄弟相感，合财宝，遂为孝门。真仕至大中大夫。

东晋桓玄时，朱雀门下，忽有两小儿通身如墨，相和作《芒笼歌》，路边小儿从而和之数十人。歌云："芒笼首，绳缚腹。车无轴，倚孤木。"声甚哀楚，听者忘归。日既夕，二小儿还入建康县，至阁下，遂成一双漆鼓槌。鼓吏刘云："槌积久，比恒失之而复得，不意作人也。"明年春而桓玄败。言车无轴，倚孤木，"桓"字也；荆州送玄首，用败笼，因包裹之，以芒绳束缚其尸，沉诸江中，悉如童谣所言尔。

此外确知为六朝人所作的鬼神志怪书，尚有孔约的《志怪》四卷，荀氏的《灵鬼志》四卷，谢氏的《鬼神列传》二卷，及陆氏的《异林》等。然亦作品皆佚，作者生平不可考，仅能见其遗文罢了。

晋明帝时，有献马者，梦河神请之。及至，与帝梦同，即投河以奉神。始，太傅褚褒亦好此马，帝云："已与河神。"及褚公卒，军人见公乘此马矣。（《志怪》，《太平广记》卷二百七十六）

河内姚元起，居近山林，举家恒入野耕种。唯有七岁女守屋，而渐觉瘦。父母问女，女云："常有一人，长丈余而有四面，面皆有七孔，自号离天大将军，来辄见吞，径出下部，如此数过，云：'慎勿道我！道我当长留腹中。'"阖门骇愞，遂移避。（《灵鬼志》，《太平广记》卷三百二十）

四　佛教徒怎样利用鬼神志怪书

鬼神志怪书到了南北朝时，曾经一度为当时佛教徒所利用。

佛教自汉时传入中国，因其思想与中国人民崇尚玄虚的心理相合，所以立即就在社会传布。在汉时已有经典的翻译，至晋时更大盛行，所译已有数百部，当时且由私人对译而至辟大规模的译场。到南北朝时，往印度游学者之多，几肩摩踵接。佛寺之建筑，和佛画的遗留，即贻中国美术史上以无穷瑰宝。社会人士对于佛教信仰之笃，及信仰者之多，于此可见。即当时的文学家，在作品中亦时露颂扬功德之意。萧衍舍身佛寺，刘勰剃发出家，帝王与文学之士尚如此，其他更可想见了。

无论何种事物，到了这样一个环境里，要想拒绝它所给予的影响，在事理上均有所不能。所以在当时志怪书中，除了道士外，多了沙门，除了神仙外，又多了佛，其范围因之而扩大。但如此尚不致就失去其为志怪书的意义，因为对于佛教的传布与发达，尚取客观的态度；社会上既有僧与佛的故事传说，自当取以为叙写的对象，正同他们写神仙与道士的态度一样。

但是佛教徒中本有不少聪明的文士，他们很深切地了解鬼神志怪书在普通社会的势力，而也明白，这种势力的造成，全在乎完全能适合一般民众的心理。但他们的经典呢？那种用直译法译成的高深的经典，不要说一般民众不能了解，就是没有研读修养的普通文人也不易了解，要用来宣扬教义，岂不难之又难？于是他们很聪明地想出了一种方法，把佛教中最肤浅的因果思想及灵验的事，用志怪书的故事体裁发挥出来；这样，在六朝的神鬼志怪书之外，又来了许多讲佛谈鬼的应验录。

所以照实而论，这些应验录实不应当在本书上叙述，因为它不过是一种传教书，正同耶教的《四福音》一类小册子一样，它不过在利用志怪书的体裁而已。但这样一来,却于整个社会的信仰与思想很有影响,一代一代的下去,与后来的小说里的思想产生了密合不可分开的关系。(如《金瓶梅》的收场就在讲果报。)正同唐代佛教徒所创的用以传教的"变文"一样,动机虽起于此,而收果往往反在于彼,或有重大影响于彼,它竟给予后来通俗小说以莫大的影响,而造成了小说的正宗地位。这样看来,本书自有叙述的必要了。

这类书籍,今存者惟有颜之推的《冤魂志》一卷。其他有逸文可见而有作者可考者,有《宣验记》、《冥祥记》、《集灵记》、《旌异记》四种。兹依作者在世先后叙次于后。

《宣验记》三十卷,刘义庆撰。义庆生平已见前。

车母者,遭宋庐陵王青泥之难,为虏所得,在贼营中。其母先本奉佛,即燃七灯于佛前,夜,精心念"观世音",愿子得脱。如是经年,其子忽叛还。七日七夜独行自南走,常值天阴,不知东西,遥见有七段火光。望火光而走,似村欲投,终不可至。如是七夕,不觉到家,见其母犹在佛前伏地。又见七灯,因乃发悟,母子共谈,知是佛力。自后恳祷,专行慈悲。(《太平广记》卷一百十)

相州邺城中,有丈六铜立像一躯。贼丁零者,志性凶悖,无有信心,乃弯弓射像。箭中像面,血下交流,虽如莹饰,血痕犹在。又选五百力士,令挽仆地,消铸为铜,拟充器用。乃口发大声,响烈雷震,力士亡魂丧胆,人皆仆地,迷闷宛转,怖不能起。由是贼侣惭惶,归信者众。丁零后时著疾,被诛乃死。(《太平广记》卷一百十六)

《冥祥记》十卷,王琰撰。琰(约四七○前后在世)字不详,太原人。幼在交阯，受五戒。于宋大明及齐建元年两感金像之异，因作《冥祥记》，撰集像事，继以经塔。《冥祥记》中自序其事甚详。书虽佚，然存于《法苑珠林》及《太平广记》中的尚不少。其文以叙述委曲详尽胜。

　　汉明帝梦见神人，形垂二丈，身黄金色，项佩日光，以问群臣。或对曰："西方有神，其号曰佛，形如陛下所梦，得无是乎？"于是发使天竺，写致经像，表之中夏，自天子王侯，咸敬事之，闻人死精神不灭，莫不惧然自失。初，使者蔡愔将西域沙门迦叶摩腾等赍优填王画释迦佛像，帝重之，如梦所见也，乃遣画工图之数本，于南宫清凉台及高阳门显节寿陵上供养。又于白马寺壁画千乘万骑绕塔三匝之像，如诸传备载。（《法苑珠林》卷十三）

　　宋张兴，新兴人，颇信佛法，常从沙门僧融、昙翼，时受八戒。元嘉初，兴尝为劫贼所引，逃避。妻系狱，掠答积日。时县失火，出囚路侧，会融、翼同行，偶经囚边，妻惊呼阇梨，何不赐救？融曰："贫道力弱不能救，如何！唯宜劝念观世音，庶获免耳。"妻便昼夜祈念，经十日许，夜梦一沙门以足蹑之，曰："咄咄可起！"妻即惊起，钳锁桎梏俱解。然闭户惊防，无由得出，虑有觉者，乃却自械。又梦向者沙门曰："户已开矣。"妻觉而驰出，守备俱寝，安步而逸，暗行数里，卒值一人，妻惧蹲地。已而相讯，乃其夫也，相见悲喜，夜投僧、翼。翼匿之，获免焉。（《太平广记》卷一百十）

《冤魂志》一卷（一名《北齐还冤志》，两《唐志》作三卷），今存；《集灵记》十卷，今佚，皆颜之推撰。之推（五三一——五九一以后）字介，琅邪临沂人。好学博览。性任诞，好饮酒。初仕梁，为湘东王绎记室,迁散骑侍郎。入齐为中书郎,寻除黄门侍郎。齐亡入周,为御史上士。隋开皇中,太子召为文学。寻以疾卒,年六十余。之推所作,以《家训》二十篇为最著,著应验录乃其余事。《冤魂志》尝引经史以证报应,尚未脱儒家本色;然仍着重于佛教之果报,终不失为宣扬教义的书。

> 吴王夫差杀其臣公孙圣而不以罪。后越伐吴,王败走,谓太宰嚭曰:"吾前杀公孙圣,投于胥山之下,今道由之,吾上畏苍天,下惭于地,吾举足而不能进,心不忍往。子试唱于前,若圣犹在,当有应声。"嚭乃登余杭之山,呼之曰:"公孙圣!"圣即从上应曰:"在。"三呼而三应。吴王大惧,仰天叹曰:"苍天乎!寡人岂可复归乎!"吴王遂死不返。

> 晋夏侯玄字太初,亦当时才望,为司马景王所忌而杀之。玄宗族为之设祭,见玄来灵座,脱头置其旁,悉取果食酒肉,以内颈中。既毕,还自安,言曰:"吾得诉于上帝矣,司马子元无嗣也。"寻而景王薨,遂无子。其弟文王封次子攸为齐王,继景王后。攸薨,攸子炯嗣立,又被杀。及永嘉之乱,有巫见宣王泣云:"我国倾覆,正由曹爽、夏侯玄二人诉冤得申故也。"

《旌异记》十五卷,侯白撰。白(约五八一前后在世)字君素,魏郡人。好学有捷才,举秀才为儒林郎。通脱不持威仪,好为俳谐杂说,人爱狎之。隋文帝令于秘书修国史,每将擢之,辄曰"侯白不胜官"而止。后给五品食,月余而死。时人咸伤其薄命。又有《启颜录》二卷,系谐谈之书,亦佚。

> 高齐初,沙门宝公者,嵩山高栖士也。旦从林虑向白鹿山,因迷失道。日将过中,忽闻钟声,寻响而进,岩岫重阻,登

陟而趋，乃见一寺，独据深林，山门正南，赫奕辉焕。前至门所，看额"灵隐寺"。门外五六犬，其大如牛，白毛黑喙，或踊或卧，回眸眈宝。宝怖，将返。须臾，见胡僧外来，宝唤不应，亦不回顾，直入门内，犬亦随之。良久，宝见人渐次入门，屋宇四周，门房并闭。进至讲堂，唯见床榻，高座俨然。宝入西南隅床上坐。久之，忽闻东间有声。仰视，见开孔如井大，比丘前后从孔飞下，遂至五六十人。依位坐讫，自相借问：今日斋时，何处食来？或言豫章，成都，长安，陇右，蓟北，岭南，五天竺寺，无处不至，动即千万余里。末后一僧，从空而下，诸人竞问：来何太迟？答曰："今日相州城东彼岸寺鉴禅师讲会，各各居义。有一后生聪俊，难问词音锋起，殊为可观，不觉遂晚。"宝本事鉴和尚，既闻此语，望得参话，因整衣而起，白诸僧曰："鉴是宝和尚。"诸僧直视宝。顷之，已失灵隐寺所在矣，宝但独坐于柞木之上，一无所见，唯睹岩谷，禽鸟翔集喧乱。及出山，以问于尚统法师。法师曰："此寺石赵时佛图澄法师所造者，年岁久远，贤圣居之，非凡所住，或沉或隐，迁徙无定，今山行者犹闻钟声焉。"(《太平广记》卷九十九)

五　笑话集与清言集的起来

在东汉末神怪思想弥漫在民间的时候，在政府方面却产生了一派所谓"清流"人物。他们是当时宦官极度干政的反面，他们的行为正合于所谓"非礼弗听"，"非礼弗言"，"非礼弗视"。他们对于普通人物的批评，正是"一言之褒，荣于华衮"。……对于这种批评，当时叫做"清议"。凡为"清议"所贬的人，即为社会所不齿。这派的代表人物，就是李膺、李固等。但不久即来了"党锢之祸"，由禁锢而遭大肆杀戮，这派人几无一幸免。汉室也跟着亡了。

这种"清流"风气既养成，它倒并不"人亡政息"，它的势力仍旧存在。但这种风气行于士大夫相与之间，却尚没有什么不好；可是对于政府的行政上面，就要发生种种不便了。大政治家及大文学家曹操很反对这种风气，所以他在征求人才时这样说，不忠不孝不要紧，只要有才便可以。在大乱时代的用人，的确，人才主义才是对症发药。"清流"派虽是正人君子，然而确实是无补于乱世的政治的。

在那"非礼弗言"的"清议"时代，凡属士夫之流，既不能随便说话，但不能不说话，于是他们专说些幽默、风雅的话，以免为"清流"所指摘。接着，政治上又来了一度大变化，魏代有了汉室的天下，不久，晋又替代了魏。在易朝换代之际，当局者受正人君子的指摘是常有的事，但也为他们所最痛忌。所以等到时局一定，他们就要受裁制，或为当局者借端报复，就不易随便发言了。他们中乖一点的人，表面上也假做说些反对正人君子的论调，说些什么"礼岂为我辈设哉"的话，行动上也极端通脱，甚至假做"醉卧于人妻之侧"而处之泰然，而实际上他们何尝忘怀于礼教！他们还在指摘当道，还在发他们的牢骚，不过换了一种说话方法，就利用那本来避免清议指摘的说话艺术，就是所谓"清谈"，也就是现在正在盛行的"幽默"。"清议"，"清谈"，即从名字去观察，便可知道他们是同出一源啊！可是他们的手段却高明极了！

这样，在文学上面，就产生了笑话集和清言集。笑话集产生最早，在汉末已有；清言集却到东晋以后才盛行。这二种文学作品都是极幽默而雅致的小品文字，是专供士大夫阶级阅读鉴赏的东西，一般社会的人是不了解的。它们和同时风行的鬼神志怪书站在反面的地位：鬼神志怪书代表了平民阶级里普遍的迷信思想，所以为一般社会所"雅俗共赏"；它们代表了智识阶级而不肯流入迷信思想，专在宣扬风雅，所以不能配合一般人的口胃而获得他们的了解。总而言之：志怪书是平民小说，而它们总不脱为一种贵族文学。

今传最古的笑话集的逸文，为东汉末邯郸淳的《笑林》。但用谐语写成文字，也不始于邯郸淳，像前引的《韩非子》几条里就有这一种文字。不过彼为寓言，仅用为哲学家说明主见的一种引证；此则专用以作酒后茶余的雅谈，供听者读者以一笑而已。《笑林》凡三卷，原书已佚，遗文今存二十余则。作者邯郸淳（一三二——？）一名竺，字子叔，颍川人。生有异才。元嘉元年，曾为曹娥作碑文，操笔立成，于是遂知名。初平中，寓居荆州，曹操很敬礼他。曹丕自立，以他为博士给事中。淳尝作《投壶赋》千余言，奏之，丕赐帛千匹。时年已九十余。《笑林》所叙，都为当时流行的笑话：

> 某甲夜暴疾，命门人钻火。其夜阴暝不得火，催之急。门人忿然曰："君责人亦太无道理！今暗如漆，何以不把火照我，我当得觅钻火具，然后易得耳！"孔文举闻之曰："责人当以其方也。"

> 吴沈衍弟峻，字叔山，有名誉，而性俭吝。张温使蜀，与峻别。峻入内良久，出语温曰："向择一端布，欲以送卿，而无粗者。"温嘉其能显非。又尝经太湖岸上，使从者取盐水，已而恨多，敕令远灭之。寻亦自愧，曰："此吾天性也。"

> 桓帝时，有人辟公府掾者，倩人作奏记文。人不能为作，因语曰："梁国葛龚，先善为记文，自可写用，不烦更作。"遂从人言写记文，不去葛龚名姓。府公大惊，不答而罢归。故人语曰："作奏虽工，宜去葛龚。"（以上皆《旧小说》甲集一）

> 平原陶丘氏，取渤海墨台氏女。女色甚美，才甚令，复相敬，已生一男而归。母丁氏，年老，进见女婿。女婿既归而遣妇。妇临去请罪，夫曰："曩见夫人年德以衰，非昔日比，亦恐新妇老后，必复如此，是以遣，实无他故。"（《太平御览》四百九

十九）

《笑林》之后,继作者有杨松玢的《解颐》二卷,但不惟书已佚亡,即遗文亦一字不存。又《太平广记》诙谐类所引《谈薮》多至数十条,亦为同类的书。其所述止于隋,或即作于此时,惜不知作者为何人,其卷数亦已莫得而详。《说郛》亦收《谈薮》,凡七卷,系宋人庞元英作,与此别为一书。

> 齐刘绘为南康郡,郡人郑类所居名秽里,绘戏之曰:"君有何秽而居秽里?"答曰:"未审孔丘何阙而居阙里?"绘叹其辩客。

> 齐黄门郎吴兴沈昭略,侍中文叔之子,性狂俊,使酒任气,朝士常惮而容之。常醉负杖至芜湖苑,遇琅邪王约,张目视之曰:"汝王约耶? 何肥而痴?"约曰:"汝是沈昭略耶? 何瘦而狂?"昭略抚掌大笑曰:"瘦已胜肥,狂又胜痴。"约,景文之子。(以上皆《太平广记》卷二百四十七)

> 隋前内史侍郎薛道衡,以醴和麦粥食之,谓卢思道曰:"'礼之用,和为贵,先王之道,斯为美。'"思道答曰:"'知和而和,不以礼节之,亦不可行也。'"(《太平广记》卷二百四十八)

观其所引,皆为隽谈,故鲁迅以为"《世说》之流"。

侯白所作《启颜录》二卷,今已佚。白生平见前。《启颜录》见引于《太平广记》颇多,观其内容大抵取资于子史的旧文,一直到他自己的言行,事多浮浅。又以鄙语调侃他人,往往流为轻薄。中记及唐代事,当为后人所加。

> 后魏孝文帝时,诸王及贵臣多服石药,皆称"石发"。乃有

热者,非富贵者,亦云"服石发热",时人多嫌其诈作富贵体。有一人于市门前卧,宛转称热,因众人竞看。同伴怪之,报曰:"我石发。"同伴人曰:"君何时服石,今得石发?"曰:"我昨在市得米,米中有石,食之,乃今发。"众人大笑。自后少有人称"患石发"者。(《太平广记》卷二百四十七)

山东人娶蒲州女,多患瘿,其妻母项瘿甚大。成婚数月,妇家疑婿不慧,妇翁置酒盛会亲戚,欲以试之。问曰:"某郎在山东读书,应识道理。鸿鹤能鸣,何意?"曰:"天使其然。"又曰:"松柏冬青,何意?"曰:"天使其然。"又曰:"道边树有骨骶,何意?"曰:"天使其然。"妇翁曰:"某郎全不识道理,何因浪住山东?"因以戏之曰:"鸿鹤能鸣者颈项长,松柏冬青者心中强,道边树有骨骶者车拨伤:岂是天使其然?"婿曰:"请以所闻见奉酬,不知许否?"曰:"可言之。"婿曰:"虾蟆能鸣,岂是颈项长?竹亦冬青,岂亦心中强?夫人项下瘿如许大,岂是车拨伤?"妇翁羞愧,无以对之。(《太平广记》卷二百四十八)

《启颜录》与《笑林》相比,文字内容,均有雅俗之分。盖《启颜录》著作时代较后,已脱离贵族文学而侪于平民读物之林,不似前此的笑话书,专为供士大夫的清赏而作了。

但自后作者遂多:唐有何自然的《笑林》,今已佚。宋有吕居仁的《轩渠录》,沈征的《谐史》,周文玘的《开颜集》,天和子的《善谑集》;元明迄清又不下十余种;至今尚有《滑稽大观》类的书的纂辑。可见它的"流风余韵",一时尚还未已咧。

六 由《语林》到三说——世说俗说与小说

专记"清言"的书,始自东晋裴启的《语林》,继之以郭澄之的

《郭子》，宋刘义庆的《世说》，梁沈约的《俗说》及殷芸的《小说》。诸书以《世说》为最著名。

裴启（约三六二前后在世）一名荣，字荣期，河东人。父稚为丰城令。启少有风姿才气，好论古今人物，尝撰汉魏以来迄于当世言语应对之可称述者，谓为《语林》。时人都好其书，颇见流行。以记谢安语不实，为安所诋毁，其书遂废。《语林》凡十卷，至隋时已佚。但其遗文散见于他书所引，尚不下数十条，它的内容遂赖此得以考见。

王武子葬夕，孙子荆哭之甚悲，宾客莫不为垂泪。哭毕，向灵座曰："卿常好驴鸣，今为君作驴鸣。"既作，声似真，宾客皆笑。孙曰："诸君不死，而令武子死乎！"宾客皆怒。须臾之间，或悲或哭。

王子猷尝暂寄人空宅住，便令种竹。或问：暂住何烦尔？啸咏良久，直指竹曰："何可一日无此君！"

桓温自以雄姿风气，是司马宣王、刘越石一辈器，有以比王大将军，意大不平。征苻健还，于北方得一巧作老婢，乃是刘越石妓女，一见温入，潸然而泣。温问其故，答曰："官家甚似刘司空。"温大悦，即出外整衣冠，又入，呼问："我何似司空？"婢答曰："眼甚似，恨小；面甚似，恨薄；须甚似，恨赤；形甚似，恨短；声甚似，恨雌。"宣武于是弛冠解带，不觉惝然而睡，不怡者数日。

郭澄之（约四〇三年前后在世）字仲静，太原阳曲人。少有才思，机敏过人。尝为南康相。刘裕引为相国参军，从裕北伐。位至相国从事中郎，封南丰侯，卒于官。所著《郭子》三卷，亦名《郭玄》，贾泉为之注。其书在唐时犹存。所述间与《世说》相同，下列遗文二则，即亦为《世说》所有。

> 许允妇是阮德如妹，奇丑，交礼竟，许永无复入理。桓范劝之曰："阮嫁丑女与卿，故当有意，宜察之。"许便入见，妇即出，提裾裙待之。许谓妇曰："妇有四德，卿有几？"答曰："新妇所乏唯容。士有百行，君其有几？"许曰："皆备。"妇曰："君好色不好德，何谓皆备！"许有惭色，遂雅相敬重。允为吏部郎，多用其乡里。帝遣虎贲收允，妇出阁戒允曰："明主可以理夺，难以情求。"允至，明帝核之，允答曰："'举尔所知'，臣之乡人，臣所知也，愿陛下检校为称职与否。若不称职，臣宜受其罪。"既检校，皆其人，于是乃释。允旧服败坏，乃赐新衣。初被收，允新妇自云："无忧，寻还。"作粟粥待之。须臾允至。

> 王浑妻钟，生女，甚贤明，令武子为姊择嘉婿，而未有其人。兵家子有才，欲以妻之，独与之议，初不告，事定乃白。母曰："诚是地也，自可贵，要当令我见之。"于是武子令此兵与群小杂处，使母微察之。母曰："刑衣者汝可拔乎？"武子曰："是。"母曰："此才足以拔萃，然地寒非长年，不足展其才用。观其形骨，恐不可与婚。"数年，果死。

刘义庆的生平已见前。他所著的《世说》，原本八卷，梁刘孝标为作注，扩为十卷。今本名为《世说新语》，凡三卷，为宋词人晏殊所删并，于注亦小有剪裁。唐时则名为《世说新书》。今本《世说新语》凡分三十八篇，每篇为一类，事起后汉，迄于东晋。孝标注颇渊博，所引书多至四百余种，且大都今已不存，故后人以之与裴松之《三国志注》并珍。书中文字，与《语林》、《郭子》中同者颇多，当亦为篹辑旧文而成，非属创作。义庆尚著有《小说》十卷，见两《唐志》，今佚。然《太平广记》所引，除殷芸《小说》均注明"商芸《小说》"外，又有单注《小说》者甚多。例之《志怪》亦有两种，于孔约的《志怪》注明"孔约《志怪》"，于祖台之所作则不著姓名而仅注《志怪》，"则此单注《小说》者，或即为义庆所作。然前人未言，不敢随便断定。

　　阮光禄在剡，曾有好车，借者无不皆给。有人葬母，意欲借而不敢言。阮后闻之，叹曰："吾有车而使人不敢借，何以车为？"遂焚之。（卷上《德行篇》）

　　公孙度目邴原："所谓云中白鹤，非燕雀之网所能罗也。"（卷中《赏誉篇》）

　　刘伶恒纵酒放达，或脱衣裸形在屋中。人见识之，伶曰："我以天地为栋宇，屋室为裈衣，诸君何为入吾裈中？"（卷下《任诞篇》）

　　石崇每要客燕集，常令美人行酒，客饮酒不尽者，使黄门交斩美人。王丞相与大将军尝共诣崇，丞相素不能饮，辄自勉强，至于沉醉。每至大将军，固不饮以观其变，已斩三人，颜色如故，尚不肯饮。丞相让之，大将军曰："自杀伊家人，何预卿事？"（卷下《汰侈篇》）

　　沈约（四四一——五一三）字休文，吴兴武康人。少孤贫，好学，昼夜不倦。左目重瞳子，聪明过人。仕宋为尚书度支郎。入齐，初为文惠太子管书记，校四部图书。累至五兵尚书。后与范云等助萧衍建梁国，累至尚书令，太子少傅。卒，谥隐。约好聚书，晚年聚至二万卷。著作亦宏富，不下数百卷。其《俗说》三卷，今已佚。以书名及遗文观之，便知它和《世说》、《小说》是同类了。

　　荀介子为荆州刺史，荀妇大妒，恒在介子斋中，客来便闭屏风。有桓客者，时在中兵参军，来诣荀谘事，论事已讫，为复作余语。桓时年少，殊有姿容，荀妇在屏风里便语桓云："桓参军，君知作人不？论事已讫，何以不去？"桓狼狈便走。

殷芸(四七一——五二九)字灌蔬，陈郡长平人。性倜傥，不妄交友，励精勤学，博洽群书。齐永明中，为宜都王行参军。梁天监中，累迁国子博士，昭明太子侍读。普通末，直东宫学士省，卒于官。芸官安右长史时，尝奉武帝命撰《小说》三十卷。其书至隋仅存十卷，明初尚存，今只见于《太平广记》、《续谈助》及原本《说郛》中。书亦采集群书而成，以时代为次序，特置帝王事于全书之首，始于周汉而迄于南齐。

> 郭林宗来游京师，当还乡里，送车千许乘，李膺亦在焉。众人皆诣大槐客舍而别，独膺与林宗共载，乘薄笨车上大槐坂，观者数百人，引领望之，眇若松乔之在霄汉。(《太平广记》卷一百六十四)

> 汉末陈太丘实与友人期行，过期不至，太丘舍去，去后乃至。其子元方，年七岁，在门外戏。客问元方："尊君在否？"答曰："待君不至，已去。"友人便怒曰："非人！与人期行，委而去！"元方曰："君与家君期日中时，过申不来，则是无信；对子骂父，则是无礼。"友人相惭，下车引之。元方遂入门不顾。(《太平广记》卷一百七十四)

上述诸书，以《世说》为最著名，故后世仿作的特多。唐有王方庆作《续世说新书》，宋有王说作《唐语林》，孔平仲作《续世说》，明有何良俊作《何氏语林》，李绍文作《明世说新语》，焦竑作《类林》，张墉作《二十一史识余》，郑仲夔作《清言》，清有吴肃公作《明语林》,章抚功作《汉世说》,李清作《女世说》,颜从乔作《僧世说》,王晫作《今世说》,汪琬作《说铃》,今尚有易宗夔作《新世说》,陈灏一作《新语林》。最近,新文学家亦有此种著作,可见它也正还"方兴未艾"咧!

第四章 唐代传奇

一 一个新环境的产生

到了唐代，无论政治、文化还是其他种种方面，都开辟了一个新的环境。所以这个时代的文学，也跟着它们同时进展。唐代向称为诗歌的黄金时代，但同时也是文体小说的黄金时代。这种文体小说，叫作传奇。传奇的起源，当然是六朝鬼神志怪书的演进。胡应麟说："变异之谈，盛于六朝，然多是传录舛讹，未必尽幻设语，至唐人乃作意好奇，假小说以寄笔端。"鲁迅先生说："其云作意，云幻设者，则即意识之创造。"于此可觇知传奇小说与志怪书的不同，又可知时代到了唐代，始有人有意专为小说。但因有意为小说，致使文言小说踏进了黄金时代；然亦因有意为小说，致使文字易朴质为华艳，叙述由直截而宛转，遂与一般社会逐渐相隔绝，由六朝的平民的志怪书，进而为唐代的贵族的传奇了。

以内容而言，志怪书中尽多民间无名人士的故事，传奇就不然。传奇中的主人翁，一观其姓，便可知为皆出于著名之门阀。吾们综合唐人所作，十九不出写的是太原王、荥阳郑、清河博陵二崔、陇西赵郡二李、范阳卢、京兆韦、吴郡陆诸家的故事。这种情形，并非出之偶然，盖另有它的历史背景存在。六朝最重门阀，凡望族子弟，在政治上、社会上俱占优胜地位，且从不肯与卑姓为婚。他们之视寒族，几如主人之视奴隶，成为二个敌对的阶级。此风至唐仍不衰。唐太宗虽曾一度下诏禁止，但无效果。此种风气表现于传奇，在作者却自以为抬高了作品的价值，不料反显出了作者的阶级意识,使我们不能不承认它是贵族的而非平民的文学了。

更以它们的技术与取材而论,亦与前此的志怪书不同。不但抒写宛转,而其对象亦扩大,由琐碎而变为有条理可寻,由混杂而渐趋于分析。后人尝以所写对象归纳传奇为三大类,即神怪、恋爱与豪侠故事。这三种对象的产生,都与这个新的环境有密切的关系。只要熟悉一些唐代历史的人,便知道唐代历史上有三桩为其他时代所无或不同的事件:一是佛道二教的特别发达,二是女性的解放,三是藩镇的专横。"文学是时代的反映",这三桩事件反映于传奇,自然成为传奇的神怪、恋爱、豪侠三种故事的对象了。

唐代是佛教的黄金时代,同时又是道教的黄金时代。不用说,至今遍传在民间的唐三藏取经故事就产生在这个时代,而佛教经典翻译之多也以此时为最。古文家韩愈为了反对宪宗迎佛骨,以致被贬潮州,尤为佛教势力战胜儒家势力的一种最有力的表现。另外又为了"生殖崇拜"的关系,唐代的国姓是李,而为道教所托始的太上老君也姓李,于是高宗尊李耳为玄元皇帝,竭力地崇高道教的地位。到了玄宗时,张果、叶法善之流,大得皇帝信任,而他们的神奇的故事,也大量地流传于当时人之口。玄宗游月宫及方士于海外仙山找到杨妃两桩故事一产生,道家的神通也表现到十足。在上者既推崇之无所不至,在下当然亦群起而效尤。于是道士在社会上成为一个特殊阶级了。在他们中间,也产生过不少的文人。佛教的报应之谈,更挟上道教的种种神通故事,和六朝志怪书中所述的相揉合拢来,这样,就产生了描写神怪故事的传奇。

在唐以前,女性不独在政治上社会上没有地位,即在法律上亦不以人类相待。吾们只要看一件事就可知道。晋代石崇筵客,命美人行酒,客不肯饮则斩美人。这种看女性连其他生命都不如的事实,居然行之于朝士筵宴之时,他们平日对待女性的手段更可想见。东晋以后,受了外族的陵略和外来的习俗的感染,此风已稍好,所以也产生过像大义公主一类的英雄,可是终究也失败了。唐代便是女性的天堂时代了。雄才大略的武媚娘，居然一跃而为则天皇后，再跃而为大周金轮皇帝。她在为皇后时期，不但常代高宗临朝视事，也参加封禅典礼，又请废除了"父在为母齐衰期"的古礼，而实行"父在为母齐衰三年"。她一旦为帝，便尽效男性所为，以男性为妃嫔，也加以玩弄。这种报复手段，在男性看来，自是奇辱大耻。但此后的女性却大占便宜了，不独打破了专责女子守贞而允许男性放荡的旧观念，她们的行动也由此得了自由。所以从前的女子一到怀春时期，只有郁悒，只有幽恨，谁敢明白表示！此后便不管了。只要有与男性接触的机会，她们就敢大胆不顾一切地发挥她们的本能了。门阀的限制也无用了，父兄的尊严也失掉了。恋爱，恋爱，只要恋爱了，一切藩篱在她们是等于没有一样了。加之女子有才之为社会推重，女子为求脱离家庭的束缚而为女道士之风又盛极一时，妓女制度也公开地成立，一切都给予了女性种种便利，女性哪能还不解放出来呢？但女性解放了，同时也便宜了寒素的男性。他们本以婚姻为苦事，没有黄金休想娶得满意的妻子，没有阀望更攀不上高贵的女性。这时便不然了，只要她和你恋爱，黄金和阀望也失去了魔力了。在这样一个环境里，伟大的恋爱故事当然很自然地产生了。

　　唐代藩镇的专横，不下于近年来军阀的跋扈。他们大都属于非智识阶级，所以他们没有高贵的愿望。他们只知图物质的奢侈，夺人财货，劫人妻女，都为常事。政府却奈何他们不得。只要看《通鉴》所载，便可见他们在当时的势力：

　　　　时成德节度使李宝臣、魏博节度使田承嗣、相卫节度使薛嵩、卢龙节度使李怀仙，收安史余党，各拥劲卒数万，治兵完城，自署文武将吏，不供贡赋，与山南东道节度使梁崇义及正己皆结为婚姻，互相表里。朝廷专事姑息，不能复制，虽名藩臣，羁縻而已。（代宗永泰元年）

有时在他们的中间，为了私怨而起冲突，便临之以武力。这样，岂不又苦了一般小百姓？但政府哪里敢说一句话！讨伐更不必说了。你再看《通鉴》所载：

> 夏六月壬寅，幽州兵马使朱希彩、经略副使昌平朱泚、泚弟滔，共杀节度使李怀仙，希彩自称留后。闰月，成德节度使李宝臣遣将将兵讨希彩，为希彩所败。朝廷不得已，宥之。庚申，以王缙领卢龙节度使。丁卯，以希彩知幽州留后。……冬十一月丁亥，以幽州留后朱希彩为节度使。（大历三年）

政府既奖强抑弱，于是各藩镇日以增高军力为事，且各蓄死士以从事暗杀。所以所谓剑侠，遂得横行当时。例如元和十年，刺客杀宰相武元衡，伤裴度；开成三年，盗刺宰相李石，马逸而脱于急。前者是平卢节度使李师道所遣，后者是宦官仇士良所遣。其他大臣或重镇以"暴卒"闻者，史上更不绝书。这些剑客们的惊人故事既流布民间，同时又感觉到在"强权即公理"的时代，只有他们的行事最痛快，于是对他们抱着热烈的希冀。这样，便产生了许多叫人读了痛快的豪侠故事。

从文体方面说，传奇一方面是志怪书的演进，一方面也受了当时"古文运动"的影响。吾们读了在韩愈以前的张鷟所作的《游仙窟》，它为近于骈文的体裁，便可知道在韩愈同时或以后的传奇都是流利的散文，决非无因所致。郑振铎说："唐代'传奇文'是古文运动的一支附庸；却由附庸而蔚成大国。其在我们文学史上的地位，反远较萧、李、韩、柳之散文为重要。"又说："他们乃是古文运动中最有成就的东西——虽然后来的古文运动者们未必便引他们为同道。"（《中国文学史》四九三页）这自是研究有得的话，我们尽可以深信而不疑的。

二 传奇小说三大派(一)

神怪故事乃直接由六朝鬼神志怪书演变而来,所以产生的时期在传奇中为最早。像王度《古镜记》,无名氏的《补江总白猿传》,都产生在隋唐易代之际。当然,它们在技巧上不能与唐代中叶及中叶以后的作品相比拟,不过篇幅长短有相似之处罢了。

王度(? ——六四四前不久)一名凝,字不详,绛州龙门人。他是当时思想家王通的弟弟。隋大业中,为御史,罢归河东。复入为著作郎,奉诏修国史。又出为芮城令,持节河北道。其余事迹不很可考。他所著的《古镜记》,系叙他自己获神镜于侯生,能降妖魔。后来他的弟弟绩远游,借以自随,也杀了许多鬼怪。最后镜乃化去。王度的其他著作未见,今惟此篇尚存。

……游江南,将度广陵扬子江,忽暗云覆水,黑风波涌,舟子失容,虑有覆没。绩携镜上舟,照江中,数步明朗彻底,风云四敛,波涛遂息。须臾之间,达济天堑。跻摄山曲芳岭,或攀绝顶,或入深洞,逢其群鸟环人而噪,数熊当路而蹲,以镜挥之,熊鸟奔骇。是时利涉浙江,遇潮出海,涛声振吼,数百里而闻。舟人曰:“涛既近,未可渡南,若不回舟,吾辈必葬鱼腹。”绩出镜照。江波不进,屹如云立。四面江水豁开五十余步。水渐清浅,鼋鼍散走。举帆翩翩,直入南浦。然后却视涛波洪涌,高数十丈,而至所渡之所也。遂登天台,周览洞壑,夜行佩之山谷,去身百步,四面光彻,纤微皆见。林间宿鸟,惊而乱飞。……

《补江总白猿传》不知何人所作,仅知它是唐初作品。传中叙梁将欧阳纥略地至长乐,深入溪洞,其妻貌美,乃为白猿所掠。及救归,已怀孕,周岁生子,貌竟似猿。纥后为陈武帝所杀,子询赖江总收养成人，入唐，有文名。相传询貌类猕猴，所以他的仇家造此故事来污蔑他，事实当然是凭空捏造的。这样，无怪作者姓氏不传了，鲁迅云："是知假小说以施诬蔑之风，其由来亦颇古矣。"真慨乎言之！

> ……既逾月，忽于百里之外丛�篁上，得其妻绣履一只。虽雨浸濡，犹可辨识。纥尤凄悼，求之益坚。选壮士三十人，持兵负粮，岩栖野食。又旬余，远所舍约二百里。南望一山，葱秀迥出。至其下，有深溪环之，乃编木以渡绝岩翠竹之间，时见红彩，闻笑语音。扪萝引絙而陟其上，则嘉树列植，间以名花，其下绿芜丰软如毯。清迥岑寂，杳然殊境。有东向石门，妇人数十，被服鲜泽，嬉游歌笑，出入其中。见人皆谩视迟立。至则问曰："何因来此？"纥具以对。相视叹曰："贤妻至此月余矣。今病在床，宜遣视之。"入其门，以木为扉，中宽辟若堂者三四，壁设床，悉施锦荐。其妻卧石榻上，重茵累席，珍食盈前。纥就视之，回眸一睇。即疾挥手令去。

李朝威（约七五九前后在世）字不详，陇西人。生平不可考。著有传奇《柳毅传》，叙洞庭龙君之女为舅姑丈夫所虐，恳柳毅寄信于其父。为叔钱塘君所知，乃出兵讨伐，吞了她丈夫。因感柳毅传书之德，以龙女嫁之，毅不允。毅后娶张氏、韩氏皆夭亡。后于金陵娶卢氏，岁余，生一子，卢氏始自认即龙女。乃相与朝洞庭，徙居南海。开元中，复归洞庭，遂成仙。开元末，毅表弟薛嘏经洞庭，见毅，与药五十丸。嘏后亦不知所在。元人尚仲贤据之以作《柳毅传》书，清人李渔又作《蜃中楼》。又有《柳参军》传，亦题朝威作，然其享名不及《柳毅传》之盛。

> ……君以书授之，令达宫中。须臾宫中皆恸哭。君惊谓左右曰："疾告宫中，无使有声，恐钱塘所知。"毅曰："钱塘何人

也?"曰:"寡人爱弟也。昔为钱塘长,今则致政矣。"毅曰:"何故不使知?"曰:"以其勇过人耳。昔尧遭洪水九年者,乃此子一怒也。近与天将失意,穿其五山。上帝以寡人有薄德于古今,遂宽其同气之罪。然犹縻系于此,故钱塘之人,日来候焉。"词未毕,而大声忽发,天折地裂,宫殿摆簸,云烟沸涌。俄有赤龙,长千余尺,电目血舌,朱鳞火鬣,顷掣金锁,锁牵玉柱,千雷万霆,缴绕其身。霰雪雨雹,一时皆下。乃擘青天而飞去。毅恐蹶仆地。君亲起持之曰:"无惧。固无害。"毅良久稍安,乃获自定。因告辞曰:"愿得生归,以避复来。"君曰:"必不如此。其去则然,其来则不然。幸为少尽缱绻。"因命酌互举,以款人事。俄而祥风庆云,融融怡怡。幢节玲珑,箫韶以随。红妆千万,笑语熙熙。中有一人,自然蛾眉,明珰满身,绡縠参差,迫而视之,乃前寄辞者。然而若喜若悲,零泪如丝。须臾,红烟蔽其左,紫气舒其右,香气环旋,入于宫中。君笑谓毅曰:"泾水之囚人至矣。"……

沈既济(约七八〇前后在世)字不详,苏州吴人,或作吴兴武康人。明经学,杨炎荐其有史才,召拜左拾遗,史馆修撰。后炎得罪,既济坐贬处州司户参军。复入朝,位礼部员外郎,卒。他官修撰时,尝请省《天后纪》以合《中宗纪》,又谏德宗权公钱收子赡用,可见他是一位有刚直之气的人物。著有《建中实录》十卷,及传奇《枕中记》与《任氏传》二篇。《枕中记》或题李泌作,非是。记叙道士吕翁行邯郸道中,于逆旅遇卢生,见他因穷困叹息,便授以一枕,道枕此当荣适如意。生梦娶清河崔氏,登显宦,不数年便为宰相,中间曾为人所忌,以飞语受贬,然不久即复官。后寿至八十,子孙满前而死。至此,卢生乃醒,时旅舍主人蒸黄粱尚未熟。吕翁顾他笑道:人世之事,不过如此而已。生怃然良久,拜谢别去。元人马致远等合作之《黄粱梦》,和明人汤显祖的《邯郸记》二剧,都据此文而作。《任氏传》

叙妖狐幻化为人,助郑六立家业,且能守贞拒强暴,后为犬所逐而毙。作者誉为"虽今之妇人有不如者",盖亦为讽世而作。

> ……数岁帝知其冤,复起为中书令,封赵国公,恩旨殊渥,备极一时。生有五子,傅、倜、俭、位、倚。傅为考功员外,俭为侍御史,位为太常丞,季子倚最贤,年二十四,为右补阙。其姻媾皆天下族望。有孙十余人。凡两窜岭表,再登台铉,出入中外,回翔台阁,三十余年间,崇盛赫弈,一时无比。末节颇奢荡,好逸乐,后庭声色,皆第一。前后赐良田甲第佳人名马不可胜数。后年渐老,屡乞骸骨,不许。及病,中人候望,接踵于路。名医上药,毕至焉。……(《枕中记》)

> ……郑子武调,授槐里府果毅尉,在金城县。……将之官,邀与任氏俱去。任氏不欲往。……崟与更劝勉,且诘其故。任氏良久曰:"有巫者言是岁不利西行,故不欲耳。"……二子曰:"岂有斯理乎?"恳请如初。任氏不得已,遂行。崟以马借之,出祖于临皋,挥袂别去。信宿至马嵬,任氏乘马居其前,郑子乘驴居其后。女奴别乘,又在其后。是时西门圉人教猎狗于洛川已旬日矣,适值于道,苍犬腾出于草间。郑子见任氏欻然坠于地,复本形而南驰。苍犬逐之,郑子随走叫呼不能止,里余,为犬所获。郑子衔涕出囊中钱赎以瘗之,削木为记。回睹其马,啮草于路隅,衣服悉委于鞍上,履袜犹悬于镫间,若蝉蜕然,唯首饰坠地,余无所见。女奴亦逝矣。……(《任氏传》)

李景亮(约八〇四前后在世)的字里无考,生平事迹,也仅知他于贞元十年举"详明政术可以理人"科擢第。著有《李章武传》及《人虎传》。《李章武传》叙章武自长安往华州诣别驾崔信,偶于市中见一美妇,遂赁舍于其家。主人王姓,美妇为其媳,因与私通。章武归长安,互赠诗物为别。八九年后,章武往访,则王氏已亡,遗命仍留止其舍。是夜,果与王氏鬼魂会,欢恰如初。临别,复赠以白玉宝簪及诗。后有胡僧求见其簪,谓为天上至物,非人间所有。《人虎传》亦见《宣室志》,叙李徵博学工文,屈居下僚,郁郁不得志,发狂夜走。后同榜李傓遇虎,自称为徵所化,告以经过,且托以赈其孤弱,录其遗文。傓悉如其请。

　　……章武乃求邻妇为开门,命从者市薪刍食物。方将具裀席,忽有一妇人,持帚,出房扫地,邻妇亦不之识。章武因访所从来,云是舍中人。又逼而诘之,即徐曰:"王家亡妇,感郎恩情,将见会,恐生怪怖,故使相闻。"章武云:"章武所由来者,诚为此也。虽显晦殊途,人皆忌惮,而思念情至,实所不疑。"语毕,执帚人欣然而去,逡巡映门,即不复见。乃具饮馔,呼祭。自食饮毕,安寝。至二更许,灯在床之东南,忽而稍暗,如此再三。章武心知有变,因命移烛背墙,置室东南隅。旋闻西北角悉窣有声,如有人形,冉冉而至。五六步,即可辨。其状貌衣服,乃主人子妇也,与昔见不异,但举止浮急,音调轻清耳。章武下床,迎拥携手,款若平生之欢。自云:"在冥录以来,都忘亲戚。但思君子之心,如平昔耳。"章武倍与狎暱,亦无他异。但数请令人视明星,若出,当须还,不可久住。每交欢之暇,即恳托谢邻妇杨氏,云:"非此人,谁达幽恨?"至五更,有人告可还。子妇泣下床,与章武连臂出门,仰望天汉,遂呜咽悲怨。……(《李章武传》)

　　白行简(? ——八二六)字知退,下邽人。他是大诗人白居易的季弟。第进士,辟卢坦剑南东川府。元和十五年,授左拾遗,累迁司门员外郎主客郎中。以病卒,年五十余。行简有文集二十卷,今已佚。所作传奇,有《李娃传》与《三梦记》。《三梦记》所记三事,叙述皆甚简质,而事特瑰奇,文体类志怪书。三事为"彼梦有所往而此遇之者,或此有所为而彼梦之者,或两相通梦者",其第一事尤胜。但他书记此事,其主人翁姓名各不同,《河东记》以为独孤遐叔,《纂异记》以为张生,此则以为刘幽求,而事迹尽相同。

天后时,刘幽求为朝邑丞,尝奉使归。未及家十余里,适有佛堂寺,路出其侧。闻寺中歌笑欢洽,寺垣短缺,尽得睹其中。刘俯身窥之,见十数人儿女杂坐,罗列盘馔,环绕之而共食。见其妻在座中语笑。刘初愕然,不测其故。久思之,且思其不当至此,复不能舍之。又熟视容止言笑无异。将就察之,寺门闭不得入。刘掷瓦击之,中其罍洗,破迸走散。因忽不见。刘逾垣直入,与从者同视殿庑,皆无人。寺扃如故。刘讶益甚,遂驰归。比至其家,妻方寝。闻刘至,乃叙寒暄讫。妻笑曰:"向梦中与数十人同游一寺,皆不相识,会食于殿庭。有人自外以瓦砾投之,杯盘狼藉,因而遂觉。"刘亦具陈其见。盖所谓彼梦有所往而此遇之者矣。

李公佐(约八一三前后在世)字颛蒙,陇西人。尝举进士,元和初,为江淮从事,有仆夫执役勤瘁,凡三十年,一旦,留诗一章,距跃凌空而去。八年,罢归京师。会昌初,为扬府录事。大中二年,坐累削两任官。余事无考。公佐所作传奇凡四篇,其中《南柯太守传》等三篇皆为神怪故事。三篇中以《南柯太守传》一篇最为动人,叙淳于棼所居宅南,有大槐树一株,清荫数亩。一天,他在醉寝后梦到槐安国去,做了国王的女婿,统治南柯郡。守郡三十年,将兵与檀罗国战,大败,公主又死,因此罢官。后被国王送回故乡。醒后,在槐下发现一穴,仿佛若梦中所经。命仆发掘,有蚁数斛。树根上积土,成城郭台殿之状。中有丹台,上居二大蚁,长可三寸许,知即为槐安国王及后。复掘,所谓南柯郡与其妻葬处,都仿佛寻得。复为掩塞如旧。是夜大风雨暴发,蚁均迁去,不知所往。明人汤显祖之《南柯记》,即演此事为戏曲。其他二篇,原题皆未见,他书所引者则都已改题。一为《庐江冯媪》,叙董江妻亡更娶,媪见有女泣于路旁的一室中,自称董江之妻,后乃知即为死者之墓。董闻知,以妖妄罪逐媪出邑。一为《李汤》,或题作《古岳渎经》,记渔人见龟山下水中有大铁锁,时李汤为楚州刺史,命人以牛曳出。乃风涛大作,一兽状似猿猴,白首长鬐,雪牙金爪,闯上岸来。高五丈余,初时目俱闭,后忽开,光彩若电,慢慢地引锁曳牛入水中,不复出。一时人皆不识为何物,后经公佐跋涉搜访,始于石穴天书中知其来历,乃大禹治水时所获的淮涡水神无支祁。此说后盛行于民间,渐误以禹为僧伽或泗州大圣,元明人作《西游记》,乃移写其神变奋迅之状为孙悟空,而且把水怪变作山妖了。

……生感念嗟叹,遂呼二客而语之,惊骇。因与生出外,寻槐下穴。生指曰:"此即梦中所经入处。"二客将谓狐狸木媚之所为祟。遂命仆夫荷斤斧,断拥肿,折查枿,寻穴究源。旁可袤丈,有大穴,根洞然明朗,可容一榻。上有积土壤,以为城郭台殿之状。有蚁数斛,隐聚其中。中有小台,其色若丹。二大蚁处之,素翼朱首,长可三寸。左右大蚁数十辅之,诸蚁不敢近。此其王矣,即槐安国都也。又穷一穴,直上南枝,可四丈,宛转方中,亦有土城小楼,群蚁亦处其中,即生所领南柯郡也。又一穴,西去二丈,磅礴空巧,嵌窗异状,中有一腐龟壳,大如斗,积雨浸润,小草丛生,繁茂翳荟,掩映振壳,即生所猎灵龟山也。又穷一穴,东去丈余,古根盘屈,若龙虺之状。中有小土壤,高尺余,即生所葬妻盘龙冈之墓也。追想前事,感叹于怀,披阅穷迹,皆符所梦,不欲二客坏之,遽令掩塞如旧。是夕风雨暴发,旦视其穴,遂失群蚁,莫知所去。……(《南柯

太守传》)

沈亚之(约八二五前后在世)字下贤,吴兴人。初至长安,应举不第,李贺为歌以送归。元和十年登第,为秘书省正字。长庆中,补栎阳令。累迁至殿中丞御史内供奉。太和初,为德州行营使柏耆判官。耆贬,亚之亦谪南康尉。终郢州掾。著有文集十二卷。亚之有文名,自谓"能创窈窕之思"。集中有传奇三篇,都是以华艳之笔,叙恍忽之情,而好言仙鬼亦有生死,与同时作家异趋。《湘中怨辞》叙郑生偶遇孤女,相处多年,女乃自言她是"蛟宫之娣",今谪限已满,遂别去。十余年后,又遥见之画舻中,含嚬悲歌,于风涛中失其所在。《异梦录》叙邢凤梦见美人示以《春阳曲》,且为"弓弯"舞,及醒,词笺仍在袖;及王炎梦侍吴王久,忽闻箫鼓,乃葬西施,因奉命作挽歌,为王所嘉赏。《秦梦记》自叙他道经长安,客囊泉邸舍,梦为秦官有功。时弄玉婿萧史新死,因尚公主,自题所居曰翠微宫。穆公亦待之甚厚。一日,公主忽无疾卒,穆公乃不复欲见他,遂遣归。

> ……后十余年,生兄为岳州刺史。会上巳日,与家徒登岳阳楼望鄂渚,张宴乐酣。生愁思吟曰:"情无限兮荡洋洋,怀佳期兮属三湘。"声未终,有书舻浮漾而来。中为彩楼,高百余尺,其上帷帐栏笼,尽饰帷囊。有弹弦鼓吹者,皆神仙蛾眉,被服烟电,裾袖皆广尺。中一人起舞,含嚬怨慕,形类氾人,舞而歌曰:"泝青春兮江之隅,拖湖波兮裛绿裾。荷拳拳兮来舒,非同归兮何如?"舞毕,敛袖索然。须臾风涛崩怒,遂不知所往。(《湘中怨辞》)
>
> ……居久之,公幼女弄玉婿萧史先死。……固辞,不得请,拜左庶长,尚公主,赐金二百斤。民间犹谓萧家公主。其

日，有黄衣人中贵，疾骑马来延亚之入，宫阙甚严，呼公主出，鬌发，著偏袖衣装，不多饰。其芳殊明媚，笔不可模样。侍女只承分立左右者数百人。召见亚之，便馆居亚之于宫，题其门曰翠微宫。宫人呼为沈郎院。虽备位下大夫，縣公主故，出入禁卫。公主喜凤箫，每吹箫，必翠微宫高楼上，声调远逸，能悲人。闻者莫不自废。公主七月七日生，亚之尝觊寿。内史廖曾为秦以女乐遗西戎，戎主与之水犀小合。亚之从廖得以献公主。主悦，尝爱重，结裙带上。……（《秦梦记》）

韦瓘（约八三一前后在世）字茂宏，京兆万年人。登进士第，累官中书舍人。与李德裕善，故与牛僧孺党交恶。德裕罢相，瓘贬明州长。至会昌末，迁楚州刺史。终桂管观察使。他曾冒牛僧孺的名字著《周秦行纪》，用第一人称叙僧孺举进士落第，将归宛叶，经伊阙鸣皋山下，因暮失道，遂止薄太后庙中，与汉唐妃嫔燕饮。太后问今天子为谁，他对道：“今皇帝先帝长子。”太真笑道：“沈婆儿作天子也。大奇！”复赋诗。终以昭君侍寝，至明别去。德裕因作论谓僧孺姓应图谶，《周秦行纪》则记身与后妃冥遇，欲证其人非人臣，至戏呼德宗为沈婆儿，可谓无礼于君之极，宜少长咸置于法。开成中，果为宪司所觑，文宗读之笑道：“此必假名。僧孺是贞元进士，岂敢呼德宗为沈婆儿也？”事遂寝。自来假小说以排陷他人，要以此事为最恶毒了。

　　……诗毕，酒既至。太后曰：“牛秀才远来，今夕谁人为伴？”戚夫人先起辞曰：“如意儿长成，固不可，且不可如此。”潘妃辞曰：“东昏以玉儿身死国除，玉儿不宜负也。”绿珠辞曰：“石卫尉性严急，今有死，不可及乱。”太后曰：“太真今朝先帝贵妃，不可言其他。”乃顾谓王嫱曰：“昭君始嫁呼韩单于，复为株累弟单于妇，固自困且苦，寒地胡鬼，何能为？ 昭君幸无辞。"昭君不对,低首羞恨,俄各归休。余为左右送入昭君院。会将旦,侍人告起。昭君垂泣侍别,忽闻外有太后命,余遂出见太后。太后曰:"此非郎君久留地,宜亟还,便别矣,幸无忘向来欢。"更索酒,酒再行已,戚夫人、潘妃、绿珠,皆泣,竟辞去。太后使朱衣送往大安,抵西道,旋失使人所在,时始明矣。……

裴铏(约八六〇前后在世)的字里均无考。咸通中,为静海节度使高骈掌书记,加侍御史内供奉。乾符五年,以御史大夫为成都节度副使,作《题文翁石室》诗。铏著有《传奇》三卷,多记神仙恢谲之事,其中《裴航》及《崔炜传》二篇,亦记神鬼恋爱故事,尤以《裴航》一篇为著名。裴航因下第游鄂渚归,佣巨舟载于湘汉。同舟樊夫人,有国色,航思与之通,有所献。夫人召见,告以有夫,赠诗为别。至京,于蓝桥驿遇美女云英,乃向其祖母求婚。祖母限以百日内得玉杵臼始许。航果求得之,再百日,于山中成婚。来宾皆神仙,妻姊亦在,即舟中所遇樊夫人也。航遂亦成仙。明人龙米陵取材以作《蓝桥记》传奇,明末杨之炯又合崔护事以作《玉杵记》。《崔炜传》叙炜有诗名,尝脱衣援一丐妪,妪赠以炙艾,云可由此获美艳。炜以艾愈任翁疾,翁事鬼,将杀炜以飨。翁女密于窗隙告之,夜遁,堕蛇穴。以艾炙蛇疾,愈,蛇乃导之至一洞府。洞为田横玄宫,横许以女。及返,已三年。后果送田女至,遂成婚。最后,炜亦仙去。

……饰妆归辇下,经蓝桥驿侧近,因渴甚,遂下道求浆而饮。见茅屋三四间,低而复隘。有老妪缉麻苎。航揖之,求浆。妪咄曰:"云英,擎一瓯浆来,郎君要饮。"航讶之,忆樊夫人诗有云英之句,深不自会。俄于苇箔之下,出双玉手,捧瓷。航接饮之,真玉液也。但觉异香氤郁,透于户外。因还瓯,据揭箔睹一女子，露裛琼英，春融雪彩，脸欺腻玉，鬓若浓云，娇而掩面蔽身，虽红兰之隐幽谷，不足比其芳丽也。航惊怛植足，而不能去。因白姬曰："某仆马甚饥，愿憩于此，当厚答谢，幸无见阻。"姬曰："任郎君自便。"且遂饭仆秣马。良久，谓姬曰："向睹小娘子艳丽惊人，姿容擢世，所以踌躇而不能适。愿纳厚礼而娶之，可乎？"姬曰："渠已许嫁一人。但时未就耳。我今老病，只有此女孙。昨有神仙遗灵丹一刀至，但须玉杵白捣之，百日方可就吞，当得后天而老。君约取此女者，得玉杵白，吾当与之也。其余金帛，吾无用处耳。"航拜谢曰："愿以百日为期，必携杵白而至，更无他许人。"姬曰："然。"航恨恨而去。……（《裴航》）

……蛇遂咽珠，蜿蜒将有所适。炜遂再拜，跨蛇而去，不由穴口，只于洞中行，可数十里。其中幽暗若漆，但蛇之光烛两壁，时见绘画古丈夫，咸有冠带。最后触一石门，门有金兽啮环，洞然明朗。蛇低首不进，而卸下炜。炜将谓已达人世矣，入户，但见一室，空阔可百余步。穴之四壁，皆镌为房屋。当中有锦绣帏帐数间，垂金泥紫，更饰以珠翠，炫晃如明星之连缀。帐前有金炉，炉上有蛟龙鸾凤龟蛇鸾雀，皆张口喷出香烟，芳芬蓊郁。傍有小池，砌以金壁，贮以水银，凫鹥之类，皆琢以琼瑶，而泛之。四壁有床，咸饰以犀象，上有琴、瑟、笙、篁、罄鼓、枳敔，不可胜记。炜细视手泽尚新。炜乃恍然，莫测是何洞府也。……（《崔炜传》）

三　传奇小说三大派（二）

在唐以前，中国向无专写恋爱的小说。有之，始自唐人传奇。

就是唐人所作传奇,也要算这一类最为优秀。作者大都能以隽妙的铺叙,写凄惋的恋情,其事多属悲剧,故其文多哀艳动人;不似后代的才子佳人小说,其结局十九为大团圆,读毕后使人没有些儿回味可寻。

这类传奇的产生,以《游仙窟》为最早。全文共万余言,体近骈俪,且为唐代传奇中最长的作品。作者张鷟(约六六〇——七四一间在世)字文成,自号浮休子,深州陆浑人,博学工文词,七登文学科。曾为御史,性情躁卞,倪荡不检,姚崇很看不起他。后被劾贬岭南,旋又内徙,终于司门员外郎。日本、新罗使至,常以金宝买他的文章。《游仙窟》系自叙奉使河源,道中夜投大宅,逢二女曰十娘、五娘,宴饮欢笑,以诗相调,止宿而别。在日本有传说,言作者姿容清媚,好色多情,慕武则天后而无由通其情愫,乃为此文进之。作者与则天后为同时人,此传言当有所自。此文中国已久佚,近始由日本传入而有印本。下面所录,乃写升堂燕饮时情形的一段:

> ……十娘唤香儿为少府设乐,金石并奏,箫管间响:苏合弹琵琶,绿竹吹筚篥,仙人鼓瑟,玉女吹笙。玄鹤俯而听琴,白鱼跃而应节。清音啁叨,片时则梁上尘飞,雅韵铿锵,卒尔则天边雪落,一时忘味,孔丘留滞不虚,三日绕梁,韩娥余音是实。……两人俱起舞,共劝下官……遂舞著词曰:"从来巡绕四边,忽逢两个神仙。眉上冬天出柳,颊中旱地生莲。千看千处妩媚,万看万种娉妍。今宵若其不得,刺命过与黄泉。"又一时大笑。舞毕,因咏曰:"仆实庸才,得陪清赏,赐垂音乐,惭荷不胜。"十娘咏曰:"得意似鸳鸯,情乖若胡越。不向君边尽,更知何处歇?"十娘曰:"儿等并无可收采,少府公云:'冬天出柳,旱地生莲。'总是相弄也。"……

作者尚著有《龙筋凤髓判》十卷,《朝野佥载》三十卷,亦盛行于时。

陈玄祐(约七七九前后在世)的字里、生平都无考,著有《离魂记》。记中叙张倩娘与王宙相爱甚深,其父欲将倩娘嫁别人,她不愿,宙亦悲恨诀别。夜半,他忽见倩娘追踪而至,相处五年,生二子,然后二人同到倩娘父家。谁知倩娘卧病在家,未尝出门,卧病的倩娘闻和宙同来的倩娘至便起床相迎,二女相合为一体。乃知和宙同来的为倩娘之魂。元郑德辉的《倩女离魂》一剧,即据此文而作。文中写宙与张家决别后:

　　……日暮至山郭数里。夜方半,宙不眠。忽闻岸上有一人行声甚速,须臾至船。问之,乃倩娘徒行跣足而至。宙惊喜发狂,执手问其从来。泣曰:"君厚意如此,寝相感。今将夺我此志,又知君深情不易,思将杀身奉报,是以亡命来奔。"宙非意所望,欣跃特甚。遂匿倩娘于船,连夜遁去,倍道兼行,数月至蜀。凡五年,生两子,与镒绝信。……

许尧佐(约八〇六前后在世)的字里亦无考。他曾擢进士第,又举宏辞,为太子校书郎。贞元十六年,与张宗本、郑权皆佐征西幕府。后位谏议大夫,卒。尧佐善为诗,《全唐诗》中曾采录。所作传奇名《章台柳传》,或名《柳氏传》,于叙恋爱外复写豪侠,实为备具两种对象的故事。其文叙韩翃的恋人柳氏为番将沙吒利所夺,他无计把她取回,侠士许俊怜其情,自告奋勇去替他劫回。此本为当时实事,二人的酬答诗"章台柳,章台柳,昔日青青今在否?……"至今尚流诵于文学家之口。文中写翃于途中遇柳氏后,许俊为之劫归一段,柔情脉脉,侠气如虹,奕然大有生气:

　　……翃得从行至京师,已失柳氏所止,叹想不已。偶于龙首冈见苍头以驳牛驾辎䡾从两女奴。翃偶随之,自车中问曰:"得非韩员外乎? 某乃柳氏也。"使女奴窃言失身沙吒利,阻同车者,请诘旦幸相待于道政里门。及期而往,以轻素结玉合,实以香膏,自车中授之曰:"当遂永诀,愿置诚念。"乃回车,以手挥之,轻袖摇摇,香车辚辚,目断意迷,失于惊尘。翊大不胜情。会淄青诸将合乐酒楼,使人请翊。翊强应之,然意色皆丧,音韵凄咽。有虞侯许俊者,以材力自负,抚剑言曰:"必有故,愿一效用。"翊不得已,具以告之。俊曰:"请足下数字,当立致之。"乃衣缦胡,佩双鞭,从一骑,径造沙吒利之第。候其出行里余,乃被衽执辔,犯关排闼,急趋而呼曰:"将军中恶,使召夫人。"仆侍辟易,无敢仰视。遂升堂出翊札示柳氏,挟之跨鞍马,逸尘断鞅,倏忽乃至。引裾而前曰:"幸不辱命。"四座惊叹。……

白行简生平见前,所著《李娃传》系叙:李娃为长安名妓,常州刺史荥阳公之子因迷恋她而致堕落,至为乞丐。李娃终于救了他,使他勉力读书上进;后奉父命结为婚姻,待娃以殊礼。元石君宝的《曲江池》和明薛近衮的《绣襦记》二剧,都叙写此事。郑元和唱《莲花落》故事,至今尚盛传于闾里间。

……一旦大雪,生为冻馁所驱,冒雪而出,乞食之声甚苦,闻见者莫不凄恻。时雪方甚,人家外户多不发。至安邑东门,循理垣北转第七八,有一门独启左扉,即娃之第也。生不知之,遂连声疾呼:"饥冻之甚。"音响凄切,所不忍听。娃自阁中闻之,谓侍儿曰:"此必生也。我辨其音矣。"连步而出,见生枯瘠疥厉,殆非人状。娃意感焉,乃谓曰:"岂非某郎也?"生愤懑绝倒,口不能言,颔颐而已。娃前抱其颈,以绣襦拥而归于西厢,失声长恸曰:"令子一朝及此,我之罪也。"绝而复苏。姥大骇,奔至曰:"何也?"娃曰:"某郎。"姥遽曰:"当逐之,奈何令至此。"娃敛容却睇曰:"不然,此良家子也。当昔驱高车,持金装，至某之室。不逾期而荡尽。且互设诡计，舍而逐之，殆非人。令其失志不得齿于人伦。父子之道，天性也。其情绝，杀而弃之，又困踬若此。天下之人，尽知为某也。生亲戚满朝，一旦当权者熟察其本末，祸将及矣。况欺天负人，鬼神不祐，无自贻其殃也。某为姥子，迨今有二十岁矣。计其赀，不啻直千金。今姥年六十余，愿计二十年衣食之用以赎身，当与此子别卜所诣。所诣非遥，晨昏得以温清，某愿足矣。"姥度其志不可夺，因许之。给老之余，有百金，北隅因五家税一隙院。乃与生沐浴易其衣服，为汤粥通其肠，次以酥乳润其脏。旬余方荐水陆之馔，头巾履袜，皆取珍异者衣之。未数月，肌肤稍腴；卒岁，平愈如初。异时，娃谓生曰："体已康矣，志已壮矣。渊思寂虑，默想曩昔之艺业，可温习乎？"生思之曰："十得二三耳。"娃命车出游，生骑而从。至旗亭南偏门鬻坟典之肆，令生拣而市之，计费百金，尽载以归。因令生斥弃百虑，以志学，俾夜作昼，孜孜矻矻。娃常偶坐，宵分乃寐。伺其疲倦，即谕之，缀诗赋。二岁而业大就，海内文籍，莫不该览。……

　　蒋防（约八一三前后在世）字子微（一作子徵），义兴人。年十八，作《秋河赋》，援笔立就。妻于简女，官右拾遗。元和中，于李绅席上赋《鞲上鹰》诗，有"几欲高飞天上去，谁人为解绿丝萝"句，绅乃荐之。后历翰林学士，中书舍人。长庆中，坐绅党，自司封员外郎知制诰贬汀州刺史，寻改连州。防善诗，有集一卷，但以著传奇《霍小玉传》著名。相传传中所叙为实事：霍小玉为霍王宠婢所生，父死被逐，易姓郑氏。进士李益与之恋爱，有婚姻之约。但益的母亲，已为他订婚于卢氏，他不敢拒，遂和小玉断绝音问。小玉念李益成病，家里又穷得将家产卖尽，连最心爱的紫玉钗都卖去，李益仍避不见面！一天，他在崇敬寺看牡丹，为一黄衫客强邀到小玉处。小玉数其负心，且誓必为厉以报，长叹数声而绝。其后李益妻妾间果常起猜忌，家庭终于破散。李益为唐时诗人，惟事迹并不尽如所说。明人汤显祖《紫钗记》和近人《紫玉钗》剧本，都以此为题材。以所叙事实而言，亦为兼写豪侠故事的传奇，与《柳氏传》同。传中写益为黄衫客所赚一段，最能动人：

> ……乃锐挟其马，牵引而行。迁延之间，已及郑曲。生神情恍惚，鞭马欲回。豪士遽命奴仆数人，抱持而进，疾走推入车门，便令锁却，报云："李十郎至也！"一家惊喜，声闻于外。先此一夕，玉梦黄衫丈夫抱生来至席，使玉脱鞋，惊寤而告母。因自解曰："鞋者，谐也，夫妇再合。脱者，解也，既合而解，亦当永诀。由此征之，必遂相见；相见之后，当死矣。"凌晨，请母梳妆。母以其久病，心意惑乱，不甚信之。俛勉之间，强为妆梳。妆梳才毕，而生果至。玉沉绵日久，转侧须人。忽闻生来，欻然自起，更衣而出，恍若有神。遂与生相见，含怒凝视，不复有言。赢质娇姿，如不胜致。时复掩袂，返顾李生，感物伤人，坐皆欷歔。顷之，有酒肴数十盘，自外而来。一座惊视，遽问其故，悉是豪士之所致也。因遂陈设，相就而坐。玉乃侧身转面，斜视生，良久，遂举杯酒酬地曰："我为女子，薄命如斯！君是丈夫，负心若此！韶颜稚齿，饮恨而终；慈母在堂，不能供养；绮罗弦管，从此永休；征痛黄泉，皆君所致！李君，李君，今当永诀！我死之后，必为厉鬼，使君妻妾终日不安！"乃引左手握生臂，掷杯于地，长恸号哭数声而绝。母乃举尸置于生怀，令唤之，遂不复苏矣。……

陈鸿（约八一三前后在世）字大亮，里籍无考。贞元二十一年，登太常第，始闲居遂志。乃修《大统纪》，七年而成。在长安时，与白居易为友。太和三年，官尚书主客郎中。鸿的著作，除《大统纪》三十卷及《长恨歌传》外，尚有《开元升平乐》一卷，《东城老父传》一篇，及《全唐文》所录文三篇。居易作《长恨歌》，鸿因为之记其本事，以作此传。明皇和杨妃的恋史本是很感人的题材，所以元人白朴取以作《梧桐雨》杂剧，清人洪昇取以作《长生殿传奇》。《东城老父传》也是记开元和天宝间事，写贾昌于兵火后追念太平盛事，荣华零落，两相比照，其语甚悲。《长恨歌》作于元和初，亦追追开元中杨妃入宫以至死于蜀道本末，写法与《老父传》相似。然传本颇多，文字殊多歧异，下面所引，系依《文苑英华》所录：

……开元中，泰阶平，四海无事。玄宗在位，岁久，倦于旰食宵衣。政无大小，始委于丞相，稍深居游宴，以声色自娱。先是元献皇后、武淑妃，皆有宠，相次即世，宫中虽良家子千万数，无可悦目者。上心忽忽不乐。时每岁十月，驾幸华清宫，内外命妇，熠燿景从，浴日余波，赐以汤沐，春风灵液，淡荡其间。上心油然，恍若有遇。顾左右前后粉色如土，谒高力士潜搜外宫，得弘农杨玄琰女于寿邸。既笄矣，鬓发腻理，纤秾中度，举止闲冶，如汉武帝李夫人。别疏汤泉，诏赐澡莹。既出水，体弱力微，若不任罗绮。光彩焕发，转动照人。上甚悦。进见之日，奏《霓裳羽衣曲》以导之。定情之夕，授金钗钿合以固之。又命戴步摇，垂金珰。明年册为贵妃，半后服用。由是冶其容，敏其词，婉娈万态，以中上意。上益嬖焉。……

元稹（七七九——八三一）字微之，河南河内人。举明经，补校书郎。元和初，应制策第一，除左拾遗。历监察御史，坐事贬江陵。又自虢州长史征入，渐迁中书舍人承旨学士，进工部侍郎同平章事。未几罢相，出为同州刺史，徙浙东观察使。召为尚书左丞。俄拜武昌军节度使。暴得疾，一日而卒。他自少与白居易唱和，当时号为"元和体"。宫中嫔妃好唱其诗，呼为元才子。所著有《长庆集》百卷，《小集》十卷，《类集》三百卷。传奇文今仅传《会真记》一篇,亦名《莺莺传》,叙崔张故事。略谓贞元中,有张生,性貌温美,年二十三,未近女色。游于蒲,寓普救寺。适有崔氏孀妇携女归长安,亦寓此寺,会军人因浑瑊死而搔扰,赖生之将护,得无恙。崔氏感之,因出其女莺莺与见。生因婢红娘之介,得与莺莺通。生至长安后,文战不利,遂绝莺莺。后莺莺适他人,而生亦别娶。适过莺莺所居,请以外兄见,终不出。后数日,莺莺以诗谢绝他。相传记中张生即是他自己,同他《续会真诗三十韵》同样在写自己,所以写来特别艳丽荡人。此一诗一文,均不载于《长庆集》,其诗为《才调集》所录,则径作《会真诗三十韵》,无"续"字,足证传说的不为无稽。宋赵德麟尝取其本事作《商调蝶恋花》十阕,金董解元作《弦索西厢》(一名《西厢挡弹词》),元王实甫作《西厢记》,关汉卿作《续西厢记》,明李日华作《南西厢记》,陆采亦作《南西厢记》。更有《翻西厢》、《续西厢》、《竟西厢》、《后西厢》诸作,出现于明清之交。较近则有《砭真记》。它对后世戏剧方面影响之大,他著均莫与之比。

……张生临轩独寝,忽有人觉之,惊骇而起,则红娘敛衾携枕而至,抚张曰:"至矣,至矣!睡何为哉!"置枕设衾而去。张生拭目危坐久之,犹疑梦寐,然而修谨以俟。俄而红娘捧崔氏而至。至则娇羞融冶,力不能运支体。曩时端庄,不复同矣。是夕,旬有八日也。斜月晶莹,幽辉半床。张生飘飘然,且疑神仙之徒,不谓从人间至矣。有顷,寺钟鸣,天将晓,红娘促去。崔氏娇啼宛转,红娘又捧之而去。终夕无一言。张生辨色而兴,自疑曰:"岂其梦邪?"及明,靓妆在臂,香在衣,泪光荧荧然,犹莹于席而已。是后十余日,杳不复知。张生赋《会真诗》三十韵,未毕,而红娘适至,因授之以贻崔氏。自是复容之。朝隐而出,暮隐而入,同安于曩所谓西厢者,几一月矣。张生常诘郑氏之情,则曰:"知不可奈何矣。"因欲就成之。亡何,张生将之长安,先以情谕之,崔氏宛无难词。然而愁怨之容动人矣。将行之夕，再不复可见，而张生遂西。……

房千里（约八四〇前后在世）字鹄举，河南人。太和初进士。游岭徼，有进士韦滂自南海致赵氏为千里妾。千里调官入京，临别，赵氏极怅恋。过襄州遇许浑，乃以赵氏托之。浑至，而赵氏已从韦秀才。因以诗报千里，有"为报西游减离恨，阮郎才去嫁刘郎"句。千里哀恸几绝。在京官国子博士，曾因罪谪端州。后终高州刺史。千里以著传奇《杨倡传》著名，鲁迅先生谓为"此传或即作于得报之后，聊以寄慨者"。他又撰有《南方异物志》一卷，《投荒杂录》一卷，今亦皆传。

　　……岭南帅甲，贵游子也。妻本戚里女，遇帅甚悍。先约，设有异志者，当取死白刃下。帅幼贵喜淫，内苦其妻，莫之措意，乃阴出重赂，削去娼之籍，而挈之南海，馆之他舍，公余而同，夕隐而归。娼有慧性，事帅尤谨。平居以女职自守，非其理，不妄发。复厚帅之左右，咸能得其欢心，故帅益嬖之。会间岁，帅得病不起。思一见娼，而惮其妻。帅素与监军使厚，密遣导意，使为方略。……监军即命娼冒为婢以见帅。计未行而事泄。帅之妻乃拥健婢数十，列白梃、炽膏镬于廷，而伺之矣。须其至，当投之沸鬲。帅闻而大恐，促命止娼之至。且曰："此自我意，几累于渠。今幸吾之未死也，必使脱其虎喙。不然，且无及矣。"乃大遗其奇宝，命家童傍轻舠卫娼北归。自是帅之愤益深。不逾旬而物故。娼之行，适及洪矣。问至，娼乃尽返帅之赂，设位而哭曰："将军由妾而死。将军且死，妾安用生为？妾岂孤将军者耶？"即撤奠而死之。……

于邺（约八六七前后在世）字武陵，杜曲人。大中中，举进士不第，携琴书往来商洛、巴蜀间。尝南至潇湘，爱河洲芳草，欲卜居，未果。后终老嵩阳别墅。邺工五言诗,飘逸多感,有集一卷。其所著传奇《扬州梦》,叙诗人杜牧冶游扬州及在湖州恋一幼妓的故事,约十年后来娶。待重来湖州,已逾相约的年期,女已嫁人生三子。他的"绿叶成阴子满枝"的名句,即为此时而咏。此文全为写实,然结果为悲剧,读之令人怅怅。元杂剧家乔吉取材以作《扬州梦》。

> ……太和末,牧复自侍御史,出佐沈传师江西宣州幕,虽所至辄游,而终无属意。咸以非其所好也。及闻湖州名郡,风物妍好,且多奇色,因甘心游之。湖州刺史某乙,牧素所厚者,颇喻其意。及牧至,每为之曲宴周游,凡优姬娼女,力所能致者,悉为出之。牧注目凝视曰:"美矣,未尽善也。"乙复候其意,牧曰:"愿得张水嬉,使州人毕观,候四面云集,某当闲行寓目,冀于此际或有阅焉。"乙大喜,如其言。至日,两岸观者如堵。迫暮,竟无所得,将罢舟舣岸,于丛人中有里姥引鸦头女,年十余岁,牧熟视曰:"此真国色,向诚虚设耳!"因使语其母,将接致舟中。母女皆惧。牧曰:"且不即纳,当为后期。"姥曰:"他年失信,复当何如?"牧曰:"吾不十年,必守此郡;十年不来,乃从尔所适可也。"母许诺,因以重币结之,为盟而别。……

皇甫枚(约八八〇前后在世)一名牧,字遵美,安定三水人。咸通末,曾为汝州鲁山令。是年,由汝入秦。光启中,僖宗在梁州,调赴行在。他著籍三水,而在汝坟温泉又有别业。枚于天祐庚午旅食汾晋,手记咸通中事,为《三水小牍》三卷。其中《非烟传》一篇,曾单行,叙武公业妾步非烟恋爱比邻赵氏子象,先通书诗,继乃命象跻梯相从。事泄,象遁,非烟被鞭死。非烟死后殊有灵,而象后为汝州鲁山县主簿。传中载二人来往的书诗颇多,大都缠绵可诵。

……无何，烟数以细过挞其女奴，奴阴衔之，乘间尽以告公业。公业曰："汝慎言，我当伺察之。"后至直日，乃伪陈状请假。迨夕，如常入直。遂潜于里门。街鼓既作，匍伏而归。循墙至后庭，见烟方倚户微吟。象则据垣斜睇。公业不胜其忿，挺前欲擒象，觉，跳去。业搏之，得其半襦。乃入室呼烟诘之。烟色动声战，而不以实告。公业愈怒。缚之大柱，鞭楚血流。但云："生得相亲，死亦何恨！"深夜，公业怠而假寐。烟呼其所爱女仆曰："与我一杯水。"水至，饮尽而绝。公业起，将复笞之，已死矣。乃解缚举置阁中，连呼之，声言烟暴疾致殒。后数日，窆北邙。而里巷间皆知其强死矣。象因变服易名，远窜江浙间。……

"生得相亲，死亦何恨！"在不自由的桎梏下求自由的女性，都应该抱着这样坚决的意志！

四　传奇小说三大派（三）

豪侠故事亦为唐代特有的产物，前述恋爱故事里的黄衫客、许俊，他们的举动也属于豪侠一类。至专写豪侠的故事，产生较后，单篇也较少，著名的故事往往出于整部的传奇集中，然亦常为人选出单行，所以亦在这里叙述。这种故事的主人翁，有男性，有女性，女性的侠客尤较男性为多，她们的智力与本领也往往反超过于男性，这个特殊的现象是很足令人诧异的。

柳珵（约七九五前后在世）字不详，蒲州河东人。生平无考。常记其世父柳芳所谈为《常侍旨言》，又著传奇《上清传》。上清为相国窦公青衣，公为陆贽所陷，流欢州未至，诏令自尽。上清没入宫，数年后，以善煎茶常在帝左右，乘机白公冤。帝乃下诏昭雪。后上清特敕丹书度为女道士，终嫁为金忠义妻。

……德宗谓曰："宫掖间人数不少。汝了事,从何得至此?"上清对曰："妾本故宰相窦参家女奴。窦某妻早亡,故妾得陪扫洒。及窦某家破,幸得填宫。既侍龙颜,如在天上。"德宗曰:"窦某罪不止养侠刺,亦甚有赃污,前时纳官银器至多。"上清流涕而言曰:"窦某自御史中丞,历度支、户部、盐铁三使,至宰相,首尾六年,月入数十万,前后非时赏赐,当亦不知纪极。乃者郴州所送纳官银物,皆是恩赐。当部录日,妾在郴州,亲见州县希陆贽意旨刮去。所进银器,上刻作藩镇官衔姓名,诬为赃物。伏乞下验之。"于是宣索窦某没官银器覆视,其刮字处,皆如上清言。时贞元十二年。德宗又问蓄养侠刺事,上清曰:"本实无。悉是陆贽陷害,使人为之。"德宗怒陆贽曰:"这獠奴!我脱却伊绿衫,便与紫衫着。又常唤伊作陆九。我任使窦参,方称意,次须教我枉杀却他。及至权入伊手,其为软弱,甚于泥团。"乃下诏雪窦参。时裴延龄探知陆贽恩衰,得恣行媒孽。贽竟受谴不回。……

李公佐生平见前,所著《谢小娥传》,记小娥父及夫为盗所杀,小娥折足堕水,为人所救,依居尼庵。父与夫于梦中示小娥以仇人姓名,小娥乃乔装为男子,为人佣保,后果遇仇人于浔阳,刺杀之,并闻于官,捕获余党。小娥得免死。此事亦见《唐书·列女传》,恐系当时事实。李复言《续玄怪录》亦载其事。宋亦有谢小娥为父报仇事,见《舆地纪胜》;是一是二,已不可考。明人又取以为通俗短篇小说,见于《拍案惊奇》中。

……尔后小娥便为男子服,佣保于江湖间。岁余,至浔阳郡,见竹户上有纸榜子,云:"召佣者。"小娥乃应召诣门。问其主,乃申兰也。兰引归,娥心愤貌顺,在兰左右,甚见亲爱。金帛出入之数,无不委娥。已二岁余,竟不知娥之女人也。先是,谢氏之金宝锦绣衣物器具,悉掠在兰家。小娥每执旧物,未尝不暗泣移时。兰与春,宗昆弟也。时春一家住大江北独树浦,与兰往来密洽。兰与春同去经月,多获财帛而归。每留娥与兰宴。兰氏同守家室,酒肉衣服,给娥甚丰。或一日,春携文鲤兼酒诣兰,娥私叹曰:"李君精悟元鉴,皆符梦言。此乃天启其心,志将就矣。"是夕,兰与春会,群贼毕至。酣饮暨,诸凶既去,春沉醉卧于内室,兰亦露寝于庭。小娥潜锁春于内,抽佩刀先斩兰首,呼号邻人并至。春擒于内,兰死于外,获赃收货,至千万。初,兰、春有党数十,暗记其名,悉擒就戮。······

袁郊(约八五三前后在世)一名都,字之乾,亦作字之仪,蔡州朗山人,亦作陈郡汝南人。咸通中,为祠部郎中。昭宗朝,为翰林学士。累至虢州刺史。郊工诗,尝与温庭筠倡和。咸通九年,著传奇《甘泽谣》一卷,今存九则,皆记谲异之事,然以其中《红线》一则流传最广。《红线传》亦题杨巨源作。巨源(约八〇〇前后在世)字景山,蒲中人。第进士。历官礼部员外郎,国子司业。太和中致仕,年已七十。有诗集六卷。此文究为巨源所作而为郊收入《甘泽谣》(当时此等事颇多),抑出后人误题,均不能考。但由此可知其尝单篇流传。红线是潞州节度使薛嵩的青衣,田承嗣想吞并潞州,嵩忧惧,红线乃夜往盗取承嗣床头的金合。嵩使人往送还,承嗣惊惧,乃复修好。事后,红线遂别去,不知所往。事很平常,但红线的侠名因之永垂不朽了。

······乃入闺房,饬其行具。乃梳乌蛮髻,贯金雀钗,衣紫绣短袍,系青丝轻履,胸前佩龙文匕首,额上书太乙神名。再拜而行,倏忽不见。嵩乃返身闭户,背烛危坐。常时饮酒,不过数合,是夕举觞十余不醉。忽闻晓角吟风,一叶坠露,惊而起问，即红线回矣。嵩喜而慰劳曰："事谐否？"红线曰："不敢辱命。"又问曰："无伤杀否？"曰："不至是。但取床头金合为信耳。"红线曰："某子夜前二刻，即达魏城，凡历数门，遂及寝所。闻外宅儿止于房廊，睡声雷动。见中军士卒徒步于庭，传叫风生。乃发其左扉，抵其寝帐。田亲家翁止于帐内，鼓跌酣眠，头枕文犀，髻包黄縠，枕前露一七星剑。剑前仰开一金合，合内书生身甲子与北斗神名。复以名香美珠，散覆其上。然则扬威玉帐，但期心豁于生前，熟寝兰堂，不觉命悬于手下。宁劳擒纵，只益伤嗟。时则蜡炬烟微，炉香烬委，侍人四布，兵器交罗。或头触屏风，鼾而鼾者；或手持巾拂，寝而伸者。某乃拔其簪珥，縻其襦裳，如病如醒，皆不能痛。遂持金合以归。出魏城西门，将行二百里，见铜台高揭，漳水东流，晨鸡动野，斜月在林。怨往喜还，顿忘于行役；感知酬德，聊副于依归。所以当夜漏三时，往返七百里。入危邦一，道经过五六城，冀减主忧，敢言其苦。"

裴铏传奇中《昆仑奴》、《聂隐娘》二篇，亦为著名的豪侠故事，因曾被编入单行的《剑侠传》内，故或误为段成式作。《昆仑奴》在从前或曾单行，故亦有题为冯延巳作的。叙崔生奉父命往视"盖天之勋臣一品"病，一品乃命一穿红绡的妓沃一瓯绯桃的甘酪以进。生脸红不受，一品命妓以匙进之。及生辞去，妓送出院，临别出三指，反掌三度，然后指胸前一镜为记。生归后颇苦念妓，而又不解其意。家中有昆仑奴名磨勒的探知其故，乃为之解释道："立三指是示她住在第三院，三度反掌是示十五之数，胸前镜子是指明月，即要你十五夜月明前去的意思。"于是磨勒负生入一品家，逾十重垣与妓相见，又负他们二人同出。后一品知其事，命捕磨勒，他在重围中飞出，不知所往。十年后有人见他在洛阳卖药，容貌如旧。所谓一品者，系隐指郭令公子仪。在唐时，豪绅官僚广蓄姬妓是极平常的事,所以不免多有怨女,甚至有因此摧毁了由恋爱而成的佳偶。明梁伯龙本此作《红绡》杂剧,与旧传《红线女》并称"双红剧"。又梅禹金亦有《昆仑奴》杂剧。《聂隐娘》叙魏博大将聂锋,有女名隐娘,十岁时为尼诱入山中受剑术,术成,送她回家。后来她嫁了一个磨镜的少年。魏帅田氏与陈许节度使刘昌裔不和,魏帅命隐娘去杀昌裔。谁知昌裔有神算,预知其来,于中途用厚礼迎接她夫妇。隐娘感其意,遂留居许。月余后,魏帅又使精精儿去杀隐娘和昌裔,反为隐娘所杀。接着又使妙手空空儿至,又被隐娘设计,使他一击不中,愧而远逸。昌裔死,隐娘便隐去。清人尤侗的《黑白卫》一剧,即演此事。

> ……是夜三更,与生衣青衣,遂负而逾十重垣,乃入歌妓院内,止第三门。绣户不扃,金釭微明,惟闻妓长叹而坐,若有所俟。翠环初坠,红脸才舒,玉恨无妍,珠愁转莹。但吟诗曰:"深洞莺啼恨阮郎,偷来花下解珠珰。碧云飘断音书绝,空倚玉箫愁凤凰。"侍卫皆寝,邻近阒然。生遂缓褰帘而入。良久,验是生。姬跃下榻执生手曰:"知郎君颖悟,必能默识,所以手语耳。又不知郎君有何神术,而能至此?"生具告磨勒之谋,负荷而至。姬曰:"磨勒何在?"曰:"帘外耳。"遂召入以金瓯酌酒而饮之。姬白生曰:"某家本富,居在朔方。主人拥旄,逼为姬仆。不能自死,尚且偷生。脸虽铅华,心颇郁结。纵玉箸举馔,金炉泛香,云屏而每进绮罗,绣被而常眠珠翠,皆非所愿,如在桎梏。贤爪牙既有神术,何妨为脱狴牢。所愿既申,虽死不悔。请为仆隶,愿侍光容。又不知郎君高意如何?"生愀然不语。磨勒曰:"娘子既坚确如是,此亦小事耳。"姬甚喜。磨勒请先为姬负其囊橐妆奁,如此三复焉。然后曰:"恐迟明。"遂负生与姬而飞出峻垣十余重。一品家之守御,无有警者。……(《昆仑奴传》)

后月余，白刘曰："彼未知住，必使人继至。今宵请剪发，系之以红绡，送于魏帅枕前，以表不回。"刘听之。到四更，却返曰："送其信了。后夜必使精精儿来杀某及贼仆射之首。此时亦万计杀之。乞不忧耳。"刘豁达大度，亦无畏色。是夜，明烛半宵之后，果有二幡子，一红一白，飘飘然如相击于床四隅。良久，见一人望空而踣，身首异处。隐娘亦出曰："精精儿已毙。"拽出于堂之下，以药化为水，毛发不存矣。隐娘曰："后夜当使妙手空空儿继至。空空儿之神术，人莫能窥其用，鬼莫得蹑其踪。能从空虚之入，冥然无形而灭影。隐娘之艺，故不能造其境，此即系仆射之福耳。但以于阗玉周其颈，拥以衾，隐娘当化为蠛蠓，潜入仆射肠中听伺，其余无逃避处。"刘如言。至三更，瞑目未熟。果闻项上铿然，声甚厉。隐娘自刘口中跃出，贺曰："仆射无患矣。此人如俊鹘，一搏不中，即翩然远逝，耻其不中耳，未逾一更，已千里矣。"后视其玉，果有匕首划处，痕逾数分。……（《聂隐娘传》）

薛调（八三○——八七二）字不详，河中宝鼎人。美姿貌，人号为"生菩萨"。咸通十一年，以户部员外郎加驾部郎中，充翰林承旨学士。次年，加知制诰。郭妃悦其貌，谓懿宗道："驸马盍若薛调乎？"不久即暴卒。世遂以为中鸩。调著有传奇《无双传》，叙刘无双许配于王仙客，后兵乱相失，无双被召入后宫，仙客悲痛欲绝。因访侠士古押衙诉其事，古生别去。半年后，忽喧传守园陵的一个宫女死了，仙客往视，乃是无双，号哭不已。夜半，古生抱无双尸至，灌以药，得复生。于是二人逃去，古生自杀以示灭口。明陆采的《明珠记》一剧，即取此为题材。

半岁无消息，一日，扣门，乃古生送书，云："茅山使者回，且来此。"仙客奔马去见古生。生乃无一言。又启使者，复云：

"杀却也。且吃茶。"夜深，谓仙客曰："宅中有女家人识无双否？"仙客以采苹对，仙客立取而至。古生端相，且笑且喜云："借留三五日，郎君且归。"后累日，忽传说曰："有高品过，处置园陵官人。"仙客心甚异之。令塞鸿探所杀者，乃无双也。仙客号哭，乃叹曰："本望古生，今死矣！为之奈何！"流涕歔欷，不能自已。是夕更深，闻叩门甚急，及开门，乃古生也。领一篼子入，谓仙客曰："此无双也，今死矣。心头微暖，后日当活。微灌汤药，切须静密。"言讫，仙客抱入阁子中，独守之，至明，遍体有暖气。见仙客，哭一声遂绝。救疗至夜方愈。……

杜光庭（八五〇——九三三）字圣宾，一字宾至，处州缙云人，一作括苍人。好辞章。懿宗时，应万言科不中，入天台为道士。僖宗至蜀，召充麟德殿文章应制。王建建国，为谏议大夫，赐号广成先生，进户部侍郎。后主立，以为传真天师，崇真观大学士。后解官隐青城山白云溪，自号东瀛子。光庭著作颇多，有《谏书》一百卷，《录异记》十卷，《广成集》一百卷，《神仙感遇传》一卷，《虬髯客传》一卷等。《虬髯客传》亦载《神仙感遇传》，惟详略不同。旧本原题张悦撰，或本为悦作而光庭删录之以入《神仙感遇传》，故《宋史·艺文志》遂题为光庭作。传叙李靖谒见杨素，素身旁一执红拂妓，夜亡奔靖。二人途中逢虬髯客，妓认客为兄，意气相得。虬髯客本有争天下之志，后见李世民，知非所敌，壮志全消，乃推资与靖，使佐世民，自到海外去。后至扶余国，杀其主，自立为王。李世民亦虬髯，髯可挂角弓，故杜甫诗有"虬须似太宗"语，可见虬髯客和李世民实二而为一。传中所云，全为作者故弄狡狯。明人取以作曲的，有张凤翼和张太和的《红拂记》及凌初成的《虬髯翁》。

……行次灵石旅舍，既设床，炉中烹肉且熟。张氏以发长委地，立梳床前。靖方刷马。忽有一人，中形，赤髯而虬，乘蹇驴而来，投革囊于炉前，取枕欹卧，看张氏梳头。靖怒甚，未决，犹刷马。张氏熟观其面，一手握发，一手映身，摇示公令勿怒。急急梳头毕，敛衽前问其姓。卧客曰："姓张。"对曰："妾亦姓张，合是妹。"遽拜之。问第几，曰："第三。"问妹第几，曰："最长。"遂喜曰："今日多幸，遇一妹。"张氏遥呼曰："李郎且来，拜三兄。"靖骤拜，遂环坐。曰："煮者何肉？"曰："羊肉。计已熟矣。"客曰："饥甚。"靖出市买胡饼，客抽匕首切肉共食。食竟，余肉乱切炉前，食之甚速。客曰："观李郎之行，贫士也，何以致斯异人？"曰："靖虽贫，亦有心者焉。他人见问固不言，兄之问，则无隐矣。"具言其由。曰："然则，何之？"曰："将避地太原耳。"客曰："然吾故非君所能致也。"曰："有酒乎？"靖曰："主人西则酒肆也。"靖取酒一斗。酒既巡，客曰："吾有少下酒物，李郎能同之乎？"靖曰："不敢。"于是开革囊，取出一人头并心肝。却收头囊中，以匕首切心肝共食之。曰："此人乃天下负心者。衔之十年。今始获，吾憾释矣。"……

五　几部著名的传奇集

纂合多篇传奇而成为一集的，除前述的袁郊的《甘泽谣》，裴铏的《传奇》及皇甫枚的《三水小牍》外，在唐代尚有许多。今择其较著名的若干种，如牛肃的《纪闻》，牛僧孺的《玄怪录》，薛用弱的《集异记》，郑还古的《博异志》，李复言的《续玄怪录》，段成式的《酉阳杂俎》，张读的《宣室志》等，依时代先后，略叙作者生平及作品内容。

牛肃（约八〇四前后在世）的字、里均无考，生平亦不详，仅知其有女名应贞，嫁弘农杨广源，年二十四而卒。他尝记开元乾元间征应及神怪异闻，为《纪闻》十卷。《纪闻》原书已佚，今有抄本十卷，乃从《太平广记》辑出，非其原状。书中《牛应贞传》即记其女的事，亦尝单行，题宋若昭撰。若昭为宋氏五女之一，未知何据。又所记吴保安事，《唐书·忠义传》曾采录之，可知其为实事。其书文字朴质，叙述平直，不类他书的易于引人入胜，故传世遂亦不如他书之盛。

牛僧孺（七七九——八四七）字思黯，陇西狄道人。幼孤，第进士，举贤良方正第一。尝直指失政，至考官李益等皆调去，己则调伊阙尉。累迁考功员外郎，集贤殿直学士。穆宗时，位至同中书门下平章事。文宗时，为李德裕党所仇视，造成了所谓"牛李党争"，两党倾轧颇烈。武宗时，累贬循州长史。宣宗立，乃召还为太子少师。卒，谥文简。他曾撰《玄怪录》十卷，今已佚，仅《太平广记》中尚存三十三篇。文字亦同当时其他传奇，惟叙事往往在暗示人以出于造作，不求见信，如《元无有》篇即其一例：

　　宝应中，有元无有，常以仲春末独行维扬郊野。值日晚，风雨大至。时兵荒后，人户多逃，遂入路旁空庄。须臾，霁止，斜月方出，无有坐北窗，忽闻西廊有行人声。未几，见月中有四人，衣冠皆异，相与谈谐，吟咏甚畅，乃云："今夕如秋，风月若此，吾辈岂不为一言以展平生之事也？"其一人即曰云云。吟咏既朗，无有听之具悉。其一衣冠长人，即先吟曰："齐纨鲁缟如霜雪，寥亮高声予所发。"其二黑衣冠短陋人诗曰："嘉宾良会清夜时，煌煌灯烛我能持。"其三故弊黄衣冠人，亦短陋，诗曰："清冷之泉候朝汲，桑绠相牵常出入。"其四故黑衣冠人，诗曰："爨薪贮泉相煎熬，充他口腹我为劳。"无有亦不以四人为异。四人亦不虞无有之在堂隍也。递相褒赏，观其自负，则虽阮嗣宗咏怀，亦若不能加矣。四人迟明方归旧所。无有就寻之，堂中惟有故杵、灯台、水桶、破铛。乃知四人，即此物所为也。

薛用弱（约八二〇前后在世）字中胜，河东人。长庆中，为光州刺史。太和初，自仪曹郎出守戈阳，为政严而不残，以良吏称。他著有《集异记》，一名《古异记》，记隋唐间谲异奇诡之事十六则。其本或作三卷，或作二卷，亦作一卷，而内容皆同。书中如《徐佐卿》、《蔡少霞》、《王维》、《王涣之》诸条，常为词人援引，遂成典实。王维事有明人王辰玉取材为《郁轮袍》杂剧，西湖居士扩为《郁轮袍记》，清黄兆森亦有《郁轮袍》杂剧。王涣之事则有明郑之文作《旗亭记》传奇，清张龙文作杂剧，卢见曾亦作传奇，皆名《旗亭记》。以一代才人的大作，不见赏于显赫的有司，仅供红颜皓齿歌以侑觞，虽知己可感，然而情事却可伤之至了。此"旗亭画壁"故事之所以至今犹为不遇的文人所乐道也。

开元中诗人，王昌龄、高适、王之涣齐名。时风尘未偶，而游处略同。一日，天寒微雪，三人共诣旗亭，贳酒小饮。忽有梨园伶官十数人，登楼会宴。三诗人因避席隈映，拥炉火以观焉。俄有妙妓四辈，寻续而至，奢华艳曳，都冶颇极。旋则奏乐，皆当时之名部也。昌龄等私相约曰："我辈各擅诗名，每不自定其甲乙，今者可以密观诸伶所讴，若诗入歌词之多者，则为优矣。"俄而一伶拊节而唱曰："寒雨连江夜入吴，平明送客楚山孤。洛阳亲友如相问，一片冰心在玉壶。"昌龄则引手画壁曰："一绝句。"寻又一伶讴之曰："开箧泪沾臆，见君前日书，夜台何寂寞，犹是子云居？"适则引手画壁曰："一绝句。"寻又一伶讴曰："奉帚平明金殿开，强将团扇共徘徊。玉颜不及寒鸦色，犹带昭阳日影来。"昌龄则又引手画壁曰："二绝句。"之涣自以得名已久，因谓诸人曰："此辈皆潦倒乐官，所唱皆巴人下里之词耳，岂阳春白雪之曲，俗物敢近哉？"因指诸妓之中最佳者曰："待此子所唱，如非我诗，吾即终身不敢与子争衡矣。脱是吾诗，子等当须列拜床下，奉吾为师。"因欢笑而俟之，须臾,次至双鬟发声,则曰:"黄河远上白云间,一片孤城万仞山。羌笛何须怨杨柳,春风不度玉门关。"之涣即挪歃二子曰:"田舍奴,我岂妄哉!"因大谐笑。诸伶不喻其故,皆起诣曰:"不知诸郎君,何此欢噱?"昌龄等因话其事。诸伶竟拜曰:"俗眼不识神仙,乞降清重,俯就筵席。"三子从之,饮醉竟日。

郑还古(约八二七年前后在世)字不详,自号谷神子,里籍亦无考。元和中,登进士第。终国子博士。他尝注《老子指归》十三卷。《博异志》相传亦是他所撰。但考《沈亚之》一篇即为亚之所作的《异梦录》,那么此书大概不尽是他的创作。明人顾元庆以他与段成式比之韩昌黎、李长吉,其言亦似过誉。

天宝中,河南缑氏县东太子陵仙鹤观,常有道士七十余人,皆精专修习,法箓斋戒皆全,有不专者,自不之住矣。常每年九月三日夜,有一道士得仙,已有旧例。至旦,则具姓名申报以为常。其中道士,每年到其夜,皆不扃户,各自独行,以求上升之应。后张竭忠摄缑氏令,不信。至时,乃令二勇者以兵器潜觇之,初无所见,至三更后,见一黑虎入观来,须臾,衔出一道士。二人遂射,不中,奔,弃道士而往。至明,并无人得仙,具以此白竭忠。竭忠申府,请弓矢大猎于太子陵东,石坑中格杀数虎,或金简玉箓洎冠帔,或人之发骨甚多,斯皆谓每年得仙道士也。自后仙鹤观中即渐无道士,今并休废,为守陵使所居也。(《张竭忠》)

李复言(约八三一前后在世)字不详,陇西人。生平事迹难考。太和四年,游巴蜀,与进士沈田会于蓬州,田因话奇事,他遂续牛僧孺《玄怪录》作《续玄怪录》五卷。《宋史·艺文志》又收复言《搜古异录》十卷,当为同书而异其书名与卷数。其中《定婚店》一则,为绝妙的婚姻故事，传布尤广。《李卫公靖》叙李靖代龙宫行雨事，清褚人穫引入《通俗隋唐演义》，亦尝单行，题为《李卫公别传》。《杜子春》一篇亦单行，后来仿作者颇多。《定婚店》叙韦固遇老人，谓其必娶卖菜妪的三岁女，固怒，命人刺之，然求婚终不遂。

> 又十四年，以父荫参相州军。刺史王泰俾摄司户掾，专鞫词狱，以为能，因妻以其女。可年十六七，容色华丽，固称惬之极。然其眉间常贴一花子，虽沐浴闲处，未尝暂去。岁余，固讶之。忆昔日奴刀中眉间之说，因逼问之。妻潸然曰："妾郡守之犹子也，非其女也。畴昔父曾宰宋城，终其官。时妾在襁褓，母兄次殁，唯一庄在宋城南，与乳母陈氏居，去店近，鬻蔬以给朝夕。陈氏怜小，不忍暂弃。三岁时，抱行市中，为狂贼所刺，刀痕尚在，故以花子覆之。七八年前，叔从事卢龙，遂得在左右，以为女嫁君耳。"固曰："陈氏眇乎？"曰："然。何以知之？"固曰："所刺者固也。"乃曰："奇也命也！"因尽言之，相敬愈极。后生男鲲，为雁门太守，封太原郡太夫人。知阴骘之定，不可变也。宋城太守闻之，题其店曰："定婚店。"

段成式（？——八六三）字柯古，齐州临淄人。以荫为校书郎，家多奇篇秘籍，成式无所不览，尤深于佛书。尝侍父文昌于蜀，以畋猎自放。累擢尚书郎，为吉州刺史。大中中，归京，仕至太常少卿。他本以骈文著名，亦专著小说，有《锦里新闻》三卷，《庐陵官下记》二卷，今皆佚；《酉阳杂俎》二十卷，凡三十篇，续集十卷，卷一篇，今并存。《酉阳杂俎》之为书，或录秘书，或叙异事，仙佛人鬼以至动植物，无不毕载。又以类相聚，有如类书。每篇各有题目，其题皆很隐僻。文字长短皆有，其体实合鬼神志怪书与奇传集而为一。后人尝裒集其所叙豪侠事，与他人所作为一书，名曰《剑侠传》。今本即题成式撰，盖出后人妄托。

天翁姓张，名坚，字刺渴，渔阳人。少不羁，无所拘忌。常张罗得一白雀，爱而养之，梦刘天翁责怒，每欲杀之，白雀辄以报坚。坚设诸方待之，终莫能害。天翁遂下观之，坚盛设宾主，乃窃骑天翁车，乘白龙，振策登天。天翁乘余龙追之，不及。坚既到元宫，易百官，杜塞北门，封白雀为上卿侯，改白雀之胤不产于下土。刘翁失治，徘徊五岳作灾。坚患之，以刘翁为太山太守，主生死之籍。

大历中，有士人，庄在渭南，遇疾卒于京。妻柳氏，因庄居，一子年十一二。夏夜，忽其子恐悸不眠，三更后，忽见一老人，白衣，两牙出吻外，熟视之良久，渐近床前。床前有婢眠熟，因扼其喉，咬然有声，衣随手碎，攫食之，须臾骨露，乃举起饮其五脏。见老人口大如簸箕，子方叫，一无所见，婢已骨矣。数月后，亦无他。士人祥斋日，暮，柳氏露坐逐凉，有胡蜂绕其首面。柳氏以扇击堕地，乃胡桃也。柳氏遽取，玩之掌中，遂长，初如拳，如碗，惊顾之际，已如盘矣，曝然分为两扇，空中轮转，声如分蜂，忽合于柳氏首。柳氏碎首，齿著于树。其物因飞去。竟不知何怪也。（均卷十四《诺皋记》）

张读（约八五三前后在世）字圣用，一字圣朋，深州陆浑人。有俊才，年十九，登进士第。累官至中书舍人，礼部侍郎，典贡举，时称得士。位终尚书左丞。著有《建中西狩录》十卷，《宣室志》十卷。《宣室志》专记仙鬼灵异事迹，今尚存。但其文字每篇长短详略不同，也是杂合志怪书及传奇集二体而成为一书的。

云花寺有圣画殿，长安中谓之"七圣画"。初，殿宇既制，寺僧求画工，将命彩施饰绘，责其直，不合寺僧所酬，亦竟去。后数日，有二少年诣寺来谒，曰："某善画者也。今闻此寺将命画工,某不敢利其直,愿输工可乎?"寺僧欲先阅其笔,少年曰:"某兄弟凡七人,未尝画于长安诸寺,宁有迹乎?"僧以为妄,稍难之。少年曰:"某既不纳师之直,苟不可师意,即命圬其壁,未为晚也。"寺僧利其无直,遂许之。后一日,七人果至,各挈彩绘,将入殿宇,且为僧约曰:"从此去七日,慎勿启我之户,亦不劳赐食,盖以畏风日所侵铄也,当以泥锢之,无使有纤隙;不然,则不能施其妙矣。"僧从其语。自是凡六日间,无有闻,僧相语曰:"此必怪也,当不宜果其约。"遂相与发其封。户既启,有七鸽,翩翩望空飞去。其殿中彩绘俨若,四隅惟西北墉未尽饰焉。后画工来,见之,大惊曰:"真神妙之笔也!"于是莫敢继其色者。(卷一)

天宝中,有渤海高生者,亡其名,病热而瘥,其臆痛不可忍,召医视之。医曰:"有鬼在臆中,药亦可疗。"于是煮药而饮之。忽觉臆中动摇,有顷,呕涎斗余。其中凝固不可解,以刀刃剖之,有一人自涎中起,初甚么麽,俄高数尺。高生欲苦之,其人起,出,降阶,遽不见。自是疾愈。(卷十)

六　变文的起来与俗文的遗留

在传奇小说最盛行于上流社会的时代,以其趋向极端的贵族文学化的缘故,在民间因佛教势力的深入,和传教师宣传方法的普遍化与通俗化,他们放弃了专谈报应的应验书,而去从事于正式经典的俗译,却产生了所谓"变文"的一种文体。这种文体,是宋代"话本"和"淘真"的滥觞,"话本"与"淘真"是后世章回小说和弹词的滥觞。所以这个消息在中国小说史上一流露,其严重有非吾们任何想象所可比拟,而在这里也不能不将这个消息尽量宣布。

"变文"这个名字为文学史家所引用，还是最近的事情。它的消息，在五代、两宋、元、明、清几代的书籍中，都没有吐露过。它的发现虽还在清末，而它的名字却在近数年来才为一般文学研究者所知道和引用。

叙述"变文"的发现，这桩事的本身已富有小说的趣味。在郑振铎的《中国文学史》(插图本)里叙述这事的经过道：

在二十几年前(一九〇七年五月)，有一位为印度政府做工作的匈牙利人斯坦因(A. Steine)到了中国的西陲，从事于发掘和探险。他带了一位中国的通事蒋某，进入甘肃敦煌。他风闻敦煌千佛洞石室里有古代各种文字的写本的发现，便偕蒋某同到千佛洞，千方百计，诱骗守洞的王道士出卖其宝库。当他归去时，便带去了二十四箱的古代写本与五箱的图画绣品及他物。这事与中世纪的艺术、文化及历史关系极大。其中图画和绣品都是无价之宝，而各种文字的写本尤为重要。就中文的写本而言，已是近代的最大的发现。在古典文学，在历史，在俗文学等等上面，无在不发见这种敦煌写本的无比的重要。这消息传到了法国，法国人也派了伯希和(Paul Pelliot)到千佛洞去搜求。同样的，他也满载而归。他带了不多的样本到北京，中国官厅方才注意到此事。行文到甘肃提取这种写本，所得已不多。大多数皆为写本的佛经，其他略略重要些的东西，已尽在英、法二国的博物院、图书馆里了。又经各级官厅的私自扣留，精华益尽(今存北平图书馆)。但斯坦因第二次到千佛洞时，王道士还将私藏的写本，再搜数卖给了他。这个宝库遂空无所有，敦煌的发现，至此告了一个结束。

千佛洞的藏书室，封闭得很早。今所见的写本，所署年月，无在公元第十世纪(北宋初年)之后者。可见这藏库是在那时闭上了的。室中所藏卷子及杂物，从地上高堆到十英尺左右。其容积约五百立方英尺。除他种文字的写本外，汉文的写本，在伦敦者有六千卷，在巴黎者有一千五百卷，在北平者有八千五百卷。散在私家尚有不少，但无从统计。这万卷的写本，尚未全部整理就绪，在伦敦的最重要的一部分，也尚未有目录刊出。其中究竟有多少藏宝我们尚没有法子知道。但就今所已知者而论，其重要已是无匹。研究中国任何学问的人们，殆无不要向敦煌宝库里作一番窥探的工夫，特别是关于文学一方面。（五八三——五八五页）

"变文"究竟是什么东西呢？原来那些重要的佛教经典，往往是以韵文和散文联合组织成的。由晋至唐，佛典的翻译日多，文体由意译而直译，于是有人拟仿起来。他们起先为传教而将经典通俗化，故先有佛经的变文。后来亦产生了些历史故事的变文。所谓"变文"的意义，和"演义"差不多，把古典的故事重新再演说一番，变化一番，使人们容易明白；正和流行于同时的"变相"（例如庙宇的巨壁上，都绘饰以"地狱变相"等等的壁画）一样，那也是以"相"或"图画"来表现出经典的故事以感动群众的。

最早的变文，大约产生在中唐以前，据今人考据所得，那时便有《佛本生经变文》。玄宗时则有《降魔变文》。《唐摭言》记张祐对白居易道："明公亦有'目连变'。《长恨词》云：'上穷碧落下黄泉，两处茫茫皆不见。'岂非'目连访母'耶？"是可见关于目连的变文，在贞元元和时代，在士大夫口里也已作为谈资。长庆中，有僧文溆专讲变文，文宗采其声为曲子，号《文溆子》；段安节则称文溆为俗讲僧。又可见在中晚唐之际，僧徒常为俗讲，而他们的底本变文，自然也就流行起来了。可是到了公元第十世纪之末，变文随着敦煌石室的封闭而中绝。原因大概与当时的政治有关系，因为那时国内屡起变乱，中国的北部大部分已非汉族所统治。但它的魂魄却遗留在别种文体里，前述的"话本"与"淘真"，就是感染着它的影响而起来的，它们在宋代文学中占着重要的地位。

我们再来看看那所谓变文的文体。它和一部分以韵文散文合组起来的翻译的佛经完全相同，不过在韵文一部分变化较多而已。翻译的佛经，其"偈言"都是五言；而变文的歌唱部分则采用了当时流行的歌体或和尚们流行的唱文，而有了五言，六言，"三三言"、七言，或"三七言"合成的"十言"等等的不同。在一种变文里，也往往使用好几种不同的文体。但大体总是以七言为主体。后来的"淘真"和"弹词"就由七言体直接演进的。

我们现在必须要讲本书所最应该讲的散文一部分，因为那才与宋代"话本"有直接的关系。唐时士大夫在拼命提倡古文运动，所以流行于士大夫阶级的传奇小说也趋向古文化。但为他们所打落的骈体文，却反流入民间去而通俗化，反助长了通俗文学的传布的顺利。本来以骈体文写通俗小说，武后时的张鷟在《游仙窟》里已尝试过，它流到日本后，日本文坛就大受影响。但今日所见敦煌的变文，其散文的一部分，也几乎没有不是以骈体文插入应用的。这种文字的句子尽管不通，字眼尽管不对，但总是一排一排的对写下去。这种似乎有意与古文运动作对的风气的造成，绝不会是偶然的事实。我们不妨引一段来看看：

> 六师闻语，忽然化出宝山，高数由旬。钦岑碧玉，崔嵬白银，顶侵天汉，蘴竹芳薪，东西日月，南北参晨。亦有松树参天，藤萝万段。顶上隐士安居，更有诸仙游观，驾鹤乘龙，仙歌聊乱。四众谁不惊嗟，见者咸皆称叹。舍利弗虽见此山，心里都无畏难。须臾之顷，忽然化出金刚。其金刚乃作何形状？其金刚乃头圆像天，天圆只堪为盖，足方万里，大地才足为铉。眉郁翠如青山之两崇，口吆暇犹江海之广润。手执宝杵，杵上火焰天。一拟邪山，登时粉碎；山花萎悴飘零，竹木莫知所在。百嬞斋叹希奇，四众一时唱快。故云，金刚智杵破邪山处。若为：

六师忿怒情难止，化出宝山难四比，
惭岩可有数由旬，紫葛金藤而覆地。
山花蔚翠锦文成，金石崔嵬碧云起。
上有王乔丁令威，香水浮流宝山里。
飞仙往往散名华，大王遥见生欢喜！
舍利弗见山来入会，安祥不动居三昧。
夜时化出大金刚，眉高颇阔身驱礴。
手持金杵水冲天，一拟邪山便粉碎。
于时帝王惊愕，四众忻忻。此度不如他，未知更何神变？

这段所写，实不下于《西游记》的写孙行者与二郎神斗法，但文字是骈文而非普通的散文。

纯粹佛经与有关佛教的变文不再讲，非佛教故事的变文，有：《列国志变文》，叙述伍子胥的故事；《明妃变文》，叙述王昭君和番事；《舜子至孝变文》，叙述舜被父陷害事。其他如《季布歌》、《孝子董永传》、《李陵降虏》等，皆为七言俗歌，更非本文所要讲的。《舜子至孝变文》写舜父瞽叟受了后妻的鼓弄，常常设计害舜，而舜每次都逃脱出来。较《史记》所叙，又加入些神话分子。这当是一篇最早的"晚娘故事"。它的结构很奇特，在叙每次后母要陷害舜时，总是说着：

自从夫去辽阳，遣妾勾当家事，前家男女不孝。

瞽叟听完了后妻的陷害之计后，也总是说道：

娘子虽是女人，设计大能精细。

这是为其他变文所没有的。《明妃变文》分上、下二卷，在上卷之末有云：

> 上卷立铺毕，此入下卷。

这是后来通俗小说"欲知后事如何，且听下回分解"的根源，而且也作了后来话本与通俗小说确由变文演变而来的一个重要证据。

但我以为敦煌石室所发现的写本，还有较前述变文更重要的一种，就是藏在英国伦敦博物院的三种用俗文写的故事。这三种文字皆已不全，所以都不知它的题目是什么。它与变文的不同所在，是不但没有唱句，且为纯粹的散文。大约它是当时流行民间的偏重目观的通俗文学。它与后来话本的关系，其重要不下于前述的变文。可惜流传不多，如非发现于敦煌，几使我们不知当时世间有过此种文体。

这三种俗文，一种是讲秋胡故事，一种是讲列国故事，一种是讲唐太宗入冥故事；三种中以秋胡故事传存最长，而以唐太宗入冥故事为最短。秋胡故事即据《列女传》述秋胡娶妻五日，离家去做官，五年回来，在路调戏一采桑妇，不知即为其妻。及抵家，妻亦归，大责秋胡好色忘义，遂投河死。文中讹文讹字，满望皆是。原文已不全，今复从其中摘录一段（据日人狩野直喜的《中国俗文学史研究的材料》一文所引）：

> "汝今再三弃吾游学，努力勤心，早须归舍，莫遣吾忧。"秋胡辞母了手。行至妻房中，愁眉不尽，顿改容仪，蓬鬓长垂，眼中泣泪。秋胡启娘子曰："夫妻至重，礼合乾坤；上接金兰，下同棺椁，二形合一，赤体相和；附骨埋牙，共娘子俱为灰土。今蒙娘教，听从游；未知娘子听许已不？"其妻听夫此语，心中凄怆，语里含悲，启言道："郎君，儿生非是家人，死非家鬼；虽门望之主，不是配娘检校之人，寄养十五年，终有离心之意。女

生外向,千里随夫。今日属配郎君,好恶听从处分。郎君将身
求学,此惬儿本情。学问虽达一朝,千万早须归舍。"辞妻了。
道服得十袟。文书□是《孝经》、《论语》、《尚书》、《左传》、《公
羊穀梁》、《毛诗》、《礼记》、《庄子》、《文选》。便即发程。不经
旬日,行至朦山,将身即入。此山与诸山不同。……秋胡行至
床下,见一石室讫□□□□仕数千年老仙,洞达九经,明解才
略,秋胡即谢。便乃只承三年,得《九经》通达。学问晚了,辞
先生出山。便即不归,却头魏国,意欲觅官,披发倡狂,佯痴放
呆。……秋胡妻,自从夫游学已后,经历六年,书信不通,阴符
隔绝;其妻不知夫在□□□,孝养勤心,出亦当奴,入亦当婢,
冬中忍寒,夏中忍热,桑蚕织络,以事阿婆。……

列国故事一种,不知与前述的《列国志变文》有无关系。亦举其一
部分如下:

  ……楚之上相姓件名奢,文武附身,情存社稷;手提三尺
之剑,得提清□□□托六尺之躯,万邦受命;性行悖直,议节忠
贞;意若风云,心如铁石。恒怀匪懈,宿夜兢兢事君。国致为
美,顺而成之;主若有僭,犯颜而谏。件乃有二子。□□□小
者子胥,大名子尚,一事梁国,一事郑邦;并悉忠贞,为人洞达。
楚王太子长大,未有妻房,王问百官:"谁有女堪为妃后?"……
大夫魏陵启言王曰:"臣闻秦穆公之女,年登二八,美丽过人。
眉如画月,颊似凝光,眼似流星,面如花色。发长七尺,鼻直颜
方,耳似穗珠,手垂过膝,拾指纤长。愿王出敕与太子平章。
傥得称圣情,万国和光善事。"……王见女姿丽质,忽生狼虎之
心。魏陵曲取王情:"愿陛下自纳妃后。东宫太子,别与外求,
美女无穷,岂□大道!"……

这不消说讲的也是伍子胥故事。它形容女性美貌的文句，和后世小说所用的很类似。下面便是太宗入冥故事一段：

> 判官愣恶，不敢道名氏。帝曰："卿近前来。"轻道："姓催，名子玉。""朕当识。"谗言讫，使人引皇帝至院门。使人奏曰："伏维陛下，且立在此，容臣入报判官速来。"言讫，使者到了厅前拜了。"启判官，奉大王处太宗皇生魂到，领判官推勘，见在门外，未取引。"子玉闻语，惊忙起立唱诺。

这段文字写在一叶败纸上，首尾皆无，下方亦断烂，所以不能连读。但读过《西游记》的人，一望就可知写的是太宗入冥故事。这个故事在唐人张鹭的《朝野佥载》已经述及，但不言判官姓名。《西游记》则言姓崔名珏，与此不同。但如移子玉为崔珏的字，却很恰当。可见它们彼此间定有个相当的关系存在着，只是我们考查不出罢了。

第五章 宋元话本

一 由《太平广记》到《夷坚志》

由唐末黄巢之乱，一直经过五代十国，到赵匡胤统一中国，在这个时期里，前述的"变文"在当时仅被视为传教书而不被重视，俗文作者少见，故正统派的小说仍属之于志怪书与传奇。所以除了新发现的敦煌石室所藏的"变文"及俗文或有作于此时者外，没有一些特殊的作品遗留下来，可供我们的研讨。

至于北宋这一个时代，名义上虽称统一，然自石敬瑭勾引契丹献了燕云十六州之后，契丹频年骚扰，中国北部常在混乱之中。自宋太祖亲征契丹受箭而殂(此事正史不载，《两山墨谈》据宋神宗谕滕章敏之言始知)，他的子孙为欲报这个不共戴天之仇，专萃心力于边疆，哪有工夫再来尽力于文事？所以在整个北宋时代，也没有新鲜的文学可以发现。但在开国之初，政府对于那帮降王的谋臣策士不能不有以安置，否则就要因怨生事。可是那时的政府毕竟还文明，既不学秦始皇的焚书坑儒，也不像清初对付金喟等的手段，付之杀头。他却如明成祖的编《永乐大典》，清高宗的编《四库全书》，也给了很厚的俸禄，叫他们都跑到中央馆阁去编书。在太宗太平兴国时，勅置崇文院，积书八万卷有奇，专命儒臣纂修编辑，自经史子集以及百家之言，博观约取，集成千卷，赐名曰《太平御览》；又纂古今文章为《文苑英华》一千卷；又以野史传记小说诸家成书五百卷，目录十卷，是为《太平广记》：这就是政府对付那般谋臣策士方略的实现。

但《太平广记》的编成，却反为中国小说史上一件应该大书特书的事。因为它一方面做了个汉、魏、六朝、唐五代、宋初各体小说的大结集，凡属重要的神话、神仙故事、鬼神志怪书、传奇及传奇集，几乎搜辑无遗。它所采的书多至三百四十五种，且原书十九在现代已经佚亡。另一方面又做了个前此神仙鬼怪之谈的总结束，贵族化的小说的大坟墓，因为此后的小说已全然不可挽回地倾向通俗化。虽然同时及以后志怪书及传奇的作者仍辈出，但他们的文辞既平实而乏文彩，事实又多托古而忌谈新，所以作品多模拟而少创造，多陈腐而乏新颖，远不如它在前此时代和同时的通俗文学可以掀动大众了。

《太平广记》以太平兴国二年(九七七)三月奉诏撰集，次年八月书成表进，八月奉敕送史馆，六年正月奉旨雕印板。后因有人建言，此书非后学所急需，遂收版藏太清楼，所以宋人反多未见。直到明代中叶，十山谈氏得到抄本，始梓以行世。此书系分类纂辑，得九十二部。我们看了每部卷帙的多少，便可知前此小说所叙，以何者为多。今将各部卷数列后，以供参考：

神仙五十五卷　女仙十五卷　道术五卷　方士五卷

异人六卷　异僧十二卷　释证三卷　报应三十三卷

征应十一卷　定数十五卷　感应二卷　谶应一卷

名贤一卷　廉俭一卷　气义三卷　知人二卷

精察二卷　俊辨二卷　幼敏一卷　器量二卷

贡举七卷　铨选二卷　职官一卷　权幸一卷

将帅二卷　骁勇二卷　豪侠四卷　博物一卷

文章三卷　才名一卷　儒行一卷　乐三卷

书四卷　画五卷　算术一卷　卜筮二卷

医三卷　相四卷　伎巧三卷　博戏一卷

器玩四卷　酒一卷　食一卷　交友一卷

奢侈二卷　　诡诈一卷　　谄佞三卷　　谬误一卷
治生一卷　　褊急一卷　　诙谐八卷　　嘲诮五卷
嗤鄙五卷　　无赖二卷　　轻薄二卷　　酷暴三卷
妇人四卷　　情感一卷　　童仆奴婢一卷　梦七卷
巫一卷　　幻术四卷　　妖妄三卷　　神二十五卷
鬼四十卷　　夜叉二卷　　神魂一卷　　妖怪九卷
精怪六卷　　灵异一卷　　再生十二卷　悟前生二卷
冢墓二卷　　铭记二卷　　雷三卷　　雨一卷
山一卷　　石一卷　　水一卷　　宝六卷
草木十二卷　龙八卷　　虎八卷　　畜兽十三卷
狐九卷　　蛇四卷　　禽鸟四卷　　水族九卷
昆虫七卷　　蛮夷四卷　　杂传记九卷　杂录八卷

他书均云《太平广记》分五十五部,但照上面所录计算,则得九十二部,不知五十五部之数如何算法? 其中杂传记九卷,所录皆唐人的传奇文。

《太平广记》的监修人为李昉,同修者十二人,其中徐铉与吴淑,本来都是小说作家。李昉(九二五——九九六)字明远,深州饶阳人。汉乾祐进士。历仕汉、周归宋,三入翰林。太宗朝,拜平章事。好接宾客,性和厚。卒,谥文正。昉为文慕白居易,浅近易晓,有文集五十卷。又奉勅监修的书,有《太平御览》,《文苑英华》及《太平广记》等。

徐铉(九一六——九九一)字鼎臣,扬州广陵人。少善为文,与韩熙载齐名江东,又与弟锴并称"二徐"。仕吴为校书郎。入南唐,官至吏部尚书。随李煜归宋,为太子率更令,累官散骑常侍。淳化初,坐累谪靖难行军司马,中寒卒于官。铉本以精小学著名,文集有《骑省集》三十卷。他在南唐时,曾作志怪书,历二十年而成《稽神录》六卷,仅记一百五十事。《宋史》则以为其门客蒯亮所作,未知真相究竟若何。修《太平广记》时,他也希望采录,但他不敢自专,使宋白问李昉。昉道:"讵有徐率更言无稽者!"遂得见收。鲁迅以为"其文平实简率,既失六朝志怪之古质,复无唐人传奇之缠绵,当宋之初,志怪又欲以'可信'见长,而此道于是不复振也"。可谓知言,且又切中宋人志怪书之弊。

> 朱梁时,青州有贾客,泛海遇风,飘至一处,远望有山川城郭。海师曰:"自顷遭风者,未尝至此。吾闻鬼国在是,得非此邪!"顷之,舟至岸,因登岸向城而去。其庐舍田亩,不殊中国。见人皆揖之,而人皆不见。已至城,有守门者,揖之亦不应。入城,屋室人物甚殷,遂至王宫。正值大宴群臣,侍宴者数十,其衣冠器用,丝竹陈设之类,多类中国。客因升殿,俯逼王坐而窥之。俄而王有疾,左右扶还,亟召巫者视之。巫曰:"有阳地人至此。阳气逼人,故王病。其人偶来尔,无心为祟。以饮食车马谢遣之可矣。"即具酒食,设座于别室。巫及群臣皆来祷祝。客据案而食。俄有仆夫驭马至,客亦乘马而归。至岸,登舟,国人竟不见。已复遇便风,得归。时贺德俭青州节度,与魏博节度杨师厚有亲,因遣此客使魏,具为师厚言之。魏人范宣古亲闻其事,为余言。(《青州客》)

吴淑(九四七——一〇〇二)字正仪,润州丹阳人。他是徐铉的女婿,性纯静俊爽,属文敏速。在南唐举进士,以校书郎直内史。从李煜归宋,仕至职方员外郎。尝献《事类赋》百篇,诏命注释,又分注成三十卷以上。他著有文集十卷,《江淮异人录》三卷,《秘阁闲谈》五卷,《说文五义》三卷。《江淮异人录》今已佚,仅从《永乐大典》中辑出二十五人,皆传当时侠客术士及道流,行事大率诡谲怪异。

成幼文为洪州录事参军,所居临通衢而有窗。一日坐窗下,时雨霁泥泞而微有路,见一小儿卖鞋,状甚贫窭,有一恶少年与儿相遇,绁鞋坠泥中。小儿哭求其价,少年叱之不与。儿曰:"吾家且未有食,待卖鞋营食,而悉为所污。"有书生过,悯之,为偿其值。少年怒曰:"儿就我求食,汝何预焉?"因辱骂之。生甚有愠色。成嘉其义,召之与语,大奇之,因留之宿。夜共话,成暂入内,及复出,则失书生矣,外户皆闭,求之不得。少顷复至前曰:"旦来恶子,吾不能容,已断其首。"乃掷之于地。成惊曰:"此人诚忤君子,然断人之首,流血在地,岂不见累乎?"书生曰:"无苦。"乃出少药,傅于头上,捽其发摩之,皆化为水,因谓成曰:"无以奉报,愿以此术授君。"成曰:"某非方外之士不敢奉教。"书生于是长揖而去,重门皆锁闭,而失所在。

　　大家都知道,宋代是个最崇儒家的时代,许多著名的理学家都产生在这时代。但这是南宋时的情形,北宋时却不如此,惟在酝酿中而已。所以北宋的社会,仍为佛道二教的势力所占,神鬼、变怪、报应之谈,仍在民间流行着。因此,关于志怪的作品,仍得风行一时,而作者亦辈出。下面所叙,就是几个专作志怪书的作家。此外,如在杂记中偶然兼叙及怪异事的,因多不胜叙,故一概不及。

　　张君房(约一○○一前后在世)字不详,岳州安陆人。景德进士,官尚书度支员外郎,充集贤校理。祥符中,自御史台坐鞫狱谪官宁海。适真宗崇道教,尽以秘阁道书付杭州,戚纶荐君房主校正事,乃编次得四千五百六十五卷进之。又撮其精要共万余条,成《云笈七签》一百二十二卷。又尝志鬼神变怪之事,作《乘异记》三卷,凡十一门七十五事。咸平六年书成,自为序。又著有《潮说》三卷。秦再思(约一○○一前后在世)的字、里生平均无考。尝记五代及宋初谶应杂事,为《洛中记异》十卷。聂田(约一○三○前后在世)的字、里无考。天禧中，举进士不第。元祐(疑是宝元之误)初，因记近时诡闻异见一百余事，为《祖异志》十卷。张师正(约一〇六〇前后在世)一名思政，字不疑，里籍不详。擢甲科，得太常博士。熙宁中，为辰州帅。师正得太常博士后，游宦四十年，不得志，于是推变怪之理，参见闻之异，为《括异记》十卷，凡二百五十篇。又有《倦游杂录》八卷，王铚以为皆魏泰伪作，《宋志》又有《怪集》五卷。毕仲询(约一〇八二前后在世)的字、里不详。元丰初，为岚州判官。尝纂当代怪奇可喜之事，为二十门，成《幕府燕闲录》十卷。其书大抵皆逸亡，今引遗文二则以见一斑：

　　张士杰客寿阳，被酒，历淮滨，入龙祠，见后帐龙女塑像甚美，乃为桐叶题诗投帐中，曰："我是梦中传采笔，书于叶上寄朝云。"忽见舍有美女，士杰径诣置酒，女吟曰："落帆且泊小沙滩，霜月无波海上寒。若向江湖得消息，为传风木到长安。"士杰昏醉。既醒，孤坐于庙门之右，小女奴曰："娘子传语：'还君桐叶，勿复置念！'"(《乘异记》，《说郛》卷四)

　　广州有萧某家者，尝泛舶过海，故以"都纲"呼之。有侍婢，忽娠妊，萧疑与奴仆私通，苦诘之。则曰："与大娘子私合而孕也。"萧有女，年十八，向以许嫁王氏子。自十岁后变为男子，而家人不知也，自此始彰。吴中舍潜时，随兄官番禺，曾假玉仙观为学。萧子亦预焉，好读《文选》，略皆上口，虽须出于颐，然其举止体态亦妇人也。时景祐五年，任谏议中郎，知广州。(《括异记》，《说郛》卷四十四)

北宋末，徽宗为道士林灵素所惑，笃信神仙，自号"道君皇帝"，于是道教势力更盛。《宣和遗事》前半部即专叙其事。高宗南渡之后，此风未改，只要看"泥马渡康王"这一个民间传说起于此时，就可想见。高宗传位后,退居南内,亦好神仙幻诞之书。其时有洪迈作《夷坚志》,郭象作《睽车志》,似皆尝呈进以供御览,而《夷坚志》尤以著者之名与卷帙之多著称于世。

洪迈(一一二三——一二〇二)字景卢,鄱阳人。自幼过目成诵,博极群书。从二兄试博学宏词科,他独被黜。绍兴中及进士第,累迁左司员外郎。使金,抗节不屈,为金人所困辱,然卒遣还。后知赣州,裁骄兵;徙婺州,特迁敷文阁待制。以端明学士致仕,卒,谥文敏。著作颇富,有《野处类稿》一百另四卷,《琼野录》三卷,《容斋五笔》七十四卷,及《四六丛话》等。《夷坚志》为其晚年遣兴之作,始刊于绍兴之末,绝笔于淳熙之初,十余年中,凡成甲至癸二百卷,支甲至支癸、三甲至三癸各一百卷,四甲四乙各十卷。今惟存甲至丁八十卷,支甲至支戊五十卷,三己三辛三壬三十卷,补二十六卷,又摘抄本五十卷及二十卷。内容既杂,且又急于成书,或以五十日作十卷,有稍易旧说以投者,亦不加删润录入。故此书卷帙虽多,实不能与《太平广记》相比拟。郭象(约一一六五前后在世)字伯象,一字次象,和州历阳人。由进士历官知兴国军。著《睽车志》五卷,书名盖取《易睽卦》上六"载鬼一车"之语,他的内容可以据此推知了。

绍兴十年春,乐平人马元益赴大理寺监门,与婢意奴俱行。至上饶道中,同谒一神祠乞福。是岁六月,婢梦与马至所谒祠下,有亲事官数辈传呼曰:"大卿请。"指前高楼云:"大卿在彼宰猪,为庆会,召寮属。"明日,马以语寺卿周三畏,意建亥之月,当有迁陟。明年冬,寺中作制院鞫岳飞。遇夜,周卿往往闲行至鞫所。一夕月微明,见古木下一物,似豕而角。周疑骇却步。此物徐行往狱旁小祠而隐。经数夕,复往,月甚明,又见前怪,首上有片纸书"发"字,周谓狱成当有恩渥。既而闻岳之门僧惠清言,岳微时,居相台,为市游徼。有舒翁者，善相人，见岳必烹茶设馔。尝密谓之曰："君乃猪精也。精灵在人间，必有异事。它日当为朝廷握十万之师，建功立业，位在三公。然猪之为物，未有善终，必为人屠宰。君如得志，宜早退步也。"岳笑不以为然，至是方验。（《猪精》，《夷坚志》）

刘先生者，河朔人，年六十余，居衡岳紫盖峰下。间出衡山县市，从人丐得钱，则市盐酪以归。尽则更出。日携一竹篮，中贮大小笔棕帚麻拂数事。遍游诸寺庙，拂拭神佛塑像，鼻耳窍有尘土，即以笔捻出之，率以为常。环百里人，皆熟识之。县市一富人，尝赠一衲袍。刘欣谢而去。越数日见之，则故褐如初。问之，云："吾几为子所累。吾常日出庵，有门不掩。既归就寝，门亦不扃。自得袍之后，不衣而出，则心系念。因市一锁，出则锁之。或衣以出，夜归则牢关以备盗。数日营营，不能自决。今日偶衣至市，忽自悟以一袍故，使方寸如此，是大可笑。适遇一人过前，即脱与之，吾心方坦然无复系念。嘻，吾几为子所累矣！"尝至上封归，路遇雨。视途边一冢有穴，遂入以避。会昏暮，因就寝。夜将半，睡觉雨止。月明透穴，照圹中历历可见。甓甃甚光洁，北壁惟白骨一具，自顶至足俱全。余无一物。刘方起坐，少近视之，白骨倏然而起，急前抱刘。刘极力奋击，乃零落堕地，不复动矣。刘出，每与人谈此异。或曰：此非怪也。刘有气壮盛，足以禽附此枯骨耳。今儿童拔鸡羽置之怀，以手指上下引之随应。羽梢折断，即不应，亦此类也。（《刘先生》，《睽车志》）

此外，宋人所作志怪的书，尚有陈彭年《志异》十卷，无名氏《穷神记》十卷，《说异记》二卷，《鬼董》五卷等，或传或不传。其中《鬼董》一名《鬼董狐》，相传为元人关汉卿作，颇新警可喜，如所记樊生事,同时通俗小说《西山一窟鬼》亦取为题材,可证其为当时民间盛传的故事。

二 宋人所作传奇

宋人作单篇传奇的很少,且大都不题作者姓名。即有,除了乐史外,作者的生平又不可考,所以大都不能确定他们作品产生的时代。但传奇到了宋代,已成强弩之末,所叙多剿旧闻;而且在小说史上,这个时代已是"话本"的时代,即使没有人作传奇,我们也不觉得怎样可惜了。

乐史(九三〇——一〇〇七)字子正,抚州宜黄人。自南唐入宋为著作佐郎,知陵州,献《金明池赋》,召为三馆编修。雍熙三年,献所著《贡举事》三十卷,《登科记》三十卷,《题解》二十卷,《唐登科文选》五十卷,《孝弟录》二十卷,《续卓异记》三卷;太宗嘉其勤,迁著作郎,直史馆。又献《广孝传》五十卷,《总仙传》一百四十一卷,诏秘阁写本进内。咸平初,迁职方,复献《广孝新书》五十卷,《上清文苑》四十卷。后出掌西京磨勘司。居洛颇久,因卜居,有亭榭竹树之胜,优游自得。末几,卒。史极喜著述,然博而不精,除前述外,尚有《太平寰宇记》二百卷,《总记传》一百三十卷,《坐知天下记》四十卷,《商颜实录》二十卷,《广卓异记》二十卷,《诸仙传》二十五卷,《神仙宫殿窟宅记》十卷,又编所著为《仙洞集》一百卷。《太平寰宇记》征引群书至百余种,而时杂以小说家言。所作传奇,今见《绿珠传》一卷及《杨太真外传》二卷,皆荟萃稗史成文,而又参以舆地志语,篇末亦有严冷的诫语。《绿珠传》兼叙他人事,于绿珠事反叙之甚少,实不足称为一篇。《太真外传》前半极写繁华,后半极写凋落,对照以观,令人读之不欢,颇有悲剧的意味。作者又有《滕王外传》、《李白外传》、《许迈传》三篇,皆为传奇,今尽佚亡。

……十载上元节，杨氏之宅夜游，与广宁公主骑从争西甫门。杨氏奴挥鞭误及公主衣。公主堕马，驸马程昌裔扶公主，因及数挝。公主泣奏之，上令决杀杨家奴一人，昌裔停官，不许朝谒。于是杨家转横，出入禁门不问。京师长吏，为之侧目。故当时谣曰："生女勿悲酸，生男勿喜欢。"又曰："男不封侯女作妃，君看女却是门楣。"其天下人心羡慕如此。上一旦御勤政楼，大张声乐。时教坊有王大娘，善戴百尺竿，上施木山，状瀛州方丈。令小儿持绛节出入其间，而舞不辍。时刘晏以神童为秘书省正字，十岁慧悟过人。上召于楼中，贵妃坐于膝上，为施粉黛，与之巾栉。贵妃令咏王大娘载竿，晏应声曰："楼前百戏竞争新，唯有长竿妙入神。谁谓绮罗翻有力，犹自嫌轻更着人。"上与妃及嫔御皆欢笑移时，声闻于外。因命牙笏黄绫袍赐之。……（卷上）

……后欲改葬，李辅国等皆不从……肃宗遂止之。上皇密令中官，潜移葬之于他所。妃之初瘗，以紫褥裹之。及移葬，肌肤已消释矣。胸前犹有锦香囊在焉，中官葬毕，以献。上皇置之怀袖。又令画工写妃形于别殿，朝夕视之而歔欷焉。上皇既居南内，夜阑登勤政楼，凭栏南望，烟月满目。上因自歌曰："庭前琪树已堪攀，塞外征人殊未远。"歌歇，闻里中隐隐如有歌声者，顾力士曰："得非梨园旧人乎？迟明，为我访来。"翌日，力士潜求于里中，因召与同去。果梨园弟子也。其后，上复与妃侍者红桃在焉，歌《凉州》之词，贵妃所制也。上亲御玉笛，为之倚曲。曲罢，相视无不掩泣。上因广其曲，今《凉州》留传者益加焉。至德中，复幸华清宫。从官嫔御，多非旧人。上于望京楼下，命张野狐奏《雨霖铃曲》。曲半，上四顾凄凉。不觉流涕，左右亦为感伤。……（卷下）

秦醇字子复，一字子履，亳州谯人。生平无考。他的传奇被收于刘斧所编《青琐高议》，所以知他是北宋人。《青琐高议》所收他的传奇凡四篇，辞意皆甚芜劣。一为《赵飞燕别传》，自序云：得之李家墙角破筐中。叙飞燕入宫至自缢，复以冥报化为大鼋事。文中有"兰汤滟滟，昭仪坐其中，若三尺寒泉浸明玉"语，明人见之，诧为真古籍。二为《骊山记》，三为《温泉记》，叙张俞不第还蜀，于骊山下就故老问杨妃逸事，故老为一一具道；他日，俞再过骊山，遇杨妃遣使相召，问人间之事，且赐之浴，明日，命吏送回，乃如梦觉，复题诗于壁，后于野外遇一牧童，致酬和诗，说是前日一妇人所托。四为《谭意歌传》，意歌本良家女，流落长沙为娼，与汝州人张正字相恋，订婚约；而正字迫于母命，竟别娶。越三年，妻没，有客自长沙来，责正字负心，且盛誉意歌之贤。正字遂往迎归。后生子成进士，意歌为命妇，夫妇亦偕老。鲁迅以为"盖袭蒋防之《霍小玉传》，而结以团圆者也"。其言甚确。

　　……昭仪方浴，帝私窥之。侍者报昭仪，昭仪急趋烛后避。帝瞥见之，心愈眩惑。他日，昭仪浴，帝默赐侍者，特令不言。帝自屏罅觇，兰汤滟滟，昭仪坐其中，若三尺寒泉浸明玉。帝意思飞扬，若无所主。帝常语近侍，自古人主无二后，若有，则吾立昭仪为后矣。后知昭仪以浴益宠幸，乃具汤浴，请帝以观。既往，后入浴，裸体而立，以水沃之。后愈亲近，而帝愈不乐，不幸而去。后泣曰："爱在一身，无可奈何！"后生日，昭仪为贺，帝亦同往。酒半酣，后欲感动帝意，乃泣数行下。帝曰："他人对酒而乐，子独悲，岂有所不足耶？"后曰："妾昔在主宫时，帝幸其第，妾立主后，帝视妾不移目，甚久。主知帝意，遣妾侍帝，竟承更衣之幸，下体常污御服。妾欲为帝浣去，帝曰：'留以为忆。'不数日，备后宫。时帝齿痕犹在妾颈。今日思之，不觉感泣。"帝恻然怀旧，有爱后意，倾视嗟叹。帝欲留，昭仪先辞去；帝遇暮，方离后宫。……（《赵飞燕别传》）

……会汝州民张正字为潭茶官，意一见谓人曰："吾得婿矣。"人询之，意曰："彼风调才学皆中吾意。"张闻之，亦有意。一日，张约意会于江亭。于时亭高风怪，江空月明。陡帐垂丝，清风射牖，疏帘透月，银鸭喷香，玉枕相连，绣衾低覆，密语调簧，春心飞絮，如仙葩之并蒂，若双鱼之同泉，相得之欢，虽死未已。翌日，意尽挈其装囊归张。……后二年，张调官，复来见，意乃治行，饯之郊外。张登途，意把臂嘱曰："子本名家，我乃娼类。以贱偶贵，诚非佳婚。况室无主祭之妇，堂有垂白之亲。今之分袂，决无后期。"张曰："盟誓之言，皎如日月。苟或背此，神明非欺。"意曰："我腹有君之息数月矣。此君之体也。君宜念之！"相与极恸。乃舍去。意闭户不出，虽比屋莫见意面。……（《谭意歌传》）

《大业拾遗记》二卷，亦名《隋遗录》，题唐颜师古撰。跋言于会昌年间，开上元县瓦棺寺，得书一帙，乃《隋书》遗稿。中有数幅，题《南部烟花》录，拆视其轴，皆有颜公名。惜缺落十之七八，因补以传。跋后无名，大概即出于作此文者之手。《记》始于炀帝将幸江都，命麻叔谋开河。次叙途中许多荒恣事，又造迷楼，荒荡不理国事，其时人望乃属之唐公李渊。终于宇文化及将谋变，因请放官奴分直上下，帝可其奏。全记叙述颇凌乱失实，惟文笔尚清艳，情致亦时有绰约可观之处。

……长安贡御车女袁宝儿，年十五，腰肢纤堕，呆冶多态。帝宠爱之特厚。时洛阳进合蒂迎辇花，云得之嵩山坞中，人不知名。采者异而贡之。会帝驾适至，因以迎辇名之。花外殷紫，内素腻菲芬，粉蕊，心深红，跗争两花。枝干烘翠类通草，无刺，叶圆长薄。其香秾芬馥，或惹襟袖，移日不散，嗅之令人多不睡。帝命宝儿持之，号曰司花女。时诏虞世南草《征辽指挥德音敕》于帝侧,宝儿注视久之。帝谓世南曰:"昔传飞燕可掌上舞,朕常谓儒生饰于文字,岂人能若是乎?及今得宝儿,方昭前事。然多憨态,今注目于卿。卿才人,可便嘲之。"世南应诏为绝句曰:"学画鸦黄半未成,垂肩亸袖太憨生。缘憨却得君王惜,长把花枝傍辇行。"上大悦。……(卷上)

帝幸月观,烟景清朗。中夜,独与萧妃起临前轩。帘掩不开,左右方寝。帝凭妃肩,说东宫时事。适有小黄门映蔷薇丛调宫婢,衣带为蔷薇胃结,笑声吃吃不止。帝望见腰支纤弱,意为宝儿有私。帝披单衣亟行擒之,乃宫婢雅娘也。回入寝殿,萧妃诮笑不知止。帝因曰:"往年私幸妥娘时,情态正如此。此时虽有性命,不复惜矣。后得月宾,被伊作意态不彻。是时侬怜心,不减今日对萧娘情态。曾效刘孝绰为《杂忆诗》,常念与妃。妃记之否?"萧妃承问,即念云:"忆睡时,待来刚不来。卸妆仍索伴,解佩更相催。博山思结梦,沉水未成灰。"又云:"忆起时,投签初报晓。被惹香黛残,枕隐金钗袅。笑动上林中,除却司晨鸟。"帝听之,咨嗟云:"日月遄逝,今来已是几年事矣。"妃因言:"闻说外方群盗不少,幸帝图之。"帝曰:"侬家事,一切已托杨素了。人生能几何?纵有他变,侬终不失作长城公。汝无言外事也!"……(卷下)

《开河记》一卷,叙麻叔谋奉炀帝诏开河,虐民,掘墓,纳贿,食小儿种种不法,后事发被诛事。《迷楼记》一卷,叙炀帝晚年荒淫,因王义之谏,独宿二日,以为不乐,复入宫,后闻童谣,自知运尽事。《海山记》二卷,始于叙炀帝的降生,次及兴土木,见妖鬼,幸江都,终至遇害。此三文内容,与《隋遗录》相类,而所叙加详,惟杂俚句颇多,故文采稍逊。《海山记》亦见于《青琐高议》中,篇题下原有小注,上卷云"说炀帝宫中花木",下卷云"记炀帝后苑鸟兽",为刘斧所加,非属原有。然由此可知为北宋人作,今本有题韩偓撰的,为明人妄加。

　　……叔谋既至宁陵县,患风瘴,起坐不得。……取半年羊羔,杀而取腔,以和药,药未尽而病已痊。自后每令杀羊羔,日数枚,同杏酪五味蒸之,置其腔盘中,自以手裔擘而食之,谓曰含酥脔。乡村献羊羔者日数千人,皆厚酬其直。宁陵下马村民陶郎儿,家中巨富,兄弟皆凶狠。以祖父茔域傍河道二丈余,虑其发掘。乃盗他人孩儿年三四岁者,杀之,去头足,蒸熟,献叔谋。咀嚼香美,迥异于羊羔,爱慕不已。召诘郎儿,郎儿乘醉泄其事。及醒,叔谋乃以金十两与郎儿,又令役夫置一河曲以护其茔域。郎儿兄弟自后每盗以献,所获甚厚。贫民有知者,竞窃人家子以献,求赐。襄邑、宁陵、睢阳所失孩儿数百,冤痛哀声,旦夕不辍。……(《开河记》)

　　……有迷楼宫人静夜抗歌云:“河南杨柳谢,河北李花荣。杨花飞去何处,李花结果自然成。”帝闻其歌,披衣起听,召宫女问之云:“孰使汝歌也? 汝自歌之耶?”宫女曰:“臣有弟在民间,因得此歌,曰:‘道途儿童多唱此歌。’”帝默然久之,曰:“天启之也,人启之也!”帝因索酒,自歌云:“宫木阴浓燕子飞,兴衰自古漫成悲。它日迷楼更好景,宫中吐艳变红辉。”歌竟,不胜其悲。近侍奏:“无故而悲,又歌,臣皆不晓。”帝曰:“休问。它日自知也。”……(《迷楼记》)

　　……一日,洛水渔者获生鲤一尾,金鳞赤尾,鲜明可爱。帝问渔者之姓。曰姓解,未有名。帝以朱笔于鱼额上题“解生”字以记之,乃放之北海中。后帝幸北海,其鲤已长丈余,浮水见帝,其鱼不没。帝时与萧后同见,鱼额朱字尚存,惟解字无半,尚隐隐有角字存焉。萧后曰:“鲤有角,龙也。”帝曰:“朕为人主,岂不知此意?”遂引弓射之。鱼乃沉。……(《海山

记》下）

《梅妃传》一卷，叙唐明皇有宠妃曰江采蘋，因爱梅，戏呼为梅妃。后杨妃入宫，乃为所幽放，值禄山之乱，死于兵事。后面亦有跋，略谓"此传得自万卷朱遵度家，大中二年所书，惟叶少蕴与予得之"。跋亦不署名，当即作者所题。少蕴为叶梦得字，则此文当作于南渡的前后。今本或题唐曹邺撰，自亦出于明人所为。

　　……是时承平岁久，海内无事。上于兄弟间极友爱，日从燕间，必妃侍侧。上命破橙往赐诸王，至汉邸，潜以足蹑妃履，登时退阁。上命连宣，报言适履珠脱缀，缀竟当来。久之，上亲往命妃。妃捵衣迓上，言胸腹疾作，不果前也。卒不至。其恃宠如此。后上与妃斗茶，顾诸王戏曰："此梅精也。赐白玉笛，作惊鸿舞，一座光辉。斗茶今又胜我矣。"妃应声曰："草木之戏，误胜陛下。设使调和四海，烹饪鼎鼐，万乘自有心法，贱妾何能较胜负也。"上大悦。会太真杨氏入侍，宠爱日夺，上无疏意。而二人相疾，避路而行。上尝方之英皇，议者谓广狭不类，窃笑之。太真忌而智，妃性柔缓亡以胜。后竟为杨氏迁于上阳东宫。……

又有《李师师传》一卷，叙徽宗易服私行，暱倡女李师师，赏赐甚厚，又由离宫作潜道通师师宅；及禅位，游兴始衰。师师后亦弃家为女冠。迨金兵入汴，金主指名以索，张邦昌等踪迹得之以献。师师大骂，以簪自刺其喉，不死；折而吞之，乃死。《宣和遗事》亦载此事，稍有不同。此文虽作以愧当时的贰臣，然辞句极雅艳，非平常文人所能作。

　　……暮夜，帝易服杂内寺四十余人中，出东华门二里许，至镇安坊。镇安坊者，李姥所居之里也。帝麾止余人，独与迪翔步而入。堂户卑庳，姥迎出，分庭抗礼。慰问周至。进以时果数种，中有香雪藕，水晶蘋婆，而鲜枣大如卵，皆大官所未供者。帝为各尝一枚。姥复款洽良久，独未见师师出拜。帝延伫以待。时迪已辞退，姥乃引帝至一小轩，凭几临窗，缥缃数帙，窗外新篁，参差弄影。帝倚然兀坐，意兴闲适，独未见师师出侍。少顷姥引帝至后堂，陈列鹿炙鸡酢、鱼脍羊臑等肴，饭以香子稻米。帝每进一餐，姥侍傍款语多时，而师师终未出见。帝方疑异，而姥忽复请浴。帝辞之，姥至帝前耳语曰："儿性好洁，勿忤。"帝不得已，随姥至一小楼下湢室中。浴竟，姥复引帝坐后堂，肴核水陆，杯盏新洁，劝帝欢饮，而师师终未一见。良久，姥才执烛引帝至房。帝搴帷而入，一灯荧然，而绝无师师在。帝益异之，为倚徙几榻间。又良久，见姥拥一姬，珊珊而来，淡妆不施脂粉，衣绢素，无艳服。新浴方罢，娇艳如水芙蓉。见帝意似不屑，貌殊倨，不为礼。姥与帝耳语曰："儿性颇愎，勿怪。"帝于灯下凝睇物色之，幽次逸韵，闪烁惊眸。问其年。不答。后强之，乃迁坐于他所。姥复附帝耳曰："儿性好静坐，唐突弗罪。"遂为下帘而出。师师乃起解玄绢褐袄，衣轻绨，卷右袂，援壁间琴，隐几端坐，而鼓《平沙落雁》之曲。轻拢慢撚，流韵淡远，帝不觉为之倾耳，遂忘倦。比曲三终，鸡唱矣。帝亟披帷出，姥闻亦起。为进杏酥饮，枣糕饦饪诸点品。帝饮杏酥杯许，旋起去。内侍从行者，皆潜候于外，即拥卫还宫。时大观三年八月十七日事也。……

　　此外属于传奇的作品，被收于刘斧《青琐高议》的尚不少，然都不及前述各篇的流脍人口。《青琐高议》原为十八卷，今本二十卷，又别集七卷。编者生平无可考，仅知他是北宋人罢了。

三　说话发达的社会背景及其家数

"话本"是宋时说话人用的一种底本,所以要问"话本"始于何时,便不能不去考究说话人何时始有。向来都根据《酉阳杂俎》"予太和末,因弟生日,观杂戏。有市人小说,呼扁鹊作'褊鹊'字,上声"及李商隐《骄儿诗》"或谑张飞胡,或笑邓艾吃"所说,以为唐时已盛行。这个证据是可靠的,不过他们是否有底本,其底本作何式样,那我们便茫然无知。在那伦敦博物院中的唐太宗入冥故事等几段俗文,是否即为当时的"市人小说",我们也不敢随便下断。所以关于这个问题,我们暂时只好缺疑了。

说话虽起于唐代,但仅盛行于民间,所以不为大雅所称道。到了宋代,忽成为皇帝御前供奉的娱乐的一种,于是才有人加以注意。郎瑛《七修类稿》云:"小说起宋仁宗时,国家闲暇,日欲进一奇怪之事以娱之,故小说'得胜头回'之后,即云'话说赵宋某年……'云云。"《东坡志林》也说:"王彭尝云'涂巷中小儿薄劣,其家所厌苦,辄与钱,令聚坐听说古话。至说三国事,闻刘玄德败,频蹙额,有出涕者。闻曹操败,即喜,唱快。'"可见说话在北宋中叶时代,不独成为皇帝娱乐之一,且为人家用为感化顽劣儿童的一种教育方法。到北宋之末,说话的技术更进步,且进而有科目的分别,像孟元老《东京梦华录》记载当时之"伎艺",其中已有"孙宽、孙十五、曾无党……讲史;李慥、杨中立、张十一……小说;……吴八儿合生;……霍四究说《三分》;尹常卖《五代史》"的话,可见当时说话人不独分科,而且只要专精一科,便可出卖他的技术了。

宋室南渡后,京都的繁华也随着南迁,因此在杭州的说话人,其卖伎状况,一如在汴京时候。《古今小说序》有云:"南宋供奉局,有说话人,如今说书之流。"《今古奇观序》里也说:"至有宋孝皇,以天下养太上,命侍从访民间故事,日进一回,谓之说话人。而通俗演义,乃始盛行"。宋孝宗之待高宗,既如北宋时代臣下之奉仁宗,且又命"侍从访民间故事",揆之"上有好者,下必甚焉"之例,话本自然会不期然而然的多量产生出来。今人所见话本,大抵作于南宋,或即因此故。

尚有一个值得提出的问题,就是为了各书所载文字的不同。对于说话的科别的分法,有种种说法。这虽与它的底本话本似无甚关系,但连来源也不明,似非研究家所应抱的态度,故不能不为引述。历来对于说话的分类,大概都根据下列三书所载:

一、赵某(号灌园耐得翁,约一二三〇前后在世)的《都城纪胜》(《说郛》改题《古杭梦游录》) 说话有四家:一者小说,谓之银字儿,如烟粉、灵怪、传奇、说公案,皆是搏刀(《说郛》作搏拳提刀)、赶棒及发迹、变泰(《说郛》作态)之事;说铁骑儿,谓士马金鼓之事;说经,谓演说佛书;说参请,谓宾主参禅悟道等事;讲史书,谓说前代书史文传、兴废战争之事。最畏小说人,盖小说者,能以一朝一代故事,顷刻间提破。合生,与起令、随令相似,各占一事。商谜,旧用鼓板吹《贺圣朝》,聚人猜诗谜、字谜、戾谜、社谜,本是隐语。……(《瓦舍众伎》)

二、吴自牧(约一二七〇前后在世)的《梦粱录》 说话者,谓之舌辩,虽有四家数,各有门庭。且小说名银字儿,如烟粉、灵怪、传奇公案、朴刀杆棒、发迹踪参之事,有谭淡子……等,谈论古今,如水之流。谈经者,谓演说佛书;说参请者,谓宾主参禅悟道等事,有宝庵……和尚等。又有说诨经者,戴忻庵。讲史书者,谓讲说《通鉴》、汉唐历代书史文传、兴废战争之事,有戴书生……但最畏小说人。盖小说者,能讲一朝一代故事,顷刻间捏合,与起令、随令相似,各占一事也。商谜者,先用鼓儿贺之,然后众人猜诗谜、字谜、戾谜、社谜,本是隐语……如有归和尚及马之斋,记闻博洽,厥名传久矣。(卷二

十《小说讲经史》)

三、周密(一二三二——一三〇八后不久)的《武林旧事》

演史,乔万卷……说经诨经,长啸和尚……小说,蔡和……商谜,胡六郎……合笙,双秀才……(卷六《诸色伎艺人》)

比较这三段文字,《梦梁录》似即抄《都城纪胜》,而漏去了"合生"二字;但《都城纪胜》文字甚含糊不明,致引起后人种种误解。《武林旧事》则历记种种伎艺人的姓名,未尝说明说话有几家,且除前引五种外,尚有说诨话,学乡谈,说乐等,亦似属于说话的一类,但不见于他书,故不引。因对前引几段文字读法的不同,对于四种说话,遂产生下面四种不同的分法:

一、分为:小说、讲史、说经、说参请、合生。见鲁迅《中国小说史略》,郑振铎《中国文学史》等。但鲁迅以《武林旧事》为无合生,颇不确,大概因字作"合笙,"所以不曾看到了。

二、分为:小说,谈经,讲史书,商谜。见拙编《中国文学进化史》、《文学概论讲话》等。

三、分为:小说、讲史、傀儡(其话本或如杂剧,或如崖词,大抵多虚少实)、影戏(其话本与讲史书者颇同,大抵真假相半)。见胡适《宋人话本八种》序。他又加注道:"以上说'四家说话人',与王国维先生和鲁迅先生所分'四家'都不同。我另有专篇论这个问题。"但所谓专篇,我们却还未见。他又把小说分成烟粉灵怪传奇、说公案、说铁骑儿、说经、说参请五目,也与各家不同。

四、分为:小说、说经、讲史、合生商谜。见孙楷第的《今古奇观序》。

这个搅不清的家数问题,其实很简单。《都城纪胜》于"说话有四家"后，接着就述"小说""说铁骑儿""说经""说参请"四家，其"小说"中"说公案"的"说"字系衍文，观《梦粱录》所叙可见，且"公案传奇"或"传奇公案"为后人常用之语，尤可为"说"字为衍文的证据。其下又续述"讲史书"，且于"讲史书"下又云"最畏小说人……"。所以我以为说话有四家者，即指小说、说铁骑儿、说经、说参请，因为这四家名字中恰巧都有一"说"字，定非偶然巧合。至"讲史书"乃与"说话"平行，故云"最畏小说人"。"小说"为四家之首，故举以代表"说话人"。大概说话全凭虚造，讲史书须有根据，故又云："小说者，能以一朝一代故事，顷刻间提破。"而讲史书便不能。至"讲史书"与"说铁骑儿"的分别，讲史书以一个朝代或一个皇帝为主，说铁骑儿则以一家英雄或一个名将为主；前者如各史平话，后者如《薛家将传》、《说岳全传》等。其他"合生""商谜"，亦与"说话""讲史书"并列，皆为当时"瓦舍众伎"之一。"傀儡"（亦分四家）"影戏"亦然。《都城纪胜》说"傀儡""影戏"皆有"话本"，故胡适把它们亦列入"说话"。但由此可知"话本"这个名字为当时一切伎艺人员所用文字底本的共名，不是"说话"一技所独有的。

　　这些所谓说话（包括讲史书）人，他们为了利益的关系，当时也有团体的组合。他们有"书会"，有"雄辩社"，正和现时的书社一样。他们都有个固定的说书场。他们说一个故事，前面总有个引子，叫做"得胜头回"，也和后世说书先唱一个开篇一样。书场情形，吾们可在《说岳全传》中"大相国寺闲听评话"半回里窥见一斑。《说岳全传》虽非宋人所作，但今本系改明人所著而成，明代去宋未远，其情形当不致和宋时扦格，所以虽或"不中"，但定"不远"了。

　　　却说牛皋跟了那两个人，走进围场里来，举眼看时，却是一个说评话的，摆著一个书场，聚了许多人，坐在那里听他说评话。那先生看见三个人进来，慌忙立起身来，说道："三位相公请坐。"那两个人也不谦逊，竟朝上坐下。牛皋也就在肩下坐定，听他说评话。却说的北宋《金枪倒马传》的故事，正说到："太宗皇帝驾到五台山进香，被潘仁美引诱，观看透灵牌，照见塞北幽州，天庆梁王的萧太后娘娘的梳妆楼。但见楼上放出五色毫光，太宗说：'朕要去看看那梳妆楼，不知可去得否？'潘仁美奏道：'贵为天子，富有四海，何况幽州！可令潘龙赍旨，去叫萧邦暂且搬移出去，待主公去看便了。'当下闪出那开宋金刀老令公杨业，出班奏道：'去不得！陛下乃万乘之尊，岂可轻入虎狼之域！倘有疏虞，干系不小。'太宗道：'朕取太原，辽人心胆已寒，谅不妨事。'潘仁美乘势奏道：'杨业擅阻圣驾，应将他父子监禁，待等回来再行议罪。'太宗准奏，即将杨家父子拘禁，传旨着潘龙来到萧邦。天庆梁王接旨，就与军师撒里马达计议。撒里马达奏道：'狼主可将机就计，调齐七十二岛人马，凑成百万，四面埋伏，待等宋太宗来时，将幽州围困，不怕南朝天下，不是狼主的。'梁王大喜，依计而行，款待潘龙，搬移出去，恭迎天驾往临。潘龙覆旨，太宗就同了一众大臣，离了五台山，来到幽州。梁王接驾进城，尚未坐定，一声炮响，伏兵齐起，将幽州城围得水泄不通。幸亏得八百里净山王呼必显藏旨出来，会见天庆梁王，只说回京去取玉玺来献，把中原让你，方能骗出重围，来到雄州，召杨令公父子九人，领兵来到幽州解围。此叫作八虎闯幽州，杨家将的故事。"说到那里，就不说了。那穿白的即身边取出银包打开来，将两锭银子，递与说书的道："道友，我们是过路的，送轻莫怪。"那说书的道："多谢相公们！"二人转身就走，牛皋也跟了出来。那说书的只认他是三个同来的，那晓得是听白书的。牛皋心里还想："这厮不知捣他娘甚么鬼？还送他两锭银子。"那穿红的道："大哥，方才这两锭银子，在大哥也不为多，只是这里本京人看了，只说大哥是乡下人。"那穿白的道："兄弟，你不曾听见说，我的先祖父子九人，这个七祖宗，百万军中，没有敌手。莫说两锭，十锭也值。"穿红的道："原来为此。"牛皋暗想："原来为祖宗之事。倘然说着我的祖宗，拿什么与他？"又见那穿白的道："大哥，这一堆去看看。"穿红的道："小弟当得奉陪。"两个走近人丛里，穿白的叫一声："列位，我们是远方来的，让一让。"众人听见，闪开一条路，让他两个进去。那牛皋仍旧跟了进来，看是作什么的。原来与对门一样说书的。这道友见他三个进来，也叫声："请坐。"那三个坐定，听他说的是《兴唐传》，正说到："秦王李世民，在枷锁山赴五龙会，内有一员大将，天下数他是第七条好汉，姓罗，名成。奉军师将令，独自一人，拿洛阳王王世充，楚州南阳王朱灿，湘州白御王高谈圣，明州夏明王窦建德，曹州宋义王孟海公……"正说到："罗成独要成功，把住山口……"说到此处，就住了。这穿红的，也向身边拿出四锭银子来，叫声："朋友，我们是过路的，不曾多带得，莫要嫌轻。"说书的连称："多谢。"三个人出来。牛皋想道："又是他祖宗了！"……（第十回）

这种情形，正和现代大城市的著名寺庙、广场中的卖解、变戏法、小热昏一样，也是先献伎，后索钱，而价目没有一定的。这大约也可说是实在情形，《都城纪胜》也说：

> ……如执政府墙下空地（旧名南仓前），诸色路岐（疑当作伎）人在此作场，尤为骈阗。又，皇城司马道亦然。候潮门外殿司教场，夏日亦有绝伎作场。其他街市如此空隙地段，多有作场之人，如大瓦、肉市、炭桥、药市、橘园……（《市井》）

而且在茶肆中说书，在当时也已通行，《夷坚志》云："吕德卿偕其友出嘉令门外茶肆中坐，见幅纸用帖其尾云：今晚讲说《汉书》。"又《梦粱录》载："中瓦内王妈妈家茶肆，名一窟鬼茶坊。"《京本通俗小说》中有《西山一窟鬼》故事,发生在绍兴年间,《鬼董》亦载其事,且也提起王老娘茶肆。可见王妈妈竟因同姓关系,利用说书人的题目来作幌子了,不用说,那茶坊里自然也有说书的了。

宋代社会上,说话与讲史书等既这样风行,加以国家又设专局司采坊之事,士大夫由此不但不菲薄而加提倡,那么话本的产生,虽欲抑止,亦属不可能的事。这样,南宋就成为一个话本的黄金时代。

四 说话的话本——小说(一)

宋代说话人的家数既如前述,但今存的话本却仅有二类,一为属于说话的小说,一为讲史书。前者大都被收于《京本通俗小说》,明清平山堂所刻话本(失去书名),及冯梦龙编的《古今小说》、《警世通言》、《醒世恒言》等书中,单行的有《大唐三藏取经诗话》及佚本《西游记》(即《永乐大典》所收本)等;后者有《武王伐纣书》、《七国春秋后集》、《秦并六国平话》、《前汉书续集》、《三国志平话》、《梁公九谏》、《五代史平话》及《宣和遗事》等。这许多书大都作于南宋之时,间亦有元人所作,只是不易分别出来。

小说与讲史书的分别,除前述外,鲁迅以为"讲史之体在历叙史实而杂以虚辞。小说之体,在说一故事而立知结局"。这样的分别,自然令人很易明白。现在最通行的《五代史平话》及《通俗小说》残本二书,其体式正如是。

《京本通俗小说》今存八种,当原书的卷第十至卷十六及卷二十一。全书原有若干卷,作者何人,今都不可考。它的材料多取之当时,或采自志怪书等。它的体制则十九先以闲话或他事引起,后乃缀合以入正文。如《碾玉观音》因欲叙咸安郡王游春,就连举春词至十余首之多;《西山一窟鬼》因欲叙一士人遇鬼,就举另一士人沈文述的集古词,并引每句词所由来的原词,亦多至十余首;《拗相

公》因叙王安石事，则先引王莽事；《错斩崔宁》因欲叙刘贵戏言遭
祸，就先引魏鹏举戏言失官事；《冯玉梅团圆》欲叙"双镜重圆"，就
先叙"交互姻缘"……其体制几一律。本来，说话人在说话之先，听
众未齐，必须打鼓开场，《得胜令》就是常用的鼓调。《得胜令》又名
《得胜回头》，又转为《得胜头回》。后来说书人开讲时，往往因听众
未齐，须慢慢地说到正文，故或用诗词，或用相类故事，也"权做个
《得胜头回》"。《错斩崔宁》里说："这回书，单说一个官人，只因酒
后一时戏笑之言，遂至杀身破家，陷了几条性命。且先引下一个故
事来，权做个'得胜头回'。"就是此意。后来明人所作通俗短篇，它
的体裁也十九如是。

　　现将八种的内容略叙如下：《碾玉观音》叙绍兴时某郡王府有
待诏崔宁，以碾玉观音得郡王欢。府中养娘秀秀很爱他，迫之偕
逃，在潭州开铺生活。不料为王府郭排军所见，遭其陷害，秀秀被
郡王活埋于王府的后花园。但她的灵魂仍随崔宁做鬼夫妻，终于
报了郭排军的仇，崔宁亦同死。此篇亦见《警世通言》卷八，题作
《崔待诏生死冤家》。《菩萨蛮》叙绍兴时有少年陈守常，多才薄命，
入灵隐寺为僧，好作《菩萨蛮》词，极得某郡王之宠。后因被诬与王
府侍女新荷通，适词中有"新荷"语，横遭杖楚。及辩白，他已圆寂
了。此篇亦见《警世通言》卷七，题作《陈可常端阳坐化》。《西山一
窟鬼》叙绍兴间秀才吴洪赴临安应试落第，教书度日，由王婆作媒，
娶李乐娘为妻，与从嫁锦儿皆有姿色。洪后发觉诸人皆是鬼，惧
甚。幸癞道人为之作法除妖，吴后亦仙去。《警世通言》卷十四题
作《一窟鬼癞道人除怪》。《志诚张主管》叙开封员外张士廉，家财
百万，年老无子，续娶王招宣府遣出之小夫人为妻。小夫人怨员外
年老，爱其主管张胜，张不为所动。后员外因小夫人窃王府珠宝之
累，家产全被抄封，小夫人亦自缢死。她死后犹化为少女追随张
胜，但张终以女主人敬事之。《警世通言》卷十六题作《张主管志诚
脱奇祸》，亦作《小夫人金钱赠少年》。《拗相公》叙王安石施行新法

之害,中叙其罢相后,由京师至江宁途中所见老百姓对他痛恨情形。胡云翼以为其体例不似一篇小说。《警世通言》卷四题作《拗相公饮恨平山堂》。《错斩崔宁》叙高宗时有刘贵为盗所杀,其妾陈氏及少年崔宁因嫌疑被指为恋奸杀夫,皆处死刑。不久,刘妻王氏为盗静山大王劫为压寨夫人,颇爱好。后王氏于无意中知大王即杀夫之盗,终杀盗以雪冤。《醒世恒言》卷三十三题作《十五贯戏言成巧祸》,清《今古奇闻》亦载之,又有人取材以作《十五贯弹词》。《冯玉梅团圆》叙高宗时少女冯玉梅在乱离中为贼所掳,而与贼中一忠良少年范希周结婚。贼党失败,夫妇亦失散。后来经了许多波折,她终于与她的父母丈夫相会而团圆。《警世通言》卷十二题作《范鳅儿双镜团圆》。《金虏海陵王荒淫》叙金主亮的荒淫故事,文字猥亵异常,内容与《金史》所载无甚大异。但其描写之佳,在宋人"话本"中实首屈一指。《醒世恒言》卷二十三题作《金海陵纵欲亡身》。郑振铎以此篇为明人所作。在《通俗小说》残本中,尚有《定州三怪》一篇,因破碎不全,未经翻刻,但《通言》卷十九《崔衙内白鹞招妖》,注云:"古本作《定州三怪》,又名《新罗白鹞》。"可知其书尚流传于人间。

明清平山堂所刻话本,今残存三册,凡十五篇。全书的名字叫做什么,及共有若干篇,现在皆已不能考明。此十五篇中,可以知为宋人作的,有:《简帖和尚》与《西湖三塔记》,二书皆载于《也是园书目》的宋人词话中,《简帖和尚》也见于《古今小说》卷三十五,题作《简帖僧巧骗皇甫妻》;又《陈巡检梅岭失妻记》,即为《古今小说》卷二十及《喻世明言》卷二十二的《陈从善梅岭失浑家》;《刎颈鸳鸯会》,一名《三送命》,一名《冤报冤》,即为《警世通言》卷三十八《蒋淑贞刎颈鸳鸯会》;《五戒禅师私红莲记》,则和《古今小说》卷三十《明悟禅师赶五戒》相同;《风月瑞仙亭》,则与《警世通言》卷六《俞仲举题诗遇上皇》入话里的司马相如故事相同,另一刻本《通言》即别作一篇,名为《卓文君慧眼识相如》。其未为他书所录,而就其风格与文句上可考知为宋人的著作的，更有：《合同文字记》、《洛阳三怪记》及《杨拦路虎传》等作。《合同文字记》有"话说宋仁宗时庆历年间，去这东京汴梁城，离城三十里，有个村，唤做老儿村……"等语；《洛阳三怪记》有"今时临安府官巷口花市，唤做寿安坊，便是这个故事……"等语；《杨拦路虎传》有"话说杨令公之孙重立之子，名温，排行第三，唤做杨三官人……"等语，都明明是宋人的口吻。此外，有《快嘴李翠莲记》一篇，体裁与其他话本不甚类似，皆以韵语的唱说为主体，或即为宋时说话人用以弹唱的底本，而为"淘真"的一种。又有《蓝桥记》一篇，全袭唐人传奇旧文，不过在起首加上了名为"入话"的一首五言绝句，及篇末"正是：玉室丹书著姓，长生不老人家"二语，与其他话本也不相类。

明万历时，有单行本的《苏长公章台柳传》，叙苏轼乘醉欲娶妓女章台柳，已而忘却，妓久待不至遂嫁，等到轼再想起，已来不及了。这篇话本的风格亦似宋元人作。

在冯梦龙所编"三言"及"三言"中《喻世明言》的前身《古今小说》中，宋人作品也有不少。（关于"三言"的种种，当在下章详述。）现亦依次分叙于后。

《古今小说》共包含四十种话本，其卷三十三《张古老种瓜娶艾女》，当即《也是园书目》所载宋人词话十二种中的《种瓜张老》。卷三十四《简帖僧巧骗皇甫妻》，也即为《也是园书目》中及清平山堂所刻话本中的《简帖和尚》。此外，从其风格及文字上可以推知其必为宋人的作品的，凡有十篇。卷三《新桥市韩五卖春情》，叙少年吴山因恋韩姓女几至病亡事，文中有"说这宋朝临安府，去城十里，地名湖墅，出城五里，地名新桥……"等语，明是宋人语气。卷四《闲云庵阮三偿冤债》，叙少年阮三因迷恋陈玉兰小姐，得病而死，小姐终身不嫁，抚子成名事。文字古朴自然，且直叙云"家住西京河南府梧桐街急演巷……"，自当为宋人之作。卷十五《史弘肇龙虎君臣会》，叙郭威及史弘肇君臣微时，为柴夫人及阎行首所识事，运用俗语,描状人物俱臻化境。卷十九《杨谦之客舫遇侠僧》,叙杨益为贵州安庄知县,途遇异僧,嫁以妇人李氏,以治县中蛊毒事,叙述边情世态,至为真切。卷二十《陈从善梅岭失浑家》,即清平山堂所刻《陈巡检梅岭失妻记》,其故事全脱胎唐人传奇《补江总白猿传》。开端便云"话说大宋徽宗皇帝宣和三年上春间……",口吻为宋人常见。卷二十四《杨思温燕山逢故人》,叙思温于金兵南渡后流落燕山,在酒楼上遇见故鬼,终于死于水中事,文中叙及祖国的远思,尤觉缠绵悱恻,当为南渡后故老所作。卷二十六《沈小官一鸟害七命》,叙沈秀因酷爱画眉,终死于强人之手,画眉亦为所夺,自后因此鸟而死者又有六人事,为"公案传奇"之一。卷三十六《宋四公大闹禁魂张》,叙宋时大盗宋四公等在京城犯了许多案,而官府终莫可奈何他们的事。卷三十八《任孝子烈性为神》,叙任珪娶妻梁氏,她与周得通好,反诬珪之盲父,珪休了她,并因之杀死五命事。卷三十九《汪信之一死救全家》,叙侠士汪革为程彪弟兄所陷,进退无路,不得不自杀以救全家事,风格颇浑莽豪放。上述十篇,大概亦皆为宋人之作。

《警世通言》亦包括话本四十种,其中卷四、卷七、卷八、卷十二、卷十四、卷十六、卷十九均为《通俗小说》残本所有,卷三十七《万秀娘仇报山亭儿》即《也是园书目》中的《山亭儿》,及卷三十八《蒋淑贞刎颈鸳鸯会》为清平山堂刻的话本所有外,可决为宋人所作者尚有三篇:一为卷十三《三现身包龙图断冤》,叙包拯断明孙押司被妻及其情人所谋害的案件事,其开首写"话说大宋元祐年间,一个太常大卿,姓陈名亚……",明是宋人口吻。卷二十《计押番金鳗产祸》,原注:"旧名《金鳗记》。"叙计安因误杀了一条金鳗,害得合家惨亡事,开端亦有"话说大宋徽宗朝有个官人……"等语。卷三十九《福禄寿三星度世》,叙刘本道被寿星座下的鹿、龟、鹤三物所戏弄,后乃为寿星所度,随之而升天事,开头有"这大宋第三帝主,乃是真宗皇帝……"等语,自属宋人之作。其他确知为元人作的,有卷二十七《假神仙大闹华光庙》一篇,叙魏生遇伪吕仙及伪何仙姑事,开头有"话说故宋时,杭州普济桥,有个宝山院,乃嘉泰中所建……"语,确为元人口气。此外,卷十《钱舍人题诗燕子楼》,文中亦有宋人口气的语句,但全篇除开头"话说大唐自政治大圣大孝皇帝谥法太宗开基之后……"的几句开场白外,全为传奇文,编入《通言》中,颇有些不伦不类。卷三十《金明池吴清逢爱爱》,叙吴清逢女鬼爱爱,终借其力得成另一人世姻缘事,风格亦近宋人。卷三十三《乔彦杰一妾破家》,叙乔俊因娶一妾周氏而致家破人亡事,开头有"话说大宋仁宗皇帝明道元年,这浙江路宁海军,即今杭州是也……"语,大似宋人口气。卷三十六《皂角林大王假形》,叙宋新会知县赵再理因烧了皂角大王庙,去官归家时,却被大王冒了形貌先归,家中一时真假莫辨,告到当官,真的赵再理却被充军远去,后赖九子母娘娘之力,灭了假赵再理,合家团圆事,开头有"却说大宋宣和年间,有个官人,姓赵名再理,东京人氏……",口吻亦似宋人。以上四篇,风格甚类宋元间作品,却因无甚佐证,故不敢确定。

《醒世恒言》亦收话本四十篇,今存三十九篇。其中除卷二十三及卷三十三为《通俗小说》残本所有外,尚有:卷六《小水湾天狐诒书》,叙唐玄宗时王臣因弹狐夺取天书,而为狐所捉弄事,其风格似为宋元人作。卷十三《勘皮鞋单证二郎神》,叙孙神通冒作二郎神而与韩夫人通好事,描写逼真,文笔朴实自然,大似宋人之作。卷十四《闹樊楼多情周胜仙》,叙女郎周胜仙与范二郎相恋而不得相会,胜仙病亡后,为盗墓贼救活,不得已与之同居,后乃乘隙逃访二郎,二郎疑为鬼,惊而以酒器击死,后获盗墓贼,其冤始雪事,文中有"那大宋徽宗朝年,东京金明池边有座酒楼,唤做樊楼……",其他地名,如桑家、瓦里等等,也都是宋代地名,文笔古拙,绝类出于宋人之手。卷十七《张孝基陈留认舅》,叙汉末张孝基承继得岳家巨产,却不忘其成为破家子弟而流落在外的妻舅,终于让产于他,使他成为一个好人的事,其风格似为宋元人作。卷三十一《郑节使立功神臂弓》，叙郑信立功成名事，风格亦似宋人所作，且开端直说"话说东京汴梁城开封府……"，也大似宋人的口吻。

前面所叙，原书虽有若干种为我们能力所不易见（如《古今小说》，仅日本有藏本，为人间孤本），但得知道它尚在人间，且由他文所述而知其内容何似，亦一快事。此外，犹有其篇名或书名可考而作品存亡不知者，有《紫罗盖头》、《女报冤》、《风吹轿儿》（以上见明晁瑮《宝文堂书目》），《灯花婆婆》、《李焕生五阵雨》、《小金钱》（以上见《宝文堂书目》及钱曾《也是园书目》），《四和香》、《豪侠张义传》（以上见周密《志雅堂杂抄》），《好儿赵正》（见钟嗣成《录鬼簿》）及话本集《烟粉小说》四卷（见《也是园书目》）等。

宋人所作单篇话本，当然不止如前面所述。然即依前面所述而论，其成绩已大有可观。它较之传奇小说之在唐代，其盛况有过之而无不及。兹引《通俗小说·冯玉梅团圆》中范鳅儿夫妇重会一段，以见当时短篇话本的文字程度：

> ……次日，贺承信又进衙领回文。冯公延至后堂，置酒相款。饮酒中间，冯公问其乡贯出身，承信言语支吾，似有羞愧之色。冯公道："鳅儿非足下别号乎？老夫已尽知矣，但说无妨也。"承信求冯公屏去左右，即忙下跪，口称死罪。冯公用手挽扶道："不须如此。"承信方敢吐胆倾心，告诉道："小将建州人，实姓范。建炎四年，宗人范汝为煽诱饥民，据城为叛，小将陷于贼中，实非得已。后因大军来讨，攻破城池，贼之宗族，尽皆诛戮。小将因平昔好行方便，有人救护，遂改姓名为贺承信，出就招安。绍兴五年，拨在岳少保部下，随征洞庭湖贼杨么。岳家军都是西北人，不习水战。小将南人，幼通水性，能伏水三昼夜，所以有范鳅儿之号。岳少保亲选小将为前锋，每战当先，遂平么贼。岳少保荐小将之功，得受军职，累任至广州指使。十年来，未曾泄之他人。今既承钧问，不敢隐讳。"冯

公又问道:"令孺人何姓? 是结发还是再娶?"承信道:"在贼中时,曾获一官家女,纳之为妻。逾年城破,夫妻各分散逃走。曾相约苟存性命,夫不再娶,妇不再嫁。小将后来到信州,又寻得老母。至今母子相依,止留一粗婢炊爨,未曾娶妻。"冯公又问道:"足下与先孺人相约时,有何为记?"承信道:"有鸳鸯宝镜,合之为一,分之为二,夫妇各留一面,"冯公道:"此镜尚在否?"承信道:"此镜朝夕随身,不忍少离。"冯公道:"可借一观。"承信揭开衣袂,在锦裹肚系带上,解下一个绣囊,囊中藏着宝镜。冯公取观,遂于袖中亦取一镜合之,俨如生成。承信见二镜符合,不觉悲泣失声。冯公感其情义,亦不觉泪下道:"足下所娶,即吾女也。吾女现在衙中。"遂引承信至中堂与女儿相见,各各大哭。冯公解劝了,且作庆贺筵席。是夜,即留承信于衙门歇宿。……

五　说话的话本——小说(二)

今人所见宋元人所作的长篇的小说话本,仅有《大唐三藏取经诗话》及《西游记》二种,而《西游记》仅存逸文一段,实不足与其他一种并列。

《大唐三藏取经诗话》凡三卷,别名《大唐三藏法师取经记》,内容全同,卷末有一行云:"中瓦子张家印。"张家为宋时临安书铺,故王国维、罗振玉皆以为宋人作。然鲁迅以为"逮于元朝,张家或亦无恙,则此书或为元人撰,未可知矣"。本来书的印行和著作不一定在同一时候,也不一定不在同一时候,所以究竟是元是宋,吾们无从解决。但如云,非元人即宋人作,或云作于宋元之际,就可不致犯武断之嫌了。全书分十七节,每节末必以诗结,故曰"诗话"。但与后来章回小说中所引的诗句不同,盖本书的诗句皆吟自书中人物的口中,类于戏曲中的下场诗。并不像章回小说中"有诗为证"的诗句与书中人说话无关。而此种体裁,现存的也仅见此书,后世亦无仿为之者。此书于文中的分节,亦为前此话本所未有。原书二本首章皆缺,现录其节目如下:

……第一(原缺)

行程遇猴行者处第二

入大梵天王宫第三

入香林寺第四

过狮子林及树人国第五

过长坑大蛇岭处第六

入九龙池处第七

……第八(原本缺前段)

入鬼子母国处第九

经过女人国处第十

入王母池之处第十一

入沉香国处第十二

入波罗国处第十三

入优钵罗国处第十四

入竺国度海之处第十五

转至香林寺受《心经》本第十六

到陕西王长者妻杀儿处第十七

书中情节,与《西游记》的情节全然不同,虽然二书都为叙孙行者(《取经诗话》名猴行者)保护唐僧取经故事。文笔亦朴质异常,大类敦煌石室所发现的那几个俗文断片,与《三国志平话》风格亦相似,较之前述的短篇话本,却全然异致。照我的推测,此书为《三国志平话》一流话本,当为说话人预备讲说时用的大纲摘要,在讲说时可以随意把它延长或另加穿插,否则像此书中最短的一节不满百字,不满一分钟就可讲毕,讲时哪里会有人去听?

全书所叙,除首章已缺,不知为何事外,次章即叙玄奘法师遇猴行者,自称为"花果山紫云洞八万四千铜头铁额弥猴王",来助和尚取经。于是借行者神通,偕入大梵天王宫。法师讲经毕,得赐隐身帽一顶,金环锡杖一条,钵盂一只。复返下界,经香林寺,履大蛇岭、九龙池诸危地,都靠行者法力,得安全过去。又得深沙神身化金桥,渡过大水,出鬼子母国、女人国而达王母池处。法师命行者往偷桃,行者为取一七千岁者,化成一枚乳枣,法师吞入腹中。由是竟达天竺,求得经文五千四百卷,而阙《多心经》,回至香林寺,始由定光佛见授。归途,适遇王长者妻杀儿一事,法师为救其儿。抵京,皇帝郊迎,诸州奉法。至七月十五日正午,天宫乃降采莲舡,法师乘之,向西仙去。后太宗复封猴行者为铜筋铁骨大圣。

书中虽分章节,然每节文字长短不齐,长者如第十七节,多至一千六百余字,而第十二节则不满百字:

> 师行前迈,忽见一处,有牌额云:"沉香国。"只见沉香树木,列占万里,大小数围,老株高侵云汉。想吾唐土,必无此林。乃留诗曰:
> 国号沉香不养人,高低耸翠列千寻。前行又到波罗国,专往西天取佛经。

像这样简单的叙述也算一节,可算得空前绝后。第十七节便大不相同了,单是其中写王长者妻杀前妻所生子故事一段已有千余字。这一段文字,含有和它同时流行的"宝卷"的气息,且亦为"晚娘故事"之一,写来颇能感人。现将这一段故事摘录于下:

> 回到河中府,有一长者姓王,平生好善,年三十一,先丧一

妻,后又娶孟氏。前妻一子,名曰痴那。孟氏又生一子,名曰
居那。长者一日思念考妣之恩,又忆前妻之分,广修功果,以
荐亡魂。又与孟氏商议:"我今欲往外国经商,汝且小心为吾
看望痴那。此子幼小失母,未有可知,千万一同看惜。"遂将财
帛分作二分:"与你母子在家营谋生计,我将一分外国经商。
回来之日,修崇无遮大会,广布梁缘,荐拔先亡,作大因果。"祝
付妻了,择日而行。妻送出门,再三又祝看望痴那,无令疏失。
去经半载,逢遇相知人回,附得家书一封,系鼓一面,滑石花
座,五色绣衣,怨般戏具。孟氏接得书物,拆开看读,书上只云
与痴那收取。"再三说看管痴那,更不问着我居那一句!"孟氏
看书了,便生嗔恨,毁剥封题,打碎戏具,生心便更陷害痴那性
命。一日,与女使春柳言说:"我今欲令痴那死却,汝有何计?"
春柳答曰:"此是小事。家中有一钻鏪,可令痴那入内坐上,将
三十斤铁盖盖定,下面烧起猛火烧煮,岂愁不死?"孟氏答曰:
"甚好!"明日一依如此,令痴那入内坐,被佗盖定,三日三夜,
猛火煮烧。第四日扛开铁盖,见痴那从钻鏪中起身唱喏。孟
氏曰:"子何故在此?"痴那曰:"母安我此。一金变化莲花座,
四伴是冷水池,此中坐卧,甚是安稳。"孟氏与春柳敬惶相谓
曰:"急须作计杀却! 恐长者回来,痴那报告。"春柳曰:"明日
可藏铁甲于手,镇痴那往后园计樱桃□,待它开口,铁甲钩断
舌根,图得长者归来,不能说话。"明日,一依此计,领去园中,
钩断舌根,血流满地。次日起来,遂唤一声痴那,又会言语。
孟氏遂问曰:"子何故如此?"痴那曰:"夜半见有一人,称是甘
露王如来,手执药器,来与我延接舌根。"春柳又谓孟氏曰:"外
有一库,可令他守库,锁闭库中饿杀。"经一月日,孟氏开库,见
痴那起身唱喏。孟氏曰:"前日女使锁库,不知子在此中。一
月日间,那有饭食?"痴那曰:"饥渴之时,自有鹿乳从空而来。"
春柳曰:"相次前江水发,可令痴那登楼看水,推放万丈江波之

中；长者回来，只云他自扑向溪中浸死，方免我等之危。"孟氏见江水泛涨，一依所言，令痴那上楼望水，被春柳背后一推，痴那落水。孟氏一见，便云："此回死了！"方始下楼，忽见门外有青衣走报——长者在路中早见人说痴那落水去了，行行啼哭，才入到门，举身自扑。遂乃至孝择日解还无遮法会，广设大斋。三藏法师从王舍城取经回次，僧行七人，皆赴长者斋筵。法师与猴行者全不吃食。长者问曰："师等今日既到，何不吃斋？"法师曰："今日中酒，心内只忆鱼羹，其他皆不欲食。"长者闻言，无得功果，岂可不从，便令人寻买。法师曰："小鱼不吃，须要一百斤大鱼，方可充食。"仆方寻到渔父舡家，果得买大鱼一头，约重百斤。当时扛回家内，启白长者，鱼已买回。长者遂问法师作何修治，法师曰："借刀，我自修事。"长者取刀度与法师。法师咨白斋众长者："今日设无得大斋，缘此一头大鱼，作甚罪过？"长者曰："有甚罪过？"法师曰："此鱼前日吞却长子痴那，见在肚中不死。"众人闻语，起身围定。被法师将刀一劈，鱼分二段，痴那起来，依前言语。长者抱儿，敬喜倍常，合掌拜谢法师："今日不得法师到此，父子无相见面。"大众欢喜。长者谢恩，乃成诗曰：

> 经商外国近三年，孟氏家中恶意偏。遂把痴那推下水，大鱼吞入腹中全。却因今日斋中坐，和尚沉吟醉不鲜。索讨大鱼亲手煮，爷儿再睹信前缘。

法师曰："此鱼归东土，置僧院，却造木鱼，常住斋时，将搥打肚。"又成诗曰：

> 孟氏生心恶，推儿入水中。只因无会得，父子再相逢。

这里所要讲的《西游记》，既非明人吴承恩所作而现在流行的《西游记》，也非明人所刻《四游记》中的《西游记》，乃是最近始发现的见收于《永乐大典》中的《西游记》。这部《西游记》的作者为何人,共有几卷,内容与后来各本异同若何,都已无从考见。因为这部为《永乐大典》所收的《西游记》,今仅发现了遗文一段,其余或待再发现,或早已都随着《永乐大典》毁灭,现在尚不敢预断。这段遗文见于《永乐大典》第一万三千一百三十九卷"送"字韵中"梦"字的一类里,共有一千二百余字,题目是"梦斩泾河龙",引书标题作《西游记》,兹照样全录于下:

> 《梦斩泾河龙》(《西游记》):长安城西南上,有一条河,唤作泾河。贞观十三年,河边有二个渔翁,一个唤张梢,一个唤李定。张梢与李定道:"长安西门里,有个卦铺,唤神言山人。我每日与那先生鲤鱼一尾,他便指教下网方位,依随着百下百着。"李定曰:"我来日也问先生则个。"这二人正说之间,怎想水里有个巡水夜叉,听得二人所言:"我报与龙王去。"龙王正唤做泾河龙。此时正在水晶宫正面而坐。忽然夜叉来到言曰:"岸边有二人都是渔翁。说西门里有一卖卦先生,能知河中之事。若依着他筹,打尽河中水族。"龙王闻之大怒,扮着白衣秀士,入城中。见一道布额,写道:"神翁袁守成于斯备命。"老龙见之,就对先生坐了。乃作百端磨问,难道先生,问何日下雨。先生曰:"来日辰时布云,午时升雷,未时下雨,申时雨足。"老龙问下多少。先生曰:"下三尺三寸四十八点。"龙笑道:"未必都由你说。"先生曰:"来日不下雨,锉了时,甘罚五十两银。"龙道:"好,如此来日却得廓见。"辞退,直回到水晶宫。须臾,一个黄巾力士言曰:"玉帝圣旨道:'你是八河都总泾河龙。教来日辰时布云,午时升雷,未时下雨,申时雨足。'"力士随去。老龙言不想都应着先生谬说。锉了时辰,少下些雨,便是向先生要了罚钱。次日,申时布云,酉时降雨二尺。第三日,老龙又变为秀士,入长安卦铺,向先生道:"你卦不灵。快把五十两银来。"先生曰:"我本筹算无差。却被你改了天条。

错下了雨也。你本非人，自是夜来降雨的龙。瞒得众人，瞒不得我。"老龙当时大怒，对先生变出真相。霎时间，黄河摧两岸，华岳振三峰，威雄惊万里，风雨喷长空。那时走尽众人，唯有袁守成巍然不动。老龙欲向前伤先生，先生曰："吾不惧死。你违了天条，刻减了甘雨，你命在须臾。剐龙台上，难免一刀。"龙乃大惊悔过，复变为秀士，跪下告先生道："果如此呵，希望先生明说与我因由。"守成曰："来日你死，乃是当今唐丞相魏徵，来日午时断你。"龙曰："先生救咱！"守成曰："你若要不死，除非见得唐王，与魏徵丞相行说劝救时节，或可免灾。"老龙感谢，拜辞先生回也。《玉帝差魏徵斩龙》天色已晚，唐王宫睡思半酣，神魂出殿，步月闲行。只见西南上有一片黑云落地，降下一个老龙，当前跪拜。唐王惊怖曰："何为？"龙曰："只因夜来差降芒雨，违了天条，臣该死也。我王是真龙，臣是假龙，真龙必可救假龙。"唐王曰："吾怎救你？"龙曰："臣罪正该丞相魏徵来日午时断罪。"唐王曰："事若干魏徵，须教你无事。"龙拜谢去了。天子觉来，却是一梦。次日，设朝，宣尉迟敬德总管上殿曰："夜来朕得一梦，梦见泾河龙来告寡人道：'因错行了雨违了天条，该丞相魏徵断罪。'朕许救之。朕欲今日于后宫里宣丞相与朕下棋一日，须直到晚乃出。此龙必可免灾。"敬德曰："所言是实。"乃宣魏徵至。帝曰："召卿无事，朕欲与卿下棋一日。"唐王故迟延下着。将近午，忽然魏相闭目笼睛，寂然不动。至未时，却醒。帝曰："卿为何？"魏徵曰："臣暗风疾发，陛下恕臣不敬之罪。"又对帝下棋。未至三着，听得长安市上百姓喧闹异常。帝问何为。近臣所奏：千步廊南，十字街头，云端吊下一只龙头来，因此百（姓）喧闹。帝向魏徵曰："怎生来？"魏徵曰："陛下不问，臣不敢言。泾河龙违天获罪，奉玉帝圣旨命臣斩之。臣若不从，臣罪与龙无异矣。臣适来合眼一霎，斩了此龙。"正唤作魏徵斩泾河龙。唐皇曰：

"本欲救之,岂期有此!"遂罢棋。

照这段文字看来,这部《西游记》的内容大概不会和吴承恩所作相差太远。而且由中间插入"玉帝差魏徵斩龙"一个题目看来,这部《西游记》也分段叙述,其体裁和元刊本《三国志平话》全同。《三国志平话》也于文字中间常常插入题目,如"关公诛文丑"、"曹公赠袍"、"诸葛出庵"等。故郑振铎以为"当是元代中叶(或至迟是元末)的作品",理或可信。但我们如果说它或是宋时作品,虽无理由可以证实,但也无理由可以推翻。所以据了《永乐大典》的编纂的年代讲,不如索性含混地说它是宋元人的作品为愈。

《永乐大典》已经被毁,遗存的也散在国内外图书馆及个人收藏,不会再有全部摆在一起供我们翻阅的一日。但还有一线希望,希望这部《西游记》像元人所刊《平话五种》及前述的《大唐三藏取经诗话》等书一样,有一朝会突然地在某地藏书室里发现。这不是我的痴望,像元人吴昌龄的《西游记》杂剧,起先不是大家以为已不在世了吗?就把它侭存在他书中的断篇作为鸿宝。等到后来在日本一发现,大家才庆幸它还在人世。我对于这本《西游记》的希望也是这样。甚至我还希望在我写这篇文字时已经发见了。

六 所谓讲史书

前节所云现存的属于讲史书的话本,有《武王伐纣书》、《七国春秋后集》、《秦并六国平话》、《前汉书续集》、《三国志平话》、《梁公九谏》、《五代史平话》及《宣和遗事》等八种。这八种中,有著作时代可考的仅有《梁公九谏》一种,而作者何人,则全不可知。

《梁公九谏》一卷,现无单行本,惟被见收于《士礼居丛书》中。全书叙唐武后废太子为庐陵王,而欲传位于侄武三思,经狄仁杰极谏了九次,武后始感悟,召庐陵王回来复立为太子。卷首载有范仲淹《唐相梁公碑文》，乃仲淹贬守鄱阳时作，故其书当作于明道二年（一○三三）以后。郑振铎遽以为"北宋人作"，且以为"当是'说话人'未起以前的所作"。其文笔果朴质如敦煌所发现的几段俗文，但以为作于"说话人"未起以前，则"说话人"究竟起于何时，现在尚未经考定，那么此文是否作于"说话人"未起以前，亦难以径下断语。今录其第六谏以见一斑：

> 则天睡至三更，又得一梦，梦与大罗天女对手着棋，局中有子，旋被打将，频输天女，忽然惊觉。来日受朝，问诸大臣其梦如何。狄相奏日："臣圆此梦，于国不祥。陛下梦与大罗天女对手着棋，局中有子，旋被打将，频输天女：盖谓局中有子，不得其位，旋被打将，失其所主。今太子庐陵王贬房州千里，是谓局中有子，不得其位，遂感此梦。臣愿东宫之位，速立庐陵王为储君，若立武三思，终当不得！"

自《武王伐纣书》至《三国志平话》五种，今存者皆为元至治刊本，其完全的书名及卷数如下：《武王伐纣书》三卷，《乐毅图齐七国春秋后集》三卷，《秦并六国秦始皇传》三卷，《吕后斩韩信前汉书续集》三卷，《三国志》三卷。刊本的书名上均有"全相平话"字样，故今人并称为《元至治本全相平话五种》。看了它的书名，原刊当不止此五种，故郑振铎以为：至少在《七国春秋后集》之前，必定有一个"前集"；在《前汉书续集》之前，也必定有一个"正集"，那么全书至少当有七种。但在《武王伐纣书》之前，如没有"开辟演义"、"夏商志传"一类的东西，在《伐纣书》之后、《七国春秋》之前，却一定是会有"列国志传"一类的东西的。又，继于《前汉书续集》、《三国志》之前的，也当会有一种"光武志"或"后汉书平话"一类的东西。继于《三国志》之后的，或当更有"隋唐志传"、"五代平话"、"南北宋志传"一类的东西吧！这种猜测或许会有得到证明的一天的。

《武王伐纣书》为明人《封神演义》的祖本,其书先以苏妲己被魅,狐狸进据其身,诱惑纣王,为恶多端为开场,这正与《封神演义》相同。次叙仙人云中子见宫中妖气甚炽,进剑除妖,而纣王不纳的事。再次则叙纣王作恶,立酒池肉林,囚西伯于羑里等等。次叙西伯脱归,数聘姜子牙出来助周。子牙神术高强,诸将畏服。及文王死,武王即位,遂大举伐纣,以子牙为帅。纣子殷郊也来助武王以伐无道。武王收兵斩将,屡次大胜,遂灭了殷纣,立了八百年天下的基础。

《七国春秋后集》叙齐王自孙子破魏后,有并吞天下之志。又封孟子为上卿,齐国大治。这时孙膑之父操因谏阻燕王胲让位于子之,被囚,孙子遂率兵灭燕国,杀胲及子之。孟子因谏齐灭燕,不听,遂去齐。燕人立太子平为君,是为昭王,大施仁政,收集流亡。时齐王为国舅邹坚、邹忌所弑,立愍王,贬田文于即墨,孙子谏之不从,遂诈死。秦白起闻孙子死,领兵来要七国将印,燕、魏、韩亦起兵来攻齐。苏代计诳孙子出来,四国始退兵。但孙子不久仍归隐。燕国有贤人乐毅,初投齐,不见用,投燕,昭王任以国政。他乃合秦、赵、韩、魏之兵伐齐,破七十余城,齐王亦终于被杀。齐太子逃奔即墨田单处。孙子复下山,用反间使燕以骑劫代乐毅,并教田单使一火牛计,杀退燕兵。燕复以乐毅为帅,与齐帅孙子互以阵法及勇将相斗。乐毅又请师父黄柏杨下山,布迷魂阵,陷孙子等。于是孙子师父鬼谷子也被再三请下山来,率五国军兵九十万,破阵救出孙子,大败燕兵。秦白起率兵助燕,七国混战,杀人无数。黄柏杨终于抵敌鬼谷子不住,遂讲和。众仙各受封归山。从此天下亦太平无事。

《秦并六国平话》先叙历代兴亡"入话",继叙秦始皇兵力强盛,有并吞天下之意,使人使六国,要六国尽纳土地于秦。六国恐且怒,遂连合攻秦,互有胜负。于某次大胜后,诸王各班师回国,且约定一国有难,诸国皆来救应。中插叙始皇原为吕不韦子,至是,不韦势太甚，乃设法安置于蜀，不韦遂自杀。继叙始皇命王翦伐韩，韩向赵、齐借兵，不应，遂为秦所灭。秦又伐赵，屡为赵将李牧所挫，适牧为司马尚谗死，秦兵遂灭赵。时燕太子丹惧秦伐燕，命荆轲入秦献樊於期首及督亢地图，乘间刺秦王，未中。秦遂命王翦围燕，燕斩太子丹请和，始罢围。又命王贲攻魏，魏不能抗，虏其王，遂灭魏。又伐楚，先以李信为将，率兵二十万，为楚败还。更命王翦率兵六十万往，不久楚便灭亡。又命王贲伐燕，燕王投奔辽东，秦兵败辽兵，燕王自杀，辽王将其首交秦兵，王贲方收兵回国。又命王贲攻齐，齐王降。始皇既统一天下，设筵相庆。有燕人高渐离善击筑，为始皇所信，乘间击之，亦不中，为左右所杀。于是始皇以天下为三十六郡，销兵器，焚书坑儒，又命徐福求仙。韩人张良击之博浪沙，亦不中。至沙丘，始皇死。赵高与李斯谋立胡亥，矫诏杀太子扶苏。不久，赵高又杀李斯父子，杀二世，立孺子婴。孺子婴又设计杀赵高。自后，刘邦攻入咸阳，降孺子婴，复与项羽争天下。邦用张良、韩信等，灭了项羽，遂统一天下。

《前汉书续集》先叙项羽乌江自刎，其尸为五侯所夺。继叙刘邦既平天下，大封功臣，然深忌韩信等。适他所恨的楚臣季布以计自首，而钟离末则为信所匿。遂设一计，诈游云梦以取信。末劝信反，不听，反斩末以献。邦乃夺其兵权，安置咸阳。陈豨奉命御番兵，临行与信密谈，到边地后，遂反汉。汉王率兵亲征。吕后商之萧何，诈传已斩陈豨，命信入长安宫谢罪，遂斩信。刘邦亦用陈平计，收服陈豨之众，豨奔匈奴。信部下六将反，欲吕后之头，吕后上城，六将射之，忽见一条金龙护体，知天命存在，遂各自刎。不久，彭越又为汉王所杀，以肉为酱，赐与群臣。英布食之而吐，入江尽化为螃蟹，遂反。汉王亲征，为布射中一箭，但布亦为吴芮所赚杀。次又叙汉王欲立如意为太子，为群臣所阻。王死，立吕后子，是为惠帝。吕后遂欲诛刘氏诸王，先杀如意。赖陈平、王陵诸臣设计暗护，诸刘始无恙。后吕后为韩信阴魂射死，樊亢率兵入宫，尽杀诸吕。诸臣请刘泽等三王登位，他们皆不能坐到龙座上去，因此将帝位缺了半年。后从陈平言，迎薄姬子北大王为帝。他要日西再午方即位。果然日影再午，他便安登龙位，是为汉文帝。

《三国志平话》先叙光武时有秀才司马仲相游御园，断刘邦、吕雉屈斩韩信、彭越、英布一案，命他们投生为刘备、曹操、孙权三人，三分汉室天下以报宿仇。上帝以仲相判断公平，送他投生为司马懿，削平三国，一统天下，以酬其劳。以后接叙孙学究于地穴得天书，传弟子张觉，遂起黄巾之乱。灵帝以皇甫松为帅，松以桃园结义之刘备、关羽、张飞三人为先锋，遂平定张觉等。常侍段珪让以索贿不遂，没三人功，后赖董成力，刘备为安喜县尉。张飞因忿杀太守督邮，备等遂往太行山落草。帝大惊，斩十常侍之首，命人携往招安，并以备为平原丞。后献帝立，董卓专权，曹操、袁绍等讨之，为吕布所败。刘、关、张三人战胜吕布，布始闭关不出。王允复以连环计使吕布杀董卓，布突围往投刘备于徐州。后布为操擒杀，操又引备入朝，封豫州牧。操亦专权，诏刘备等讨之，为所觉，遂进兵，杀得刘备大败，弟兄三人皆失散。关为操所收，于杀袁绍将颜良、文丑后，便弃操寻备。后与刘、张会于古城，往投刘表，表以备为辛冶太守。备于此时三请诸葛亮出庐。操引大军攻破辛冶，备投孙权。权以周瑜敌操，大破之于赤壁。刘备乘机借荆州暂住。从诸葛计，进兵取四川，取成都，降刘璋，自立为汉中王，命关羽守荆州。吴屡索荆州，不与，权遂进兵杀羽。时曹丕篡汉，备与权闻之，也各自立为帝。备因欲报羽仇攻吴，大败，卒于白帝城。诸葛亮辅阿计（即阿斗）为帝，先平南蛮，七擒孟获以服其心，更六出岐山讨曹魏，但无功。亮卒后，姜维继之，亦无所施展。后司马氏篡魏，使邓艾、钟会平蜀，王浚、王浑平吴，天下复归于一。但汉帝外孙刘渊逃于北方，不肯服晋，其子聪更骁勇绝人，自立国号曰汉，为刘氏报仇。晋怀帝时，聪领兵至洛阳，杀怀帝，又追掳新立的闵帝于长安，灭了晋国，即皇帝位。

由前述以观，可见这五部平话决非出于一人之手。然其内容虽或近于历史，或多无稽的传说，或杂神怪的奇谈，而其文字的朴陋不大通顺，白字破句的连篇累牍，却是五作如一。较之《五代史平话》及《宣和遗事》，都相差远甚。郑振铎以此五书为作于《五代史平话》之后，故以为"令人未免有'倒流''退化'的感想"。其实这五书为何决其必作于《五代史平话》之后，他也没有证据提出，使吾们要信也无从相信呢！今从五书中征引三则于后，以一睹其文字的程度：

> ……乐毅大喜，看柏杨定甚计来。先生曰："此是迷魂阵，捉孙子之地。"毅告曰："下战书与孙子。孙子拜师父为师叔，兼孙操拜为师父。若见，必舌辨也。"柏杨曰："放心也。败尔者弱吾节概。"同乐毅至张秋景德镇，向燕阵中烈八足马四匹，怀胎妇人各用七个，取胎埋于七处，四角头埋四面日月七星旗。阴阳不辨，南北不分，此为迷魂阵。若是打阵入来，直至死不能得出。准备了毕。却说齐帅孙子在营中，有人报军师："寨门外有一道童来。"先生唤至。呈书与孙子。孙子看曰："师父书来，道朕有百日之灾，慎勿出战，只宜忍事。如出阵，有误也。"言未已，有人报乐毅下战书。先生曰："此非师父之书，是乐毅之计，必诈也。"孙子不信，叫袁达："听吾令。依计用事，破燕阵，捉乐毅。"袁达持斧上马曰："只今朝便睹个清平。"来战乐毅。且看胜败如何？……（《乐毅图齐七国春秋后集》）

> ……按《汉书》云：吕后送高皇回来，常思斩韩信之计，中无方便："若高皇征陈豨回来，必见某过也。"吕后终日不悦。驾去早经二月有余，令左右请萧何入内。吕后问丞相曰："高

皇出征临行,曾言,子童与丞相同谋定计,早获斩韩信,要其怨过。"问:"丞相有计么?"萧何闻言,心中大惊,暗思:"韩信未遇,吾曾举荐他挂印,东荡西除,亡秦灭楚,收伏天下。今一统归于刘氏,今作闲人,坐家致仕,今亦要将韩信斩首,吕后逼吾定计,不由吾矣。实可伤悲!韩信好昔哉!"萧何哽咽未对。吕后大怒曰:"丞相不与朝廷分忧,到与反臣出力,尔当日三箭亦保韩信反乎?"萧何急奏曰:"告娘娘,与小臣三日暇限,于私宅中思计如何?"太后准奏。还于私宅,闷闷而不悦。升坐片间,有左右人来报,楚王下一妇人名唤青远,言有机密事要见相公。萧何曰:"唤来。"青远叩厅而拜:"告相公,妾有冤屈之事。韩信教唆陈豨告反,却把妾男长兴杀了。因此妾告状相公。"萧何听妇人言其事,諕得萧何失色。暗引妇人青远入内见太后。萧相言其韩信教唆陈豨谋反。吕后大惊,问萧何如何。萧相言:"牢中取一罪囚,貌相陈豨,斩之。将首级与使命,于城外将来,诈言高皇捉讫陈豨斩首,教他将头入宫。韩信闻之,必然忧恐。更何说韩信入宫,将他问罪,与妇人青远对词证之。"太后曰:"此计甚妙。"……(《前汉书续集》)

有张飞遂问玄德:"哥哥因何烦恼?"刘备曰:"令某上县尉九品官爵。关、张众将一般军前破黄巾贼五百余万。我为官,弟兄二人无官,以此烦恼。"张飞曰:"哥哥错矣!从长安至定州,行十日不烦恼,缘何参州回来便烦恼?必是州主有甚不好。哥哥对兄弟说。"玄德不说。张飞离了玄德,言道:"要知端的,除是根问去。"去于后槽根底,见亲随二人便问。不肯实说。张飞闻之大怒,至天晚二更向后,手提尖刀,即时出尉司衙。至州衙后,越墙而过。至后花园,见一妇人。张飞问妇人:"太守那里宿睡?你若不道,我便杀你。"妇人战战兢兢,怕怖,言:"太守在后堂内宿睡。""你是太守甚人?""我是太守拂床之人。"张飞道:"你引我后堂中去来。"妇人引张飞至后堂。张飞把妇人杀了,又把太守元峤杀了。有灯下夫人忙叫道:"杀人贼!",又把夫人杀讫。……(《三国志平话》)

《五代史平话》凡十卷,每史为二卷,称为《梁史平话》、《唐史平话》等。但此五史皆出于一人之手,故其文字前后一致。每史前各有细目,但书中则不复注明如《三国志平话》及《西游记》。《梁史平话》始于开辟,次略叙历代兴亡之事,其叙三国事,则云:

> ……刘季杀了项羽,立着国号曰汉,只因疑忌功臣,如韩王信、彭越、陈豨之徒,皆不免族灭诛夷。这三个功臣抱屈衔冤,诉于天帝,天帝可怜见三个功臣无辜被戮,令他每三个托生做三个豪杰出来:韩信去曹家托生做着个曹操,彭越去孙家托生做着个孙权,陈豨去那宗室家托生做着个刘备。这三个分了他的天下……三国各有史,道是《三国志》是也。……

此处所云,虽与《三国志平话》开首所叙略异,如《三国志》以为英布托生为孙权,彭越托生为刘备,而无陈豨,但由是可见此说实根据于《三国志平话》,而可以用为此书实较《三国志》后出的证明。其投生人名歧异之故,想因作者于写此书时未翻原文而仅凭记忆所致。书的开端将梁以前各代均叙完,始乃述及梁事。唐以下各史,便自为起讫,不及古代。今本《梁史平话》、《汉史平话》皆缺下卷,《周史平话》末亦有缺文。全书叙事,繁简颇不同。大抵史上大事,就无甚发挥,一涉细事,便多增饰之语。又如唐人"变文",好用骈语,间杂诗句,作诙谐之词,以博一笑。如叙黄巢下第,与朱温等为盗,将劫侯家庄马评事时途中光景:

> ……黄巢道:"若去劫他时,不消贤弟下手,咱有桑门剑一

口,是天赐黄巢的。咱将剑一指,看他甚人,也抵敌不住。"道罢便去,行过一个高岭,名做悬刀峰,自行了半个日头,方得下岭,好座高岭!是:根盘地角,顶接天涯,苍苍老桧拂长空,挺挺孤松侵碧汉,山鸡共日鸡齐斗,天河与涧水接流,飞泉飘雨脚廉纤,怪石与云头相轧。怎见得高?几年撺下一樵夫,至今未曾撺到底。

　　黄巢兄弟四人过了这座高岭,望见那侯家庄。好座庄舍!但见:石惹闲云,山连溪水,堤边垂柳,弄风袅袅拂溪桥,路畔闲花,映日丛丛遮野渡。那四个兄弟望见庄舍远不出五里田地,天色正晡,同入个树林中躭了,待晚西却行到那马家门首去。……(《梁史平话》卷上)

《宣和遗事》四卷,或分前后二集。世人都以为宋人作,鲁迅以为:"文中有吕省元《宣和讲篇》及南儒《咏史诗》,省元南儒皆元代语,则其书或出于元人,抑宋人旧本,而元时又有增益,皆不可知。"全书系节抄旧籍而成,故前后文体不相类。始于称述尧舜而终以高宗的定都临安,按年演述,若史籍中的编年体。考其文字及所叙事迹,可分全书为十节:一、叙历代帝王荒淫之失;二、叙王安石变法之祸;三、叙王安石引蔡京入朝,至童贯蔡攸巡边;四、叙梁山泺宋江等英雄聚义的本末;五、叙徽宗幸李师师家,曹辅进谏及张天觉隐去;六、叙道士林灵素的进用及其死葬之异;七、叙京师腊月预赏元宵及元宵看灯的繁华盛景;八、叙金人来运粮,以至京城失陷;九、叙徽钦二帝北行的痛苦和屈辱;十、叙高宗定都临安。末二节即删节《南烬纪闻》、《窃愤录》及《续录》而成,故文字无甚差异。最可注意的是第四节所叙梁山泺故事,是后来《水浒传》的祖本。胡适以为看《宣和遗事》,便可看见一部缩影的"《水浒》故事"。他又把《宣和遗事》中的《水浒》故事分为六段:

一、杨志、李进义(后来作卢俊义)、林冲、王雄(后来作杨雄)、花荣、柴进、张青、徐宁、李应、穆横、关胜、孙立,十二个押送"花石纲"的制使,结义为兄弟。后来杨志在颍州阻雪,缺少旅费,将一口宝刀出卖,遇着一个恶少,口角厮争。杨志杀了那人,判决配卫州军城。路上被李进义、林冲等十一人救出去,同上太行山落草。

二、北京留守梁师宝差县尉马安国押送十万贯的金珠珍宝上京,为蔡太师上寿。路上被晁盖、吴加亮、刘唐、秦明、阮进、阮通、阮小七、燕青等八人用麻药醉倒,抢去生日礼物。

三、"生辰纲"的案子,因酒桶上有"酒海花家"的字样,追究到晁盖等八人。幸得郓城县押司宋江报信与晁盖等,使他们连夜逃走。这八人连结了杨志等十二人,同上梁山泊落草为寇。

四、晁盖感激宋江的恩义,使刘唐带金钗去酬谢他。宋江把金钗交给娼妓阎婆惜收了。不料被阎婆惜得知来历,那妇人本与吴伟往来,现在更不避宋江。宋江怒起,杀了他们,题反诗在壁上,出门跑了。

五、官兵来捉宋江,宋江躲在九天玄女庙里。官兵退后,香案上一声响喨,忽有一本天书,上写着三十六人姓名。这三十六人,除上文已见二十人之外,有杜千、张岑、索超、董平都已先上梁山泊了;宋江又带了朱仝、雷横、李逵、戴宗、李海等人上山。那时晁盖已死,吴加亮与李进义为首领。宋江带了天书上山,吴加亮等遂共推宋江为首领。此外还有公孙胜、张顺、武松、呼延绰、鲁智深、史进、石秀等人,共成三十六员(宋江为帅,不在天书内)。

六、宋江等既满三十六人之数,"朝廷无其奈何",只得出榜招安。后有张叔夜"招诱宋江和那三十六人归顺宋朝,各受武功大夫诰勅,分注诸路巡检使去也。因此三路之寇悉得平定,后遣宋江收方腊,有功,封节度使"。(见《胡适文存》卷三

《水浒传考证》）

宋遗民龚圣与作《宋江三十六人赞》，其姓名已与此不同。此书的吴加亮、李进义、李海、阮进、关必胜、王雄、张青、张岑，《赞》则作吴学究、卢进义、李俊、阮小二、关胜、杨雄、张清、张横。诨名亦有不同。由是可见圣与的《赞》与后来的《水浒传》中的人名最接近，而《宣和遗事》当作在圣与之前。可为《宣和遗事》为宋人所作添一证据了。

兹录关于李师师事一段，以见此书作者写作技术的程度：

……天子出的师师门，相别了投西而去了。忽见一人从东而来，厉声高喝师师道："从前可惜与伊供炭米，今朝却与别人欢！"睁开杀人眼，咬碎口中牙，直奔那佳人家来。师师不躲。那汉舒猿臂，用手揪住师师之衣，问道："恰来去者，那人是谁？你与我实说！"师师不忙不惧，道："是个小大儿。"这人是谁？乃师师结发之婿也，姓贾，名奕，先文后武，两科都不济事，后来为捉获襄甲县毕地龙刘千，授得右厢都巡官带武功郎。那汉言道："昨日是个七月七节日，我特地打将上等高酒来，待和你赏七月七则个。把个门儿关闭闭塞也似，便是樊哙也踏不开。唤多时，悄无人应，我心内早猜管有别人取乐。果有新欢，断料必恰来去者。那人敢是个近上的官员？"师师道："你今番早子猜不着。官人你坐么。我说与你，休心困者。"

师师说到伤心处，贾奕心如万刀钻。

师师道："恰去的那个人，也不是制置并安抚，也不是御史与平章，那人眉势教大！"贾奕道："止不过王公驸马。"师师道："也不是。"贾奕道："更大如王公，只除是当朝帝主也。他有三千粉黛，八百烟娇，肯慕一匹人？"师师道："怕你不信。"贾奕道："更大如王公驸马，止不是宫中帝王。那官家与天为子，与万姓为王，行止处龙凤，出语后成敕，肯慕娼女？我不信。"师师道：

"我交你信。"不多时，取过那交绡直系来，交贾奕看。贾奕觑了，认的是天子衣，一声长叹，忽然倒地。不知贾奕性命如何？

三条气在千般用，一日无常万事休。

……（卷上）

第六章　明清通俗小说(一)

一　正统文学没落时代的社会状况

在中国政治史上许多开国的皇帝中,有两个著名的流氓出身的皇帝,一个是曾自称"无赖"的做保正出身的刘邦,一个是由牧猪奴出身而又做过和尚的朱元璋。在这里把他们这样提出,并不含有"瞧不起"的意思。本来,"将相本无种","天下者,非一人之天下也",皇帝谁都可以做得。但因为他们二人在开国之后的种种举动如出一辙,如他们的轻视"智识阶级",杀戮"开国功臣",多少都予人以不快之感。他们靠着"智识阶级"的出智谋,"开国功臣"的用气力,造就了一个可以传之万世的天下,本来有功该赏,却反去杀戮他们,在理自然是欠当的。可是这正是他们惯使的流氓手段的十足的表现。你们没有看见在城镇市集中的十字街头,不也有几个穿着大袖袍子的无业英雄,有时却仗义替人"打抱不平"。同时他们却在开赌、贩私、拐卖人家的妇女小孩。你碰了他,不客气,给你颜色看看,一顿毒打是小事,就是打死了也拚着吃官司,好在管理刑事的官吏都是他们的同产弟兄。大概因了这些"智识阶级"、"开国功臣"起先确是出力过而使他感激的,但到了后来太平年头儿,不免"饱暖思淫欲",在胡言乱道中得罪了他们所拥护的主人翁,就是所谓"碰了他",哼,那就不念什么功不功,要给颜色你看看了。

明太祖在建国后的第三年,曾大封功臣,这也是开国之君应有的文章。但到了明年,一个"识相"的左相李善长就致仕。又过了四年,就是洪武八年,就来了一个好听的名儿,"赐德庆侯廖永忠死"。十二年,丞相汪广洋以欺罔赐死。十三年,丞相胡惟庸以谋反伏诛。二十三年,赐韩国公李善长死,可见他虽已致仕,还是逃避不过。二十六年,赐凉国公蓝玉死。二十七年,赐颖国公傅友德死。二十八年,赐宋国公冯胜死。……好了,这样赐死下去,又加了阎王在阴间的邀请,功臣自然不完自完了。从此以后,这产业都是我的了,再也不会有人敢看相他的了。你们读了《三国志演义》,这其中卖草鞋出身的蜀帝刘备和他两个也是低微出身的弟弟何等义气? 关羽不惜舍弃了曹操给他的斗大的黄金印去找他不知去向的哥哥,张飞为了报关羽的仇竟至伤了生命,就是刘备也为了报关羽的仇而死在白帝城的。《水浒传》中的梁山泊的首领押司出身的宋江待人又是何等仁义?"来时三十六,去时十八双;若还少一个,定是不还乡"(借用《宣和遗事》宋江题旗语),真可算得义重如山了。这样的事实,写给朱元璋看了,都要使他惭杀羞杀。原来《三国志演义》和《水浒传》的作者,虽然用的都是旧的材料,可是他们笔锋特别着重所在,却都不是无的放矢的。

太祖没后,又来了一套"燕王靖难"的故事,这故事却造成了后来的二部讲史——《承运传》和《续英列传》。但建文帝的出亡没有下落,究竟使成祖不放心,不能不使人到海外去踪迹,于是有郑和下西洋之举。为了这件事所起的种种传说,又使后来产生了《三宝太监下西洋记》那部通俗演义。永乐十八年,蒲台民妇唐赛儿起事,史上说她以幻术聚众,攻下莒、即墨,围安邱,政府命安远侯柳升往剿,中计而败;但后来为卫青、王真所平,而赛儿卒不获。升忌青功,反加以摧辱。这个故事既与宋王则之乱相似,而唐赛儿的不获,在民间一定会有许多关于她的神奇故事流传。但这是当时的实事,中间又有忌功之事发生,直写了不免有种种不便,于是又把来移写了一部《三遂平妖传》,而所谓"三遂",他们却是和衷共济,不相嫉忌的。其用意正和《三国志演义》与《水浒传》的作者相同。

因此，大家都以《三遂平妖传》为罗贯中作，我却以为大有可以斟酌的余地。

明人既逐元人北去而有天下，可是元人依旧在蒙古做着皇帝，其势力也仍不弱。成祖靠了宦官的探听及报告京师虚实成了功，就创立东厂叫他们专刺探外事，于是宦官有了政治地位。英宗时，宠用司礼太监王振。振好用兵，适瓦剌入寇，振就怂恿英宗亲征，遂为也先所获。这个事实在当时自是骇动听闻。后来赖于谦的调度，卒战退也先，英宗得还。但在英宗复辟的那年，反将于谦杀了。这冤狱哪里会使当时人心服？这样《精忠说岳传》一流的小说自然又要借题发挥了。而《于少保萃忠全传》则竟直写其事。

英宗复辟后，仍信任太监，叫他们各处去探事，弄得敲诈官吏，诬害平民，天下大受其害。宪宗立，又宠任太监汪直，屡兴大狱。至武宗时，又信太监刘瑾，所造成的罪恶尤难指数。所以在后来的《正德游江南传》、《白牡丹传》一流书中对刘瑾大肆攻击。但武宗的好淫逸，也是当时实事。在王阳明平定宸濠之役，他反借亲征之名，到南京游玩了一趟。许多关于他的淫艳故事的产生，大约都是他这次游玩出来的。明代太监的专横，终竟造成了后来魏忠贤的大变，因此使明代走上了亡国之途。关于魏忠贤事，也有许多小说如《斥奸书》、《中兴圣烈传》、《警世阴阳梦》、《梼杌闲评》等在叙写着。

看了以上所述，讲史所以兴起及盛行之故，可以不言而明。但明代又有大批"灵怪"小说产生，它也有原因可寻。吾们只要看看明代道佛二教的社会势力如何。

明代在开国之初，对佛道二教没有歧视。后来因政治关系，对喇嘛僧稍予优待。天顺、成化间，胡僧颇占优势，佛教徒假借余光，其势力在道教之上。武宗极喜佛教，自列西番僧一同呗唱，至托名大庆法王，铸印赐诰命。到了嘉靖时，世宗信道教，初用侍郎赵瑛言，刮武宗所铸佛镀金一千三百两。又用真人陶仲文等，天天在西苑玄修作醮，求延年永命。一般方士偶献一二秘方，便承宠遇。诸臣入直者往往以青词称意，不次大拜。当时已有《青词宰相传》小说讥刺其事。四方献灵芝、白鹿、白鹊、丹砂无虚日，廷臣亦天天讲符瑞，报祥异，其盛况不下于《汉武洞冥记》之写汉武时代。当时道士遍天下，其领袖甚至封侯伯，位上卿。次下的亦封小官，凌视士人，擅作威福。一面则焚佛牙、毁佛骨、逐僧侣、没庙产、熔佛像，佛教真倒霉到极点。至万历时，又崇佛教，在京师建慈寿、万寿诸寺，富丽冠海内。又度僧为替身出家，其显赫比拟王公；又大开经厂，颁赐天下各名刹。在这佛道二教交替盛衰之际，他们的教徒必有言谈以各夸其教，这种夸教的故事，就来了扩大的《西游记》及《东游记》、《南游记》、《北游记》、《铁树记》、《飞剑记》、《咒枣记》等。而《西游记》所以成于嘉靖时，《东游记》等皆刊于万历时，《金瓶梅》中也多写道士设醮荐亡的事，其故皆可想而得。

语云：占风旗儿随风转。其实社会的眼睛也是很势利的。明代开国之君的出身既为流氓，那么社会对待流氓的态度自会因之变更。他们相信流氓也会做皇帝，于是他们也必得向他们捧。后来太监们也得势了，他们的出身是不容讳言的，决不是什么"世家之子"、"名门之后"。而他们势力之大，却远非"世家之子"、"名门之后"的在朝官吏可比。这样，民众又增多了一种阅历。流氓、无赖、破落户，他们的地位，一天一天高起来。他们一有机会，诸事都会得心应手，而他们也会穷奢极欲。他们不像那些从文词出身的官僚们，他们动称风雅，把淫欲的对象——一般被蹂躏的妇女们——表面上看顾得极好；而他们看中了女人只是要，不肯，用些小计儿也弄得到手；一到手，腻烦了，再来一个，有何不可！这正是流氓们的拿手好戏。看春画，吃春药，是连带着该有的事，就是当时皇帝也欢喜这些。成化时，方士李孜、僧继晓，就靠着献房中术进用。这样《金瓶梅》一流小说所写也都是当时的实情。就是《绣榻野史》、《闲情别传》、《如意君传》、《浪史》、《僧尼孽海》一流专写性欲的书,也是这个放纵淫逸的流氓社会所必有的产物。

在世宗时,大奸臣严嵩执政,同党的人夤缘为奸,政治的腐败,官僚的无耻,都成为民众诟骂的对象。像《金瓶梅》中所写西门庆一流人物,在这时都靠了他的金钱和手腕,接连着由下流社会爬进了衙门里,做了民众的统治者。一般有智识有志气的人都看不起他们,但哪里有办法!要骂,只好嘴里说,哪敢笔上写?在愤不可遏止时,偶然看到《水浒传》里所写的奸臣们,却有些儿貌似,于是把《水浒传》拿来增修一下,刻以行世,以当痛快的一骂。又把《水浒传》中一部分故事提出来,作成《金瓶梅》那样一部书,借了西门庆这一个名字,来痛骂一番那些由下流社会骤然爬进衙门里的流氓。

回转头来看看当时的文坛吧!这是一个正统文学诗文极衰颓的时代,而才子之多却可算得空前绝后,什么七才子、十才子、前五子、后五子、广五子、四才子,恐怕搔穿了头皮也不会记得清楚。而这些才子们,他们的拿手本领,第一是温存女性,第二是写或唱曲儿。有一点小天才的妓女被他们捧到天上,她们因此也知附庸风雅,动动笔儿。所以明代妓女能曲能诗的可以车载斗量,像所谓金陵十二钗,就为这时才子们所乐道。这些才子们偶然高兴,也会做一些惊人的怪事儿,像杨慎在泸州时,偶然醉了,面上敷了粉,头上打了个双丫髻,又插了花,叫他的门人抬了,许多妓女也捧着,游行城市;唐伯虎为了一个妓女桂华,不惜卖身作仆,和她连夜逃回;才子张灵,好扮乞丐向人求乞,终为了他所爱的佳人崔莹而死……才子这样追逐佳人,佳人亦因此不由不想才子。在这样的情形之下,自然会产生那些千篇一律的才子佳人书来。只是倒霉了那般妓女,她们被他们写入书中时,大都已变为名门闺女,而已不是朝秦暮楚的人物。大概这是受了当时理学盛行的影响。因为明时文学与理学截然分途,文学家却浪漫到极端,而理学家总是板着面孔说道话。文学家如以佳人属之妓女,那不该受理学家们的唾骂?才子是有智识的,他们就把来移花接木了。

看了前述种种,在这个正统文学没落时代,通俗小说的特别发达,自非无故。即正统文学的所以没落,我们只要认清楚了那位开国之君对待文人的态度,及历朝君王的推尊道释,就可明白缘故。所以明代小说发达的历史背景,几全和元代的戏曲一样。他们在写作时不过是作为消遣,或为了生活(明代书贾有请人编小说刻卖的),但不为名。因为他们知道只有正统文学可博到名,所以所有作品大都不署真姓名。明代的"四大奇书",《三国志演义》与《水浒传》的作者,却只能当它是一种传说;《西游记》作者的姓名在明代知者极少;《金瓶梅》是四部中一部最能表现明代社会的书,但它的作者,在最近也仅发现它的一个别号——笑笑生。其他自郐而下,自更不必说了。

二　四大奇书(一)

所谓明人所作的"四大奇书"——《三国志通俗演义》、《忠义水浒全书》、《西游记全传》、《金瓶梅词话》——以它们流行在明清二代社会上的势力言,实居"四大"之名而无愧。胡适尝竭力称道《三国志演义》,说它"是一部绝好的通俗历史,在几千年的通俗教育史上,没有一部书比得上它的魔力。五百年来,无数的失学国民从这部书里得着了无数的常识与智慧,从这部书里学会了看书写信作文的技能,从这部书里学得了做人与应世的本领……"如移以作此"四大奇书"的总赞,除去《金瓶梅》在清代受禁止而读者较少外,亦都颇确当。

这四部奇书,除《水浒》中尚偶存话本的形式外,余皆一望即知出于文人手笔。但以材料言,则除《金瓶梅》所写世情大都取型当代,余三书皆仅将宋元传来的话本或传说加以扩大。故以材料评四大奇书,四大奇书实皆不奇;而所奇者乃在描摹人物的细腻,叙事抒意的曲折周到,遣辞造句的流利通畅,为前此作品所未有。然以此项标准以评四书,那么《金瓶梅》自当列之"班首",而《三国志》只好做它们的"殿军"了。

它们产生的时代,彼此亦相差甚远。《三国志》、《水浒》产生于元、明之间,而《西游记》、《金瓶梅》则产生于嘉靖年间。其作者今仅知作《西游记》的为吴承恩,其他三书,《金瓶梅》不知作者真姓名,《三国志》、《水浒》的作者相传为施耐庵,亦云罗贯中,或曰施作罗续,尚在迷离惝恍之中,无从决定。以产生时代的先后关系,本节先述《三国志》,依次再及《水浒》等三书。

施耐庵为何人?在昔却没有人去追究。自白话文运动胜利,通俗小说也被列入文学作品之林,于是就有人起而作研考。其结果,有"考据癖"的胡适,竟说他是子虚乌有之流,不免令人失望。吴梅说他就是施君美,也少确证。大约在距今一二年前,有一位胡瑞亭先生,他到江北去调查户口,"至东台属之白驹镇,有施家桥者,见其宗祠中所供十五世祖讳耐庵,心窃疑焉。询其族裔,乃悉即著《水浒》之施耐庵。更索观族谱,得耐庵小史,暨残零之墓志"。于是始知施耐庵确有其人。就胡氏所述,可知耐庵(约一二九〇——一三六五间在世)名子安,元末淮安人,曾官钱塘,不得志而去。张士诚征之不起。士诚败时,他已死了,年七十五岁。他的著述,除《水浒》外,尚有《志余》、《三国志演义》、《隋唐志传》、《三遂平妖传》等。罗贯中确为其门人,曾做过他著述的帮手。(以上据于时夏《水浒传的作者》一文。)《澄江旧话》也说耐庵为东台人,曾在江阴徐姓当过塾师,《水浒》即作于徐府上。至罗贯中(约一三六七前后在世)的生平,则知者较少,他的名字、里籍也不一其辞,或说他名本,字贯中,东原人,或作武林人、庐陵人,其名或有作牧,也有作木的。但明初人贾仲名的《续录鬼簿》(这也是部新发现的书)里却说:"罗贯中,太原人,号湖海散人。与人寡合。乐府隐语,极为清新。与余为忘年交,遭时多故,天各一方。至正甲辰(一三六四)复会。别后又六十余年。竟不知所终。"这段话自较诸说可靠。周亮工本来说他是洪武时人(《书影》),由此可以证实。他既是位不得志的人,所以与施耐庵为同道,而也没有做过官。他曾做过许多杂剧,所以他的名字知者较多。他和耐庵既皆有其人,且有师生关系,那么《三国志》和《水浒》在二人中是谁所作,这个问题可以不必提出。况且我们本来仅当它是一种传说观的。

三国故事在唐、宋时已为说话人取为题材,已见前述。及《三国志平话》出世,乃始有了文字的刻本。《三国志通俗演义》系《平话》的扩大自不必说,但也经过后人的增润修改。今本称为第一才子书的,乃清人毛宗岗所改,但与原文相差还不远。它和《平话》的最大不同,乃在将《平话》开首司马仲相断狱一事删除,辟除果报之谈,而使成为纯粹的历史小说。其他不同者尚有数点:一、削去了《平话》中许多荒诞不经的事实,如曹操劝献帝让位于其子曹丕,刘备到太行山中落草为寇等。二、增加了《平话》上所没有的许多历史上的真实材料,如何进诛宦官,祢衡骂曹操,曹子建七步成诗等。三、增加了《平话》上所没有的许多诗词、表札。四、改写了平话上许多不经的记载,如《平话》叙张飞拒曹操于长板桥,大喊一声,桥竟为之断,此实万无此理之事,故此书改作惊破了夏侯杰的胆。五、保存了《平话》的叙述,加以润饰、改作,往往放大到五六倍,使枯瘠的记载成为丰赡华腴的描写。

现在所知的《三国志演义》的版本很多,最不同的有三种:第一种就是明弘治刊本《三国志通俗演义》,明末李卓吾的评本亦即此本。全书分二十四卷,每卷分十大段,每段有一题目,共二百四十目,题目语句亦参差不齐,和当时其他讲史相同,这当是最古的一本。第二种是清康熙时毛声山的删改评定本,也就是现代最通行的一本。他不仅加上许多金圣叹式的批评,且把回目整理过,成为很工整的对偶句子,并为一百二十回,把内容也整理过,去其背谬,加入不少新的材料。在当时,因毛氏改动原本过甚了,于是复有不满意于他的改正本者出来,略将旧本改动一下来付印。这便是第三种本子《笠翁评阅第一才子书》。此本的式样,完全同卓吾批评本,回目也是参差不齐的,每回也是分为二段的。不过文字略有改动,改去了许多不通的句子。这是力求少改动原文的,所以非至万不得已不肯轻易更改。可惜,第一种今尚有影印本,而第三种则在国内或已成绝本了! 明人曾把卓吾评的《水浒》和《三国志》合刻在一起,每页上半页为《水浒》,而下半页为《三国志》,改名为《英雄谱》。清初亦刻《英雄谱》,却用毛本《三国志》以代了卓吾的评本。兹举书中最精彩的"关云长义释曹操"一段于后:

......华容道上,三停人马,一停落后,一停填了沟壑,一停跟随曹操。过了险峻,路稍平安,操回顾止有三百余骑随后,并无衣甲袍铠整齐者。......又行不到数里,操在马上加鞭大笑。众将问丞相笑者何故。操曰:"人皆言周瑜诸葛亮足智多谋,吾笑其无能为也。今此一败,是吾欺敌之过,若使此处伏一旅之师,吾等皆束手受缚矣。"言未毕,一声炮响,两边五百校刀手摆开,当中关云长提青龙刀,跨赤兔马,截住去路。操军见了,亡魂丧胆,面面相觑,皆不能言。操在人丛中曰:"既到此处,只得决一死战。"众将曰:"人纵然不怯,马力乏矣,战则必死。"程昱曰:"某素知云长傲上而不忍下,欺强而不凌弱,人有患难,必须急之,仁义播于天下。丞相旧日有恩在彼处,何不亲自告之,必脱此难矣。"操从其说,即时纵马向前,欠身与云长曰:"将军别来无恙?"云长亦欠身答曰:"关某奉军师将令,等候丞相多时。"操曰:"曹操兵败势危,到此无路,望将军以昔日之言为重。"云长答曰:"昔日关某虽蒙丞相厚恩,曾解白马之危以报之矣。今日奉命,岂敢为私乎?"操曰:"五关斩将之时,还能记否? 古之大丈夫处世必以信义为重。将军深明《春秋》,岂不知庚公之斯追子濯孺子者乎?"云长闻知,低首不语。当时曹操引这件事来说,云长是个义重如山之人,又见曹军惶惶,皆欲垂泪,云长思起五关斩将放他之恩,如何不动其心。于是把马头勒回,与众军曰:"四散摆开!"这个分明是放曹操的意思。操见云长回马,便和众将一齐冲将过去。云长回身时,前面众将已自护送曹操过去了。云长大喝一声,众皆下马,哭拜于地。云长不忍杀之,正犹豫中,张辽骤马而至。云长见了,又动故旧之情,长叹一声,并皆放之。后人史官有诗赞曰:

> 彻胆常存义,终身思报恩,威风齐日月,名誉震乾坤,忠勇高三国,神谋陷七屯,至今千古下,军旅拜英魂。(第五十回下)

称为《三国志演义》续书有三种:一名《三国志后传》凡十卷一百三十九回,明失名撰。一名《三国志演义续编》,真名实为《石珠传》,清梅溪遇安氏著,共三十回,叙仙女石珠事,而时代适续前书,故以为名。一名《后三国志》,实即《东西晋演义》,明失名撰,体例似《平话三国志》,叙西晋全代,而东晋仅叙至建国即止。我平常很怀疑他的内容有二书,一即此书,一为《东西汉演义》。《东西汉》的原本也只分段而不称"回",西汉只叙至全国统一,而东汉却由立国叙至东汉亡国,中间无故缺去西汉立国后全代的史实,实在太无理由。

称为施耐庵或罗贯中作的《隋唐志传》,它的原本亦不可见。今有伪托正德时林瀚(字亨大,闽县人,由进士官至兵部尚书)重编的《隋唐两朝志传》一百二十二回,其序中自言得到罗贯中原本,重编为十二卷。孙楷第以为系改嘉靖时熊大木所编《唐书志传通俗演义》而成。《唐书志传》凡八卷九十节,所演以太宗为主,故书终于征高丽,以"坐享太平"结束。《隋唐两朝志传》于九十二回后增补高宗以下事,至僖宗而止,而文甚草率。又有《隋史遗文》十二卷六十回,系袁于令(字令昭,号箬庵,吴县人,官至荆州守,约卒于一六七四,年七十以外)取市人话本稍加增改而成。又有《隋炀艳史》八卷四十回,署"齐东野人编演",专叙炀帝一生的放荡行为,书出于崇祯时,大概是受到《金瓶梅》的影响而作。清褚人穫(字稼轩,号石农,长洲人,约一六八一前后在世)取以上三书,合并删改为《通俗隋唐演义》二十卷一百回,今最盛行。但其书中止于元宗之卒,似又失却了讲史的意义。全书大意,为隋主伐陈,周禅位于隋,隋炀帝穷奢极侈,乃亡于唐。后来武后称尊,明皇幸蜀,杨妃死于马嵬。既复两京,明皇退居西内,令道士求杨妃魂,得见张果,因知明皇与杨妃为炀帝与朱贵儿后身。这样的叙述,似乎专为写明皇和杨妃的两世姻缘,主意不在讲两朝史实,不是失去了讲史的意义吗?但中间写隋唐间英雄,如秦琼、窦建德、单雄信、尉迟恭、花木兰等,皆能有色有声。全书取材,除正史外,唐宋传奇、元明戏曲,莫不采取,故叙述多有来历,不亚于《三国志演义》。然文中亦偶好作嘲戏之词,似宋人话本:

> 一日玄宗于昭庆宫闲坐,禄山侍坐于侧旁,见他腹过于膝,因指着细说道:"此儿腹大如抱瓮,不知其中藏的何所有?"禄山拱手对道:"此中并无他物,惟有赤心耳。臣愿尽此赤心,以事陛下。"玄宗闻禄山所言,心中甚喜。那知道:人藏其心,不可测识。自谓赤心,心黑如墨。
>
> 玄宗之待禄山,真如腹心。安禄山之对玄宗,却纯是贼心狼心狗心,乃真是负心丧心。有心之人,方切齿痛心,恨不得即剖其心,食其心,亏他还哄人说是赤心。可笑玄宗还不觉其狼子野心,却要信他是真心,好不痴心。闲话少说。且说当日玄宗与安禄山闲坐了半晌,回顾左右,问妃子何在。此时正当春深时候,天气尚暖,贵妃方在后宫坐兰汤洗浴。宫人回报玄宗说道:"妃子洗浴方完。"玄宗微笑说道:"美人新浴,正如出

水芙蓉。"令官人即宣妃子来,不必更洗梳妆。少顷,杨妃来到。你道她新浴之后,怎生模样? 有一曲黄莺儿说得好:

> 皎皎如玉,光嫩如莹,体愈香,云鬟慵整偏娇样。罗裙厌长,轻衫取凉,临风小立神驼宕。细端详:芙蓉出水,不及美人妆。(第八十三回)

旧本《说唐全传》,亦题罗贯中编。今本《说唐》共分二部:前半曰《说唐前传》,凡六十八回,始自隋文帝即位,终于唐代统一,有单行本。后半曰《说唐后传》,又分为《说唐小英雄传》、《说唐薛家府传》两部分。《小英雄传》凡十六回,单行本名《罗通扫北》;《薛家府传》凡四十二回,单行本名《征东全传》。续此书的有二种:一为《异说后唐传三集薛丁山征西樊梨花全传》,凡八十八回,和《前传》、《后传》都题姑苏莲如居士编。居士乾隆时人,当为根据罗氏原本而加以扩大的。此三书最流行于社会。一为《续隋唐演义》凡四十回,始于丁山征西,余和今本《隋唐演义》后数十回的回目文字都相同。它的出世较晚,当为妄人割裂上列诸书而成。又有《残唐五代史演传》六十则,署"东原贯中罗本编辑",其书内容反较《五代史平话》简陋,而分量亦反见减少,更为出于伪托无疑。

此外明人所作讲史,有《封神演义》一百回,署许仲琳撰。仲琳(约一五六六前后在世)名不详,号钟山逸叟,南京应天府人。书盖据宋元人所著《武王伐纣书》平话而加以廓大,其关系犹之《三国志演义》和《三国志平话》。首叙纣王进香女娲宫,题诗亵神,神因命三妖惑纣以助周。第二至三十回杂叙纣王暴虐,姜尚出山,文王脱祸,黄飞虎反商,以成商周交战之局。其中写哪吒出世一段,对于父子纲常观念颇加攻击。但后来写殷郊时,却说他反周助纣,而与《武王伐纣书》相反,令人莫解其故。三十回后叙商兵伐西岐,六十七回后叙周兵伐商,其中神佛错出,助周的为阐教,助商的为截教,各用道术,互有死伤,而截教终败。于是纣王自焚,子牙斩将封神,

武王分封列国以报功臣,全书乃告终。今录其第十四回《哪吒现莲花化身》中哪吒报李靖毁打泥身的事一段:

　　话说哪吒来到陈塘关,径进关来,至帅府大呼曰:"李靖早来见我。"有军政官报入府内:"外面有三公子,脚踏风火二轮,手提火箭枪,口称老爷姓讳,不知何故? 请老爷定夺。"李靖喝曰:"胡说! 人死岂有再生之理!"言未了,只见又一起人来报:"老爷如出去迟了,便杀进府来。"李靖大怒:"有这样事!"忙提画戟,上了青骢,出得府来,见哪吒脚踏风火二轮,手提火尖枪,比前大不相同。李靖大惊,问曰:"你这畜生! 你生前作怪,死后还魂,又来这里缠扰。"哪吒曰:"李靖,我骨肉已交还与你,我与你无相干碍。你为何往翠屏山,鞭打我的金身,火烧我的行宫? 今日拿你报一鞭之恨。"把枪紧一紧,劈面刺来。李靖将画戟相迎,轮马盘旋,戟枪并举。哪吒力大无穷,三五合,把李靖杀的马仰人翻,力尽筋输,汗流脊背。李靖只得望东南逃走。哪吒大叫曰:"李靖休想今番饶你! 不杀你,决不空回!"往前赶来。不多时,看看赶上,哪吒的风火轮快,李靖马慢。李靖心下著慌,只得下马借土遁去了。哪吒笑曰:"五行之术,道家平常,难道你土遁去了,我就饶你!"把脚一蹬,驾起风火二轮,只见风火之声,如飞云掣电,望前追赶。李靖自思:"今番赶上,一枪被他刺死,如之奈何!"李靖见哪吒看看至近,正在两难之际,忽然听得有人作歌而来:

　　清水池边明月,绿杨堤畔桃花。别是一般清味,凌空几片飞霞。

李靖看时,见一道童顶著发巾,道袍大袖,麻履丝绦,原来是九公山白鹤洞普贤真人徒弟木吒是也。木吒曰:"父亲,孩儿在此。"李靖看时,乃是次子木吒,心下方安。哪吒驾轮正赶,见李靖同一道童讲话,哪吒向前赶来。木吒上前大喝一声:"慢来！你这孽障！好大胆子！杀父忤逆乱伦！早早回去，饶你不死！"哪吒曰："你是何人？口出大言。"木吒曰："你连我也认不得！吾乃木吒是也。"哪吒方知是二哥，忙叫曰："二哥，你不知其详。"哪吒把翠屏山的事细细说了一遍："这个是李靖的是，是我的是？"木吒大喝曰："胡说！天下无有不是的父母。"哪吒又曰："剖腹剜肠，已将骨肉还他了，我与他无干，还有甚么父母之情？"木吒大怒曰："这等逆子！"将手中剑望哪吒一剑砍来。哪吒枪架住曰："木吒，我与你无仇，你站开了，待吾拿李靖报仇。"木吒大喝："好孽障，焉敢大逆！"提剑来取。哪吒道："这是大数造定，将生替死。"手中枪劈面交还，轮步交加，弟兄大战。哪吒见李靖站立一傍，又恐走了他。哪吒性急，将枪挑开剑，用手取金砖望空打来，木吒不提防，一砖正中后心，打了一交，跌在地下。哪吒登轮来取李靖，李靖抽身就跑。哪吒笑曰："就赶到海岛，也取你首级来，方泄吾恨！"李靖望前飞走，真似失林飞鸟，漏网游鱼，莫知东西南北。……

又有《盘古至唐虞传》二卷十四则，《有夏志传》四卷十九则，《有商志传》四卷十二则，《大隋志传》四卷四十六回，皆题"钟惺景伯父编辑"。惺(？——一六二五)字景伯，亦作伯敬，竟陵人，官至福建提学佥事。他好评刻诗文小说，故此四书皆托其名。《开辟衍绎通俗志传》六卷八十回，题"五岳山人周游仰止集"。游(约一六二八前后在世)生平无考。所叙自盘古开天辟地起，至周武王吊民伐罪止。《列国志传》八卷，一本作十二卷，余邵鱼撰。邵鱼(约一五六六前后在世)字畏斋，福建建阳人。此书后经冯梦龙改订为《新列国志》一百另八回，皆根据古籍，无一谰语。《列国志传》所有的什么临潼斗宝、鞭伏展雄诸无根故事，皆一扫而空，成为一部典雅的"讲史"。《孙庞斗志演义》二十卷，亦明人撰，作者无考。《全汉志传》十二卷，《唐书志传通俗演义》八卷,《宋传》、《宋传续集》共二十卷,《大宋中兴通俗演义》八卷八十则,皆熊大木撰。大木(约一五六一前后在世)字钟谷,福建建阳人。《全汉志传》分西汉东汉各六卷,在其后有《西汉通俗演义》八卷一百另一则,题"钟山居士建业甄伟演义";《东汉十帝二通俗演义》十卷一百四十六则,题"金川西湖谢诏编集"。《宋传》与《宋传续集》原题作《南北宋传》,南宋演太祖事,北宋演宋初及真宗、仁宗二朝事;后来的通行本《南宋飞龙传》与《北宋杨家将》,即为此二书的化身。《大宋中兴通俗演义》亦名《大宋中兴岳王传》,又名《武穆精忠传》,后经邹元标编订为《岳武穆精忠传》六卷六十八回,于华玉删为《岳武穆尽忠报国传》七卷二十八则。至现行本《说岳全传》二十卷八十回,乃清人钱彩(字锦文,仁和人)所编,以岳飞为大鹏临凡,秦桧为女土蝠转生,始见于此书。《隋唐演义》(非褚人穫作)十卷一百一十四节,作者无考,有徐文长序。《皇明开运英武传》(即《英烈传》)八卷,一本作六卷,演明开国事,相传为嘉靖时武定侯郭勋所作。《云合奇踪》八十回,亦题《英烈传》,署"徐渭文长甫编",即今通行本之《英烈传》。渭(一五二一——一五九三)字文长,一字文清,又字天池,自号青藤山人,山阴人。诗、文、戏曲、书、画皆工,知兵。不遇,佯狂以终。《承运传》四卷,记成祖靖难之役,作者无考。《续英烈传》五卷三十四回,一本作二十回,题"空谷老人编次",演建文逊国事。《于少保萃忠全传》十卷四十传,孙高亮(字怀石)撰。《王阳明先生出身靖难录》三卷,冯犹龙撰。《征播奏捷传通俗演义》六卷一百回,题"楼真斋名道狂客演",演李化龙平播酋杨应龙事。《魏忠贤小说斥奸书》四十回,题"吴越草莽臣撰"。《皇明中兴圣烈传》五卷,乐圣日(杭州人)撰,亦演忠贤事。《辽海丹忠录》八卷四十回,陆云龙撰。云龙字雨侯,浙江钱塘人。记明季辽东之役,以毛文龙为主。《平虏传》二卷二十则,题"吟啸主人撰",记崇祯初满州入犯事。

前述皆为明人"讲史"的作品,今所见者,已尽其十九。至清代而作者愈夥,但一味以接近史实为主,文字呆板不生动,作通俗历史观尚可,把它当作小说,却不能与前此所有的"讲史"并观了。

三　四大奇书(二)

《三国志演义》为"讲史书"的一种,这里所述的《忠义水浒传》,似属于宋人说话四家的"说铁骑儿",但在宋人作品中反少见。《水浒传》即叙宋江等聚义梁山泊的故事,《宣和遗事》只叙三十六人,这书却增多至一百另八人,姓名亦彼此间有不同。在描写的技术方面,较之宋人"话本"也有极大的进步。一百另八个人,写来个个都有个性,个个都有他的环境和不同的出身,而难得有重复的地方。此书完全为贪官污吏与不良政治的反响,所以处处表现出一种强毅的反抗的精神。读者试看,所谓一百另八个强盗,哪一个是甘心自愿上梁山入伙的? 每个都为到了"不得不"的地步,才走向"水浒"中去! 这是真正的平民文学! 这是一部平民对于贵族政治表示反抗精神的伟大的杰作,而且在当时也只有这样的一部杰作。

明代的《水浒传》原有繁简两本,繁本为嘉靖时人所作,增添最甚之处,为:一、征辽,二、征田虎、王庆,三、诗词。施、罗原本,始于洪太尉误走妖魔,而终于众英雄魂聚蓼儿洼;其间最大的战役,为曾头市、祝家庄,及与高太尉、童贯相抗;至招安后征讨方腊的一役,则众英雄在阵丧亡过半,不甚有生气。其中,征辽大约是嘉靖时加入的,征田虎、王庆的二段的加入则似乎更晚。此书不同的版本甚多,文辞亦多异同,可是原本却绝不可见。以回数多少言,有百回本,百十回本,百十五回本,百二十回本,百二十四回本。百回本仅有征辽、征方腊,而无征田虎、征王庆事。百十回、百十五回、百二十四回本则皆有征田虎、王庆事。百二十回本文辞几和百回本全同,惟另加入了二十回的征田虎、王庆事。此外,有残本名"新刻京本全像插增田虎王庆《忠义水浒全传》，亦上半页为插图，下半页为原文，形式似元刊本《三国志平话》，文辞和百十五回本几乎全同。观其书名，可为征田虎、王庆为原书所无之证明。但亦有征辽，那么离原本当然还远咧！诸本或署"东原罗贯中编辑"，或题"钱塘施耐庵的本，罗贯中编次"，亦署"施耐庵集撰，罗贯中纂修"，颇不一致。但今最盛行之本，为金人瑞所批改的七十回本，卷首有"楔子"一回；其书止于卢俊义梦一百另八人被张叔夜所擒杀。他以叙招安以后的事为罗贯中所续，且痛斥其非，又伪造一施耐庵之序，冠于卷首。此本与百二十回本的前七十回无甚异，金氏截取的底本，当即为百二十回本。后人又截取百十五回本的六十七回至结末，称为《后水浒》，又名《荡平四大寇传》，又名《征四寇》，初附刊于七十回本之后，后又单行。

《水浒传》的文笔，较《三国志》为大进步，其中保存土话尤多。对于人物的描写，其个性皆能活跃纸上，尤为特色。现录其第四十二回中李逵寻母一段：

……李逵怕李达领人赶来，背着娘，只奔乱山深处，僻静小路而走。看看天色晚了，李逵背到岭下，娘双眼不明，不知早晚。李逵却认得这条岭，唤做沂岭，过那边去，方才有人家。娘儿两个，趁着星明月朗，一步步挨上岭来。娘在背上说道："我儿，那里讨口水来我吃也好！"李逵道："老娘且待过岭去，借了人家安歇，做些饭吃。"娘道："我日中吃了些干饭，口渴得当不得。"李逵道："我喉咙里也烟发火出，你且等我背你到岭上，寻水与你吃。"娘道："我儿端的渴杀我也，救我一救。"李逵道："我也困倦得要不得。"李逵看看挨得到岭上松树边一块大青石上，把娘放下，插了朴刀在侧边，分付娘道："耐心坐一坐，我去寻水来你吃。"李逵听得溪涧里水响，闻声寻路去，盘过了两三处山脚，来到溪边，捧起水来，自吃了几口。寻思道："怎生能龅得这水去,把与娘吃?"立起身来,东观西望,远远地山顶上,见一座庙。李逵道:"好了!"攀藤揽葛,上到庵前,推开门看时,却是个泗州大圣祠堂,面前只有个石香炉。李逵用手去掇,原来是和座子凿成的。李逵拔了一回,那里拔得动?一时性起来,连那座子掇出前面石阶上,一磕,把那香炉磕将下来。拿了,再到溪边,将这香炉水里浸了,拔起乱草,洗得干净。挽了半香炉水,双手擎来,再寻旧路,夹七夹八,走上岭来。到得松树边石头上,不见了娘,只见朴刀插在那里。李逵叫娘吃水,杳无踪迹。叫了一声不应,李逵心慌,丢了香炉,定住眼四下里看时,并不见娘。走不到三十余步,只见草地上一团血迹。李逵见了一身肉发抖,趁着那血迹寻将去,寻到一处大洞口,只见两个小虎儿,在那里舐一条人腿。李逵把不住抖道:"我从梁山泊归来,特为老娘来取他,千辛万苦,背到这里,倒把来与你吃了!那鸟大虫,拖着这条人腿,不是我娘的是谁的?"心头火起,便不抖,赤黄须蚤竖起来,将手中朴刀挺起来搠那两个小虎。这小大虫被搠得慌,也张牙舞爪,钻向前来,被李逵手起,先搠死了一个,那一个望洞里便钻了入去,李逵赶到洞里,也搠死了。李逵却钻入那大虫洞内,伏在里面,张外面时,只见那母大虫张牙舞爪,望窝里来。李逵道:"正是你这孽畜吃了我娘!"放下朴刀,跨边掣出腰刀。那母大虫到洞口,先把尾去窝里一剪,便把后半截身坐将入去,李逵在窝里,看得仔细,把刀朝母大虫尾底下,尽平生气力,舍命一戳,正中那母大虫粪门。李逵使得力重,和那刀靶也直送入肚里去了。那母大虫吼了一声,就洞口带着刀跳过洞边去了。李逵却拿了朴刀,就洞里赶将出来。那老虎负痛直抢下山石岩下去了。李逵恰待要赶,只见就树边卷起一阵狂风,吹得败叶树木如雨一般,打将下来。自古道:"云生从龙,风生从虎。"那一阵风起处,星月光辉之下,大吼了一声,忽地跳出一只吊睛白额虎来。

那大虫望李逵势猛一扑，那李逵不慌不忙，趁着那大虫的势力，手起一刀，正中那大虫颔下。那大虫不曾再掀再剪，一者护那疼痛，二者伤着他那气管，那大虫退不觳五七步，只听得响一声，如倒半壁山，登时间，死在岩下。那李逵一时间杀了子母四虎，还又到虎窝里，将着刀，复看了一遍，只恐还有大虫，已无有踪迹。李逵亦困乏了，走向泗州大圣庙里，睡到天明。次日早晨，李逵却来收拾亲娘的两腿及剩的骨肉，把布衫包裹了，直到泗州大圣庙后，掘土坑葬了。李逵大哭了一场而去。……

清初有陈忱（约一六三〇前后在世）字遐心，一字敬夫，号古宋遗民，又号雁荡山樵，浙江乌程人。生平著作并佚，惟存《后水浒传》四十回，是续百回本的《水浒》而作。此书叙宋江死后，其余诸人助宋御金，然无功，李俊遂率众浮海，为暹罗国王。作者的精神，特别灌注在"勤王救国"和"诛杀奸臣"两件事上，所以写来额外的有声有色。我们一考作者的时代背景，便知他的用意所在。普通本因欲别于《征四寇》之续七十回本《水浒》，故题为《三续水浒》，又有题为《混江龙开国传》的。第二十四回写燕青入金营献黄柑青子于道君皇帝：

……道君皇帝一时想不起，问："卿现居何职？"燕青道："臣是草野布衣，当年元宵佳节，万岁幸李师师家，臣得供奉，昧死陈情，蒙赐御笔，赦本身之罪，龙札犹存。"遂向身边锦袋中取出一幅恩诏，墨迹犹香，双手呈上。道君皇帝看了，猛然想着，道："元来卿是梁山泊宋江部下。可惜宋江忠义之士，多建大功，朕一时不明，为奸臣蒙蔽，致令沉郁而亡，朕甚悼惜。若得还宫，说与当今皇帝知道，重加褒封立庙，子孙世袭显爵。"燕青谢恩唤杨林捧过盒盘，又奏道："微臣仰觇圣颜，已为万幸。献上青子百枚，黄柑十颗，取苦尽甘来的佳识，少展一点芹曝之意。"齐眉献上，上皇身边止有一个老内监，接来启了封盖。道君皇帝便取一枚青子纳在口中，说道："连日朕心绪不宁，口内甚苦，得此佳品，可以解烦。"叹口气道："朝内文武官僚世受国恩，拖金曳紫，一朝变起，尽皆保惜性命，眷恋妻子，谁肯来这里省视！不料卿这般忠义！可见天下贤才杰士原不在近臣勋戚中！朕失于简用，以致于此。远来安慰，实感朕心。"命内监取过笔砚，将手中一柄金镶玉把白纨扇儿，吊着一枚海南香雕螭龙小坠，放在红毡之上，写一首诗道："笳鼓声中藉毳茵，普天仅见一忠臣。若然青子能回味，大赉黄柑庆万春！"写罢，落个款道："教主道君皇帝御书。"就赐与燕青道："与卿便面。"燕青伏地谢恩。上皇又唤内监分一半青子黄柑："你拿去赐与当今皇帝，说是一个草野忠臣燕青所献的。"……两个取路回来，离金营已远，杨林伸着舌头道："吓死人！早知这个所在，也不同你来。亏你有这胆量！……我们平日在山寨，长骂他(皇帝)无道，今日见这般景象，连我也要落下眼泪来。"……

读了这段文字，我们也几乎要落下眼泪来！

又有清人俞万春(? ——一八四九)字仲华，别号忽来道人，山阴人。尝从父官粤，从征瑶民之变，有功议叙。后行医杭州，晚年皈依道释。他曾续七十回本《水浒》，作《结水浒传》七十回，结子一回，亦名《荡寇志》。立意和陈忱全相反，使梁山泊首领，非死即诛，而鬼魂仍镇之于石碣之下，以与七十回本之楔子相呼应。作者作此书，首尾共经二十二年，不曾修饰而去世。咸丰时，其子龙光为润饰修改，始刻而传世。书中精彩处，几超过于《水浒》，惟杂以道释二家之妄说，使全书减色不少。下列一段，乃写盗魁宋江的被擒：

……哥子道："运气来了，那里论得定？方才我听他的梦话，又听你说出他的面貌，这人定是宋江。端的十不离九。我到有个计较在此，我进去如此，你进去如此，管赚出他的姓名来。"两人计议停当，那兄弟便上了岸，哥哥便取了绳索，轻轻的走进舱内，将宋江一索捆了，便大叫兄弟快来。宋江梦中惊醒道："你们是什么人？怎么捆我？"那哥子喝道："咱老爷生在深江，一生只爱银钱，你问做甚，兄弟快来！"宋江急得极叫道："好汉，我身边银钱，尽行奉送，只求饶我。"那兄弟一面说，一面持火进来。宋江哀告饶命，那兄弟将火一照，忙叫："呵呀！哥哥休卤莽，不要伤犯好人。这位客官好像是及时雨忠义宋公明。"哥子道："胡说？忠义宋公明现在梁山做大王，今夜单身来此做甚？"宋江到得此际，不知虚实，想左右终是一死，因回忆那年浔阳江、清风岭等处，曾经遇着此等侥幸，今日说出姓名，或者尚有生路，便开言道："二位好汉，何处认识宋公明？"那兄弟道："哥哥快把绳索解了。你此番得罪了上天星宿，大有罪孽。"哥子道："且慢！你说他好像宋公明，到底是不是宋公明？万一不是宋公明，我两人着了这个鬼，倒是一场笑话。"宋江忙接口道："我真是宋公明。"那哥子道："客官，你休要冒认宋公明。宋公明现在梁山，堂堂都头领，单身到此做甚？"宋江道："不瞒二位说，我梁山被官军攻围甚急，十分难支，我想逃到盐山，重兴事业，路上怕人打眼，特拣僻路走，所以走到此处。今恳求好汉……"话未说完，那两人哈哈大笑道："你原来真是宋公明！你休要慌，那张经略大将军等你已久，我们一俟天明，便直送你到他营前。"宋江听了这话，方晓得着了他们的道儿，惊得魂飞天外。那两人便加了一道绳索，捆缚了他。宋江半晌定神，剪着两手，瞪着单眼，看那两人。那两人坐在舱内，讲不出那心中欢喜，笑嘻嘻的看那宋江。宋江叹一口气道："不料我宋江今日绝命于此！"便问那两人道：

"这里端的是甚么地方?"两人答道:"老实对你说,这里长清管下北境夜明渡。这里有件奇事,水中石壁,到五更时便放光明,因此唤作夜明渡。"宋江一听得夜明渡三字,便长叹一声道:"宋江该死久矣! 笋冠仙笋冠仙,我悔不听你言,致有今日也! 你那八句谶语,分明是'到夜明渡,遇渔而终'八个字,我迷而不悟,一至于此!"叹毕,一口气悔不转,竟厥了去。那两人忙替他揪头发,掐人中,摩胸膛,摆布了好一歇,方醒转来。那弟兄忙去烧口热茶与他吃了,各呆看了一回。天已黎明,宋江又开言问道:"你们二人,是甚名字?"那哥子笑着答道:"咱老爷三不改名,四不改姓,咱老爷姓贾,唤作贾忠。"——指那兄弟道:"这是咱兄弟,唤作贾义。"宋江听罢,又浩然长叹道:"原来我宋江死于假忠假义之手,罢了!"……(第一百四十回)

　　此外又有天华翁的《水浒后传》,叙宋江再生为杨幺,卢俊义为王魔,也是续百回本的。天华翁为何人,今不可考。

　　《三遂平妖传》为"灵怪传奇"的一种,既非讲史,亦非说铁骑儿,与施、罗其他诸作风格亦殊异。但与后来的《济公传》、《升仙传》等却是同类的作品。所谓原本的《三遂平妖传》,今犹传,凡四卷二十回,署"东原罗贯中编次"。书叙宋时贝州王则以妖术变乱事。《宋史》载则本涿州人,因岁饥流至恩州(唐为贝州),庆历七年,僭号东平郡王,改元得圣,六十六日而平。此书即本其事,首叙汴州胡浩得仙画,其妇焚之,因孕,生女永儿,有妖狐圣姑姑授以道法,遂能为纸人豆马。王则为贝州人,娶永儿,术人弹子和尚、张鸾、左黜皆来见,遂买军作乱。已而文彦博讨之,弹子和尚见则无道,化身诸葛遂智助文,马遂诈降,击破则唇使不能持咒,李遂又率掘子军作地道入城,乃擒则及永儿。建功的三人皆名"遂",故名《三遂平妖传》。今本《平妖传》凡十八卷,分四十回,系冯梦龙所补。前加十五回,始于盛传民间的《灯花婆婆》故事,中叙诸妖人之

炼法,其他五回则散入旧本各回间,多补述诸怪民道术。材料亦多取之旧籍,如杜七圣的幻术,即为唐人小说中所有:

　　杜七圣慌了,看着那看的人道:"众位看官在上,道路虽然各别,养家总是一般。只因家火相逼,适间言语不到处,望看官们恕罪则个。这番教我接了头,下来吃杯酒,四海之内,皆相识也。"杜七圣伏罪道:"是我不是了,这番接上了。"只顾口中念咒,揭起卧单看时,又接不上。杜七圣焦燥道:"你教我孩儿接不上头,我又求告你再三,认自己的不是,要你恕饶,你却直恁的无理。"便去后面笼儿内取出一个纸包儿来,就打开,撮出一颗葫芦子,去那地上,把土来掘松了,把那颗葫芦子埋在地下,口中念念有词,喷上一口水,喝声:"疾!"可霎作怪:只见地下生出一条藤儿来,渐渐的长大,便生枝叶,然后开花,便见花谢,结一个小葫芦儿。一伙人见了,都喝采道:"好!"杜七圣把那葫芦儿摘下来,左手提着葫芦儿,右手拿着刀,道:"你先不近道理,收了我孩儿的魂魄,教我接不上头,你也休想在世上活了!"看着葫芦儿,拦腰一刀,刹下半个葫芦儿来。却说那和尚在楼上,拿起面来却待要吃,只见那和尚的头从腔子上骨碌碌滚将下来。一楼上吃面的人都吃一惊,小胆的丢了面跑下楼去了,大胆的立住了脚看。只见那和尚慌忙放下碗和箸,起身去那楼板上摸,一摸摸着了头,双手捉住两只耳朵,掇那头安在腔子上,安得端正,把手去摸一摸。和尚道:"我只顾吃面,忘还了他的儿子魂魄。"伸手去揭起碟儿来。这里却好揭得起碟儿,那里杜七圣的孩儿早跳起来,看的人发声喊。杜七圣道:"我从来行这家法,今日撞着师父了。"……(第二十九回下《杜七圣狠行续头法》)

王则故事、与王则相类的故事,在明代因遭唐赛儿之乱颇见盛传,故又有《金台传》十二卷六十回,又名《平阳传》,亦叙破灭王则事,《金台传》且有弹词。《归莲梦》十二回,明苏庵主人编,叙女子白莲岸幼丧父母,襟怀壮大,思立功业,乃从白猿得天书,得知兵法及神诡变幻之术,创白莲教。后为白猿索还天书,女之兵法及妖术俱一无所知,遂失败。结构似《平妖传》,但《平妖传》之中心人物,初为胡永儿,后为文彦博及三遂,不如此书则以白莲岸一气贯串,不蔓不枝,较为一致。清吕熊(字文兆,号逸田叟,吴人,约一六七四前后在世)作《女仙外史》,凡一百回,述青州唐赛儿之乱,结果亦不背史实,当为受《平妖传》及《归莲梦》之暗示而作。

　　称为罗贯中作的,尚有《粉妆楼》,叙唐代罗家子孙故事,或以为贯中铺张他先世门阀而作。今本《粉妆楼》凡八十回,其内容不出英雄落难,山林聚义,朝廷除奸,征番得功的常套,故其体裁似讲史而实非讲史,题"竹溪山人撰",可见非贯中的原作。像《粉妆楼》同类体裁的作品,尚有明人清溪道人的《禅真逸史》八集四十回及《禅真后史》十集六十回,清人无名氏的《大汉三合明珠宝剑传》四十二回,《绿牡丹》八卷六十四回,《南唐薛家将传》一百回,《木兰奇女传》四卷三十二回,《说呼全传》十二卷四十回,《五虎平西南前后传》二十卷一百四十四回等。以上诸书,今人或称之为"讲史",或列入"说公案",我以为皆为"说铁骑儿"之流,与《水浒》为同流。

　　这一类"说铁骑儿"的小说,到了清末,和"公案"小说相合,成为许多义侠小说,像《三侠五义》、《永庆升平》之类;和"灵怪"小说相合,成为许多济世小说,像《济公传》、《升仙传》之流。盖政治环境已与前此不同,即使再欲写如《水浒》、《粉妆楼》一流明白反抗朝廷的"说铁骑儿",这个时代无论如何不会容许你了。

四　四大奇书(三)

　　《西游记》故事的来源,其开始在"四大奇书"中为最早。《三国志》的历史背景当然远在唐前,然其中所录民间传说如"吕布戏貂蝉"及"诸葛祭风"等故事,却来源于元人杂剧。《西游记》中如太宗入冥故事,则远始于张鷟《朝野金载》之前。即较后见于敦煌的俗文,亦较前于《三国志》或同时。(唐末已有市人小说讲三国事,见前引的《酉阳杂俎》。)虽然说画鬼较画人物容易,然拿它与《三国志》、《水浒传》相较,它那种海阔天空、穷奇极怪的浪漫思想,在《三国志》、《水浒传》的作者那里会想得到? 因为《三国志》等重在文字的抒写,《西游记》则文字思想并重;《三国志》等作者的天才长在用笔,而《西游记》作者的天才,却脑手并长。正如唐代诗人一样,《三国志》等的作者似杜甫,而《西游记》的作者则似李白。

现在最通行的一百回本《西游记》,为吴承恩所作。承恩(约一五○○——一五八二)字汝忠,号射阳山人,淮安人。博极群书,诗文雅丽,亦工书。嘉靖二十三年岁贡生,授长兴县丞。隆庆初,归山阳,放浪诗酒,贫老以卒,无子。他的诗文,死后多散失,邑人邱正纲为编成《射阳存稿》四卷,《续稿》一卷。生前又善谐剧,著杂记数种,名震一时。《西游记》即为杂记之一,他著皆无考。

《西游记》中所叙故事,当与《永乐大典》中所收宋、元人所作《西游记》相近,而与《大唐三藏取经诗话》完全无关,前面已经讲过。大概承恩依据《大典》本以为骨格,更杂以诙谐,间以刺讽,或有意的用以说说道理,谈谈玄解,于是引起后来的种种解说:或以为作者是以此阐明佛理的,或以为作者是讲修炼的,或以为作者是用以讨论儒家的明心见性的学问的。总之,仁者见仁,智者见智,反弄得一无是处。我们为什么定要扭着儒释道三教的妄测之谈而不把它当一部伟大的浪漫故事看呢? 想到这里,也可释然了。全书百回,可分为三大段:一、第一至第七回,叙孙悟空出生,求仙及得道,闹三界等事。可以独立成为一部英雄传奇。二、第八至第十二回,叙魏征斩龙、唐皇入冥、刘全进瓜及玄奘奉谕西行求经事,(吴氏原本无玄奘出身及为父母报仇事,通行本乃从后来朱鼎臣的

《西游释厄传》补入。)即魏征斩龙一段公案。三、第十三至第一百回，叙玄奘西行，到处遇见魔难，凡八十一次，但皆得佛力佑护及孙行者的努力，得以化险为夷，安达西天，复护经还东土，皆得成真为佛事。这段才是本书的正文，写得层次井然，一难过去又来一难，而八十一难又难难不同，可见作者想像力的丰富和笔锋的周密。全书描写人物，也很活泼真切，无论神怪，都各有他的性格，即妖怪亦含有极真挚的人性。其所写孙悟空的性格，似本于唐人传奇无支祁的故事；其叙悟空和二郎神大战，彼此互相变化一段，和《天方夜谈》里一段美后与魔战时互相变化亦似同出一型。

　　……那大圣趁着机会，滚下山崖，伏在那里又变，变一座土地庙儿：大张着口，似个庙门；牙齿变作门扇；舌头变做菩萨；眼睛变做窗棂；只有尾巴不好收拾，竖在后面，变做一根旗竿。真君赶到崖下，不见打倒的鹚鸟，只有一间小屋，急睁凤眼，仔细看之，见旗竿立在后面，笑道："是这猢狲了。他今又在那里哄我。我也曾见庙宇，更不曾见一个旗竿竖在后面的。断是这畜生弄谤。他若哄我进去，他便一口咬住。我怎肯进去？等我掣拳先捣窗棂，后踢门扇。"大圣听得……扑的一个虎跳，又冒在空中不见。真君前前后后乱赶……起在半空，见那李天王高擎照妖镜，与哪吒住立云端。真君道："天王，曾见那猴王么？"天王道："不曾上来，我这里照着他哩。"真君把那赌变化，弄神通，拿群猴一事说毕，却道："他变庙宇，正打处，就走了。"李天王闻言，又把照妖镜四方一照，呵呵的笑道："真君，快去快去，那猴子使了个隐身法，走出营围，往你那灌江口去也。"……却说那大圣已至灌江口，摇身一变，变作二郎爷爷的模样，按下云头，径入庙里。鬼判不能相认，一个个磕头迎接。他坐在中间，点查香火：见李虎拜还的三牲，张龙许下的保福，赵甲求子的文书，钱丙告病的良愿。正看处，有人报：

"又一个爷爷来了。"众鬼判急急观看，无不惊心。真君却道："有个甚么齐天大圣，才来这里否?"众鬼判道："不曾见甚么大圣，只有一个爷爷在里面查点哩。"真君撞进门，大圣见了，现出本相道："郎君，不消嚷，庙宇已姓孙了!"这真君即举三尖两刃神锋，劈脸就砍。那猴王使个身法，让过神锋，掣出那绣花针儿，幌一幌，碗来粗细，赶到前，对面相还。两个嚷嚷闹闹，打出庙门，半雾半云，且行且战，复打到花果山。慌得那四大天王等众堤防愈紧，这康张太尉等迎着真君，合心努力，把那美猴王围绕不题……(第六回下《小圣施威降大圣》)

关于《西游记》的注本，有汪象旭(字澹漪，原名淇，字右子，西陵人，约一六四四前后在世)的《西游证道书》一百回，蔡金的《西游记注》，陈士斌(字允生，号悟一子，浙江山阴人，约一六九二前后在世)的《西游真诠》一百回，张书绅(字南薰，山西人，约一七三六前后在世)的《新说西游记》一百回，刘一明(自号素朴散人，甘肃兰州金天观道士，约一八〇〇前后在世)的《西游原旨》一百回，张含章(字逢原，四川成都人)的《通易西游正旨》一百回，皆经刊行。后来流行的铅印石印本，皆为《新说西游记》。现在标点无注本通行，恐《新说西游记》不日也要废置了。

《西游记》亦有续书:《续西游记》一百回传本少见，《西游补》附记云:"《续西游》摹拟逼真，失于拘滞，添出比邱灵虚，尤为蛇足。"高阆仙谓:"此书乃反案文字，所记如孙悟空、朱八戒等，均失其法器，归于无用。"顾实以为叙三藏师徒在西土得经而还，又遇许多艰险。前书既云诸人已得道，而仍遇往时同样之苦辛，殊为蛇足，且文辞亦欠畅达，不能称佳作。《后西游记》四十回，中叙花果山复产生一石猴，自称小圣;护唐僧大颠往西天求真解，中途又收了猪八戒之子一戒及沙僧之徒沙弥，途遇种种妖魔，把他们一一荡平之，毫不复蹈前书，一概为作者创造;而且又加以说明每一妖魔成就的原因和打破的理由,此着似较胜于前书。这二书均不知作者姓名。《后西游记》写不老婆婆事尤妙有寄托,兹录其撞死时自己忏悔的一段:

> 话说不老婆婆被小行者推跌了一交,急急扒将起来看时,小行者已提着铁棒过山去了。欲要赶去,又因被小行者铁棒搅得情昏意乱,玉火钳的口散漫,就赶上也夹他不住。欲待任他去了,心下却又割舍不得。因长叹一声道:"我不老婆婆既得了此玉火钳,这孙小行者又家传了此金箍铁棒,自知是天生一对,就应该伴着朝夕取乐,方不虚生。奈何彼此异心,各不相顾,他既有了金箍铁棒,远上灵山,皈依佛法,却叫我这玉火钳何处生活?若要别寻枝叶,料无敌手,也终不免熬煎。"因又长叹一声道:"罢罢罢!自言有情不如无情,多欲不如无欲,惺惺抱恨,不如漠漠无知,若使孤生不乐,要此长颜何用?不老何为?莫若将此灵明仍还了天地,到得个干净。"因大叫一声,提起玉火钳照着那山石上摔得粉碎道:"玉火玉火!我不老婆婆为你累了一生,今日销除了恨煞!"因又大叫一声道:"罢罢罢!天地间万无剥而不复之理,捐我不老婆婆填还了理数罢!"因照着大剥山崖上一头触去,豁喇一声响亮,几乎像共工一般,连天柱都触倒了。小行者提着铁棒正往前赶,忽听得后面响声震天,急回头睁开火眼金睛一看,只见不老婆婆撞倒在石崖之下,不知是何缘故?因急急复回来细看,脑浆迸裂,一头的白发,为血直染成红发,但见得无气无声,魄散云霄,魂游地府。正是:
> 万片淫心飞白雪,一头热血溅桃花。

又有《西游补》十六回,插入原书遇牛魔王与大闹龙宫之间,写悟空化斋,为妖所迷,入了梦境,经历了许多过去未来的事,后为虚空主人呼醒。作者董说(一六二〇——一六八六)字若雨,乌程人。幼颖悟,自愿先诵《圆觉经》,次乃读四书及五经。十三入泮,及见中原流寇之乱,遂绝意进取。明亡,于灵岩为僧,名曰南潜,号月函,其他别字尚甚夥。三十余年不履城市,惟与渔樵为伍。著有《上堂晚参唱酬语录》及《丰草庵杂著》十种,诗文集若干卷。《西游补》中多寓言,颇多讥弹明季世风,如"杀青大将军","倒置历日"等语,似在暗骂满清。书中写行者化身为虞美人,寻秦始皇不见:

> 忽见一个黑人坐在高阁之上,行者笑道:"古人世界有贼哩,满面涂了乌煤在此示众。"走了几步,又道:"不是逆贼。原来倒是张飞庙。"又想想道:"既是张飞庙,该带一顶包巾。……带了皇帝帽,又是玄色面孔,此人决是大禹玄帝。我便上前见他,讨些治妖斩魔秘诀,我也不消寻着秦始皇了。"看看走到面前,只见台下立一石竿,竿上插一首飞白旗,旗上写六个紫色字:"先汉名士项羽。"行者看罢,大笑一场,道:"真个是'事未来时休去想,想来到底不如心'。老孙疑来疑去……谁想一些不是,倒是我绿珠楼上的遥丈夫。"当时又转一念道:"哎哟,吾老孙专为寻秦始皇,替他借个驱山铎子,所必钻入古人世界来,楚伯王在他后头,如今已见了,他却为何不见?我有一个道理:径到台上见了项羽,把始皇消息问他,倒是个着脚信。"行者即时跳起细看,只见高阁之下……坐着一个美人,耳朵边只听得叫"虞美人,虞美人"。……行者登时把身子一摇,仍前变做美人模样,竟上高阁,袖中取出一尺冰罗,不住的掩泪,单单露出半面,望着项羽,似怨似怒。项羽大惊,慌忙跪下。行者背转,项羽又飞趋跪在行者面前,叫:"美人,可怜你枕席之人,聊开笑面。"行者也不做声。项羽无奈,只得陪哭。行者方才红着桃花脸儿,指着项羽道:"顽贼!你为赫赫将军,不能庇一女子,有何颜面坐此高台?"项羽只是哭,也不敢答

应。行者微露不忍之态，用手扶起道："常言道：'男儿两膝有黄金。'你今后不可乱跪！"……（第六回）

和《西游记》有同样价值的神魔小说，有《续证道书东游记》，另一本又名《新编扫魅敦伦东度记》，署荥阳清溪道人著，华山九九老人述，凡二十卷一百回。前十八回叙不如密多尊者在南印度、东印度普渡群迷故事。十九回至一百回叙述达摩老祖自南印度经东印度至中华阐扬佛教普渡众生等事，时在南北朝梁武帝时代。而其叙述的诡怪变幻，不下于"证道奇书"《西游记》。其中诸魔之最大最顽强的，为陶情(酒)、王阳(色)、艾多(财)及分心魔(气)，一切世间罪恶，皆由此四魔之播弄而成。作者文笔很不坏，辞句活泼而整洁，叙杂乱琐碎的事而能前后贯串。此书刊本在明末清初时有三四种流传，各大图书馆偶有所藏，但都视作珍本，秘不出借，所以一般人不易见到。

又有《四游记》，为四部灵怪小说的汇刻，彼此可以独立。第一种是《上洞八仙传》，亦名《八仙出处东游记传》，凡二卷五十六回，为兰江吴元泰（约一五六六前后在世）著。叙李玄、钟离权、吕洞宾、张果、蓝采和等八仙得道之由；又叙到吕洞宾助辽萧后以与宋杨家将相抵抗，及八仙与四海龙王及天兵交战，因观音讲和而和好如初诸事。二为《南游记》，亦名《五显灵光大帝华光天王传》，共四卷十八回，余象斗（约一五九六前后在世）编。叙华光之始末，事迹很变幻，自始至终，都在反抗的斗争中，很像吴承恩《西游记》的开始数回叙孙行者出身的故事。最后，华光到地狱去寻母亲，因幻化为孙大圣偷仙桃以医母亲的食人癖，致与大圣相斗，为大圣女月孛所击，将死，火炎王光佛出而讲和，华光始得逃生，终皈依于佛道。

……却说华光三下酆都，救得母亲出来，十分欢悦。那吉芝陀圣母曰："我儿你救得我出来，道好，我要讨岐娥吃。"华光问:"岐娥是什么子,我儿媳俱不晓得。"母曰:"岐娥不晓得,可去问千里眼顺风耳。"华光即问二人。二人曰:"那岐蛾是人,他又思量吃人。"华光听罢,对娘曰:"娘,你住酆都受苦,我孩儿用尽计较,救得你出来,如何又想吃人?此事万不可为。"母曰:"我要吃!不孝子,你没有岐娥与我吃,是谁要救我出来?"华光无奈,只推曰:"容两日讨与你吃。"……(第十七回《华光三下酆都》)

三名《北游记》,一名《北方真武玄天上帝出身志传》,凡四卷二十四回,亦余象斗所编。叙玉帝忽因贪念,以其三魂之一,下凡为刘氏子,后历数劫,扫荡诸魔,复归天为真武大帝。四为《西游记》,凡四卷四十一回,为齐云杨志和(约一五六六前后在世)编,非吴氏《西游记》节本,乃朱鼎臣《唐三藏西游释厄传》改编本。又有《唐三藏西游释厄传》十卷,朱鼎臣撰。鼎臣(约一五六六前后在世)字冲怀,广州人,其书作于吴作的同时,且多陈光蕊故事一段。后来汪象旭、张书绅又把这故事插入吴氏百回本中,故今通行本皆已非吴作原来的式样。

《三宝太监下西洋记通俗演义》二十卷一百回,系二南里人罗懋登所著,成于万历丁酉。书中叙明永乐时,太监郑和等造大舶,下西洋,服外夷三十九国。郑和真有其人,云南人,即世所称三宝太监,前后凡七次奉使至西洋(实即今之南洋),世俗盛称其功,故作者取为题材。全书多叙荒诞怪异之事,似窃取之于《西游》与《封神》,而文词却枝蔓不工。亦多搜里巷传说,如"五鬼闹判"、"五鼠闹东京"故事,都赖此以传于后世。懋登(约一五九六前后在世)生平不可考,惟所刊著之作颇多。曾为《琵琶记》作音释,又为邱浚的《投笔记》作注,他自己也写过些剧本,乃是位好事的文人。下面所录,乃"五鬼闹判"一段:

五鬼道:"纵不是受私卖法,却是查理不清。"阎罗王道:"那一个查理不清? 你说来我听着。"劈头就是姜老星说道:"小的是金莲象国一个总兵官,为国忘家。臣子之职,怎么又说道我该送罚恶分司去? 以此说来,却不是错为国家出力了么?"崔判官道:"国家苦无大难,怎叫做为国家出力?"姜老星道:"南人宝船千号,战将千员,雄兵百万,势如累卵之危,还说是国家苦无大难?"崔判官道:"南人何曾灭人社稷,吞人土地,贪人财货,怎见得势如累卵之危?"姜老星道:"既是国势不危,我怎肯杀人无厌?"判官道:"南人之来,不过一纸降书,便自足矣。他何曾威逼于人? 都是你们偏然强战,这不是杀人无厌么?"咬海干道:"判官大王差矣。我爪哇国五百名鱼眼军一刀两段,三千名步卒煮做一锅,这也是我们强战么?"判官道:"都是你们自取的。"圆眼帖木儿说道:"我们一个人劈作四架,这也是我们强战么?"判官道:"也是你们自取的。"盘龙三太子说道:"我举刀自刎,岂不是他的威逼么?"判官道:"也是你们自取的。"百里雁说道:"我们烧做一个柴头鬼儿,岂不是他的威逼么?"判官道:"也是你们自取的。"五个鬼一齐吆喝起来,说道:"你说什么自取。自古道:'杀人的偿命,欠债的还钱。'他枉刀杀了我们,你怎么替他们曲断?"判官道"我这里执法无私,怎叫做曲断?"五鬼说道:"既是执法无私,怎么不断他填还我们人命?"判官道:"不该填还你们!"五鬼说道:"但只'不该'两个字,就是私弊。"这五个鬼人多口多,乱吆乱喝,嚷做一坨,闹做一块。判官看见他们来得凶,也没奈何,只得站起来喝声道:"咦,什么人敢在这里胡说! 我有私,我这管笔可是容私的?"五个鬼齐齐的走上前去,照手一抢,把管笔夺将下来,说道:"铁笔无私。你这蜘蛛须儿扎的笔,牙齿缝里都是私(丝),敢说得个不容私?"……(第九十回《灵曜府五鬼闹判》)

明人所作灵怪小说，尚有朱星祚（疑为江西抚州临川人，约一五九六前后在世）的《二十四尊得道罗汉传》六卷，邓志谟（字景南，号竹溪散人，疑为江西饶州安仁人，尝游闽为建阳余氏塾师，约一五九六年前后在世）的《许仙铁树记》二卷十五回，《吕仙飞剑记》二卷十三回，《萨真人咒枣记》二卷十四回。朱名世（约一五七三前后在世）的《牛郎织女传》四卷。杨尔曾（字圣鲁，号雉衡山人，浙江钱塘人，约一六一二年前后在世）的《韩湘子全传》三十回等。又有隆庆四年（一五七〇）所刻《钱塘渔隐济颠禅师语录》一卷，署"仁和沈孟柈述"，叙紫脚罗汉投胎为天台县李氏子，俗名修元，后至杭州灵隐出家，名道济。然行为颇放浪无检，或出入坊曲，与妓女戏弄，多识王侯贵介，游戏里巷，奇迹甚多，为人治病亦有验。寺有殿坍坏，他向毛太尉请施钱三千贯，以三日为期，无何，太后梦金身罗汉示现，果如数布施。后收小贩沈乙为弟子，亦疾怛化。清人王梦吉（字长龄，号香婴居士，杭州人，约一六六一前后在世）的《济公全传》三十六则，天花藏主人的《醉菩提全传》（亦名《皆大欢喜》）二十回，皆为《语录》的扩大。至通行的出至二十集的《济公传》，那是清末受了义侠小说化后的产物，与前述诸书不相同了。

五　四大奇书（四）

在中国一切的旧小说中，《金瓶梅》是一部最能表现时代，最含有社会性的杰作。它中间所叙的人物，虽似上帝创造夏娃似的，从《水浒传》所写武松故事里脔割出来，但它不似夏娃之于亚当，它另有它独立的资格，它是化附庸为大国，另外建立了它的不朽与伟大。通常都把它当"淫书"看，道学先生见之皱眉，怂恿政府禁止出版，小伙子们却拼命要设法看到它，这样，却便宜了书贾们，他们都由此发了大财。然平心而论，这部书对于意志未强的青年们自不宜阅读，就是除去了那所谓猥亵的描写，书中好处，在他们那些未经人世艰险的青年们也不会了解。正同《儒林外史》一样,有许多中学生们问我:"它的好处究在哪里?"这和他们或她们哪里解释得清楚? 因为他们都还没有踏进社会呀!

《金瓶梅》是写一个恶霸土豪一生怎样发迹的历程,代表了中国古今社会一般流氓或土豪阶级发迹的历程。它是一部伟大的写实小说,赤裸裸地毫无忌惮地表现中国社会的病态,表现着最荒唐的一个堕落的社会的景象。这个社会至今还存在着,至今常常挣扎在我们的眼前。表面上看来,《金瓶梅》似在描写潘金莲、李瓶儿和那些妇人们的一生,所以称赞它好处的人,往往说它描写妇人性格怎样活跃,描写闺阁琐事又是那么唯妙唯肖,而不知却是以西门庆的一生的历史为全书的骨干与脉络的。

我们先来看看西门庆的出身,然后再略叙一叙全书的内容。原来西门庆"是清河县一个破落户财主,就县门前开着个生药铺。从小儿也是个好浮浪子弟,使得些好拳棒,又会赌博,双陆象棋,抹牌道字,无不通晓。近来发迹有钱,专在县里管些公事,与人把揽说事过钱,交通官吏。因此满县人都怕他"。(第二回)他又和一帮帮闲人如应伯爵、谢希大、花子虚等结为兄弟。一天,偶见潘金莲,即设计与之通好,鸩杀武大,娶金莲为妾。后武松来报仇,误杀他人,西门庆实未死。此后,他越发放肆,家有数妾,尚到处勾引妇女。又谋杀花子虚,娶他的妻李瓶儿为妾,通婢女春梅,得了几场横财。不久,李瓶儿生了一子。他先去勾结杨戬,杨戬倒了,他更用金钱勾结上了蔡京。蔡京为报答他,竟把这"一介乡民"提拔起来,在那山东提刑所,做个提刑副千户。蔡京生辰到了,他亲自带了厚厚的二十扛金银缎匹去拜寿,拜京做干爷。不久,便升了正千户提刑官,进京陛见,和朝中执政的官僚们勾结着,很说得来。此时,他一帆风顺竟到了顶点了。后来瓶儿所生的儿子,为金莲设计致惊风死了,瓶儿不久也死。西门庆又于某夜以淫欲过度暴卒。金莲与婿通奸,为正室月娘逐出居王婆家,仍为武松所杀。春梅被卖为周守备妾。后来金兵南下，月娘带遗腹子孝哥避乱奔济南，梦见西门庆一生因果，知孝哥即西门庆托生，因使孝哥出家为和尚，以赎前愆而修后缘。

《金瓶梅》的作者不知为谁。世因沈德符《野获编》有"闻此为嘉靖间大名士手笔"一语，遂定为王世贞作。张竹坡作《第一奇书》批评，曾冠以《苦孝说》；顾公燮的《消夏闲记摘抄》也详记世贞作此书以毒害严世藩为父复仇事。谢颐则云世贞门人所作。宫伟镠又有薛应旂、赵南星二说。到了最近，有万历丁巳（一六一七）欣欣子序文的《金瓶梅词话》出现，上述的传说都已打破。欣欣子的序中说："兰陵笑笑生作《金瓶梅传》，寄意于时俗，盖有谓也。"兰陵为今山东峄县，和书中的使用山东土白这一点正相合。但可惜这个伟大作家笑笑生的尊姓大名还是不晓，他的生平更不用说了。吴晗疑心作序的欣欣子或许就是笑笑生，因为这二个名字相似的缘故。序中曾称引到丘璇、周静轩等，而称他们为"前代骚人"，又就其所引歌曲看来，皆可信其为万历间而非嘉靖间所作。但是万历丁巳本并不是《金瓶梅》第一次的刻本，在这个刻本以前，已经有过几种苏州或杭州的刻本行世。在刻本以前，并已有抄本行世。因为袁宏道的《觞政》中，他把《金瓶梅》列为逸典，在《野获编》中，又告诉吾们在万历三十四年（一六〇六）袁宏道已见过几卷，麻城刘氏且藏有全本。到万历三十七年，袁中道从北京得到一个抄本，沈德符又从他借抄一本。不久，苏州就有刻本，这刻本才是《金瓶梅》的第一个本子。至现在的普通流行本，则为张竹坡的《第一奇书》本。

     ……妇人（指潘金莲）道："怪奴才，可可儿的来，想起一件事来，我要说又忘了。"因令春梅："你取那只鞋来与他瞧。你认的这鞋是谁的鞋？"西门庆道："我不知是谁的鞋。"妇人道："你看他还打张鸡儿哩。瞒着我黄猫黑尾，你干的好茧儿，来旺媳妇子的一只臭蹄子，宝上珠也一般收藏在藏春坞雪洞儿里拜帖匣子内,搅着些字纸和香儿,一处放着。什么罕稀物件,也不当家化化的,怪不的那贼淫妇死了堕阿鼻地狱。"又指着秋菊骂道:"这奴才当我的鞋,又翻出来,教我打了几下。"分付春梅:"趁早与我掠出去。"春梅把鞋掠在地下,看着秋菊说道:"赏与你穿了罢。"那秋菊拾着鞋儿说道:"娘这个鞋,只好盛我一个脚指头儿罢。"那妇人骂道:"贼奴才,还叫什么毡娘哩。他是你家主子前世的娘! 不然,怎的把他的鞋这等收藏的娇贵? 到明日好传代。没廉耻的货!"秋菊拿着鞋就往外走,被妇人又叫回来,分付:"取刀来,等我把淫妇鞋作几截子,掠到茅厕里去,叫贼淫妇阴山背后永世不得超生。"因向西门庆道:"你看着越心疼,我越发偏砍个样儿你瞧。"西门庆笑道:"怪奴才,丢开手罢了,我那里有这个心。"……(第二十八回)

　　……掌灯时分,蔡御史便说:"深扰一日,酒告止了罢。"因起身出席。左右便欲掌灯,西门庆道:"且休掌烛。请老先生后边更衣。"于是……让至翡翠轩……关上角门,只见两个唱的,盛妆打扮,立于阶下,向前插烛也似磕了四个头。……蔡御史看见,欲进不能,欲退不舍,便说道:"四泉,你何如这等厚爱? 恐使不得。"西门庆笑道:"与昔日东山之游,又何异乎?"蔡御史道:"恐我不如安石之才,而君有王右军之高致矣。"……因进入轩内,见文物依然,因索纸笔,就欲留题相赠。西门庆即令书童将端溪砚研的墨浓浓的,拂下锦笺。这蔡御史终是状元之才,拈笔在手,文不加点,字走龙蛇,灯下一挥而就,作诗一首。……(第四十九回)

　　相传作者又曾作续编,名《玉娇李》,今已不传。今所传之《续金瓶梅》,凡六十四回,叙《金瓶梅》中诸人各复投身人世,以了前世之因果报应。文笔较前书为琐屑,却亦颇放恣,而仍杂以猥亵之描写,故后来亦列为禁书。作者为丁耀亢(约一六〇七——约一六七八),字西生,号野鹤,山东诸城人。明诸生,清初入京,充镶白旗教习,后为容城教谕。所著尚有诗集十余卷,《天史》十卷,传奇四种。又有《隔帘花影》四十八回,一名《三世报》,乃改易《续金瓶梅》中人名及回目,并删去絮说因果之语而成,书尚未完,但《续金瓶梅》中之猥亵语却未被删除,故亦为禁书。

> ……这里大觉寺兴隆佛事不题。后因天坛道官并阁学生员争这块地,上司断决不开,各在兀术太子营里上了一本,说道:"这李师师府地宽大,僧妓杂居,单给尼姑盖寺,恐久生事端,宜作公所。其后半花园,应分割一半,作三教堂,为儒释道三教讲堂。"王爷准了,才息了三处争讼。那道官见自己不独得,又是三分四裂的,不来照管。这开封府秀才吴蹈里、卜守分两个无耻生员,借此为名,也就贴了公帖,每人三钱,倒敛了三四百两分资。不日盖起三间大殿。原是释迦佛居中,老子居左,孔子居右,只因不肯倒了自家门面,便把孔夫子居中,佛老分为左右,以见贬黜异端外道的意思。把那园中台榭池塘,和那两间妆阁,当日银瓶做过卧房的,改作书房。……这些风流秀士,有趣文人,和那浮浪子弟们,也不讲禅,也不讲道,每日在三教堂饮酒赋诗,到讲了个色字,好不快活。所在题曰三空书院,无非说三教俱空之意。……(第三十七回上《三教堂青楼成净土》)

《金瓶梅》写一个家庭的由衰而盛而复衰,中间杂以无数的美人,而以悲剧终篇。后来仿作的人,却专写才子佳人之离合悲欢,而都以团圆为终局,且才子无一非状元,佳人无一非淑女,千篇一律,读之生厌。今人郭昌鹤以为才子佳人小说的故事结构与思想,不外与下列之叙述类似:

　　某公子年少才美,七步成诗,以择配过苛,二十未娶。某日出游,忽于某园百花深处遇一女郎,惊为天人。与之语,娇羞不能自仰,惟脉脉含情;以诗挑之,不拒,遂订白首。女郎盖某显宦女,年方二八,秀丽颖慧,并擅诗词,以宇内才难,犹深闺待字,见生风流隽逸,方自庆得人,会某奸臣闻女艳名,百计求为子妇,构陷多端。有情人因之备经艰苦。后生忽中状元,奸人伏诛,生乃奉旨与女成婚。生三子,兰桂腾芳,夫妇寿登九十,无疾而逝。

才子佳人小说最盛行于明末清初之际,今确知为明人作而且刊行在明时的,仅有《吴江雪》一种。是书凡二十四回,顾石城著,书中男主人为江潮,女为吴媛,而又间以侠义可风的撮合山雪婆,描写琐细故,时亦逼真可喜,而且还没有套上前述的常套。此外仅知它著作或刊行于明、清之际的,有《玉娇梨》二十回,一名《双美奇缘》,题荑荻山人或荻岸散人编,叙才子苏友白与才女白红玉及卢梦梨的结合故事。《平山冷燕》二十回,亦题荻岸山人编,叙才子平如衡与燕白颔和才女山黛与冷绛雪的遇合故事。又有《平山冷燕二集》,本名《两交婚》,凡十八回,题步月主人订,与前书并不相接,惟终构颇相似,叙甘颐、甘梦兄妹二人,及辛发、辛古钗兄妹二人,彼此互订为婚姻,中间也经历了不少艰苦。《飞花咏》十六回,一名《玉双鱼》,不知作者,叙昌谷与女子端容姑情好事,二人辗转流离,各易姓二次,而后归宗团圆。《金云翘传》四卷二十回,一名《双奇梦》,题青心才人编,叙翠翘与所眷书生金重复合事。《麟儿报》四卷十六回,不知作者,所叙亦不详。《玉支玑小传》四卷二十回,题烟水山人编,叙才子长孙无忝与佳人管彤秀之婚姻事,文字简洁,描写世情亦真切。《赛红丝》十六回,不知作者,主人翁为才子宋古玉与佳人裴芝,二人之结合,起因于《咏红丝》一诗,而中间播弄之人,却为一教读先生,为才子佳人小说中别开一生面之作。《幻中真》四卷十回，一本作十二回，题烟霞散人编，写吉梦龙一家分散，而以祖孙父子会面、夫妇团圆作结。《画图缘》四卷十六回，不知作者，叙秀才花栋游天台，遇老人授以画图，借以得与柳蓝玉成婚事，中又插叙蓝玉弟路与赵红瑞的结合经过。《定情人》十六回，作者不知，所叙亦不详。《人间乐》四卷十八回，题天花藏主人著，所叙亦不详。上列十二种，皆有天花藏主人序，主人不知何人，观《玉娇梨序》，似即为《玉娇梨》的作者。其中烟水散人则为徐震。震字秋涛，浙江嘉兴人，所作尚有《合浦珠》十六回，叙苏州钱兰与范太守女珠娘及妓女赵素馨、白瑶枝婚姻故事。《赛花铃》十六回，叙苏州红文畹与方素云等三女团圆事。其他尚有《好逑传》四卷十八回，一名《侠义风月传》，题名教中人编，叙铁中玉与水冰心二人不惟有才，且还有智有勇，能以计自脱于奸人，而终得团圆事。《醒风流奇传》凡二十回，题鹤市散人编，叙梅干与冯闺英的结合。二人因受奸人诬毁，故结婚后仍不同居，直待"钦赐团圆"，再度花烛，全书方告终，则又似《风月传》。《凤箫媒》四卷十六回，亦题鹤市散人编，内容不详。《铁花仙史》二十六回，题云封山人编，于才子佳人故事中，又插入仙妖怪异之事，笔墨亦平常。《玉楼春》四卷二十回，一本作十二回，题白云道人编，叙邵十州和佳人黄玉娘与霍春晖的结合，结构颇似《幻中真》，疑为即《幻中真》之改作。《飞花艳想》十八回，题樵云山人编，叙才子柳友梅与佳人梅如玉、雪瑞云结合事。《快心编》三集共三十二回，题天花才子编，叙凌驾山与李丽娟婚姻事。《蝴蝶媒》四卷十六回，题南岳道人编，叙蒋岩与华柔玉、袁秋蟾的结合故事。《五凤吟》四卷二十回，题嗤嗤道人编，叙才子祝琼与二女三婢相恋，始离终合的事。《引凤箫》四卷十六回，题半云友辑，叙宋时白引与金凤娘结合故事。此外有《春柳莺》四卷十回，题鹖冠史者编;《凤凰池》十六回，题烟霞散人编;《终须梦》四卷十八回，题弥坚堂主人编;《幻中游》十八回，题步月斋主人编;《宫花报》，回数及作者均不详。以上诸书，皆不知其内容。

在《金瓶梅》出世的同时,有戏曲家吕天成(约一五七三——一六一九间在世),一名文,字勤之,号郁蓝生,余姚人,亦喜写秽亵小说。今传有《绣榻野史》上下二卷,又有《闲情别传》,已佚。此外有《浪史》四十回,题风月轩入玄子著;《僧尼孽海》,托名唐寅撰;《痴婆子传》上下二卷,题芙蓉主人辑;《如意君传》,不知何人作。明末清初之际,犹有李渔(生平详后)著《肉蒲团》六卷二十回,一名《觉后禅》,又名《循环报》,他名尚多;徐震著《灯月缘》十二回及《桃花影》十二回,《桃花影》一名《牡丹奇缘》;嗤嗤道人著《催晓梦》四卷二十回,今皆存。其他不知出世年代的尚多,不胜录。然明末社会淫逸之风之盛,由此可见其一斑了。

六　通俗短篇小说五大宝库

到了明末,编刻通俗短篇小说集之风大盛,大约是受了当时编刻唐宋人传奇杂俎丛的影响。此类短篇小说,或取宋元人所作的话本,或为当时人所编造;其材料或取之于古籍,或为里巷传说,或为当时实事。它的内容,小说、说铁骑儿都有;短短的一篇,头尾俱全,扩大之,每种都可成为极好的长篇小说。所以照严格的现代的短篇小说的定义说起来,它们只可算是许多长篇小说的节本或提要,不能算为真正的短篇小说。

明人编刻的通俗短篇小说(即话本),清人仅知有《今古奇观》,而今人也仅知有《三言》、《两拍》。不知在《三言》、《两拍》之前,明代已有许多单行的话本。传至今者,有嘉靖时清平山堂所刻话本残存的十五种,万历刻本四种,皆见录于明人晁瑮的《宝文堂书目》。《书目》又录其他话本八十四种,其中除二十种已为后来各丛集所收外,余六十四种今皆不传。清平山堂所刻十五种中,确知为明人作的,仅有《柳耆卿诗酒玩江楼》、《风月相思》、《张子房慕道记》、《阴骘积善》四篇,余皆宋元人作。万历本四种,《苏长公章台柳传》为宋、元人作,《冯伯玉风月相思》见清平山堂所刻,余二种——《孔淑芳双鱼扇坠传》可确定为明人所作,《张生彩鸾灯传》风格甚古,作书时代颇难定。

现在要讲到《三言》了,《三言》是《喻世明言》、《警世通言》及《醒世恒言》的总称。现存的《京本通俗小说》全部八种及清平山堂等所刻单本话本的一部分皆被编入。编者冯梦龙(? ——一六四六)字犹龙,一字子犹,长洲人。崇祯时,官寿宁县知县,明亡殉难。所居曰墨憨斋,尝删订明人传奇若干种,且更易名目,总名曰《墨憨斋定本传奇》。又著有《七乐斋稿》,编有《智囊补》、《谭概》等。他除增补《平妖传》外,他人托名的有《海烈妇百炼真传》十二回,叙康熙初年徐州海烈妇事,编有《古今列女传演义》六卷,凡一百十则,除采《列女传》外,明代名妇故事及海烈妇事都被采入。上列三书,都是平话体。他又曾劝沈德符以《金瓶梅》录付书坊刻板发行,卒未如愿。

《喻世明言》凡二十四篇,它的前身实为《古今小说》。《古今小说》凡四十篇,和《警世通言》、《醒世恒言》无一篇重复,且篇数同样为四十。《喻世明言》则取《古今小说》的二十一篇,《警世通言》的一篇,《醒世恒言》的二篇编成,实不能独立为一书。又有《觉世雅言》,有绿天馆主人序,说陇西茂苑野史家藏小说甚富,有意矫正风化,故授之贾人,则似完全翻印旧本,惜不知茂苑野史为谁。全书共八篇,其中一、五、七、八四篇,《醒世恒言》中亦有之;二、四两篇,《喻世明言》亦有之;第三篇则为《初刻拍案惊奇》所有,第六篇不详所本。此书或即《古今小说》的前身,或系坊贾杂集他书而成,现在还没有人考定。

《三言》中除前述宋元人所作外,所收明人话本确有不少。在《古今小说》中,比较显明的有:卷一《蒋兴哥重会珍珠衫》,文中有明代地名湖广;卷二《陈御史巧勘金钗钿》,所述官制皆为明制;卷十《滕大尹鬼断家私》,有"话说国朝永乐年间"字样;卷十二《众名姬春风吊柳七》，叙柳耆卿与妓女谢玉英事，其故事与清平山堂所刻《玩江楼记》不同；卷十三《张道陵七试赵升》，以唐寅一诗起。卷十四《陈希夷四辞朝命》，其风格绝类明末人的拟话本；卷十六《范巨卿鸡黍死生交》，风格亦为明末人的拟话本；卷十八《杨八老越国奇逢》，叙元代事，但形容倭患甚详；卷二十二《木绵庵郑虎臣报冤》，观其引张志远诗及议论，当作于明代；卷二十七《金玉奴棒打薄情郎》，中引郑元和唱莲花落事；卷三十一《闹阴司司马貌断狱》，所叙较元刊《三国志平话》为详；卷三十二《游酆都胡母迪吟诗》，当作在杂剧《东窗事犯》之后；卷三十七《梁武帝累修归极乐》，其风格似明人；卷四十《沈小霞相会出师表》，其主人翁即为明人。尚有卷五《穷马周遭际卖锤媪》、卷六《葛令公生遣弄珠儿》、卷七《羊角哀舍命全交》、卷八《吴保安弃家赎友》、卷九《裴晋公义还原配》、卷十一《赵伯升茶肆遇仁宗》、卷十七《单符郎全州佳偶》、卷二十《临安里钱婆留发迹》、卷二十三《张舜美元宵得丽女》、卷二十五《晏平仲二桃杀三士》、卷二十八《李秀卿义结黄贞女》、卷二十九《月明和尚度柳翠》、卷三十《明悟禅师赶五戒》、卷三十四《李公子救蛇获称心》等十四篇，其时代虽不可考知，但不是宋人所作却大略可以确定；或元或明，不可臆测。惟其中大部分，若断为明作似较为近理；像卷七《羊角哀》、卷八《吴保安》、卷九《裴晋公》等，都是具有很浓厚的近代的拟作的气息的。

《警世通言》中的明人作品，有卷十一《苏知县罗衫再合》、卷十七《钝秀才一朝交泰》、卷十八《老门生三世报恩》、卷二十二《宋小官团圆破毡笠》、卷二十四《玉堂春落难逢夫》、卷二十六《唐解元一笑姻缘》、卷三十二《杜十娘怒沉百宝箱》、卷三十四《王娇鸾百年长恨》、卷三十五《况太守断死孩儿》，以上皆叙明世事；卷二十一《赵太祖千里送京娘》，文中有"因遭胡元之乱"语；卷三十一《赵春儿重旺曹家庄》，官制地名皆属明代。此外除去宋元所作，所余十三篇，亦大都为明代作品，如卷五《吕大郎还金完骨肉》，文中用"江南"一地名；卷六《俞仲举题诗遇上皇》，引《风月瑞仙亭》作入话；卷二十五《桂员外途穷忏悔》，开端有"话说元朝大顺年间"语，似为明人口气；卷二十八《白娘子永镇雷峰塔》，较宋话本《西湖三塔》加详；卷四十《旌阳宫铁树镇妖》，即单行本题"邓志谟撰"的《铁树记》，文字几全同。这五篇也灼然可知为明人之作。余如卷一《俞伯牙摔琴谢知音》、卷二《庄子休鼓盆成大道》、卷三《王安石三难苏学士》、卷九《李谪仙醉草吓蛮书》、卷十五《金令史美婢酬秀童》、卷二十三《乐小舍拼生觅偶》等六篇，就其风格而论，也可知大约皆为明人所作。惟卷二十九《宿香亭张浩遇莺莺》，除了开头数语外，全篇皆为文言，实是一篇传奇文，其著作时代很难定。但像这类的传奇文，明代也产生得不少。

《醒世恒言》最为后出，故所收以明人之作为最多。其中如卷十《刘小官雌雄兄弟》、卷十五《赫大卿遗恨鸳鸯绦》、卷十六《陆五汉硬留合色鞋》、卷十八《施润泽滩阙遇友》、卷二十《张廷秀逃生救父》、卷二十一《张淑儿巧智脱杨生》、卷二十七《李玉英监中讼冤》、卷二十九《卢大学诗酒傲公侯》、卷三十五《徐老仆义愤成家》、卷三十六《蔡瑞虹忍辱报仇》，所叙皆明代事，当然为明人所作。余如卷三《卖油郎独占花魁》叙及《挂枝儿》小曲，卷九《陈多寿生死夫妻》，说起"国朝曾荣状元，应制诗做得甚好"；卷十九《白玉娘忍苦成夫》，有"淮东地方已尽数属了胡元"语。这三篇也是明代作品。此外，像卷一《两县令竞义婚孤女》、卷二三《孝廉让产立高名》、卷五《大树坡义虎送亲》、卷七《钱秀才错占凤凰俦》、卷十二《佛印师四调琴娘》、卷二十二《吕纯阳飞剑斩黄龙》、卷二十五《独孤生归途闹梦》、卷三十《李汧公穷邸遇侠客》、卷三十二《黄秀才缴灵玉马坠》、卷三十七《杜子春三入长安》、卷三十九《汪大尹火烧宝莲寺》、卷四十《马当神风送滕王阁》等十二篇，也都一望可知为后来的拟作。惟卷四《灌园叟晚逢仙女》、卷八《乔太守乱点鸳鸯谱》、卷十一《苏小妹三难新郎》、卷二十六《薛录事鱼服证仙》、卷二十八《吴衙内邻舟赴约》、卷三十四《一文钱小隙造奇冤》、卷三十八《李道人独步云门》等七篇,时代颇不易断定。

　　……却说金玉奴只恨自己门风不好,要挣个出头。乃劝丈夫刻苦读书。凡古今书籍,不惜价钱,买来与丈夫看。又不吝供给之费,请人会文会讲。又出赀财,教丈夫结交延誉。莫稽繇此才学日进,名誉日起。三十三岁发解,连科及第。这日琼林宴罢,乌帽官袍,马上迎归,将到丈人家里。那街坊上人争先来看。儿童辈都指道:"金团头家女婿做了官也。"莫稽在马上听得此言,又不好揽事,只得忍耐。见了丈人,虽然外面尽礼,却包着一肚子怨气,想道:"早知有今日富贵,怕没王侯贵戚招赘为婿,却拜个团头做岳丈。可不是终身之玷!养儿女出来,还是个团头的外孙,被人传作话柄。如今事已如此,妻又贤慧,不犯七出之条,不好深绝得。正是事不三思,终有后悔。"为此心中怏怏,只是不乐。玉奴几遍问而不答,正不知甚么意故。好笑那莫稽只想着今日富贵,却忘了贫贱的时节,把老婆资助成名一段功劳,化为冰水。这是他心术不端处。不一日,莫稽谒选,得授无为军司户,丈人治酒送行。此时众丐户料也不敢登门吵闹了。喜得临安到无为军,是一水之地。莫稽领了妻子,登舟赴任。行了数日,到了采石江边,维舟北岸。其夜月明如昼,莫稽睡不能寐。穿衣而起,坐于船头玩月。四顾无人,又想起团头之事,闷闷不悦。忽然动一个恶念,除非此妇身死,另娶一人,方免得终身之羞。心生一计,走进船舱,哄玉奴起来看月华。玉奴已睡了,莫稽再三逼他起身。玉奴难逆丈夫之意,只得披衣走至舱门口,举头望月。被莫稽出其不意,牵出船头,推堕江中,悄悄唤起舟人,分付快快开船前去,重重有赏,不可迟慢。舟子不知明白,慌忙撑篙荡桨,移舟于十里之外。住泊停当,方才说:"适间奶奶因玩月堕水,捞救不及了。"却将三两银子,赏与舟人为酒钱,舟人会意,谁敢开口。船中虽跟得有几个蠢婢子,只道主母真个坠水,悲泣一场,丢开了手,不在话下。有诗为证:

只为团头号不香,一朝得意弃糟糠。天缘结发终难解,惹得人称薄幸郎。(《古今小说》卷二十七《金玉奴棒打薄情郎》)

……刘奇回至家时,已是黄昏时候。刘方迎着,见他已醉,扶进房中,问道:"兄长何处饮酒,这时方归?"刘奇答道:"偶在钦兄家小饮,不觉话长坐久。"口中虽说,细细把他详视。当初无心时,全然不觉是女。此时已是有心辨他真假,越看越像是个女子。刘奇虽无邪念,心中却要见个明白,又不好直言,乃道:"今日见贤弟所和《燕子词》甚佳,非愚兄所能及。但不知贤弟可能再和一首否?"刘方笑而不答,取过纸笔来,一挥而就,词云:

营巢燕,声声叫,莫使青年空岁月。可怜和氏璧无瑕,何事楚君终不纳?

刘奇接来看了,便道:"原来贤弟,是个女子。"刘方闻言,羞得满面通红,未及答言。刘奇又道:"你我情同骨肉,何必避讳。但不识昔年因甚如此妆束?"刘方道:"妾初因母丧,随父还乡,恐途中不便,故为男妆。后因父没尚埋浅土,未得与母同葬,妾故不肯改形,欲求一安身之地,以厝先灵。幸得义父,遗此产业,父母骸骨,得以归土。妾是时意欲说明,因思家事尚微,恐兄独力难成,故复迟迟。今见兄屡劝妾婚配,故不得不自明耳。"刘奇道:"原来贤弟用此一段苦心,成全大事。况我与你同榻数年,不露一毫圭角,真乃节孝兼全,女中丈夫,可敬可羡!但弟词中已有俯就之意,我亦决无他娶之理。萍水相逢,周旋数载。昔为弟兄,今为夫妇。此岂人谋,实由天合。倘蒙一诺,便订百年。不知贤弟意下如何?"刘方道:"此事妾亦筹之熟矣。三宗坟墓俱在于此。若妾适他人，父母三尺之土，朝夕不便省视。况义父义母看待你我，犹如亲生。弃此而去，亦难恝然。兄若不弃陋质，使妾得侍箕帚，共奉三姓香火，妾之愿也。但无媒私合，于礼有亏。唯兄裁酌而行，免受傍人谈议，则全美矣。"刘奇道："贤弟高见，即当处分。"是晚两人便分房而卧。次早刘奇与钦大郎说了，请他大娘为媒，与刘方说合。刘方已自换了女装，刘奇备办衣物，择了吉日，先往三家坟墓上，祭告过了，然后花烛成亲。大排筵宴，广请邻里。那时哄动了河西务一镇，无不称为异事，赞叹刘家一门孝义贞烈。刘奇成亲之后，夫妇相敬如宾，挣起大大家事，生下五男二女，至今子孙蕃盛，遂为巨族。人皆称为刘方三义村云。……(《醒世恒言》卷十《刘小官雌雄兄弟》)

《两拍》为《初刻拍案惊奇》与《二刻拍案惊奇》的总称。编者凌濛初(约一五八四——一六四四)，字玄房(一作元方)，号初成(一作稚成)，亦号即空观主人，乌程人。父迪知，喜校刻古书，凌氏书风行天下。濛初壮时，累困场屋，专以刻书著作为事。崇祯时，官上海县丞，后擢徐州判，死于流寇之乱。生平著作甚富，除《两拍》外，尚有《燕筑讴》、《南音三籁》、《惑溺供》等十八种，或传或不传，今已不易考。又善作曲，名目亦不甚可考，仅知其所作至少在五种以上。他编作《两拍》的动机，因为看见冯氏编刻的《三言》，语多俚近，意存讽劝，有益世道；但宋元旧种，已被搜括殆尽，所以他取古今杂碎之事，可资听谈者，演为若干篇，汇刻成书。《初拍》刻于天启七年，可知为在凌氏未入宦途时所编。《二拍》刻于为上海县丞的次年，自此以后，遂专心仕途，于文学上没有什么贡献了。

《三言》和《两拍》有绝不相同的一点，就是一只是翻刻旧籍，一却完全为创作。《初刻拍案惊奇》原本凡四十篇，今本都为三十六篇，或只三十四篇；《二刻拍案惊奇》原本亦为四十篇，今本或为三十九篇,或只三十四篇。三十九篇本的第二十三篇,和《初刻》的第二十三篇不但文字全同,回目亦全同,疑为后来刻书的人误入,原本当不如是。又有《三刻拍案惊奇》三十回,一名《幻影》,又名《型世奇观》,题《梦觉道人》编。此书虽以《三刻》相标榜,实与前《两拍》无关。

　　……东山正在顾盼之际,那少年遥叫道:"我们一齐走路这个。"就向东山拱手道:"造次行途,未问高姓大名。"东山答道:"小生姓刘名奇,别号东山,人只叫我是刘东山。"少年道:"久仰先辈大名,如雷贯耳。小人有幸相遇,今先辈欲何往?"东山道:"小生要回本籍交河县去。"少年道:"恰好恰好。小人家住临淄,也是旧族子弟,幼年颇会读书。只因性好弓马,把书本丢了。三年前带了些资本,往京贸易,颇得些利息。今欲归家婚娶,正好与先辈作伴,同路行去,放胆壮些。直到河间府城,然后分路。有幸,有幸!"东山一路看他腰间沉重,言语温谨,相貌俊逸,身材小巧,谅道不是歹人。且路上有伴,不至寂寞,心上也欢喜道:"当得相陪。"是夜一同下了旅店,同一处饮食歇宿,如兄若弟,甚是相得。明日,并辔出涿州。少年在马上问道:"久闻先辈最善捕贼,一生捕得多少? 也曾撞着好汉否?"东山正要夸逞自家手段,这一问,搔着痒处,且是他年少可欺,便侈口道:"小弟生平两只手,一张弓,拿尽绿林中人,也不记其数,并无一个对手。这些鼠辈何足道哉! 而今中年心懒,故弃此道路。倘若前途撞着,便中拿个把儿你看。"少年但微微冷笑道:"原来如此。"就马上伸手过来说道:"借肩上宝弓一看。"东山在骡上递将过来。少年左手拿住,右手轻轻一拽就满,连放连搜,就如一条软绢带。东山大惊失色,也借少年的弓过来看看。那少年的弓,约有二十斤重。东山用尽平生之力,面红耳赤。不要说拉满,只求如初八夜头的月,再不能勾。东山惶恐无地,吐舌道:"使得好硬弓也。"便向少年道:"老弟神力,何至于此。非某所敢望也。"少年道:"小人之力,何足称神。先辈弓自太软耳。"东山赞叹再三,少年极意谦谨。晚上又同宿了。至明日,又同行。日西时,过雄县,少年拍一拍马,那马腾云也似前面去了。东山望去不见了少年。他是贼窠中弄老了的,见此行止,如何不慌,私自道:"天教我只番倒了架也,倘有个不良之人,这样神力,如何敌得,势无生理。"心上正如十五个吊桶打水,七上八下的。没奈何,迤迤行去。行得一二铺,遥望见少年在百步外,正弯弓挟矢,拉个满月,向东山道:"久闻足下手中无敌,今日请先听箭风。"言未罢,飕的一声,东山左右耳根相闻,肃肃如小鸟前后飞过,只不伤着东山。又将一箭引扣,正对东山之面,大笑道:"东山晓事人,腰间骣马钱,快送我罢,休得动手。"东山料是敌他不过,先自慌了手脚。只得跳下鞍来,解了腰间所系银袋,双手捧着,膝行至少年马前叩头道:"银钱送奉,好汉将去,只求饶命。"少年马上伸手,提了银包,大喝道:"要性命做甚!快走快走!你老子有事在此,不得同儿子前行了。"掇转马头,向北一道烟的跑了。但见黄尘滚滚,霎时不见了。……(《初刻拍案惊奇》卷三《刘东山夸技顺城门》)

《三言》《两拍》完全出世后十余年,有抱瓮老人嫌其卷帙浩繁,不便普通观览,乃选刻四十种,名为《今古奇观》。全书取自《古今小说》者八篇,(内含《喻世明言》五篇,因此我疑心《古今小说》在明代已改称《喻世明言》,今二十四篇本的《喻世明言》,当为后人妄托;否则抱瓮老人何以在《喻世明言》之外,再取《古今小说》三篇。)《警世通言》十篇,《醒世恒言》十一篇,《初刻拍案惊奇》七篇,《二刻拍案惊奇》三篇。余一篇不详所出,或采自足本的《两拍》,亦为事理所当有。此书在清代中叶,曾奉谕删去若干回,故未至完全失传。坊间又有所谓《续今古奇观》者,凡三十篇,即取《今古奇观》选余的《初刻拍案惊奇》二十九篇编成,又加入《今古奇闻》一篇。

明人所编刻的通俗短篇集,除前述的《三言》《两拍》外,尚有《石点头》十四篇,为天然痴叟作,冯梦龙曾为之作序作评。材料也古今都有,文字亦颇生动有情致。坊本改名《五续今古奇观》,而脱去了最后二篇。《醉醒石》十五篇,题东鲁古狂生编,所叙皆明代事,只第六篇为重述唐人事。《欢喜冤家》一名《贪欢报》,凡二十四篇,题西湖渔隐主人编,内容有和他书相同处;因所述同为世俗俚词,已为他人所采取者,自难免为之重述,非剿袭原书者可比。全书几乎每篇中都有猥亵的描写,故至今仍严令禁止印行。坊刻改名为《三续今古奇观》,已将猥亵语削除,故不遭禁止。《鼓掌绝尘》四集四十回,题古吴金木散人编,每集十回,集演一故事。《鸳鸯针》四卷,题华阳散人编,卷演一故事,书贾别刻其一二两卷为《一枕奇》二卷,三四两卷为《双剑雪》二卷。《西湖一集》,篇数及编者均不详。《西湖二集》三十四篇,周楫(字清原,号济川子,武林人,约一六一九前后在世)纂,每篇叙一与西湖有关之故事。《一片情》四卷十四回,作者不详,每回演一故事。

　　……王知县一连数口,便道:"今日团鱼,为何异常有味?"那叶训导自来戒食此品,叫门子送到知县席上。惟王教授一见供上团鱼,忽然不乐。再一眼看觑,又有惊疑之意。及举箸细细一拨,俯道沉吟,出了神去。两手拿箸在碗中拨上拨下,看一看,想一想,汪汪两行珠泪,掉将下来。比适才猜拳掷色的光景,大不相同。王知县看了,情知八九,便道:"一人向隅,满座不乐。王老先生每次悲哭败兴,大杀风景,收了筵席罢。"叶训导听见此语,早已起身打躬作谢,王教授也要告谢。王知县道:"叶老先生先请回衙,王老先生暂留,还有说话。"遂送叶训导出衙,上轿去后,覆身转来,屏退左右,两人接席而坐。王知县低声问道:"王老先生适才不吃团鱼,反增凄惨,此是何故? 小弟当为老先生解闷。"王教授道:"晚生一向抱此心事,只因污耳,故不敢告诉于堂翁。晚生原配荆妻乔氏,平生善烹团鱼,先把团鱼裙子,刮去黑皮,切窗必定方正。今见贵衙中整治此品,与先妻一般,感物触怀,所以流泪。"王知县道:"原来尊阃早已去世,小弟久失动问。"王教授道:"何曾是死! 却是生离。"王知县道:"为甚乃至于此。"王教授将临安就居一段情由,说了一遍。王知县听了此话,即令开了私宅门,请王教授进内,便叫乔氏出房相识。乔氏一见了王从事,王从事一见了妻子,彼此并无一言,惟有相抱大哭。连王知县也凄惨垂泪。直待两人哭罢,方对王教授道:"我与老先生同在他方做官,就把令正送到贵衙,体面不好。小弟以同官妻为妾,其过大矣,然实陷于不知。今幸未育儿女,甚为干净。小弟如今官情已淡,即日告病归田。待小弟出衙之后,离了府城,老先生将以小船相候。彼此不觉,方为美算。"王教授道:"然则老先生当年买妾,用多少身价,自当补还。"王知县道:"开口便俗,莫题莫题!"说罢,王教授别了王知县、乔氏自还衙斋。王从右即日申交上司告病,各衙门俱已批允收拾行装,离任出城,登舟望北而行,打发护送人役转去。王教授泊船冷静去处,将乔氏过载,复为夫妇,一床锦被遮羞,万物尽勾一笔。只将临安劫掠始终,并团鱼一梦,从头至尾,上床时说到天明,还是不了。……(《石点头》卷十《王孺人离合团鱼梦》)

……相隔半月,魏推官又来,仍不是前番远迎光景。魏推官看了,又笑道:"伽蓝想仍不灵。"只见这老僧口中趑趄道:"灵是灵的。"魏推官道:"既灵,怎又不报。且我前日央你问得何如?"寂和尚欲言不言。又停了半日,魏推官大笑:"伽蓝之说,还是支吾。"寂和尚又沉吟许久,欲言怕激恼推官,不言,只道他

平昔都是诳言,真是出纳两难,才道个:"不好说。"魏推官道:
"我与和尚方外知己,有话但说。"和尚道:"伽蓝是这样说,和尚
也不敢信。"把椅移一移,移近魏推官,悄悄道:"伽蓝说:老公祖
异日该抚全楚,位主冢宰,此地属其辖下。"魏推官笑道:"怕没
这事。"和尚道:"平日通报,以此之故。"魏推官又道:"今日不报,
想我不能抚楚了。"和尚道:"真难说。"推官又催他。和尚道:
"神人说:近日老公祖得了一人六百金,捉生替死,枉断一人,天
符已下,不能抚楚,故此不报。"这几句吓得魏推官:似立华山
顶,似立沧海滨。汗透重裘湿,身无欲主神。……(《醉醒石》
卷十一《惟内惟货两存私》)

　　话说姚伯华父母双双被贼人擗死,那时姚伯华从乱军中
失散了父母,各人搀挤,纷纷乱窜。伯华四处寻觅喊叫,并不
见影,心中慌张,不顾性命找寻。当夜在星月之下,遍处徘徊
顾望,竟无踪迹。次日,贼人稍退,伯华心中,走头没路,大声
痛哭,竟至血泪流出。果然孝感天地。那时贼锋未已,谁敢行
走。四野茫茫,并无一人可以问得消息。伯华只得望空祷告
天地道:"我父母何在? 万乞天地神明指示。"祷告已毕,忽然
背后有人则声道:"尔父母在前面山崖之下,速往寻觅。"伯华
回转看视,并无一人。有诗为证:

　　旷野茫茫属恁人,有谁指示尔双亲? 是知孝德通天地,幻
出神明感至人。

话说伯华回头看视,并无一人,急急忙忙走到前面山崖之下,
呼叫不见声应。细细寻觅,但见父母尸骸做一堆儿擗死在地。
伯华痛哭。那时盗贼纵横,一阵未了,又是一阵。伯华料贼人
必然又来。若还遇见,自己性命亦不能保。急将身上衣服,脱
将下来,扯为两处,裹了父母尸首,每边一个,背在肩上。不敢
从大路而行,乘夜从小路而走。用尽平生之力,穿林渡岭,走

得数里，却早天色昏暗上来。星月之下，脚高步低，磕磕撞撞，好生难走。一步步挨到江口。那时已是二更天气，万籁无声，江边静悄悄的，并无一舟可渡。伯华对天叹息道："这时怎得个船儿渡过南岸去便好。若迟到明日，恐贼兵又来，性命难免矣！"叹息方毕，两泪交流。只听得上流头咿咿呀呀，一个渔父掉一只船儿下来。伯华暗暗叫声："谢天地！"叫那渔父，渡一渡到南岸去。渔父依言，将船儿撑到岸边，伯华背了两个尸首，跳上了船。渔父一篙子撑开了船，问这姚伯华道："这是谁人尸首？"伯华哭诉道："是双亲尸首，被贼人推落崖下而死。无可奈何，恐贼明早又来，性命难保，只得连夜背了，载到祖坟上埋葬。"说罢，号啕痛哭不止。霎时间，到了南岸。伯华袖中取出银镯子一只，付与渔父。渔父大笑道："我见你是大孝之人，所以特撑船来渡你，难道是要银镯之人！你只看这兵火之际，二更天气，连鬼也没一个，这船儿从何而来？"说罢，不受其镯，把篙点开来船……霎时并不见了这只船儿。……（《西湖二集》卷六《姚伯子至孝受显荣》）

清初，戏曲家李渔亦善作通俗小说。渔（一六一一——一六七六以后）字笠翁，号觉世稗官，亦称湖上笠翁，或号觉道人，兰溪人。少好游历，晚由南京迁居杭州。世称李十郎。所著有《十二楼》，全名为《醒世恒言十二楼》，又名为《觉世名言第一种》。书中共有故事十二篇，大约都是他的创作。这些故事，每一篇都是与"楼"有关系的，故谓之《十二楼》。全书事迹多奇诡可喜，叙写亦甚横恣活泼，语气多带滑稽，一如他所作的《十种曲》。哪十二楼？即《合影楼》，凡三回。《夺锦楼》，凡一回。《三与楼》，凡三回。《夏宜楼》，凡三回。《归正楼》，凡四回。《萃雅楼》，凡三回。《拂云楼》，凡六回。《十卺楼》，凡二回。《鹤归楼》，凡四回。《奉先楼》，凡二回。《生我楼》，凡四回。《闻过楼》，凡三回。共十二卷三十八回。又有

《连城璧全集》十二集（别本名《无声戏》，内容全同），《外编》六卷，亦李渔撰，《全集》集演一故事，《外编》卷演一故事。

　　……这几间书楼，竟抵了半座宝塔，上下共有三层。每层有匾额一个，都是自己题名，高人写就的。最下一层，有雕栏曲槛，竹径花坞，是他待人接物之所，园额上有四个字云："与人为徒。"中间一层，有净几明窗，牙签玉轴，是他读书临帖之所，匾额上也有四个字云："与古为徒。"最上一层，极是空旷，除名香一炉，《黄庭》一卷之外，并无长物，是他避俗离嚣，绝人屏迹的所在，匾额上有四个字云："与天为徒。"既把一座楼台，分了三样用处，又合起来总题一匾，名曰三与楼。未曾弃产之先，这三种名目，虽取得好，还是虚设之词，不曾实在受用。只有下面一层，因他好客不过，或有远人相访，就下榻于其中，还合着"与人为徒"四个字。至于上面两层，自来不曾走到。如今园亭既去，舍了"与古为徒"的去处，就没有读书临帖之所；除了"与天为徒"的所在，就没有避俗离嚣的场所。日坐在其中，正合命名之意。方才晓得舍少多多，反不如弃名就实。俗语四句，果然说得不差："良田万顷，日食一升。大厦千间，夜眠七尺。"以前那些物力，都是虚费了的。从此以后，把求多务广的精神，合来用在一处，就把这座楼阁，分外齐正起来。虞素臣住在其中，不但不知卖园之苦，反觉得赘瘤既去，竟松爽了许多。（《十二楼》第二卷《三与楼》第一回《造园亭未成先卖》）

　　清初人所作，犹有《珍珠舶》六卷，徐震撰，卷演一故事。《照世杯》四卷，题酌元亭主人编，卷演一故事，每卷复分细目。《十二峰》十二回，题心远主人撰。《二刻醒世恒言》上函十二回，下函十二回，亦心远主人编，皆每回演一故事。《五色石》八卷，题笔炼阁编，每卷题一故事。《八洞天》八卷，题五色石主人编，与上书编者为一人，亦每卷演一故事。稍后，有《西湖佳话古今遗迹》十六篇，署古吴墨浪子编，每篇叙一与西湖有关之事迹，大都奇幻可喜。《西湖拾遗》四十八卷四十八篇，陈树基（字梅溪，钱塘人，约一七八五前后在世）撰。《娱目醒心编》十六卷三十九回，杜纲撰，每卷演一故事。纲（约一七七五前后在世）号草亭老人，昆山人，又著有《南北史演义》传世。

　　清末，有一部很流行而不很高明的通俗小说集，就是《今古奇闻》。全书凡二十二篇，据王寅的序说，此书是他由日本带回翻刻的。然其中也有传奇体的作品，如末一篇就是。第一、第二、第六、第十八各篇，都选自《醒世恒言》；第十篇则选自《西湖佳话》。大约是王寅在日本得到《三言》的残本，为之改编了一过，又补上几篇。否则日本原有这选本，为王寅加入了最后一篇，始成现在这本式样。

第七章　明清通俗小说(二)

一　异族统治下的文学环境

同样是通俗小说盛行的时代,而明清二代的政治环境却全然相异。明代是流氓和太监势力盖罩了武人和士大夫阶级势力的时代。但他们不知文化为何物,所以对于文学却抱不干涉态度,故明代的戏曲和小说,得以自由的发展。清代是以异族入主中原,他们的得天下,又是乘人之危,因了"做贼心虚",所以对于汉人常起猜疑。但清世祖对待那几个开国功臣——汉奸——尚好,不似明太祖的动辄赐死,后来虽然也各受诛灭,可是他们都是自作自受。至于对待文人就不同了。吾们的批评家金圣叹就在那时因了哭庙案而第一批被开了刀。接着,借了奏销案的名义,大批的大批的文人学士都锒铛入狱。吾们的大诗人吴梅村也因此案出亡了很久。

清初对于文人的特别注意,原来也有它的"不得不"的苦衷的。清兵入关之后,在黄河流域的战争,可称得"势如破竹";但在下江南时,却碰了几次顶子。这几次顶子的领袖都是文人,都是为地方所信仰的文人。于是,愤怒之余,来一个"扬州十日",再来一个"嘉定三屠"。文人到底敌不过武力,江南的版图终竟归了清朝。但因此却引起了他们的注意。

在一个国家开始建立的时候,除了用兵时尽可"玉石不分"外,无端杀戮,乃是大戒。(只有明太祖没有读过书,不明此理,所以杀戮功臣,成为后世讥谪之点。)所以他们不得不借别的题目来对付。而且他们的怕文人率众反抗,早已成为过去。现在所怕的,是他们的舞文弄墨。如果被他们在笔下写出些有损天朝威严的话，倘一经传世，那便非用武力所能洒除。于是他们不得不向他们示一下威。走狗们也正在要想献殷勤，于是，《庄氏史案》发生了，许多名士都弄得流离颠沛；接着，戴名世案，字贯案，科场出题案……一个一个产生出来了，文人们你也牵连，我也带累，弄得心身都无宁日。侥幸而不死，也已如惊弓之鸟，对政府哪里还敢撒一个屁儿！于是，这个政策竟收了功。

但还不放心，又想出了一个大题目。借了这个题目，不但容易消除一切反清的文字，同时又可以拉扰文人们，使他们不好意思反抗。这就是高宗的编《四库全书》。这个道儿果然用得着。该禁止的书，该抽毁的书，目录一批一批地在开出来，几乎将自古以来所有的书籍统统检阅了一下。所保存的那些书中，不但没有一个反清的文字，就是那种异端邪说也已剔除干净。此后，政府对于青年士子，可以毫无顾虑了。至于那些编校的人，这时都给他们做了官，那里再会发生什么异动！

在这样一个时代，像《水浒传》那样写结伙合队同政府反抗的书，哪里再会产生出来，即使他们对于官僚们有所不满，也只能写出些侠义小说；这些侠义们又都跟着一个清官来铲除贪污，再也没有一个侠客敢对政府表现一些儿反抗。有时也想借重神仙的力量，因为神仙不想做皇帝，这不会引起皇帝的嫉忌的。于是又写了几部神仙济世的小说。

由明代而清代，通俗小说的创作权，本已由非文人到了文人的手里，而写才子佳人书，又是文人们的拿手戏。文人们在专制时代的地位是很高的，他们中间尽有不知柴盐油米是何物的人，所以他们所写的小说的题材，除了风花雪月的风雅事外竟别无可取。偶然有几个想像力丰富一些的人，他们会凭空制造题材，但他们也仅能写《镜花缘》，写《野叟曝言》，而写不出《金瓶梅》和《今古奇观》。在清朝中叶，国家一时承平无事，在位的或有钱的文人们，又大都饱暖思淫,穷奢极华,专事冶游,所以在才子佳人书外,又增加了许多冶游的故事。在明人小说中,冶游的人往往是些富商荡子,而在清人小说中却尽有的是正经的才子,这又很显明地呈出了二朝文人对于冶游这桩事的态度殊异。

许多自明传来及清人新著的小说,在这时代也碰着好几次的禁止刊印传布的厄运。第一次是顺治九年,"题准琐语淫词,通行严禁"。以后是康熙四十八年,"议准淫词小说及各种秘药,地方官严禁"。五十三年,"九卿议定坊肆小说淫词,严查禁绝,版与书俱销毁,违者治罪,印者流,卖者徒"。乾隆元年,"覆准淫词秽说,叠架盈箱,列肆租贷,限文到三日销毁;官故纵者照禁止邪教不能察缉例,降二级调用"。嘉庆七年,"禁坊肆不经小说,此后不准再行编造"。十五年,"御史伯依保奏禁《灯草和尚》、《如意君传》、《浓情快史》、《株林野史》、《肉蒲团》等,谕旨不得令吏胥等藉端于坊市纷纷搜查,致有滋扰"。十八年,"又禁止淫词小说"。(以上见俞正燮《癸巳存稿》。)同治七年,丁日昌任江苏巡抚,严禁坊间琐语淫词,毋许刊刻贩售,禁止尤严。其札文云:

> 照得淫词小说,最易坏人心术,乃近来书贾射利,往往镂板流传,扬波扇焰。《水浒》、《西厢》等书,几于家置一编,人怀一箧。原其著述之始,大率少年浮薄,以绮腻为风流;乡曲武豪,藉放纵为任侠;而愚民鲜识,遂以犯上作乱之事,视为寻常。地方官漠不经心,方以盗案奸情,纷歧叠出。殊不知忠孝廉节之事,千百人教之而未见为功;奸盗诈伪之书,一二人道之而立萌其祸;风俗与人心,相为表里。近来兵戈浩劫,未尝非此等瑜闲荡检之说,默酿其殃。若不严行禁毁,流毒伊于胡底?本部院前在藩司任内,曾通饬所属,宣讲《圣谕广训》;并颁发小学各书,饬令认真劝解。俾城乡士民,得以目染耳濡,纳身轨物。惟是尊崇正学,尤须力黜邪言,合亟将应禁书目,

黏单札饬。札到，该司即于见在书局，附设销毁淫词小说局，略筹经费，俾可永远经理。并严饬府县，明定限期，谕令各书铺，将已刷陈本，及未印板片，一律赴局呈缴，由局汇齐，分别给价，即由该局亲督销毁。仍禁书差，毋得向各书肆藉端滋扰。此系为风俗人心起见，切勿视为迂阔之谈。并由司通饬外府县，一律严禁。本部院将以办理之认真与否，辨守令之优劣焉。计开应禁书目：

《龙图公案》《品花宝鉴》《照阳趣史》《玉妃媚史》《呼春稗史》《春灯谜史》《浓情快史》《何必西厢》《国色天香》《绣榻野史》《隔帘花影》《无稽谰语》《幻情佚史》《如意君传》《北史演义》《梦幻姻缘》《株林野史》《桃花艳史》《梼杌闲评》《摄生总要》《隋炀艳史》《巫山艳史》《脂粉春秋》《温柔珠玉》《禅真逸史》《禅真后史》《风流野志》《灯草和尚》《汉宋奇书》《笑林广记》《风流艳史》《拍案惊奇》《宜春香质》《女仙外史》《妖狐媚史》《海底捞针》《红楼重梦》《续红楼梦》《红楼圆梦》《后红楼梦》《红楼后梦》《红楼补梦》《增补红楼》《续金瓶梅》《唱金瓶梅》《前七国志》(非《四友传》)《醒世奇书》(即《空空幻》)《今古奇观》(抽禁)《岂有此理》《更岂有此理》《摘锦倭袍》《绿野仙踪》《双凤奇缘》《文武香球》《摘锦双珠凤》《鸾凤双箫》《龙凤金钗》《花间笑语》《小说各种》(福建版)《巫山十二峰》《金石缘》《五美缘》《灯月缘》《万恶缘》《雅观缘》《巫梦缘》《一夕缘》《云雨缘》《詅痴符》《梦月缘》《桃花影》《娇红传》《红楼梦》《紫金环》《牡丹亭》《七美图》《梧桐影》《循环报》(即《肉蒲团》)《金瓶梅》《艳异编》《天豹图》《八美图》(即《百美图》)《鸳鸯影》《三妙传》《贪欢报》(即《欢喜冤家》)《日月环》《天宝图》《杏花天》

《桃花艳》 《怡情阵》 《两交欢》 《同拜月》 《蜃楼志》
《石点头》 《蒲芦草》 《碧玉环》 《载花船》 《痴婆子》
《一片情》 《皮布袋》 《奇团圆》 《八段锦》（非讲玄门者）
《碧玉狮》 《闹花丛》 《醉春风》 《同枕眠》 《弁而钗》
《清风闸》 《文武元》 《凤点头》 《绿牡丹》 《绵绣衣》
《寻梦记》 《双珠凤》 《芙蓉洞》（即《玉蜻蜓》） 《一夕话》
《十二楼》 《乾坤套》 《解人颐》 《子不语》 《夜航船》
《二才子》 《百鸟图》 《刘成美》 《盘龙镯》 《绣球缘》
《万花楼》 《玉鸳鸯》 《九美图》 《十美图》 《换空箱》
《一箭缘》 《双玉燕》 《金桂楼》 《白蛇传》 《空空幻》
《五凤唅》 《真金扇》 《探河源》 《双鬶发》 《百花台》
《钟情传》 《四箱缘》 《锦香亭》 《玉连环》 《合欢图》
《西厢》（即《六才子》） 《浪史》 《情史》 《倭袍》 《反唐》
《隋唐》 《蟫史》

这个书目里有《红楼梦》，还不觉什么；有《二才子》、《万花楼》、《隋唐》……那么窥他的用意，非禁绝一切的小说不可，也不关什么淫不淫了。可是在这张书目之后，又来了许多侠义小说和谴责小说，就是书目中所开列的也还在流行，政府究竟没法可想。只是有几个奉持《三圣经》的书业老板，他们自动的把那些小说大加删削，以致它们都失去了原来的式样及精神，这却是一桩极不幸的事实。

清代的侠义小说的起来，除了直接承受《水浒传》的衣钵外，另外还有它的社会的原因。在康熙末年，为了几个皇子争立之故，彼此畜养剑客，争技斗胜，闹出了不少的故事。后来雍正帝的成功，也靠的是那些剑客。最后，他又丧命在剑客的手里。所以在清代小说中，无论传奇或通俗小说，写剑客故事的事是很多的。据胡蕴玉《雍正外传》所写：

　　雍正帝为康熙第四子，少无赖，好饮酒击剑，不见悦于康
熙，出亡在外。所交多剑客力士，结兄弟十三人，居长者为某
僧，技尤高，骁勇绝伦，能炼剑为丸，藏脑海中，用时自口吐出，
夭矫如长虹，杀人百里之外，号万人敌。次者能炼剑如芥，藏
指甲缝。雍正亦习其术。康熙帝疾笃，雍正偕剑客数人返京。
先是康熙已草诏，收藏密室。雍正侦知之，设法盗出，诏中云
"传位十四太子"，潜将十字改为于字，藏诸身边，入宫问
疾。……康熙宣召大臣入宫，久无至者，蓦见雍正立前，大怒，
取玉念珠投之。有顷，帝崩。雍正出告百官，谓奉诏册立，并
举玉念珠为证。百官莫辩真伪，奉之登极。康熙诸子，有知其
事者，心皆不服，时出怨言。雍正知群情汹汹，遂以峻法严刑
为治，即位未几，亲藩诛锄殆尽。其时各藩皆有党与，大半侠
士之流。雍正恐遭人暗杀也……心怀疑惧滋甚。思天下剑
客，多半为我党与，可无虑；惟某僧独不为用，亡命山泽，深以
为患，思杀之以除害，而某僧行踪飘忽，无从弋获。一日，侦在
某所，命结义兄弟三人易服往探，复布精兵，围守要隘。僧睹
三人至，笑曰："若等受主命来捕我耶！汝主气数尚旺，吾不能
与争。虽然，汝主多行不义，屡以私恨杀人。今吾虽死，汝主
必不能免，一月后必有为我复仇者。汝等志之。"言讫，伏剑而
死。三人携其首覆命，并以其语闻。雍正大惧，防卫益严，寝
食不宁者数日。月余，无故暴死于内寝，宫庭秘密，讳为病殁，
实则为某女侠所刺。相传女侠即吕留良孙女，剑术尤冠侪
辈云。

　　这篇文字，自然也是小说家言。然雍正更改诏书，及无疾暴亡二
事，乃是当时实事。甚者且言雍正死后失其首，入殓时系用玉琢的
首以替代。在民国之初，言论之禁大开，雍正的剑侠故事又盛行一
时。可见雍正与剑客的关系，并非全是空穴来风。而社会的注意

剑侠,也即由此开始。所谓剑侠,本为无赖走江湖之流,但自为雍正借重,社会遂也不敢轻视。更兼文人又写入小说,推重之一似《水浒传》的强盗。强盗本不可爱,但因写入《水浒传》而令人生爱;剑客本为无赖,但经文人渲染,他的身份也就抬高起来了。

雍正夺帝位一事,本为一桩很好的小说题材。但事关当代一国之君,谁敢加以非议?惟文人究竟狡猾,自会用"偷天换日"的手段来抒写,所以当时即有《红楼梦》为隐写此事而作之说。《红楼梦》在表面上确为一部抒写恋爱及家庭故事很饱满的小说,但只须稍加观察,便知确实别具用意。此事即非国家大事,以清代文字狱之屡兴,人非铁石,安敢与政府抗?故不得已而必欲抒写此事,自非将"真事隐去",另造"假语村言"不可。《红楼梦》所写的是什么?至今还是个"谜",即以此故。《红楼梦》至今犹为一般文人所宝爱者,亦因此故。

此时代的文人既有种种顾忌,于是除了写冶游之外,几乎没有一部写实小说。幽默文学虽由此而兴,但也仅敢写社会各色人物的一部分,而对于政治仍不敢发一议论和批评。此所以《儒林外史》仅写士人阶级,而《官场现形记》也仅及于官场。直至光绪欲行新政,旧禁颇多废弛,而文人亦得用直笔稍抒其胸襟。但此时清代已将临到它的末日了。

光绪帝本是清代一个最开明的皇帝,他确实很诚心地欲实行新政以图富强。他的练海军,开铁矿,筑铁道,设兵工厂,开译书馆,无一非当务之急。可是他手下的人,除了康、梁少数人外,无一不是从官场中浴身过来的人,所以仍把它来看作过往的"奉行过事"一般,不肯脚踏实地地做去。而且官僚们自经数次对外战争的失败,他们对于外人的那种畏缩,也已成为牢不可破的积习。这种种情形,我们不但可以在《官场现形记》、《文明小史》里读到,就是其他小说里也写着不少。

《金瓶梅》的时代实现时,明朝不久便亡了国;《官场现形记》的时代实现时,满人也失却了他的天下。吾们在小说史看到的许多小说中,只有这二朝的小说家曾经有人贴切地表现过他们各个的时代。像这样的小说,才当得"伟大"两字,而为吾们所需要的啊!

二 《醒世姻缘传》、《红楼梦》及冶游之作

通俗小说到了清代,它的作者无形中分成了两派:一派是文人,他们认识了通俗文学的真价,用他们细腻的手腕来做小说,所以在修辞和结构方面都来得高明,为一切社会人士所爱读;一派仍是平民作家,他们的修辞和结构当然不及文人,但是他们固有的朴质之气还完全保存着,活泼而天真,为平民阶级中人所奉为鸿宝。这二派的作品,文人所作,大都为人情、理想、讽刺一流;平民作家却喜述义侠、勇武故事。

清代的人情小说,其主旨亦皆在抒写男女婚姻的结合,但其所写对象却较明人为扩大,上至名门贵族,中及才子佳人,下至娼妓优伶,莫不各有作者出其"搏虎"之力从事写作。其中最伟大的作品,当推蒲松龄的《醒世姻缘传》、不知作者的《红楼梦》和陈森书的《品花宝鉴》等。

《醒世姻缘传》在此中是一部最先出的书,同时也是部最奇特的书。一切的婚姻故事,无论它的主人翁属于哪一个阶级,他们恋爱的进程如何殊异,但总不出两途,一是团圆,一是生离死别,而他们两个的心却总是一致的。这部书却不然。它写的是一对孽缘的夫妇,是一个怕老婆的故事。一条被里藏着两个异样的心,偏偏要分离也分离不得,虽然从前似乎没有人道过,但这却是普遍常有的事。作者捉到这样一个好题材,又加上了他那生花妙笔,这个故事就显得格外动人了。

《醒世姻缘传》共一百回,叙山东人晁源射死了一只仙狐,又把狐皮剥了。他又宠爱他的妾珍哥,把他的妻计氏逼得上吊自杀。

后来晁源托生为狄希陈,死狐托生为他的妻薛素姐,计氏托生为他的妾童寄姐。狄希陈受他的妻妾的种种虐待,素姐的残暴凶悍更是惨无人理。后来幸得高僧胡无翳指出前生的因果,狄希陈念了一万遍《金刚经》,才得消除冤业。作者似是个颇不满或嫉忌那才子佳人小说中的主人翁对对都是似胶如漆的美满,故意别出心裁以写这个悍妇故事的。除此书外,他所著的《聊斋志异》中有《江城》、《邵女》及《马介甫》三篇,写悍妇之威,亦莫不虎虎有生色,令读者变色。此书结构,颇似《江城篇》,其所附议论亦同,正因出于一手之故。

蒲松龄(一六三〇——一七一五)字留仙,一字剑臣,号柳泉居士,又号西周生,山东淄川人。读书于黄山中。老而不达,以诸生授徒于家。康熙五十年,始成岁贡生。著作颇多,尤好为通俗文字,有《问天词》、《东郭外传》、《墙头记》等鼓词,及《慈悲曲》、《禳妒咒》、《富贵神仙》等俗曲。《禳妒咒》即写《聊斋志异》中的《江城》故事。作者为山东人,故所作俗文多用山东土话,而《醒世姻缘传》中用之尤多。据胡适考证,那么书中的故事实有蓝本,薛素姐是作者一位同社的诗友王鹿瞻夫人的映像,其言或可相信。

　　却说狄希陈自从娶了这素姐的难星进宫,生出个吉凶的先兆,屡试屡应,分毫不爽。若是素姐一两日喜欢,寻衅不到他身上,他便浑身通畅;若是无故心惊,浑身肉跳,再没二话,多则一日,少则当时,就是拳头种火,再没不着手的。一日,身上不觉怎么,止觉膝盖上肉战,果不然一错二误的把素姐的脚踹了一下,嘴像念豆儿佛的一样告饶,方才饶了打,罚跪了一宿。恰好这一日身上的肉倒不跳,止那右眼梭梭的跳得有二指高,他心里害怕,说道:"这只贼眼这们的跳,没的是待抠眼不成!"怀着鬼胎害怕。到了黄昏,灵前上过了供,烧过了纸,又同他父亲表弟睡了。相大妗子娘媳两个已早回去了,狄希陈心中暗喜，说道："阿弥陀佛！徼幸过了一日！怎么得脱的过，叫这眼跳的不灵也罢。"次早三日，请了和尚念经。各门亲戚都陆续到来。狄希陈收着几尺白素杭绸，要与和尚裁制魂幡，只得自己往房中去取。素姐一见汉子进去，通似饥虎扑食一般，抓到怀里，口咬牙撕了一顿，幸得身子还甚狼狈，加不得猛力。他那床头边有半步宽的个空处，叫狄希陈进到那个所在，门口横拦了一根线带，挂了一幅门帘，骂道："我只道一世的死在外边，永世不进房来了！谁知你还也脱离不得这条路！这却是你自己进来，我又不曾使丫头去请，我又不曾自己叫你，这却是天理报应！我今把你监在里边，你只敢出我绳界，我有本事叫你立刻即死！打的有伤痕，你好给你表弟看；这坐监坐牢的，又坐不出伤来！"狄希陈条条贴贴的坐在地上，就如被张天师的符咒禁住了的一般，气也不敢声喘。狄员外等他拿不出绢去，自己走到门外催取，直着喉咙相叫，狄希陈声也不应。狄员外只得嚷将起来。素姐说："不消再指望他出去，我送他监里头去了。"狄员外随即抽身回去。……（第六十回）

《红楼梦》出世后，即夺去《三国志演义》之席而居四大奇书之一。它在清人小说中，其地位恰如《金瓶梅》之于明人小说，而所写亦恰皆为一家一门之事迹。惟《金瓶梅》所写，为市井无赖之家庭，其中人物，都居中下流阶级；《红楼梦》所写，为富豪贵族的大家庭，人物大都豪华奢丽，另成一种景象。二书结构造境，亦有相似处：《金瓶梅》叙潘金莲与李瓶儿争宠，卒至瓶儿失败身死，中间插入婢女春梅，她在西门庆死后嫁人，备享幸福；《红楼梦》叙薛宝钗与林黛玉同爱贾宝玉，以致演成三角恋爱，到底宝钗胜利了，黛玉郁死，中间插入婢女袭人，她在宝玉出家后嫁人，夫妇很和洽。所不同者，一写妇人之争宠，一写少女之妒情而已。《金瓶梅》写西门一家,由盛而衰,至于家破人亡;《红楼梦》的主旨亦相同,惟因后四十回为另一人所作,故预示复兴之兆,实非原作者之本意。至于描写的方法和背景的设置,那么二书并没有一处相像,否则《红楼梦》成了袭人窠臼之模仿文学,何能盛行到现在而被千万人所颂赞和推许啊!

《红楼梦》原名《石头记》,又名《金玉缘》。作者自云:一名《情僧录》,或名《风月宝鉴》,又名《金陵十二钗》。作者相传为曹霑(? ——一七六四),字雪芹,一字芹圃,汉军正白旗(一作镶蓝旗,一作镶黄旗,均误)人。祖寅父頫俱为江宁织造。寅曾作《楝亭诗钞》,著传奇二种,并刻书十余种;好藏书,家藏精本二千余种。清圣祖五次南巡,曾有四次以寅的织造署为行宫。故霑幼年乃生长于豪华之环境中。后頫卸任,霑随父归北京,时约十岁。后曹氏忽衰落,衰落之因,是否如《石头记》中所说,已不可考。中年时的霑,乃至贫居郊外,啜饘粥。《石头记》即作于此时。乾隆二十九年,殇子,霑伤感成疾,数月而卒,年四十余。《石头记》未完稿,初成八十回,遂有抄本流传。后曾续作,但都于死后佚失。

现在流行本百二十回的《红楼梦》,其后四十回为高鹗所作。鹗(约一七九五前后在世)字兰墅,汉军镶黄旗人。乾隆进士,官侍读。嘉庆时,为顺天乡试同考官。他补作《红楼梦》,当在未成进士之前,乾隆末,程伟元据以印行,今流行本即为此本。同年,程氏又将初刻本校改修正,再付印行,远胜于初印本,此本流行不广,近始由亚东图书馆加以新标点符号而付之重印。

《红楼梦》为曹霑所作,经胡适作《红楼梦考证》而更确定。但自寿鹏飞《红楼梦本事辩证》出世,而作者为曹霑之说遂见动摇。寿氏仅认曹雪芹为增删《红楼梦》之一人,而雪芹亦非曹霑,马水臣以为系上海人曹一士。一士(一六七八——一七三六)字谔廷,号济寰,亦号沜浦生,雍正进士,官兵科给事中,工诗文,有《四焉斋集》。一士于康熙末未通籍时,入京假馆某府者十余年,所居与海宁陈相国比邻,与《樗散轩丛谈》所言"康熙间某府西席某考廉所作"相合。至高鹗续作之说,寿氏亦不承认,仅认其曾为釐订修正而已。故《红楼梦》的作者究竟为谁,至今又成为未决的悬案了。

全书内容的大概是这样的:主要人物贾宝玉、林黛玉与薛宝钗等同居大观园中。贾宝玉是个痴情人,善于奉迎女性,即婢女亦蒙其青睐,最恨利禄中人,詈之为"禄蠹"。林黛玉是个多愁多病的女子,无端生感,哭泣终宵,是其常事;一朵花的萎落,一片叶的飘零,都足使她感伤不尽。薛宝钗似乎是一个很贤惠的女子,很熟趋奉,仪态大方,但性格不及黛玉来得爽直。他们形成了三角恋爱,时常发生暗斗。宝玉自小便和这帮姑娘们以及丫头袭人、紫鹃、晴雯等厮混。后来年渐长大,父贾政欲为娶妇,方始赴外任作官,因为黛玉羸弱,恐妨后嗣,便决定娶宝钗。姻事由从嫂王熙凤谋画,知宝玉属意黛玉,用了偷梁换柱之计,待结婚晚上,宝玉始知娶的是宝钗。其时已为黛玉所知,咯血成病,就在宝玉成婚那天死了!宝玉愤婚姻之不如志,又痛心于黛玉之亡,恹恹成病。后来他随了僧道亡去,不知所终。

作者自云"将真事隐去",故引起后人种种猜测。有谓书中人皆影当时名伶的(《樗散轩丛谈》),有谓记金陵张侯(名勇)家事的(周春《红楼梦随笔》),有谓记故相明珠家事的(陈康祺《燕下乡脞录》、俞樾《小浮梅闲话》等),有谓刺和坤事而作的(《谭瀛室笔记》),有谓藏谶纬之说的(《寄蜗残剩》),有谓全影《金瓶梅》的(阚铎《红楼梦抉微》),有谓记清世祖与董小宛故事的(王梦阮、沈瓶庵《红楼梦索隐》),有谓影康熙朝政治状态的(蔡元培《石头记索隐》),有谓作者曹雪芹自述生平的(胡适《红楼梦考证》),此外犹有以为演明亡痛史的,演清开国时六王七王家姬事的,异说纷纭,莫衷一是。此中以胡适之说最占势力,而蔡元培之说最为合理。寿鹏飞更扩充蔡氏之意,以为《红楼梦》包罗顺治、康熙两朝八十年的历史,林薛之争宝玉,当指康熙末胤禛诸人夺嫡一事。宝玉乃指玉玺,黛玉为废太子胤礽(封代理亲王),而宝钗乃为世宗胤禛,王熙凤指相国王熙,贾母指康熙帝,金陵十二钗正册副册又副册诸女子,指康熙三十六子;贾政犹言伪政府,癞僧乃影明太祖,跛道人影崇祯帝,南京甄宝玉影明弘光帝,史湘云为作者自喻,北静王影吴三桂……引证颇详,十九似可凭信。寿氏又谓:"吾意《红楼梦》一书,原本既不分章回,必专写宫闱秘事,或尚信笔直书,近于野史,未必尽合小说体裁。后值文字之狱迭兴,虑遭时忌,讳莫如深,于是托之闺阃,故为颠倒事实,以乱人目。迨禁中索阅,避忌愈甚,改窜愈多,去事实愈远,遂全为隐语寓言之作。至雪芹而五次增删,体裁尽变,章回显分,惟情文之是取,致本事之愈漓。加以辗转传抄,后先异本,故于诸皇子影事,不甚完全真切,令读者难于揣测。"因为不甚完全真切,故蔡寿二氏之说,易与他人以攻破之隙,且不易致信于人。而近出之各文学史,亦无采用之者。

……一径来至一个院门前,凤尾森森,龙吟细细,却是潇湘馆。宝玉信步走入,只见湘帘垂地,悄无人声。走至窗前,觉得一缕幽香从碧纱窗中暗暗透出。宝玉便脸贴在纱窗上,往里看时,耳内忽听得细细的叹了一声道:"镇日家情思睡昏昏。"宝玉听了,不觉心内痒将起来。再看时,只见黛玉在床上伸懒腰。宝玉在窗外笑道:"为什么'镇日家情思睡昏昏'的?"一面说,一面掀帘子进来了。黛玉自觉忘情,不觉红了脸,拿袖子遮了脸翻身向里装睡着了。宝玉才走上来,要扳他的身子,只见黛玉的奶娘,并两个婆子都跟了进来,说:"妹妹睡觉呢! 等醒来,再请罢。"刚说着,黛玉便翻身坐了起来笑道:"谁睡觉呢?"那两三个婆子,见黛玉起来,便笑道:"我们只当姑娘睡着了。"说着便叫紫鹃说:"姑娘醒了,进来伺候。"一面说,一面都去了。黛玉坐在床上,一面抬手整理鬓发,一面笑向宝玉道:"人家睡觉,你进来做什么?"宝玉见他星眼微饧,香腮带赤,不觉神魂早荡,一歪身坐在椅子上笑道:"你才说什么?"黛玉道:"我没说什么。"宝玉道:"给你个榧子吃呢,我都听见了。"二人正说话,只见紫鹃进来,宝玉笑道:"紫鹃,把你们的好茶倒碗我吃。"紫鹃道:"那里有好的呢!要好的,只好等袭人来。"黛玉道:"别理他,你先给我舀水去罢。"紫鹃道:"他是客,自然先倒了茶来,再舀水去。"说着倒茶去了。宝玉道:"好丫头!'若与你多情小姐同鸳帐,怎舍得叫你叠被铺床!'"林黛玉登时撂下脸来,说道:"二哥哥你说什么?"宝玉笑道:"我何尝说什么。"黛玉便哭道:"如今新兴的外面听了村话来,也说给我听;看了混账的书,也拿我取笑儿,我成了替爷们解闷儿的。"一面哭,一面下床来往外就走。宝玉不知要怎样,心下慌了,赶忙上来说:"好妹妹!我一时该死,你别告诉去,我再敢这样说,嘴上就长个疔,烂了舌头。"正说着,只见袭人走来说道:"快回去穿衣服,老爷叫你呢。"宝玉听了,不觉打了个焦雷一般,也顾不得别的,疾忙回来穿衣服。……林黛玉听见贾政叫了宝玉去了,一日不回来,心中替他忧虑。至晚饭时,闻得宝玉来了,心里要找他问问是怎么样了。一步步行来,见宝钗进宝玉的房内去了,自己也随后走了来。刚刚到了沁芳桥,只见各色水禽尽都在池中浴水,也认不出名色来,但见一个个文彩闪灼好看异常,因而站住看了一回。再往怡红院来,门已闭了。黛玉即便叩门,谁知晴雯和碧痕二人正拌了嘴,没好气,忽见宝钗来了,那晴雯正把气移在宝钗身上,正在院内报怨说:"有事没事跑了来,坐着,叫我们三更半夜的不得睡觉。"忽听又有人叫门。晴雯越发动了气,也并不问是谁,便说道:"都睡下了,明儿再来罢。"林黛玉素知丫头们的性情,他们彼此顽耍惯了,恐怕院内丫头没听见是他的声音,只当别的丫头们了,所以不开门,因而又高声说道："是我，还不开门么？"晴雯偏生没听见，便使性子说道："凭你是谁！二爷吩咐的，一概不许放人进来呢。"林黛玉听了，不觉气怔在门外，待要高声问他，逗起气来，自己又回思一番，虽说是舅母家如同自己家一样，到底是客边。如今父母双亡，无依无靠，现在他家依栖，如今认真怄气，也觉没趣。一面想，一面又滚下泪来了。正是回去不是，正没主意，只听里面一阵笑语之声，细听一听，竟是宝玉宝钗二人。林黛玉心中越发动了气，左思右想，忽然想起早起的事来，必竟是宝玉恼我告他的原故，但只我何尝告你去了，你也不打听打听，就恼我到这步田地！你今儿不叫我进来，难道明儿就不见面了！越想越伤感起来，也不顾苍苔露冷，花径风寒，独立墙角边花阴之下，悲悲切切呜咽起来。……忽听院门响处，只见宝钗出来了，宝玉袭人一群人送了出来，待要上去问着宝玉，又恐当着众人问羞了宝玉不便。因而闪过一傍，让宝钗去了，宝玉等进去关了门，方转过来，尚望着门洒了几点泪。自觉无味，转身回来，无精打采的卸了残妆。紫鹃雪雁素日知道林黛玉的情性，无事闷坐，不是愁眉，便是长叹，且好端端的不知为了什么常常的便自泪不干的。先时还有人解劝，谁知后来一年一月的竟常常如此，把这个样儿看惯了，也都不理论了，所以也没人去理，由他闷坐，只管睡觉去了。那林黛玉倚着床栏干，两手抱着膝，眼睛含着泪，好似木雕泥塑的一般，直坐到二更多天方才睡了。……（第二十六、二十七回）

专门为批评或考证此书的作品，除已见前述外，犹有护花主人之《评论》及《摘误》，明斋主人的《总论》，太平闲人的《石头记读法》及《音释》、《大观园图说》、《问答》，蝶芗仙史之《细评》，箕覆山房的《红楼梦偶说》，愿为明镜室主人的《读红楼梦杂记》，王雪香的《石头记评赞》,王国维的《红楼梦评论》,张其信的《红楼梦偶评》,话石主人的《红楼梦本义约编》,俞平伯的《红楼梦辨》,胡适的《考证红楼梦的新材料》等,尚有散见于清末名家笔记中的,不能一一尽举。

《红楼梦》的续书有两种:一为续八十回本,除高鹗所补四十回本外,有归锄子的《红楼梦补》四十八回,失名的《红楼幻梦》二十四回,实皆自九十七回续起;一为续一百二十回本,则有托名曹雪芹的《后红楼梦》三十回,秦子忱(号雪坞,陇西人,官兖州都司)的《续红楼梦》三十卷,王某(号兰皋主人)的《绮楼重梦》(原名《红楼续梦》,亦名《蜃楼情梦》)四十八回,失名(署红香阁小和山樵南阳氏)的《红楼复梦》一百回,魏某(号娜嬛山樵)的《补红楼梦》四十八回,《增补红楼梦》三十二回,云槎外史的《红楼梦影》二十四回,临鹤山人的《红楼圆梦》三十回,及失名的《红楼后梦》、《红楼再梦》等,大抵都在补书中的缺陷,而结以宝黛团圆。《红楼梦》的特色,本在以悲剧结全书,使读者绰有余情。一般续作者不明此意,欲以喜剧作结,遂不免于"画蛇添足"之诮了。

才子佳人书在清代,作者亦多,然无一可称。今略举其较流行的,则有《锦香亭》四卷十六回,题古吴素庵主人编;《水石缘》六卷三十则,题稽山李春荣芳普氏编;《雪月梅》十卷五十回,陈朗(字晓山,号镜湖逸叟)撰;《驻春园小史》六卷二十四回,题吴航野客编;《听月楼》二十回,为"九种奇情"之一,失名撰;《白圭志》十六回,崔象川(博陵人)撰;《二度梅全传》六卷四十回,题惜阴堂主人编;《英云梦传》十六回,题震泽九容楼主人松云氏撰;《五美缘》八十回,失名撰;《兰花梦奇传》六十八回,题吟梅山人撰;《林兰香》八卷六十四回,题随缘下士编……共不下数十种。又有改作弹词为小说的,如:《龙凤配再生缘》七十四回,完全叙《再生缘》弹词中元孟丽君事。又有《绣戈袍全传》,托名袁枚作,系叙《倭袍传》弹词事。又有《情梦柝》二十回,题蕙水安阳酒民著,叙胡楚卿改扮书童,卖身沈府,图与沈若素小姐结合,终于达到目的。这显然仿自《三笑姻缘》弹词,而只变换了主人翁的名字。此外还有许多,也不及一一举出。

这时有许多作家,却避去了用那陈旧的题材,移其手腕,易以写妓女优人之故事。以题材新颖,亦颇耸动一时。唐人好作冶游,时在他们所作诗歌和传奇中流露。宋明文人,与妓人之关系尤深,词曲中多以院中故事为题材,而词曲尤为青楼中所流行。明人通俗短篇中,已有写娼妓的故事,如《卖油郎独占花魁女》等;明清人所作笔记,专记娼妓琐事者尤多,最著者有梅鼎祚的《青泥莲花记》,余怀的《板桥杂记》;其他尚多,如《吴门画舫录》、《扬州画舫录》、《秦淮画舫录》、《海陬冶游录》等,不下数十种。至于长篇通俗小说之写冶游故事,而且以为全书主干者,却始见于《风月梦》与《品花宝鉴》,《风月梦》体裁略似讽刺小说,而《品花宝鉴》则所写为伶人。

《风月梦》三十二回,题邗上蒙人撰。他的自序作于道光二十八年(一八四八),序中有云:"余幼年失恃,长远严训,懒读诗书,性耽游荡。及至成立之时,常恋烟花场中,几陷迷魂阵里,三十余年,所遇之丽色者,丑态者,多情者,薄幸者,指难屈计。荡费若干白镪青蚨,博得许多虚情假爱,回思风月如梦,因而戏撰成书,名曰《风月梦》。"照此看来,此书乃是作者的现身说法。书中叙扬州人袁猷、陆书、吴珍、魏璧、贾铭等各恋一妓,而下场各各不同:陆书恋月香,金尽被逐,狼狈返里;吴珍恋桂林,因吸烟被陷入牢;贾铭恋凤林,背盟另嫁;魏璧恋巧云,结果被骗而走;独袁猷所恋双林,则誓死相从,猷病死,双林亦服毒以殉,终且受旌入烈妇祠。历来写妓寮之作,当以此书最为近真。《花月痕》把妓女人品看得太高,《青楼梦》写妓院如家庭,皆过于理想化。惟后来《海上花列传》等作,差可与此相比。此书后经人将书中人名改变,易其背景为上海,所有地名亦全改,但辞句皆同,名曰《名妓争风》,又名《海上花魅影》,颇盛行。而《风月梦》原作反少见。

……陆书坐在房里,月香同他犹如初来生客,连戏话总不说一句,在房里笑的时辰少,在别人房里闲顽的时辰多。晚间才睡上床,月香道:"你把几块倒头洋钱把与老燥货罢,省得说这些穷话,你前日出了门,他同我咭咭呱呱,说我不帮着他同你要洋钱。说多少熬不生煮不熟的话。我不惯听他那些厌话,你明日做点好事,将洋钱把与他罢! 你我相好,省得带累我受气。"陆书听他这些言语,自己知道洋钱亦已用尽,现在那里有洋钱开发,又不好说得没有,只好含胡答应。次早起来,洗漱已毕,月香道:"昨日我没有零钱,未曾叫人买莲子煨,相应你到教场茶馆里吃点心,回去取了洋钱再来罢。"陆书听了这话,心中大不受用。离了月香房里,才下楼,萧老妈子迎住道:"陆老爷! 那事今日拜托你帮个忙,我等着开发人呢!"陆书唯唯答应,出了进玉楼,到了教场方来茶馆,只见贾铭、吴珍、袁献、魏璧四人,总在那里,彼此招呼入座吃茶。陆书闷恢,不比得时常光景。众人见他没精没神,这般模样,追问他为着何事。陆书遂将萧老妈子如何追逼要银钱,月香待他如何光景,怎么样冷落,他说些甚么言语,逐细告诉众人。贾铭道:"贤弟! 你今日信了愚兄那日劝你的话了。你若再不相信,你三天不到那里去,到第四日空手再去,看他那里是甚么样子待你,你就明白了。若说是萧老妈子、月香现在待你的光景,但凡这些地方,要同客家打帐,总是这些顽头,才好起结呢。"陆书将信将疑,心中仍是眷恋月香,只因萧老妈子追逼要钱,现在囊橐萧条,没有洋钱,不能到那里去,行止两难。……(第二十一回)

《品花宝鉴》凡六十回,作者为陈森书。森书(约一八三五前后在世)字少逸,常州人。道光中居北京,尝出入于伶人之中,因掇拾所见所闻,作为此书。当时京中士大夫,每以狎伶为务,使之侑酒歌舞,一如妓女。此风至清末始熄。在此书中,描写此种变态的性爱,极为详尽。本为男子之伶人,如杜琴言辈,乃温柔多情如好女子;而所谓士大夫之狎伶者,则亦对他们致缠绵之情意,一如对待绝代佳人。在小说中保留这个变态心理的时代者,当以此书为最重要的一部,也许是唯一的一部。书中人物,亦大抵为实有,田春航之为毕秋帆,侯石翁之为袁子才,屈道翁之为张船山,尤为人所共知。但描写有极猥亵处,故被列为禁书。

话说那魏聘才听说锦春园的华公子,便问道:"我正要问那个华公子。"就将那路上看见的光景,车夫口内说的话,述了一遍。富三道:"赶车的知道什么!这华公子名宿,号星北。他的老爷子是世袭一等公,现做镇西将军。因祖上功劳很大,他从十八岁上当差,就赏了二品闲散大臣。今年二十一岁,练得好马步箭,文墨上也很好,脑袋是不用说,就是那些小旦,也赶不上他。只是太爱花钱,其实他倒不骄不傲,人家看着他那样气焰排场,便不敢近他。他家财本没有数儿,那年娶了靖边侯苏兵部的姑娘,这妆奁就有百万。他夫人真生得天仙似的,这相貌只怕要算天下第一了,而且贤淑无双,琴棋书画,件件皆精。还有十个丫头,叫做十珠婢,名字都有个珠字,都也生得如花如玉,通文识字,会唱会弹。这华公子在府里,真是一天乐到晚,这是城里头第一个贵公子,第一个阔主儿。我与他关一门的亲,是你嫂子的舅太爷。我今年请他吃一顿饭,就花了一千多吊。酒楼戏馆,是不去的。到人家来,这一群二三十匹马,二三十个人,房屋小,就没处安顿他们。况且他那脾气,既要好,又要多,吃量虽有限,但请他时,总得要另外想法,多做些新样的菜出来。须得三四十样好菜,二三十样果品,十几样好酒。唱动了兴,一天不彀,还要到半夜。叫班子唱戏,是不用说了,他还自己带了班子来。叫几个陪酒的相公也难,一会儿想着这个，一会儿想着那个，必得把几个有名的全数儿叫来伺候着。有了相公，也就罢了，还有那些档子班，八角鼓，变戏法，鸡零狗碎的顽意儿，也要叫来预备着，辏他的高兴。高兴了，便是几个元宝的赏；有一点错了，与那脑袋生得可厌的，他却也一样赏。赏了之后，便要打他几十鞭，轰了出去。你想，这个标劲儿！他亦不管人的脸上下得来下不来，就是随他性儿。那一日我原冒失些，我爱听十不闲，有个小顺儿，是十不闲中的状元了，我想他必定也喜欢他。那个小顺儿，上了妆，刚走上来，他见了就登时的怒容满面，冷笑了一声，他跟班的连忙把这小顺儿轰了下去，教我脸上好下不来。看他以后，便话也不说，笑也不笑。才上了十几样菜，他就急于要走，再留不住，只得让他去了。还算赏我脸，没有动着鞭子。他这坐一坐，我算起来，上席，中席，下席，各色赏耗，共一千多吊。不但没有讨好他，倒说我俗恶不堪。以后我就再不敢请他的了。"……(第五回)

其后有《花月痕》，又名《花月姻缘》，凡十六卷五十二回，作者为魏子安。子安(约一八五六前后在世)名秀仁，一字子敦，福建侯官人。早岁负盛名，长游四方，好狭邪游，所作诗词多绮语。后折节学道，乡里称为长者，但不忍弃其少作，乃托名眠鹤主人，作《花月痕》以尽纳之。或云，作者作于客居王庆云抚晋时幕中。其书虽非全写狭邪，但和妓女特有关涉，隐现全书中，配以名士，亦如佳人才子小说定式。书中写二对恋人，一成一败，使读者于欢笑之时，亦露黯然之色。行文以缠绵为主，时杂悲凉之笔；结末忽杂妖异之事，致为人所訾议。书中人物，或以为均有所隐，但不甚可考。

　　话说痴珠和秋痕，由秋华堂大门，沿着汾堤，一路踏月，步到水阁。此时云淡波平，一轮正午。两人倚阑远眺，慢慢谈心。秋痕道："掬水月在手，这五个字就是此间实景，觉得前夜烘腾腾的热闹,转不如这会有趣。"痴珠道:"我所以和你对劲儿,就在这点子上。譬如他们处着这冷淡光景,便有无限惆怅;我和你转是热闹场中,百端怅触,到枯寂时候,自适其适,心境豁然。好像这月一般,在灯市上全是烟尘之气,在这里才见得他晶莹宝相。"秋痕道:"你真说得出。就如冬间,我是在家里挨打挨骂,对着北窗外的梅花,凄凉的景况,尽也难受。然我心上,却干干净净,没有一点儿烦恼,尽天弄那一张琴,几枝笔,却也安乐得狠。我平素爱哭,这一个月就眼泪也稀少了。如今到不好,在你跟前,自然说也有,笑也有;此外见了人到的地方,都觉得心上七上八下的跳动起来,不知不觉生出多少伤感。这不是枯寂到好,热闹到不好么?"痴珠道:"热闹原也有热闹的好处,只我和你现在不是个热闹中人,所以到得热闹境中,便不觉好。——去年仲秋那一晚,彤云阁里,实在繁华,实在高兴;后来大家散了,你不和我就同倚在这阑干上么?"秋痕道:"那晚我吹了笛,你还题两首诗在我的手帕上。忽忽之间,便是隔年,光阴实在飞快。"痴珠叹道:"如今他们都有结局,只我和你,还是个水中月哩!"秋痕惨然道:"这是我命不好,逢着这难说话的人,其实我两人的心不变,天地也奈我何!"痴珠道:"咳,你我的心不变,这是个理! 时势变迁,就是天地也做不得主,何况你我?"秋痕勉强笑道:"好好赏月,莫触起烦恼!"口里虽这般说,眼波却溶溶的落下泪来。痴珠就也对着水月,说起别话。无奈两人心中,总觉得凄恻,就自转来。……(第三十四回)

较后,则有《青楼梦》六十四回,作者署名为慕真山人,其真姓名乃俞达。达(?——一八八四)字吟香,江苏长洲人。生平颇作冶游,后以风疾卒。著有《醉红轩笔话》、《花间棒》、《闲鸥集》等。《青楼梦》成于光绪四年,书中人物都为妓女,而不及其他。书中故事大略如下：苏州人金挹香，工文辞，颇致缠绵于诸妓女。后掇巍科，纳五妓，一妻四妾，为余杭知府。不久，父母皆在府衙中跨鹤仙去，挹香亦入山修真，又归家度其妻妾尽皆成仙。曩所识之三十六妓，原皆为散花苑主座下司花的仙女，今亦一一尘缘已满，重入仙班。这种叙事，仍不脱佳人才子小说之旧套，惟将女主人翁由闺阁佳人换做了青楼妓女而已。

　　……席上分曹射覆，行令飞花，至上灯时候。爱卿见拜林与珠卿十分眷恋，他早猜他的心事，便笑道："今夕我也要来做个媒了。三位姐姐家我去回覆，你们三人，也不要回去，各邀一美剪烛谈心，未识可否？"拜林道："好虽好，但香弟在姐姐这里，只怕他不肯。"爱卿说："我去说，不怕他不肯。"拜林道："如此甚好。"爱卿即便去寻挹香，恰遇挹香于松阴之下，便道："你在此做甚？"挹香道："我在此看这月儿十分圆好，你来做什么？"爱卿道："为此月圆之夕，特来与你做媒。"挹香道："你图谢媒，为何又要做媒？"爱卿道："并非别事，因见你们林哥哥与着珠卿十分眷恋，是以替你们三人做媒。"挹香道："使不得，弃旧怜新，我金某决不干此勾当之事。"爱卿道："谁来咎你弃旧怜新。"挹香道："即姐姐不咎，我总不可。"爱卿道："今夕任你什么法儿，我如月老一般，红丝已系定你的了。"挹香笑道："姐姐红丝本来系定我的了。"爱卿红着脸打了一下道："油嘴。"便扯挹香上楼谓拜林道："我向他说过了。"拜林色喜。席散漏沉，爱卿命婢张灯，送拜林与珠卿入"醉香亭"，送梦仙与秀娟入"剑阁"中，剩月仙一人，爱卿与挹香道："你同月妹到'海棠馆'去罢。"挹香道："我不去，我不去，我要到'留香阁'。"爱卿道："那个说。"扯了挹香不由分说的就走，挹香已有些醉意，一手搭好月仙的肩上，一手挽了爱卿，步履欹斜，往"海棠馆"而来。爱卿送了二人入内，回身出外，反叩其门道："月妹妹明晨

会了。"言讫,飘然往"留香阁"而去。……(第二十七回)

《海上花列传》凡六十四回,坊本或改称《新海上繁华梦》,亦为写妓院之小说。作者韩邦庆(一八五六——一八九四),字子云,别署花也怜侬,松江人。善弈棋,嗜鸦片,旅居上海甚久,为报馆编辑,沉酣于花丛中,阅历既深,遂著此书。书中故事,大都为实有,不如其他人情小说之向壁处造。其中人物,至今尚可指出其为某人、某人。此书与他书二种合印为《海上奇书》三种,每七日出一册,每册中,有此书二回,甚风行,为上海一切小说杂志的先锋。全书结构亦为《儒林外史》式,亦无一定之主人翁。但叙写逼真,能吸引读者兴趣。又全用苏州语,在方言文学上亦占极重要地位。此书在近二十年的影响极大,至今,这种体裁的小说仍时有出现。

……王阿二一见小村,便撺上去嚷道:"耐好啊!骗我,阿是?耐说转去两三个月啘,直到仔故歇坎坎来。阿是两三个月嘎?只怕有两三年哉!……"小村忙陪笑央告道:"耐覅动气,我搭耐说。"便凑着王阿二耳朵边,轻轻的说话。说不到四句,王阿二忽跳起来,沉下脸道:"耐倒乖杀哚。耐想拿件湿布衫拨来别人着仔,耐末脱体哉,阿是?"小村发急道:"勿是呀,耐也等我说完仔了嗐。"王阿二便又爬在小村怀里去听,也不知咕咕唧唧说些什么,只见小村说着,又努嘴,王阿二即回头把赵朴斋瞟了一眼,接着小村又说了几句。王阿二道:"耐末那价呢?"小村道:"我是原照旧啘。"王阿二方才罢了,立起身来,剔亮了灯台,问朴斋尊姓,又自头至足,细细打量。朴斋别转脸去,装做看单条。只见一个半老娘姨,一手提水铫子,一手托两盒烟膏,蹭上楼来……把烟盒放在烟盘里,点了烟灯,冲了茶碗,仍提铫子下楼自去。王阿二靠在小村身旁烧起烟来,见朴斋独自坐着,便说:"榻床浪来躶躶嗐。"朴斋巴不得一声，随向烟榻下手躺下，看着王阿二烧好一口烟，装在枪上，授与小村，飕飕飕直吸到底。……至第三口，小村说："勠吃哉。"王阿二调过枪来，授与朴斋。朴斋吸不惯，不到半口，斗门噎住。……王阿二将签子打通烟眼，替他把火。朴斋趁势捏他手腕，王阿二夺过手，把朴斋腿膀尽力摔了一把，摔得朴斋又痠又痛又爽快。朴斋吸完烟，却偷眼去看小村，见小村闭着眼，朦朦胧胧，似睡非睡光景。朴斋低声叫"小村哥"。连叫两声，小村只摇手，不答应。王阿二道："烟迷呀，随俚去罢。"朴斋便不叫了。……(第二回)

此外，类于《青楼梦》之写妓女小说，有西泠野樵的《绘芳录》八十回，邹弢的《海上尘天影》六十章等。体裁仿《海上花列传》的，有张春帆的《九尾龟》十二集一百九十二回，孙家振的《海上繁华梦》三集一百回等，都写上海花丛的花花絮絮。但种类既多，并无创格，读者遂为之感到嫌厌，故都无足称述。

这时，才子佳人小说亦很多，但都已受西洋小说的熏染。较为有创作性的风格高尚的作品，似只有湘影的《归梦》，新剧家取以表演之于舞台，曾赚得不少人的眼泪！其余如陈蝶仙《泪珠缘》之仿《红楼梦》，李涵秋《广陵潮》之合《儒林外史》、《红楼梦》于一炉，篇幅很长，文辞亦胜，在此中可算是佼佼者了。

三　《野叟曝言》与《镜花缘》

明代的理想小说如《西游记》，全为文人一时游戏之作，就是今人所谓"为艺术而艺术"。清代的理想小说却不然。他们都利用它来为庋藏他们博学的工具，将他们一生所得，完全借小说发抒出来。这种文字，本来算不得是文学。但因他们大都天才颇高，描写手腕亦灵转，使读者不觉其为账簿式的百科全书，而为有趣味而又很动情的故事。在这点上,他们就亦得在小说史上占一席地了。

借小说来发抒作者的学问,唐人张鹭的《游仙窟》已开其端,惟只限于文辞的修饰,而不在于内容。以作者平生的学问,借小说的内容为庋藏之工具,实始于清人夏敬渠的《野叟曝言》。此书在光绪初年始出版,而作书时期却在康熙时。全书凡二十卷,以"奋武揆文,天下无双正士;镕经铸史,人间第一奇书"二十字编卷,回数多至一百五十四回,等到印行时,已稍有缺失。今通行本均完全无缺,当为他人所补。作者夏敬渠(约一七五〇前后在世),字懋修,号二铭,江阴人。英敏积学,通经、史,旁及诸子、百家、礼乐、兵刑、天文、算数之学,无不淹贯。生平足迹,几遍全国。于《野叟曝言》外,著有《纲目举正》、《全史约编》、《学古编》及诗文集等。相传《野叟曝言》成时,适值圣祖南巡,乃装潢备进呈。敬渠有女颇明慧。以书中多狂悖语,帝性猜忌,恐祸且不测。但父性刚愎,知劝谏亦无益,乃与父门人某谋一良策,乘夜裁纸订成同式书本,将原书私为易去。到了进呈之日,敬渠启视,见无一字,乃大哭,以谓奇书遭天忌,故字迹都被吸收去。女复乘间劝慰之,乃悒悒而罢。敬渠老于诸生,生平经济学问,郁郁不得一试,乃尽出所蓄,著为这一部小说。凡叙事、谈经、论史、教孝、劝忠、运筹、决策,艺之兵、诗、医、算,情之喜、怒、哀、惧,讲道学,辟邪说,无所不包。凡古今来之忠孝才学,富贵荣华,都萃于主人翁文白(字素臣)之一身。一切小说中纪武力、述神怪、描春态,一切文籍中谈道学、论医理、讲历数,无不包罗于此书中。有的人以为文白即作者自况(析"夏"字为"文白"二字),他把自己生平所学的、所欲做的、所梦想的,完全写在《野叟曝言》中。所以这部小说,乃成了抒写作者才情、寄托作者梦想的工具。它的主人翁处处都是空想的行动,都是不自然的做作。书中因有几处猥亵的描写,所以现在仍被列为禁书之一。

……素臣一觉醒来,却被璇姑纤纤玉指,在背上画来画去，又频频作圈，不解何意，问其缘故。璇姑惊醒，亦云："不知，但是一心忆着算法，梦中尚在画那弧度，就被相公唤醒了。"素臣道："可谓好学者矣！如此专心，何愁算学不成？"因在璇姑的腹上，周围画一个大圈，说道："这算周天三百六十度。"指着璇姑的香脐道："这就算是地了。这脐四围就是地面，这脐心就是地心，在这地的四围，量至天的四围，与在这地心量至天的四围，分寸不是差了么？所以算法有这地平差一条，就是差着地心至地面的数儿。昨日正与你讲到此处，天就晚了。"璇姑笑道："天地谓之两大，原来地在天中，不在这一点子，可见妻子比丈夫小着多哩！"素臣笑道："若是妾媵，还要更小哩！"璇姑道："这个自然。但古人说：'周天三百六十五度四分度之一，谓之天行。'怎么相公只说是三百六十度？"素臣道："三百六十五度四分度之一，虽唤做'天行'，其实不是天之行。天行更速，名宗动天，历家存而不论，所算者不过经纬而已。这三百六十五度四分度之一，也只是经星行度。因经星最高，其差甚微，故即设为天行。古人算天行盈缩，也各不相同，皆有零散；惟邵康节先生，止作三百六十度，其法最妥，今之历家宗之，所谓整驭零之法也。盖日月五星行度，各各不同，兼有奇零，若把天行再作奇零，便极难算，故把他来作了整数。地恰在天中，大小虽殊，形体则一故也。把来作了三百六十度，天地皆作整文，然后去推那不整的日月五星，则事半功倍矣。"璇姑恍然大悟。素臣戏道："如今该谢师了。"璇姑也戏道："奴身自顶至踵，肌体发肤，皆属之相公，无可图报。只求随时指点，休似昨日将被单紧裹，把徒弟漫在鼓中就是了。"两人谑笑一回，沉沉睡去。……(第八回)

《镜花缘》凡一百回，以描写女子为全书中心，似已受了弹词的影响。但作者宗旨，却也是在发抒他生平所得的学问。作者李汝珍（约一七六三——一八三〇间在世）字松石，直隶大兴人。他于音韵及杂艺，如壬遁、星卜、象纬，以至书法、奕道，都很有研究。著有《音鉴》，主实用，重今音而敢于变古。生平不甚得志，老于诸生。晚年，努力作小说以自遣，历十余年才成功，道光时始有刻本。这部小说就是《镜花缘》。书中有一大段论音韵的文字，那是作者最擅长的学问。书中还有许多论学、论艺的文字，和许多诗文及酒令之类，那也是作者所喜的或所欲谈的东西。这部小说的历史背景，是在唐武则天时代：徐敬业讨武氏失败，忠臣子弟四散避难于他方。有唐敖者，与敬业等有旧，亦附其妇弟林之洋商舶至海外遨游，途中经历了遇见了无数的奇象与奇人。作者在这里几乎把全部《山海经》、《神异经》都搬入书中了。后敖至一山，食仙草而仙去。敖女闺臣又去寻父，不遇而返，却结识了许多海外才女。值武后开科试才女，诸才女乃会聚京都，大事宴游。不久，勤王兵起。诸女伴又从戎于兵间，致力于讨武氏之事业。其结果，则诸才女各各不同，大抵其命运都已前定。书中关于女子之论特多，故胡适以为是一部讨论妇女问题的小说，它对于这个问题的答案，是男女应该受平等的待遇、平等的教育、平等的选举制度。叙写很不坏：有很深刻的讥刺，很滑稽的讽笑，甚至有很大胆的创见，如林之洋在女人国历受种种女子所受之苦楚，为尤可注意者。

《镜花缘》全书凡一百回，书末有云："欲知镜中全影，且待后缘。"那么作者似还乎有续书，但今未见。其书亦似弹词，颇为闺阁中人所爱读。

> ……多九公道："此国离海不远，向来路过，老夫从未至彼。唐兄今既高兴，到要奉陪一走。但老夫自从东口山赶那肉芝，跌了一交，被石块垫了脚胫，虽已全愈；无如年纪大了，血气衰败，每每劳碌，就觉疼痛。近日只顾奉陪畅游，连日竟觉步履不便。此刻上去，倘道路过远，竟不能奉陪哩！"唐敖

道:"我们且去走走,九公如走得动,同去固妙;九公如走不动,半路回来,未为不可。"于是约同林之洋,别了徐承志,一齐登岸。走了数里,远远望去,并无一些影响。多九公道:"再走一二十里,原可支持,惟恐回来费力,又要疼痛,老夫只好失陪了。"林之洋道:"俺闻九公有跌打妙药,逢人施送,自己有病,为甚反不多服几剂?"多九公道:"只怪彼时少服了两帖药留下病根,今已日久,服药恐已无用。"林之洋道:"俺今日匆忙上来,未皆换衣,身穿这件布衫,又旧又破,刚才三人同行,还不理会,如今九公回去,我同妹夫一路行走,他是儒巾、裥衫,俺是旧帽、破衣,倒像一穷一富,若被势人看见了,还来睬俺么?"多九公笑道:"他不睬你,就对他说,'俺也有件裥衫,今日匆忙未曾穿来',他必另眼相看了。"林之洋道:"他若另眼相看,俺更要摆架子,说大话了。"多九公道:"你说什么?"林文洋道:"俺说,俺不独有件裥衫,俺家中还开过当铺,还有亲戚做过大官。如此一说,只怕还要奉承酒饭款待哩!"说着再同唐敖去了。多九公回船,脚腿甚痛,只得服药歇息,不知不觉,睡了一刻。及至睡醒,疼痛已止,足疾已自平服,心中大为畅快。正在前舱同徐承志闲谈,只见唐林二人回来,因问道:"这两面国如何风景,为何唐兄忽穿林兄衣帽,这是何意?"唐敖道:"俺们别了九公,又走了十余里,才见人烟。原来看看两面国是何形状,谁知他们个个头戴浩然巾,都把脑后遮住,只露出一个正面,却把那面藏了,因此并未看见两面。小弟上前问问风俗,彼此一经交谈,他们那种和颜悦色,满面谦恭光景,令人不觉可亲可爱,与别处迥不相同。"林子洋道:"俺同妹夫说笑,他也随口问他两句,掉转头来,把俺上下一望,陡然变了样子,脸上就冷冷的,笑容也收了,谦恭也免了,停了半晌,他才答俺半句。"多九公道:"说话这有一句两句,怎么叫做半句?"林之洋道:"他的说话,虽是一句,因他无情无绪,半吞半吐,及至到俺

耳中,却是半句。俺因他们个个把俺冷淡,后来走开,俺同妹
夫商量,俺们彼此换了衣服,看他可还冷淡?登时俺就穿起褥
衫,妹夫穿了布衣,又去寻他闲话,那知他们忽又同俺谦恭,却
又把妹夫冷淡起来。"多九公叹道:"原来所谓两面,却是如
此!"唐敖道:"岂但如此! 后来舅兄又同一人说话,小弟暗暗
走到此人身后,悄悄的把他浩然巾揭起,不意里面藏着一张恶
脸,鼠眼鹰鼻,满面横肉。他见了小弟,把扫帚眉一皱,血盆口
一张,伸出一条长舌,喷出一股毒气,霎时阴风惨惨,黑雾漫
漫,小弟一见,不觉大叫一声:'唬杀我也!'再向对面一望,谁
知舅兄却跪在地下。……"多九公道:"唐兄唬得喊叫也罢了!
林兄忽然跪下,这却为何?"林之洋道:"俺同这人正在说笑,妹
夫猛然揭起浩然巾,识破他的行藏,登时他就露出本相,把好
好一张脸,变成青面獠牙,伸出一条长舌,犹如一把钢刀,忽隐
忽现。俺怕他暗地杀人,心中一唬,不由的腿就软了,望着他
磕了几个头,这才逃回。九公! 你道这事可怪么?"九公道:
"诸如此类,也是世间难免之事,何足为怪! 老夫稍长几岁,却
又经历不少,揆其所以,大约二位语不择人,终失于心,以致如
此。幸而知觉尚早,未遭其害。此后择人而语,诸凡留神,可免
此患了。"当时唐林二人,换了衣服,四人闲谈。因落雨不能开
船,到晚,船虽住了,风仍不止。……(第二十五回)

在《野叟曝言》和《镜花缘》出世时代的中间,又产生了一部似
灵怪而又似非灵怪的小说《绿野仙踪》。它是一部写求仙访道渡世
的理想的书,但它也写及官场的势利、政治的腐恶、情场的虚伪,则
又似部写实的书。后来一切写访道济世的故事书的起来,大概都
是受了它的影响。

《绿野仙踪》凡一百回,通行本作八十回,李百川撰。百川(约
一七六六前后在世)生平无考,仅知他是江南人。书成于乾隆二十

九年(一七六四),叙冷于冰为严嵩夺去其解元,乃看破富贵功名,决心修道。道成,云游四方,降怪济弱,收弟子温如玉、连城璧、金不换、猿不邪等事,而于每个弟子的出身及修仙经过,也都写得极神奇变幻之致。中间写温如玉嫖妓受欺,把妓院里的情景表现得极真切,一切假情的妓女,爱钞的老鸨,势利的帮闲,个个都写得生动异常。其末段写诸弟子各入幻境,则又似本于唐人的《杜子春》故事,惟经历不同而已。

　　……一日,逢六月初四,是如玉寿日。早间,苗秃子和萧麻子,凑了二钱半银子,他们也自觉礼薄,不好送与如玉,暗中与郑三相商:"将这五钱银子,买了些酒肉,算与你三伙同请,第二日,不怕如玉不还席。"郑三满口应允,说道:"温太爷在我们身上用过情,二位既有此举动,我将此银买些酒肉,不彀了,我再添上些,算二位与温大爷备席。明日我另办……"话未说完,郑婆子从旁问道:"是多少银子?"萧麻子道:"共五钱。委曲你们办办罢!"郑婆子道:"那温大爷,不知道什么人情世故的人,我拙手钝脚的,也做不来,不如大家做个不知道,岂不是个两便?"萧麻子道:"这生日的话,往常彼此都问过,装不知道也罢。只是你们冷冷的。"说罢又看苗秃子。苗秃子道:"与他做什么寿? 碰倒罢!"于是两人将银子各分开袖起去了。金钟儿这日绝早的起来,到厨房中打听,没有与如玉收拾着席,自己拿出钱来,买了些面,又着打杂的备了四样菜,吃早饭;午间又托他备办一桌酒席;回房里来,从新妆束,穿一件大红纱氅儿银红纱衬衣,鹦哥绿遍地锦裙儿,与如玉上寿。若是素常,苗秃子看见这样妆束,就有许多的说话;今日看见,只装不看见。……(第四十四回)

　　《升仙传》八卷五十六回,题倚云氏著。叙明嘉靖时济小塘应试,也为严嵩所逐,亦愤而修道,降妖济世,收了几个徒弟。此书已受侠义小说影响,故中间亦插入几个飞檐走壁的人物。又有《评演济公传》前后集二百四十回,系清初所作《皆大欢喜》等述济公神异事迹的扩大,中间写江洋大盗杀人越货,侠士锄奸,一如《施公案》、《彭公案》等侠义小说所写。叙济公行动,则尤幽默有趣,无论治病、赈难、捉大盗、收门徒,无不出之以游戏。书亦为平话体,惟所叙多神异变幻之事,与《封神传》借讲史以演神怪相同,故不能列入侠义小说一流。是书续作甚多,今已至二十余集,还没有完毕。

> 话说济公同柴杜二位班头押解四个贼人船只,正往前走。这天走到小龙口,济公忽然灵机一动,就知道水里来了贼人。和尚说:"我在船上闷的狠。我出个主意,钓公道鱼罢。"大众说:"怎么叫公道鱼?"和尚说:"我钓鱼,也不用网,也不用钩子。你们给我找一根大绳子,我拴一个活套,往水里一捺。我一念咒,叫鱼自己上套里去。我要钓一个百十多斤的鱼,咱们大家吃,好不好?"大众说:"好。"就给和尚找了一根大绳。和尚拴了一个来回套,坠上石块,捺在水内。和尚就说:"进去,进去。"大众都不信服,和尚说:"拿住了,你们帮着往上揪。"众人往上一揪,果然很沉重。揪出水来,一瞧不是鱼,原来是一个人,头戴分水鱼皮帽,水衣水靠,鱼皮岔油绸子连脚裤,黄脸膛,三十多岁。和尚叫人把他捆上。和尚说:"还有。"又把绳子捺下去,果然工夫不大,又揪上一个来,是白脸膛,也是水师衣靠。……(第一百十五回)

四 由讽刺小说到谴责小说

讽刺小说实起源于戏曲的打诨,宋人游技已有"说诨经"一门,与"说话"并列，惜无书可见。明末董说的《西游补》和刘璋（太原人）的《钟馗捉鬼传》十回，一则已富含讥刺，一则语带谩骂，都是属于讽刺的作品。但是用客观的描写，能婉而多讽，使读者愤笑不得的，当首推吴敬梓的《儒林外史》。

吴敬梓（一七〇一——一七五四）字敏轩，安徽全椒人，幼颖异，诗赋援笔立就。他不善治生，性又豪迈，不数年，挥资财都尽，时或至于绝粮。雍正时，曾一度被举应博学鸿词科，不赴。后移居金陵，为文坛之中心，又集同志建先贤祠于雨花山麓，祀泰伯以下二百三十人，经济不足，卖去所住的屋来凑成，因此家里更贫了。晚年，客居扬州，自号文木老人，尤落拓纵酒。所著尚有《诗说》七卷，《文木山房集》五卷，诗七卷，皆不甚传。

敬梓所有著作的卷帙，都为奇数，《儒林外史》凡五十五回，即其一例。后有人割裂作者文集中的骈语，排列全书人物为"幽榜"，作为一回，加在全书之末；又有人补作四回，杂入全书中，所以现在通行本有五十五回及六十回本两种。作者专在攻击矫饰的颓风，又痛心于一般士人醉心于制艺而忘记了社会生活，所以书中描写的都是此种人物。他所根据的都是亲闻亲见，故能烛幽索隐，凡官僚、儒师、名士、山人，间亦有市井细民，都现身纸上，声态如生，一一呈露在读者眼前。他一方面发挥自己的理想社会，但见解仍带酸气，处处在维持他的正统的儒家思想，所以不能与社会以重大影响。本书有一特点，就是其他小说描写人物，往往恶人始终露他的奸猾，善人处处是仁举义动；本书却打破此种不合理的写法，尽管有同是这个人，而行为前后大不相同的。这虽是因作者要写科举之毒人，所以一个起先是万里寻亲的孝子，一与文人结交，便酸气冲天，行为腐化；但不料在无形中却打破了始终一律的人格描写的风气。至于书中人物，大抵为实在的，如杜少卿即为他自己，杜慎卿为其兄青然，尚志为程绵庄，虞育德为吴蒙泉，余亦皆可指证。

……虞华轩到家第二日，余大先生来说："节孝入祠，定于出月初三，我们两家有好几位叔祖母伯母叔母入祠，我们两家都该公备祭酌。自家合族人，都送到祠里去。我两人出去传一传。"虞华轩道："这个何消说得。寒舍是一位，尊府是两位，两家绅衿，共有一百四五十人。我们会齐了，一同到祠门口，都穿了公服，迎接当事，也是大家的气象。"余大先生道："我传我家的去，你传你家的去。"虞华轩到本家去转了一转，惹了一肚子的气，回来气得一夜没睡着。清晨，余大先生走进来，气的两只眼白瞪着，问道："表弟，你传的本家怎样？"虞华轩道："正是。表兄传的怎样？为何气的这样光景？"余大先生道："再不要说起。我去向寒家这些人说，他不来也罢了。都回我说方家老太太入祠，他们都要去陪祭候送，还要扯了我也去。我说了他们，他们还要笑我说背时的话。你说可要气死了人！"虞华轩笑道："寒家亦是如此，我气了一夜！明日，我备一个祭桌，自送我家叔祖母，不约他们了。"余大先生道："我也只好如此！"相约定了。到初三那日，虞华轩换了新衣帽，叫小厮挑了祭桌，到他本家八房里。进了门，只见冷冷清清，一个客也没有。八房里堂弟是个穷秀才，头戴破头巾，身穿旧襕衫，出来作揖。虞华轩进去拜了叔祖母的神主，奉主升车。他家租了一个破亭子，两条扁担，四个乡里人歪抬着，也没有执事。亭子前四个吹手，滴滴打打的吹着，抬上街来。虞华轩同他堂弟跟着，一直送到祠门口歇下。远远望见也是两个破亭子，并无吹手，余大先生、二先生弟兄两个跟着，抬到祠门口歇下。四个人会着，彼此作了揖，看见祠门前尊经阁上挂着灯，悬着彩子，摆着酒席。那阁盖的极高大，又在街中间，四面都望见。戏子一担担挑箱上去，抬亭子的人道："方老爷家的戏子来了。"又站了一会，听得西门三声铳响，抬亭子的人道："方府老太太起身了。"须臾，街上锣响，一片鼓乐之声。两把黄伞，八把旗,四队蹓街马,牌上金字,打着"礼部尚书"、"翰林学士"、"提督学院"、"状元及第",都是余虞两家送的。执事过了,腰锣、马上吹、提炉,簇拥着老太太的神主亭子,边旁八个大脚婆娘扶着。方六老爷纱帽圆领跟着亭子。后边的客,分做两班:一班是乡绅,一班是秀才。乡绅是彭二老爷、彭三老爷、彭五老爷、彭七老爷,余皆就是余虞两家的举人、进士、贡生、监生,共有六七十位,都穿着纱帽圆领,恭恭敬敬跟着走;一班是余虞两家的秀才,也有六七十位,穿着襕衫、头巾,慌慌张张,在后边赶着走。乡绅末了一个是唐二棒椎,手里拿一个簿子,在那边记账;秀才末了一个是唐三痰,手里拿个簿子在那里边记账。那余虞两家到底是诗礼人家,也还有道,走到祠前,看见本家的亭子在那里,竟有七八位走过来作一个揖,便大家簇拥着方老太太的亭子进祠去了。……(第四十七回)

《儒林外史》的体裁,每描述一人完毕,即递入他人,全书都是这样的蝉联而成。仿他的体裁而作的小说,直到清末才盛行。和他同样含讽刺意味的小说,有李伯元的《官场现形记》、《文明小史》等。

清末是官场最黑暗的时代,一般清正的人视官如鬼物,他们的行动觉得处处不入眼。《官场现形记》是清末官场的大写真,处处写作者所深恶而痛绝的龌龊卑鄙的官场行动,而且写来如描如绘,使读了他作品的人没有一个不见了官僚不禁要掩面而笑骂。他初作时,本拟作十编,每编十二回,不料成了一半,他忽去世。他自言这是部做官的教科书,前半写官场的卑鄙,是用以警惕后人的,后半方为叙述正当的做官方法。这样的中途停止了,只给我们以全幕黑暗的写照,而未示给以光明之路,似为文坛上之极大损失。其实不然。这样,它才能使我们对于旧官场的意味,深玩不尽。否则如才子佳人小说的大团圆,不是要使读者感起同样的乏味吗？

李伯元（一八六七——一九〇六）名宝嘉，号南亭亭长，江苏武进人。少时擅制艺及诗赋，以第一名入学。后累应举不第，乃到上海办《指南报》，旋中止；又办《游戏报》，专作俳谐嘲骂文字；后又办《海上繁华报》，专记优伶、娼妓消息，兼载诗、词、小说，颇盛行一时。所著尚有《庚子国变弹词》、《海天鸿雪记》、《李莲英》、《繁华梦》、《活地狱》、《文明小史》等。《文明小史》凡六十回，写维新时乡曲儒绅蠢态，亦令人为之忍俊不禁。《官场现形记》系应商人之托而作，分编告成，故随作随刊。作者死后，无嗣，伶人孙菊仙为理其丧，仿佛似宋妓之于柳耆卿，这是菊仙报他在《繁华报》的揄扬之恩，菊仙也算伶人中知恩必报者了。

且说毛维新在南京候补，一直是在洋务局当差，本要算得洋务中出色能员。当他未曾奉差之前，他自己常常对人说道："现在吃洋务饭的，有几个能彀把一部各国通商条约，肚皮里记得滚瓜烂熟呢？但是我们于这种时候出来做官，少不得把本省的事情，温习温习，省得办起事情来一无依傍。"于是单检了道光二十二年《江宁条约》抄了一遍，总共不过四五张书，就此埋头用起功来，一念念了好几天，居然可以背诵得出。他就到处向人夸口说，他念熟这个，将来办交涉是不怕的了。来后……竟有两位道台在制台前很替他吹嘘，说："毛令不但熟悉洋务，连着各国通商条约都背得出的，实为牧令中不可多得之员。"制台道："我办交涉也办得多了，洋务人员，在我手里提拔出来的，也不计其数，办起事情来，一齐都是现查书。不但他们做官的是如比，连着我们老夫子也是如此。所以我气起来，总朝着他们说：'我老头子记性差了，是不中用的了。你们年轻人，很应该拿这些要紧的书念两部在肚子里，一天念熟一页，一年便是三百六十页。化了三年工夫，那里还有他的对手!'无奈我嘴虽说破,他们总是不肯听。宁可空了打麻雀,逛窑子。等到有起事情来,仍然要现翻书。说起来真正气人!今天你二位所说的毛令,既然肯在这上头用功,很好,就叫他明天来见我。"原来此时做江南制台的,姓文名明,虽是在旗,却是个酷慕维新的。只是一样,可惜少年少读了几句书,胸中一点学问没有。这遭总算毛维新官运亨通。第二天上去,制台问了几句话,亏他东扯西扯,居然没有露出马脚,就此委了洋务局的差使。这番派他到安徽去提人,禀辞的时候,他便回道:"现在安徽那边,听说风气亦很开通。卑职此番前去,经过的地方,一齐都要留心考察考察。"制台听了,甚以为然。等到回来,把公事交代明白,上院禀见。制台问他考察的如何。他说:"现在安徽官场上很晓得维新了。"制台道:"何以见得?"他说:"听说省城里开了一片大菜馆,三大宪都在那里请过客。"制台道:"但是吃吃大菜,也算不得开通。"毛维新面孔一板道:"回大人的话:卑职听他们安徽官场上谈起那边中丞的意思说:凡百事情,总是上行下效。将来总要做到叫这安徽全省的百姓,无论大家小户,统通都会吃了大菜才好。"制台道:"吃顿大菜,你晓得要几个钱? 还要什么香槟酒、皮酒,去配他。还有些酒的名字,我亦说不上来。贫民小户,可吃得起吗?"制台的话说到这里,齐巧有个初到省的知县,同毛维新一块进来的,只因他初到省,不大懂得官场规矩。因见制台只同毛维新说话,不理他,他坐在一旁难过,便插嘴道:"卑职这回出京,路过天津上海,很吃过几顿大菜。光吃菜,不吃酒,亦可以的。"他这话原是帮毛维新的,制台听了,心上老大不高兴,眼睛往上一楞,说:"我问到你再讲。上海洋务局,省里洋务局,我请洋人吃饭,也请过不止一次了,那回不是好几千块钱! 你晓得!"回头又对毛维新说道:"我兄弟虽亦是富贵出身,然而并非纨绔一流,所谓稼穑之艰难,尚还略知一二。"毛维新连忙恭

维道:"这正是大帅关心民瘼,才能想得如此周到。"……(第五十三回)

同时,描写官场之小说尚多,吴沃尧的《二十年目睹之怪现状》与刘鹗的《老残游记》亦属此类。但非纯粹写官场,亦及其他社会中人,且都以作者为中心,非似《官场现形记》的蝉联而下。后来曾朴的《孽海花》,则又用《儒林外史》的方式。其时又有人用此体裁以写冶游小说,如张春帆的《九尾龟》等都是。

清末,梁启超印行《新小说》杂志于日本的横滨,月出一册,吴沃尧即为投稿者之一。他先后曾投《电术奇谈》、《九命奇冤》、《二十年目睹之怪现状》,凡三种。《电术奇谈》一名《催眠术》,系演述译本;《九命奇冤》三十回,为《一棒雪警富新书》的改作。《警富新书》凡四十回,署安和先生撰,系叙雍正时粤东梁天来案事,二书都非创作。《二十年目睹之怪现状》共一百八回,全书以自号"九死一生"者为线索,历记二十年中所遇、所闻天地间惊听的故事,上至官师,下至绅商,莫不著录。此书与《恨海》、《劫余灰》等都是作者的创作。《恨海》对于旧家庭、旧婚姻制度痛下攻击,为极新颖的问题小说。其他作品,则都无甚价值。

吴沃尧(一八六七——一九一○)字茧人,后改趼人,广东南海人,居佛山镇,故自称我佛山人。后至上海,为日报撰小品文,投稿《新小说》,亦于此时。后客山东,游日本,皆不得意。仍回居上海,为《月月小说》主笔,著《劫余灰》、《发财秘诀》、《上海游骖录》十回,又为《世界繁华报》作《糊突世界》十二回,为《绣像小说》作《瞎骗奇闻》八回,为《指南报》作《新石头记》四十回。曾主持广志小学校,颇尽力。宣统初,成《近十年之怪现状》二十回,全书未完稿,忽以病死。死时,衣袋中仅剩小银元二枚。他生时的窘况可想而知了。别有《恨海》十回、《胡宝玉》二书,在作者生时已发行。又尝受商人之托,以三百金为作《还我灵魂记》颂其药,一时颇为人訾议。又有

《趼廛笔记》、《趼人十三种》、《我佛山人笔记四种》、《我佛山人滑稽谈》、《我佛山人札记小说》等,在坊肆颇盛行,都为后人缀集作者之短文而成。

……到了晚上,各人都已安歇,我在枕上隐隐听得一阵喧嚷的声音出在东院里。……嚷了一阵,又静了一阵,静了一阵,又嚷一阵,虽是听不出所说的话来,却只觉得耳根不清净,睡不安稳。……直等到自鸣钟报了三点之后,方才朦胧睡去。等到一觉醒来,已是九点多钟。连忙起来,穿好衣服,走出客堂,只见吴亮臣、李在兹和两个学徒,一个厨子,两个打杂,围在一起窃窃私议。我忙问是什么事。……亮臣正要开言,在兹道:"叫王三说罢,省了我们费嘴。"打杂王三便道:"是东院符老爷家的事。昨天晚上半夜里我起来解手,听见东院里有人吵嘴……就摸到后院里……往里面偷看:原来符老爷和符太太对坐在上面,那一个到我们家里讨饭的老头儿坐在下面,两口子正骂那老头子呢。那老头子低着头哭,只不做声。符太太骂得最出奇,说道:'一个人活到五六十岁,就应该死的了,从来没见过八十多岁人还活着的。'符老爷道:'活着倒也罢了。无论是粥是饭,有得吃吃点,安分守己也罢了! 今天嫌粥了,明天嫌饭了,你可知道要吃的好。喝的好,穿的好,是要自己本事挣来的呢。'那老头道子:'可怜我并不求好吃好喝,只求一点儿咸菜罢了。'符老爷听了,便直跳起来,说道:'今日要咸菜,明日便要咸肉,后日便要鸡鹅鱼鸭,再过些时,便燕窝鱼翅都要起来了。我是个没补缺的穷官儿,供应不起!'说到那里,拍桌子打板凳的大骂。……骂毂了一回,老妈子开上酒菜来,摆在当中一张独脚圆桌上。符老爷两口子对坐着喝酒,却是有说有笑的。那老头子坐在底下,只管抽抽咽咽的哭。符老爷喝两杯,骂两句;符太太只管拿骨头来逗叭狗儿顽。那老头子哭丧着脸,不知说了一句什么话,符老爷登时大发雷霆起来,把那独脚桌子一掀,匌匌一声,桌上的东西翻了个满地,大声喝道:'你便吃去!'那老头子也太不要脸,认真就爬在地下拾来吃。符老爷忽的站了起来,提起坐的凳子,对准了那老头子摔去。幸亏站着的老妈子抢着过来接了一接,虽然接不住,却挡去势子不少。那凳子虽然还摔在那老头子的头上,却只摔破了一点头皮。倘不是那一挡,只怕脑子也磕出来了。"我听了这一番话,不觉吓了一身大汗,默默自己打主意。到了吃饭时,我便叫李在兹赶紧去找房子,我们要搬家了。(第七十四回)

又有《老残游记》二十章,题洪都百炼生著。作者刘鹗(约一八五〇——一九一〇间在世)字铁云,江苏丹徒人。少精算术,颇放荡,后自悔,又行医于上海,忽又弃而为商,尽丧其资。光绪时,河决郑州,鹗以同知投效于吴大澂,治河有功,声誉大起,渐至以知府用。在北京时,上书请敷铁道,又主张和外人订约合开煤矿,既成,世俗交谪,骂为"汉奸"。庚子之乱,鹗以贱价购太仓储粟于欧人之手,用以赈饥民,活人甚众,后政府加以私售仓粟罪名,放逐新疆而死。书中主人翁铁英,号老残,即为他自己。全书都记他的言论闻见,叙写景物,颇有可观。攻击官吏处亦很多,且摘发所谓清官者之可恨,或尤甚于赃官,言人所未尝言,作者颇自誉为特创。他以为赃官可恨,人人知之,故自知有病,不敢公然为非;清官尤可恨,人多不知。清官自以为不要钱,便何所不可,刚愎自用,小则杀人,大则误国。历来小说,皆揭赃官之恶;有揭清官之恶者,自《老残游记》始。或以为作者本未完稿,由其子续成。今又有续书二十章,则为他人所托名。

　　……那衙役们早将魏家父女带到,却都是死了一半的样子。两人跪到堂上,刚弼便从怀里摸出那个一千两银票并那五千五百两凭据……叫差役送与他父女们看。他父女回说:"不懂,这是什么缘故?"……刚弼哈哈大笑道:"你不知道,等我来告诉你,你就知道了。昨儿有个胡举人来拜我,先送一千两银子,说,你们这案,叫我设法儿开脱;又说,如果开脱,银子再要多些也肯。……我再详细告诉你,倘若人命不是你谋害的,你家为什么肯拿几千两银子出来打点呢?这是第一据。……倘人不是你害的,我告诉他:'照五百两一条命计算,也应该六千五百两。'你那管事的就应该说:'人命实不是我家害的,如蒙委员代为昭雪,七千八千俱可,六千五百两的数目却不敢答应。'怎么他毫无疑义,就照五百两一条命算账呢?这是第二据。我劝你们,早迟总得招认,免得饶上许多刑具的苦楚。"那父女两个连连叩头说:"青天大老爷,实在是冤枉。"刚弼把棹子一拍,大怒道:"我这样开导,你们还是不招?再替我夹拶起来!"底下差役炸雷似的答应了一声:"嗄!"……正要动刑。刚弼又道:"慢着。行刑的差役上来,我对你说。……你们伎俩,我全知道。你们看那案子是不要紧的呢,你们得了钱,用刑就轻,让犯人不甚吃苦。你们看那案情重大,是翻不过来的了,你们得了钱,就猛一紧,把犯人当堂治死,成全他个整尸首,本官又有个严刑毙命的处分。我是全晓得的。今日替我先拶贾魏氏,只不许拶得他发昏,但看神色不好就松刑,等他回过气来再拶。预备十天工夫,无论你什么好汉,也不怕你不招!"……(第十六章)

《孽海花》传本只二十回。初载于《小说林》杂志,目录已定,凡六十回,载至二十五回时,忽中辍。传本署"爱自由者发起,东亚病夫编述",爱自由者为金松岑,东亚病夫为常熟人曾朴。初二回为金松岑所作,后以事繁,乃让曾朴续撰。二十回本出世后,有陆士谔依作者所定回目为之续完,但为作者否认。七年后,曾朴又发愤续成全书,又续成数十回,且将前二十回亦大加修改,后忽又中辍。当时曾有金松岑亦将由二回起续作之说,但至今消息亦沉寂。曾朴(一八七一——一九三五)字孟朴,号籀斋,清举人,曾与其子虚白设书肆于上海,编《真善美》杂志,父子都专心于译者。金松岑即吴江金天翮(或作天羽),或以为字鹤望,则未知其确否。全书叙清季三十年遗闻轶事,故人物均隐约可指,主人翁为名妓赛金花,中间记庚子时事特详,写达官名士模样,亦淋漓尽致,笔锋不下于《官场现形记》。

话说雯青赶出了阿福,自以为去了个花城的强敌、爱河的毒龙,从此彩云必能回首面内,委心帖耳的了,衽席之间,不用力征经营,倒也是一桩快心的事。……却说有一天,雯青到了总署,也是冤家路窄,不知有一件什么事,给庄小燕忽然意见不合争论起来。争到后来,小燕就对雯青道:"雯兄久不来了,不怪于这里公事有些隔膜了。大凡交涉的事,是瞬息千变的,只看雯兄养病一个月,国家已经蹙地八百里了。这件事,雯兄就没有知道罢?"雯青一听这话,分明讥诮他,不觉红了脸,一语答不出来。少时,小燕道:"我们别尽论国事了。我倒要请教雯兄一个典故,李玉溪诗道:'梁家宅里秦宫入。'兄弟记得秦宫是被梁大将军赶出西第来的,这个入字,好像改做出字的妥当,雯兄,你看如何?"说完,只管望着雯青笑。雯青到此,真有些耐不得了,待要发作,又怕蜂虿有毒,惹出祸来,只好纳着头,生生的咽了下来。坐了一会,到底儿坐不住,不免站起来拱了拱手道:"我先走了。"说罢,回身就往外走,昏昏沉沉,忘了招呼从人。……(第二十四回)

鲁迅《中国小说史略》别题清末的讽刺小说为谴责小说。为什么叫谴责小说呢? 他说:"揭发伏藏,显其弊恶,而于时政,严加纠弹。或更扩充,并及风俗。虽命意在于匡世,似与讽刺小说同伦,而辞气浮露,笔无藏锋,甚且过其辞,以合时人嗜好,则其度量技术之相去远矣,故别谓之谴责小说。"

这种谴责小说,除前述外,尚有《梼杌萃编》十二编二十四回,一名《宦海钟》,钱锡宝(字叔楚,号诞叟,浙江杭州人)撰;《学究新谈》三十六回,题吴蒙编;《上海之维新党》十回,(?)叶景范(字少吾,浙江杭州人,署沈希淹)撰;《玉佛缘》八回,署嘿生撰;《学界镜》四回,署雁叟著;《市声》三十六回,署姬文撰等,多不胜录。

五 侠义小说的起来

像《水浒传》里那样团结起来反抗政府的英雄,在清人小说里是不会有的,它的原因已见前述。清代只有侠义小说,而且产生的时期已近清末。这些小说里的英雄,他们所要铲除的对象,是土豪,是劣绅,是贪官,是污吏,不用多说,这自然也有它的社会背景的。凡侠义小说有一种特色,就是都为平话体,《三侠五义》和续书的作者石玉昆,本是北方平话家。《永庆升平》则署名为哈辅源演说。贪梦道人既续《永庆升平》,又作《彭公案》,当为平话家无疑。至于最先出的《儿女英雄传评话》,作者已自题为"评话",文康为北方人,习闻说书,故拟其口吻作是书。所以清代的侠义小说,实直接宋人话本的正脉,而且又是真正的平民文学。惟后来的拟作及续作者,专为书贾渔利,大都滥恶或平庸,故一盛即又衰落。

《儿女英雄传》与《镜花缘》一样,也是以女子为主人翁的。原本有五十三回,今残存四十一回。作者为道光中的文康(约一八六八前后在世),他是满洲镶红旗人,费莫氏,字铁仙,大学士勒保的次孙。曾为郡守,擢观察,丁忧旋里。又特起为驻藏大臣,以疾不果行。他家世本贵盛,而诸子不肖,遂中落,且至困惫。晚年,块处一室,仅存笔墨,乃作此书以自遣。升降盛衰,俱所亲历,故多感慨之音。卷首有雍正及乾隆时人序，那是作者故布的疑阵。是书初名《金玉缘》，又名《日下新书》，又名《正法眼藏五十三参》，最后才题为《儿女英雄传评话》。

内容的大略是如此：有侠女何玉凤，父为军阀纪献唐所杀，乃假名十三妹，混迹山林，一心报仇。她武技至高，在各处行侠。某日，遇孝子安骥受厄，救之出险，以是相识，而又渐稔。后纪献唐为朝廷所诛，玉凤虽未手刃仇人，而父仇则已报。欲出家，然卒为人劝阻，嫁于安骥为妻。同时，她又媒介了张金凤为他的妻，张氏乃曾与他同遇难，而又同为玉凤所救者。骥后为学政，二妻各生一子，书中人物，亦大抵隐约可指：如纪献唐为年羹尧，安骥之父为作者自况，因诸子不肖，乃反写安骥之荣贵聊以自慰。作者的见解，处处为传统的道德观念所束缚，时时以迂阔的议论与读者相见，颇使人憎厌。但全书都以纯粹的北京话写成，在方言文学上很重要，和《石头记》所用京语，同样流利可诵。有人作续书三十二回，序谓先有续书甚俗，应书肆之请而作此。然亦文意并拙，且未完，说有二续，未知其曾否完稿。

……那女子片刻之间，弹打了一个当家的和尚，一个三儿，刀劈了一个瘦和尚，一个秃和尚，打倒了五个作工的僧人，结果了一个虎面行者，一共整十个人。他这才抬头望着那一轮冷森森的月儿，长啸了一声，说："这才杀得爽快！只不知屋里这位小爷吓得是活是死？"说着，提了那禅杖，走到窗前。只见那窗棂儿上，果然的通了一个小窟窿。他把着往里一望，原来安公子还方寸不离，坐在那个地方，两个大拇指堵住了耳门，那八个指头，握着眼睛，在那里藏猫儿呢。那女子叫道："公子，如今庙里的这般强盗，都被我断送了，你可好生的看着那包袱，等我把这门户给你关好，向各处打一照，再来。"公子说："姑娘，你别走！"那女子也不答言，走到房门跟前，看了看那门上并无锁钥屈戍，只钉着两个大铁环子。他便把手里那纯钢禅杖，用手弯了转来，弯成两股，把两头插在铁环子里，只一拧，拧了个麻花儿。把那门关好，重新拔出刀来，先到了厨房。只见三间正房，两间作厨房，屋里西北另有个小门，靠禅堂一间，堆些柴炭，那厨房里墙上，挂着一盏油灯，案上鸡鸭鱼肉，以至米面俱全。他也无心细看，竖身就穿过那月光门，出了院门，奔了大殿而来。又见那大殿并没些香灯供养，连佛像也是暴土尘灰。顺路到了西配堂一望，寂静无人。再往南，便是那座马圈的栅栏门。进门一看，原来是正北三间正房，正西一带灰棚，正南三间马棚。那马棚里，卸着一辆糙席蓬子大车，一头黄牛，一匹葱白叫驴，都在空槽边拴着。院子里四个骡子，守着个帘子，在那里厮。一带灰棚里，不见些灯火，大约是那些做工的和尚住内。南头一间堆着一地喂草牲口的草，草堆里卧着两个人。从窗户映着月光一看，只见两人身上止剩得两条裤子，上身剥得精光，胸前都是血迹模糊，碗大的一个窟窿，心肝五脏，都掏去了。细认了认，却是在岔道口看见的那两个骡夫。那女子看见点头道："这还有些天理。"说着，竖身奔了正房。那正房里面灯烛点了正亮，两扇房门虚掩。推门进去，只见方才溜了的那个老和尚，守着一堆炭火，旁边放着一把酒壶，一盅酒，正在那里烧两个骡夫的狼心狗肺吃呢！他一见女子进来，吓的才待要嚷。那女子连忙用手把他的头往下一按说："不准高声，我有话问你！说的明白，饶你性命！"不想这一按手重了些，按错了筍子，把个脖子，按进腔子里去。哼的一声，也交代了。那女子笑了一声说："怎的这样不禁按！"他随把桌子上的灯拿起来，屋外屋里一照，只见不过是些破箱破笼，衣服铺盖之流。又见那炕上堆着两个骡夫的衣裳行李，行李堆上放着一封信，拿起那信来一看，上写着"褚宅家信"。那女子自语道："原来这封信在这里。"回手揣在怀里。迈步出门，嗖的一声，纵上屋去，又一纵，便上了那座大殿，站在殿脊上。四边一望，只见前是高山，后是旷野，左无村落，右无乡邻，止那天上一轮冷月，眼前一派寒烟："这地方好不冷静！"又向庙里一望，四边静寂，万籁无声，再也望不见个人影儿："端的是都被我杀尽了。"看毕，顺着大殿房脊，回到禅堂东院，从房上跳将下来。才待上台阶儿，觉得心里一动，耳边一热，脸上一红，不由得一阵四肢无力，连忙的用那把刀柱在地上，说："不好！我大错了！我千不合，万不合，方才不合结果了那老和尚才是！如今正是深更半夜，况又在这古庙荒山，我这一进屋子，见了他正有万语千言，旁边要没个证明的人，幼女孤男，未免觉得……"想到这里，浑身益发摇摇无主起来。呆了半晌，他忽然把眉儿一扬，胸脯儿一挺，拿那把刀上下一指，说道："痴丫头！你看这上面是什么，下面是什么？便是明里无人，岂得暗中无神！纵说暗中无神，难道他不是人不成！我不是人不成！何妨！"说着，他就先到厨房，向灶边寻了一根秫稭，在灯盏里醮了些油，点着出来。到了那禅堂门首，一着手扭开那锁门的禅杖，进房先点上了灯。那公子见他回来，说道："姑娘，你可回来了。方才你走后，险些儿不曾把我吓死。"那女子忙问道："难道又有什么响动不成！"公子说："岂止响动，直进屋里来了！"女子说："不信门关得这样牢靠，他会进来？"公子道："他何常用从门里走，从窗户里就进来了！"女子忙问："进来便怎么样？"公子指天画地的说道："进来，他就跳上桌子，把那桌子上的菜，舔了个干净。我这里拍着窗户吆喝了两声，他才夹着尾巴跑了。"女子道："这到底是个什么东西？"公子道："是个挺大的大狸花猫。"女子含怒道："你这人怎的这等没要紧？如今大事已完，我有万言相告。此时才该你我闲谈的时候了！"……（第六回）

　　至《三侠五义》、《施公案》、《彭公案》诸书，所叙铲恶除奸的英雄都不止一人，与《水浒传》同。《三侠五义》原名《忠烈侠义传》，出现于光绪五年，凡百二十回，为石玉昆作。此书在中国社会上影响甚大，《施公案》续集以后及《彭公案》等都是继其轨而作的。这类书大都描写勇侠之士，游行村市，除暴安良，为国立功，而必以一个有名的大官为中枢，以总领一切豪杰。《三侠五义》中的领袖为宋代的包拯，有三侠——展昭、欧阳春、丁兆蕙——及五鼠——卢方、韩彰、徐庆、蒋平、白玉堂——做他的羽翼，到处破大案，平恶盗，并定襄阳王之乱。包公的故事，在元人戏曲中已盛见叙写；明人又作《龙图公案》十卷，亦名《包公案》，记包公所断奇案六十三件，文意甚拙。后又有人演为大部，仍称《龙图公案》，则组织严密，首尾通连，即为《三侠五义》的蓝本。《包公案》的"五鼠闹东京"本为一桩神怪故事，在《三侠五义》中，却都变做人的绰号而成了武侠的游戏故事了。后俞樾见此书，大为叹赏，颇病开篇"狸猫换太子"之不经，乃援据史传，别撰第一回。又以书中南侠、北侠、双侠，为数已四，又有小侠艾虎，艾虎之师黑妖狐智化及小诸葛沈仲元，均为侠士，乃改名《七侠五义》。后又有《忠烈小侠五义传》及《续小五义传》，相继出现于京师，皆一百二十四回，每回前间引古事或唱句为入话，似宋人话本，专叙平定襄阳王一事，而止于众侠士皆受朝廷封赏，中间亦穿插众侠士在江湖间诛锄恶霸事。序中亦称为石玉昆原稿。石玉昆为北方之平话家，为柳敬亭一流人物，如弹词家之有俞遇乾与马如飞。又有《正续小五义全传》，凡六十回，即取二书合为一部，去其重复，汰其铺叙，省略成五十二回，末又加八回而成。书中反增许多猥亵的描写，故传世甚希。至通行本《七侠五义》则仅百回，大约书肆以后二十回与《小五义》所叙重复，故删去。

　　且说包公正与展爷议论石子来由，忽听一片声喧，乃是西耳房走了火了。展爷连忙赶至那里，早已听见有人嚷道："房上有人。"展爷借火光一看,果然房上站立一人,连忙用手一指,放出一枝袖箭,只听噗哧一声,展爷道:"不好!又中了计了。"一眼却瞧见包兴在那里张罗救火,急忙问道:"印官看视三宝如何?"包兴说:"方才看了,纹丝没动。"展爷道:"你再看看去。"正说间,三义四勇俱各到了。此时耳房之火已然扑灭,原是前面窗户纸引着,无甚要紧。只见包兴慌张跑来,说道:"三宝真是失去不见了!"展爷即飞身上房。卢方等闻听亦皆上房。四个人四下搜寻,并无影响。下面却是王马张赵,前后稽查也无下落。展爷与卢爷等仍从房上回来,却见方才用箭射的,乃是一个皮人子,脚上用鸡爪丁扣定瓦拢,原是吹膨了的。因用袖箭打透,冒了风,也就摊在房上了。愣爷徐庆看了,道:"这是老五的。"蒋爷捏了他一把。展爷却不言语。卢方听了,好生难受,暗道:"五弟做事太阴毒了。你知我等现在开封府,你却盗去三宝,叫我等如何见相爷?如何对的起众位朋友?"他那里知道相爷处还有个知照帖儿呢。四人下得房来,一同来至书房。……(第五十一回)

《施公案奇闻》一名《施公清烈传》,又名《百断奇观》,凡九十七回,出于《三侠五义》之先(道光中),未知作者姓名,叙康熙时施世纶断案事,而文辞殊拙直。其后有续集、三集、四集,始叙及诸侠客行义故事,但其出世却在《三侠五义》之后。此书在一般社会上的势力亦甚大,今人无不知有黄天霸者,即无不知有《施公案》。又有《施公洞庭传》,今已出至甲至己集,共二百四十八回,尚未完,主人翁亦为施世纶(书中都作施仕纶)。全出于《三侠五义》之后者,有《彭公案》二十三卷一百回,为贪梦道人作,叙彭明于康熙中微行访案,许多侠士为之帮忙事,文辞亦甚拙直,然较《施公案》为胜。亦有续集、三集、四集,每集八十回,皆大行于世。

……此泉山阴流出,其水黑绿之色。向东有一窟窿,在泉之下,如冰盘大;一股水直向东流,归入逆水潭中;由山之东洞沟,流归入河内。从南紫金山之背后,有线路一条,进寒泉之面上。站在泉之台阶上,东望逆水潭,如在目前。蔡庆、高恒先派人搭了架子,拴好了绳儿,把荆条筐也拴好了,按上铃铛。高恒立时坐在筐内,吩咐众人:"听铃响急往上拉!"自己换了水衣水靠,带了钩连拐,放下了绳子。鱼眼高恒,看那水是碧绿,凉风透骨,冷气侵人。高恒年已八十,血气衰败,一见这冷气,喘息不止,到了水面,跳下水去,往下一沉,身入水内,冷气如刀,强长精神,至水底约有五六丈深,在下面方要寻找金牌,手已麻木,不知用力,连忙上来,坐在筐内,一摇铃铛。上面张耀宗连忙叫人快往上拉,到了泉口,高恒早已不省人事,急忙搭下筐来,用火烤了半个时辰,并未暖过这口气来。高通海放声大哭道:"不想你老人家今日死于此处!"张耀宗、欧阳德、蔡庆、刘芳,看着惨不可言。此时天已正午,蔡庆说:"此事如何办理呢?"高通海一想:"为人尽忠不能尽孝,我父为金牌死于冷泉之内,我必要继父之志。"先把父亲尸身,移在一旁,即刻换了衣服,坐在筐内,叫人放下去。自己先打算,不行即速上来,别死在这里。及至水面跳下去,沉身坠至水底,在各处一找,并不见有金牌,觉着冷气入骨,不能缓气。再有一刻工夫,找不着金牌,高通海也要冻死啦。他心中祷告说:"故去父亲阴魂保佑,叫孩儿快找着金牌,我也好光宗耀祖,显达门庭。"正自祷告,觉有一物撞着手心,也不知是何物件,拿在手中,即忙上来,坐在筐内,摇响铃铛。上面拉上来一看,正是金牌。……(第五十九回)

贪梦道人又曾续作《永庆升平后传》一百回。《永庆升平前传》凡九十七回,为潞河张广瑞录哈辅源演说。二书叙康熙帝变装私访,得英雄除邪教、平逆匪诸案,偏重武艺而少叙义侠,与同时他作微异。然亦迄今尚有续作,与《施公案》、《彭公案》、《三侠五义》同。

此外拟作的书,有《圣朝鼎盛万年青》八集七十六回,亦名《乾隆巡幸江南记》,原名则为《万年清奇才新传》,撰者为广东人,失其姓名。书中叙乾隆帝以大政付刘墉、陈宏谋,自游江南,历遇奸徒犯法,英雄效命的事。《七剑十三侠》三集一百八十回,一名《七子十三生》,题姑苏桃花馆主人唐芸洲编,演诸侠客助王守仁平宸濠事,不根史实,而侈言剑术。此书影响于后来的侠义小说甚大,盖前此平话所写侠客虽皆有宝剑,但至多能削铁如木而已;虽能飞檐走壁,但无檐壁则不能飞走。此中剑仙,则白光一道,即能授敌人之首,来往可在空中自由。其远祖虽为唐人传奇,而写入通俗小说,却自此书始。此后作者写侠客,皆一变《三侠五义》等所写侠客的人性为神性,遂皆无甚可观了。

却说徐鸣皋托住顶板,往下看时,下面透出亮光来,张见一个门户。只见红衣从里面跳将出来,心中大喜,便呼声:"红衣姐姐,小弟在此!"罗季芳听得,便把禅床周围的铁柱毁断,鸣皋便把顶板豁喇喇扯将下来,抛在旁边,那床面便落到底下去了。原来这两扇门与禅床通连的,非非僧每要到地穴中去,便坐在禅床上面,一手转动机关,这床面往下沉落去,这两扇门自开放,那上面的顶板落在禅床面上,依旧一只好好的禅床,顶板之上,也有席子铺着,所以全看不出破绽。他要出来时,便坐床上,下面也有机关转动,这床便自升将起来,那两扇门也自关好,便已到上面温房之内。今日红衣不知这个道理,硬开了门,所以有箭出来着了道儿,去拨动了机关,那禅床便落下来,恰巧鸣皋看见,也是天数,不然难开是门,仍难出来。鸣皋等再也寻不着地穴的门户,除非把这寺院尽行拆毁,方能得见。其中岂非鬼使神差? 当时红衣见了鸣皋,只叫声:"徐

英雄,地穴尽皆破了,众女人却在这里,我却身受致命重伤,与
公等来生再会的了。"说罢,把箭扯将出来,鲜血直冒。呜呼,
数千里跋涉,来到江南,成此一件大功,可怜死在此箭。呜皋
跳到下面,见红衣已死,十分悲悼,不觉流下几点英雄泪
来。……(第二十八回)

《七剑十三侠》初集出世的时候,别有续书名《仙侠五花剑》四
十回即续出,内容与通行续集不同。首有惜花吟主自叙,末回叙至
王守仁奉命统诸侠往征宸濠止,全书仍未完。此外又有同名的《仙
侠五花剑》三十回,又名《飞仙剑侠奇缘》,署海上剑痴撰,则独立为
一书。书叙剑仙虬髯公、黄衫客、空空儿、聂隐娘、红线下凡授徒
事,诸仙飞行及施剑术的本领,则与《七剑十三侠》中剑仙全同。

六　传奇与志怪书的复兴

唐宋人小说的单行本,到明初已十九亡失。《太平广记》又绝
少流传,明人偶一得见,仿之为文,即为世人所惊赏。其时有钱塘
人瞿佑(一三四一———一四二七),字宗吉,自号存斋,钱塘人。少
以和凌云翰《梅雪争春》词知名。累官周府长史。永乐中,以诗祸
谪保安。终内阁办事。生平著述宏富,最著者为传奇文《剪灯录》
四十卷,《剪灯新话》四卷二十一篇。稍后,有李祯(一三七六———
一四五二)字昌祺,庐陵人。永乐进士,历官广西、河南左布政使。
致仕后,足迹不踏公府,守贫以终。尝续瞿佑书作《剪灯余话》四卷
二十二篇。三书皆一味模仿唐人,且好叙写闺情艳事,为时流所
喜,仿效的纷起,甚至遭禁止方息。然佑等的作风,实开了清代《聊
斋志异》的先声。

天水赵源,早丧父母,未有妻室。延祐间,游学至于钱塘,

侨居西湖葛岭之上。其侧，即宋贾秋壑旧宅也。源独居无聊，尝日晚徙倚门外，见一女子从东来，绿衣双鬟，年可十五六。虽不盛妆浓饰，而姿色过人。源注目久之。明日出门，又见。如此凡数度，日晚辄来。源戏问之，曰："家居何处？暮暮来此？"女笑而拜曰："儿家与君为邻，君自不识耳。"源试挑之，女欣然而应。因遂留宿，甚相亲昵。明旦，辞去。夜则复来。如此凡月余，情爱甚至。源问其姓氏，居址。女曰："君但得美妇而已，何用强知！"问之不已，则曰："儿常衣绿，但呼我为绿衣人可矣。"终不告以居址所在。源意其为巨室妾媵，夜出私奔，或恐事迹彰闻，故不肯言耳。信之不疑，宠念转密。一夕，源被酒，戏指其衣曰："此真可谓'绿兮衣兮，绿衣黄裳'者也。"女有惭色，数夕不至。及再来，源扣之，乃曰："本欲相与偕老，奈何以婢妾待之，令人怏怏而不安。故数日不敢侍君之侧。然君已知矣，今不复隐，请得备言之。儿与君旧相识也。今非至情相感，莫能及此。"源问其故。女惨然曰："得无相难乎？儿实非今世人，亦非有祸于君者。盖冥数当然，凤缘未尽耳。"源大惊曰："愿闻其详。"女曰："儿故宋秋壑平章之侍女也。本临安良家子，少善弈。某年十五，以某童入侍。每秋壑回朝，冥坐半闲堂，必招儿侍弈，备见宠爱。是时，君为某家苍头，职主煎茶。每因供进茶瓯，得至后堂。君时少年，美姿容，儿见而慕之。尝以绣罗钱箧，乘暗投君。君亦以玳瑁脂盒为赠。彼此虽各有意，而内外严密，莫能得其便。后为同辈所觉，谮于秋壑，遂与君同赐死于西湖断桥之下。君今已再世为人，而儿犹在鬼箓，得非命钦！"言讫，呜咽泣下。源亦为之动容。久之，乃曰："审若是，则吾与汝乃再世因缘也。当更加亲爱，以偿畴昔之愿。"自是遂留源舍，不复更去。……（《剪灯新话》卷四《绿衣人传》）

嘉靖间,唐人小说复出现,编成丛集者很多,明初陶宗仪所编《说郛》一百二十卷,亦于此时刊行。于是有陆楫(字思豫,上海人)编《古今说海》一百四十二卷,徐应秋(字君义,浙江西安人)编《玉芝堂谈荟》三十六卷,陆贻孙(苏州人)编《烟霞小说》二十二卷,李某编《历代小史》一百五卷,叶向高(字进卿,号台山,福清人)编《说类》六十二卷,陶珽(姚安人)编《续说郛》四十六卷,王圻(字元翰,上海人)编《稗史汇编》一百七十五卷,顾元庆(字大有,长洲人)编《文房小说》四十种,《明朝四十家小说》及《广四十家小说》等,都大行于世。即当时一般专为古文的人,也喜为异人侠客童奴以至虎狗虫蚁作传,编于个人文集中。此风至清初仍不减,吾们读张潮从各家文集辑出而成的《虞初新志》和郑澍若的《续志》,可以想见一时之盛。

清代作传奇及志怪书的风气又大盛,赫然占有社会势力者凡三大家:一为《聊斋志异》,以遣辞胜;一为《新齐谐》,以叙事胜;一为《阅微草堂笔记》,以说理胜。然以文学的眼光评此三书,则不能不推《聊斋志异》为此中"祭酒"。

《聊斋志异》为作《醒世姻缘传》的蒲松龄所作,他的生平已见前述。通行本《聊斋志异》凡八卷,或析为十六卷,凡四百三十一篇,作者年五十时始写定。初惟有传抄本,渔洋山人曾激赏之,声名益振。至于刻本,则至著者死后方有,且有但明伦、吕湛恩等为之注。所记虽亦为神仙狐鬼精魅故事,然都和易可亲,使读者忘其为异类。是合志怪书传奇于一炉,而别开生面的。又有《拾遗》一卷,凡二十七篇,其中殊无佳构,疑为作者所删弃,或是他人的拟作。

……陶饮素豪,从不见其沉醉。有友人曾生,量亦无对,适过马,马使与陶较饮。二人……自辰以讫四漏,计各尽百壶。曾烂醉如泥,沉睡坐间。陶起归寝,出门践菊畦,玉山倾倒,委衣于侧,即地化为菊:高如人,花十余朵皆大于拳。马骇绝,告黄英。英急往,拔置地上,曰:"胡醉至此?"覆以衣,要马俱去,戒勿视。既明而往,则陶卧畦边。马乃悟姊弟菊精也,益爱敬之。而陶自露迹,饮益放。……值花朝,曾来造访,以两仆舁药浸白酒一坛,约与共尽。曾醉已惫,诸仆负之去。陶卧地又化为菊;马见惯不惊,如法拔之,守其旁以观其变。久之,叶益憔悴,大惧,始告黄英。英闻,骇曰:"杀吾弟矣!"奔视之,根株已枯!痛绝,掘其梗埋盆中,携入闺中,日灌溉之。马悔恨欲绝,甚恶曾,越数日,闻曾已醉死矣。盆中花渐萌,九月,既开,短干粉朵,嗅之有酒香,名之"醉陶",浇以酒则茂。……黄英终老,亦无他异。(卷四《黄英》)

此书相传因有隐讥满人之语,或以书中言狐,实谐"胡"音,故不为后来《四库全书》所收。但以作者生平思想推之,恐不甚确。

《新齐谐》凡二十四卷,续十卷,初名《子不语》,后因见前人所作已有此名,故改题今名。作者袁枚(一七一六——一七九七),字子才,号简斋,又号随园老人,钱塘人。乾隆进士,知江宁等县,有循吏名。年四十告归,筑随园于小仓山,颇放情声色。好著述,又喜奖拔文士才女,四方宗仰。所著《随园全集》,多至三十余种。《新齐谐》之作,恰如其书名,纯为志怪之作。其文据事直书,不尚雕饰,好言因果,有六朝风。但亦好作伪,其卷二十四所载唐人《控鹤监秘记》二则(普通本已删除),与杨慎所得之汉人《杂事秘辛》为同流。

俗传凶人之终,必有恶鬼,以其力能相助也。扬州唐氏妻某,素悍妒,妾婢死其手者无数。亡何,暴病,口喃喃詈骂如平日撒泼状。邻有徐元,膂力绝人,先一日昏晕,鼾呼叫骂如与人角斗者。逾日始苏。或问故,曰:"吾为群鬼所借用耳。鬼奉阎罗命拘唐妻,而唐妻力强,群鬼不能制,故来假吾力缚之。吾与斗三日,昨被吾拉倒其足,缚交群鬼,吾才归耳。"往视唐妻,果气绝,而左足有青伤。(卷二《鬼借力制凶人》)

台州富户张姓家,有老仆某,六十无子,自备一棺,嫌材料太薄,访有贫者治丧,仓卒不能办棺者,借与用之,还时但加厚一寸以为利息。如是数年,居然棺厚九寸矣,藏主人厢房内。一夕,邻家火起,合室仓皇,看火者见张氏宅上立一黑衣人,手执红旗,送风而挥,挥到处火头便转。张氏正宅无恙,惟厢房烧毁。老仆急入扛取,棺业已焚,及忙投水塘中,俟扑灭余火后拖起刨之,依然可用。但尺寸之薄,亦依然如前矣。(卷八《命该薄棺》)

和《聊斋志异》明树异帜的,为纪昀的《阅微草堂笔记》五种。他是主张排除唐代传奇浮艳的作风,而追仿六朝志怪书的质直的,但过偏于议论,且其目的为求有益人心,已失去了文学的意义。纪昀(一七二四——一八○五)字晓岚,一字春帆,自号石云,直隶献县人。乾隆进士,官至侍读学士,因事被谪戍乌鲁木齐。后召还,为四库全书馆之总纂官,他的毕生精力,都用在多至二百卷的《四库全书总目提要》上。后又累迁大官。《笔记》五种为《滦阳消夏录》六卷,《如是我闻》、《槐西杂志》、《姑妄听之》各四卷及《滦阳续录》六卷。每种一脱稿即为书肆刊行,故当时五种都单行。后来他的门人盛时彦将五种合刻,始名《阅微草堂笔记》。鲁迅谓作者"本长文笔,多见秘书,又襟怀夷旷,故凡测鬼神之情状,发人间之幽微,托狐鬼以抒己见者,隽思妙语,时足解颐;间杂考辨,亦有灼见;叙述复雍容淡雅,天趣盎然,故后来无人能争其席"。言虽如此,但其行世,反不如《聊斋异志》为雅俗所共赏。

吕太常含辉言：京师有富室娶妇者，男女并韶秀，亲串皆望若神仙，观其意态，夫妇亦甚相悦。次日天晓，门不启，呼之不应，穴窗窥之，则左右相对缢，视其衾，已合欢矣。婢媪皆曰："是昨夕已卸妆，何又着盛服而死耶？"异哉，此狱！虽皋陶不能听矣。（《如是我闻》二）

田白岩言：尝与诸友扶乩，其仙自称真山民，宋末隐君子也，倡和方洽，外报某客某客来，乩忽不动。他日复降，众叩昨遽去之故，乩判曰："此二君者，其一世故太深，酬酢太熟，相见必有谀词数百句，云水散人拙于应对，不如避之为佳；其一心思太密，礼数太明，其与人语，恒字字推敲，责备无已，闲云野鹤岂能耐此苛求，故遁逃尤恐不速耳。"后先姚安公闻之曰："此仙究狷介之士，器量未宏。"（《槐西杂志》一）

李义山诗"空闻子夜鬼悲歌"，用晋时鬼歌《子夜》事也；李昌谷诗"秋坟鬼唱鲍家诗"，则以鲍参军有《蒿里行》，幻窅其词耳。然世间固往往有是事。田香沁言：尝读书别业，一夕风静月明，闻有度昆曲者，亮折清圆，凄心动魄，谛审之，乃《牡丹亭·叫画》一出也。忘其所以，倾听至终。忽省墙外皆断港荒陂，人迹罕至，此曲自何而来？开户视之，惟芦荻瑟瑟而已。（《姑妄听之》三）

其他作品，其作风总不脱上述三家的范围。和《聊斋》同派的作品有：《谐铎》十卷，吴门沈起凤作；《夜谭随录》十二卷，满州和邦额作；《萤窗异草》初二三编共十二卷，长白浩歌子作；《影谈》四卷，海昌管世灏作；《昔柳摭谈》八卷，平湖冯起凤作；《六合内外琐言》二十卷，一名《璅蛣杂记》，江阴屠绅所作。近至金匮邹弢作《浇愁集》八卷；长洲王韬作《遁窟谰言》、《淞隐漫录》、《淞滨琐话》各十二卷;天长宣鼎作《夜雨秋灯录》十六卷,亦笔致纯效《聊斋》。然渐由写狐鬼而叙烟花粉黛,间及异人奇事,一似唐人传奇的扩大六朝志怪书的描写的对象。至于拟仿纪氏的作品有:《耳食录》十二卷,《二录》八卷,临川乐钧作;《闻见异辞》二卷,海昌许秋垞作;《翼駉稗编》八卷,武进汤用中作;《三异笔谈》四卷,云间许元仲作;《印雪轩随笔》四卷,德清俞鸿渐作。此外如德清俞樾所作《右台仙馆笔记》十六卷、《耳邮》四卷,颇似效法《新齐谐》,而记叙简雅,不涉因果,和袁作又不同。江阴金捧阊的《客窗偶笔》四卷,福州梁恭辰的《池上草堂笔记》二十四卷,桐城许奉恩的《里乘》十卷,亦为志怪书;惟旨在劝惩,离小说的旨趣渐远。

　　清代有两部著名的长篇传奇体的小说,在当时小说界特树一帜,一为屠绅的《蟫史》,一为陈球的《燕山外史》,前者为散文,后者为骈文。屠绅(一七四四———一八○一)字贤书,一字笏岩,号磊砢山人,亦署黍余裔孙,江阴人。乾隆进士,累官知甸州,五校乡闱,后为广州同知。颇好色,正室至四五娶,妾媵不在此数。嘉庆六年,以候补在北平,暴病卒。所著尚有《鹗亭诗话》及志怪书《六合内外琐言》。《蟫史》凡二十卷,叙闽人桑蠋生海行,堕水获救,见指挥甘鼎,用其意作城,敌不能瞰。又于地穴得天书,二人同视,皆大悦。已而有邝天龙为乱,鼎进讨,有龙女来助,擒天龙,其党娄万赤逸去。鼎以功晋位,随石珏剿海寇,又破交人。旋擢兵马总帅,赴楚蜀黔广防九股苗,与诸苗战,多历奇险,然皆胜。娄万赤亦在苗中,因潜归交阯。鼎至广州,与抚军区星击交阯,擒其王,戮娄万赤,交阯乃平。桑蠋生还闽,甘鼎亦弃官去。其文风格奇特,造语亦多隽异,皆为他人所未试。其志怪书《六合内外琐言》的风格亦然,惟一为长篇,一篇短篇罢了。如将此书易文言为白话,亦与明人《西游记》同流,为灵怪小说杰作。

　　……娄万赤与其师李长脚斗法于江桥南。……李长脚变金井给万赤,即坠入,忽有铁树挺出,井阑撑欲破。犷儿引庆喜至,出白罗巾掷树巅,砉然有声,铁树不复见,李长脚复其形,觅万赤卧桥畔沙石间。遂袖出白壶子一器,持向万赤顶骨咒曰……咒毕,举手振一雷。万赤精气已铄,跃入江中,将随波出海。木兰呼鳞介士百人追之飘浮,所在必见吆喝,乃变为璩蛣。乘海蟹空腹,入之,以为"藏身之固"矣。交阯人善捞蟹者,得是物如箕,大喜,刳蟹将取其腹腴,一虫随手出,倏堕地化为人形,俄顷长大,固俨然盲僧焉,询之不复语。有屠者携刀来视,咄咄曰:"蟹腹自有'仙人',一名'和尚',要是谑语,断无别肠容此妖物,不诛戮之,吾南交祸未已也。"挥刀斫其首。时甘君已入城,与区抚军议班师矣。常越所部卒持盲僧首以献,转告两元戎。桑长史进曰:"斯必万赤头也。记天人第二图为大蟹浮海中,篆云'横行自毙'。某当初疑万赤先亡,乃今始验。"适李长脚入辞,视其头笑曰:"此贼以水火阴阳,为害中国,不死于黄钺而死于屠刀,固犬豕之流耳。仙骨何有哉?……"(卷二十)

陈球(约一八〇八年前后在世)字蕴斋,浙江秀水人。家贫,为诸生,以卖画自给。工骈体文,喜为传奇,尝取明冯梦桢《窦生传》为骨干,加以敷衍,演成四六文三万一千余言,名曰《燕山外史》,凡八卷。光绪初,永嘉傅声谷为之注释,但于本文反有删削。书叙永乐时燕人窦绳祖,就学嘉兴,悦贫女李爱姑,迎以同居。后父命迫婚淄川宦族。爱姑辗转落妓家,得侠士马遴之助,复归窦生。大妇待之虐,生携爱姑遁去。会唐赛儿之乱作,又相失。及生复归,则家中资产已空,大妇亦求去。爱姑本匿尼庵,遂返。是年,窦生及第,累官至山东巡抚,迎爱姑入署。未几生男,觅乳媪,适前大妇再嫁,后夫死,子殇,往应之。生仍为优容。妇又设计陷害马遴,生亦牵连得罪。终乃昭雪复官,生与爱姑皆仙去。此书如易骈文为白话，也不过是一部平常的才子佳人小说而已。然因世间颇少此体。故颇为爱好古典者所重。

> ……其父内存爱犊之思，外作搏牛之势，投鼠奚遑忌器，打鸭未免惊鸯。放笠之豚，追来入笠，丧家之犬，叱去还家。疾驱而身弱如羊，遂作补牢之计，严锢而人防似虎，终无出柙之时。所虞龙性难驯，拴于铁柱，还恐猿心易动，辱以蒲鞭。由是姑也蔷薇架畔，青黛将颦，薜荔墙边，红花欲悴，托意丁香枝上，其意谁知，寄情豆蔻梢头，此情自喻。而乃莲心独苦，竹沥将枯，却嫌柳絮何情，漫漫似雪，转恨海棠无力，密密垂丝。才过迎春，又经半夏，采蓱采葛，只自空期，投李投桃，俱为陈迹，依稀梦里，徒栽侍女之花，抑郁胸前，空带宜男之草。未能蠲忿，安得忘忧，鼓残瑟上桐丝，奚时续断，剖破楼头菱影，何日当归？岂知去者益远，望乃徒劳，昔虽音问久疏，犹同乡井，后竟梦魂永隔，忽阻山川。室迩人遐，每切三秋之感，星移物换，仅深两地之思。……（卷二）

至清末，传奇体的小说仍风行，而又多述武侠及政治异闻。再后，更起了黑幕小说的风尚，作风愈趋愈下。长篇一流，如何诹的《碎琴楼》和徐枕亚之《玉梨魂》，曾一时颠倒了许多青年男女。然亦仅此二种，余则皆似"东施效颦"，令人徒觉肉麻罢了。

结　　论

　　自通俗小说勃兴,而中国各体小说皆趋入末路,即通俗小说自身亦然。通俗小说为什么也会趋入末路呢? 这个问题似很奇特。但是我们如果细心地去考量一下,那就可恍然于这个趋向的来源和这趋向在小说史上是进化而非退化,而且这个问题亦不是个难解答的问题。

　　通俗小说的勃兴,除了受佛教的影响外,与当时政治者的爱好很有关系。吾们翻开全部中国文学史来看,汉魏乐府、唐诗、宋词、元曲为什么能代表一个时代的文学? 那么不是朝廷提倡,便是权力者的爱好,所以能盛极一时。明代虽没有什么权力者出来明白的提倡,但我们看明成祖时敕编的明代唯一大丛书《永乐大典》,其中平话一门,所收甚多,可见当时的政治者把平话和其他著作已一例看待。到了清代就不同了。清代敕编的多至三万六千二百七十五册的《四库全书》,不独平话体的通俗小说踪迹不见,就是古典的传奇小说如《聊斋志异》亦不见收。我们只要这样一考量,便知通俗小说之所以勃兴和所以走入末路的原因所在了。

　　清代不但轻视小说,而且又加以禁止。在顺治、康熙、嘉庆、同治四朝,曾几度禁止发卖淫秽小说。同治时,丁日昌为江苏巡抚,开列应禁书目,出示禁止销毁,共有一百五十余种之多。一代名作如《红楼梦》、《金瓶梅》、《十二楼》、《今古奇观》、《西厢记》杂剧等,都在禁止销毁之列。而且如《隋唐演义》、《绿牡丹》、《锦香亭》、《白蛇传》一类毫无淫秽可以指摘之书,亦玉石不分,一概列入。至今,吾们要欣赏文学名著,如《金瓶梅》、《倭袍》、《品花宝鉴》等,一时却无法购到。但文学是时代的反映，通俗小说在清虽遭禁止，这样还不足致它于末路。时代变动了，它也应该转换一个方向了，这始是通俗小说趋入末路之一因。你看，清末的时代，受了屡次的外来的压迫，政治、经济、社会，都起了不安的现象。一般维新志士，蓄心救国，对于学术方面，不但要改变墨守书本的八股取士制度，而且又明白革新国政当自革新人民思想做起，又认识了小说是革新人民思想的唯一利器。但这时代所需要的小说不是过去的各体的通俗小说，而是传布新思想，破坏旧风俗的革命小说。当时的小说，如梁任公的《新中国未来记》、许指严的《劫花惨史》，都足表示这时代，反映这时代的人的心理。它们的文字也是白话的，但它们的风格和体裁已脱离了占据四五百年中国文坛的通俗小说，它们却已受了外来的文学的影响了。

在这时代，西洋的学术思想似急风骤雨般的猛攻进来，一般久埋头于破纸残册堆中的头脑清醒些的文人，没有一个不开门迎接。不单以资借镜，竟是老实地完全接受。在这样一个局面之下，在一切学术家中以头脑最冷静称的文学家，他们当然不甘落后，他们也屏弃了故旧的见解和体裁，也出来从事于新的创作。这是每个过渡时代的现象，在年深月久的中国旧文坛上谋彻底的改革，当然也是由渐而至极新的。所以清末至民国初年的创作，很少成功的和有永久价值的，就为这个原因。也因这时候所输入的西洋文学，在西洋方面也已是过去的、陈旧的文学，换一句话，就是不是当代的文学。但此种在西洋为过去的、陈旧的文学，一入中国，便成了现代的、极新的了。中国文学素来太落后了，所以在这时候，得到这样一种式样，便如得了用煤来发动的机器一样，已是见所未见，绝不会梦想到西洋已有用电来发动的机器更巧妙哩！

因为西洋文学的输入，使中国文人知道了小说在一切文学中所占的地位，因而抬高了小说家在社会上的地位，这也是中国人将觉醒的一种好现象。从此以后，小说作家个个有名字可考了，小说的作者也蜂拥起来了。有人说：这时的小说大都篇幅很短，像李涵秋辈作长篇的人绝少，都是些简短的、肤浅的小说，有何乐观可抱呢？这是不明白时代的误解。二十世纪是一个人事最繁冗的时代，一般文人都不能再过优越的林下生活。而且自科举废后，一般潦倒的天才文人也没有了暴发的机会，再也不能坐在书房里"构思十年"的从事创作。或有人骂他们因急于问世，所以往往粗制滥造，实在是为时代和环境所迫，不宜如此苛责啊！

新时代已迫近在我们眼前了，一切的一切都不能不走向这个新时代去。几个先驱者已经筑下极艰深的基础，我们只要尽力在这个基础上去谋新的建设——只要新的，什么建设通能表示出这个时代的特征。旧的已隔离得远了，过渡时代也已成了不值留恋的畸形物，觉悟的小说家都不之回顾而一直向前去了！

一九三四，双十节完稿。